U0522422

绿 宝 石
Fall into your light

桃花映江山

下

白鹭成双

Bai Lu
Cheng Shuang

著

第三十五章 送行

穆无瑕垂着眼眸没吭声。他差点被明德帝慈祥的模样蒙过去了，原来能坐上那位置的人真的都不是好人。先前他还以为沈在野骗了自己，没想到这一切都是真的。

朝堂上的文武百官心思各异，以梅奉常为首的一派自然还是希望明德帝能消气，饶过太子的，然而沈在野不会给穆无垠留丝毫活路。

退朝的时候，明德帝咳着血召太尉去御书房。

沈在野随南王一起离开。

走在无人的宫道上，南王终于开口问他："你能解释一下吗？"

沈在野微微一笑，道："微臣没有骗殿下，微臣当真没有帮太子。"

"没有帮？"穆无瑕皱眉，"你若是没帮，他哪里来的底气造反？"

"不信您可以去问太子殿下。"沈在野笑了笑，"他有造反之意的时候，微臣可是全力阻止的，还提醒他小心祸从口出。没想到太子竟然不听微臣的忠言。"

穆无瑕眯了眯眼："那秦升是怎么回事？"

沈在野失笑，看了看今日格外澄净的天空，道："秦升去引狼，是太子的吩咐，微臣只是默许而已，也没做别的。"只是，有了秦升，有了南宫远，再有谋臣给穆无垠出一整套天衣无缝的主意，他理所当然地选了这条路。

穆无瑕神色复杂地看了他好一会儿，说出了心里话："你太阴险了！"

"殿下过奖。"沈在野笑了笑，"不过殿下的武艺什么时候这般好了？微臣倒是一无所知。"听闻他竟然能把云震打昏，倒是有些了不起。

"本王在王府也不是闲着没事做。"穆无瑕淡淡地道，"论文论武，本王只有不输给其他人，才有问鼎这大魏皇位的资本。"

沈在野微微一愣，突然就想起了姜桃花的话。自己和南王当真缺些沟通，他是个很有想法也很坚韧的孩子，自己应该多相信他一点。

他道："王爷有空，不如去敝府坐坐。微臣许久没同您说话了。"

穆无瑕挑眉，看了他两眼，犹豫了一会儿，还是点了点头。

499

朝中因为太子的事一片混乱，沈在野却心安理得地请了几日假，抱着姜桃花看花园里的落叶。

"秋天到了啊。"姜桃花脸色有些苍白，"真是个让人不喜欢的季节。"

"怎么？"沈在野挑眉，"你不喜欢秋天？"

"谁喜欢这种凄凄凉凉的天气？"姜桃花撇嘴，往他怀里缩了缩，"不过爷最近怎么这么清闲？门外好像很多人找您，您也不出去看看。"

沈在野慢条斯理地玩着她的头发，轻笑："有大船沉了，很多人落水，想让我搭救。然而梯子我一早就放过，该上来的人都上来了，剩下的，还是让他们淹死吧。"

姜桃花一顿，垂了眼眸，小声问："陛下当真要赐死太子？"

"人已经交给顾宗正，关在司宗府大牢了。"沈在野看了她一眼，"谋逆之罪，理当诛杀，你就别动什么心思了。"

"瞧爷说的。"姜桃花掩唇，嘿嘿地笑道，"妾身只是您的一个姬妾，又不是什么通天的人物，哪能动什么心思啊？就算想救太子，也是有心无力。"

沈在野眯了眯眼，将她的身子转过来面对自己，一本正经地道："太子与你，只是逢场作戏，他并未对你动多少真心，你可知道？"

"妾身明白。"姜桃花翻了个白眼，心下腹诽，她又不傻，穆无垠是不是真心，她难道感觉不出来，要听他来判断？

沈在野不悦地道："男人最了解男人，他不过是看上你的美貌罢了。"

姜桃花恍然大悟似的点头："妾身明白了，原来是这样。不过爷是不是答应过要让妾身见太子最后一面？骗了他这么久，妾身心里还是有些愧疚的。"

沈在野一顿，别开头道："等判决的文书下来，我再送你去见见他。"

"大概什么时候啊？"姜桃花眨眼。

"两日之后。"沈在野道，"我只会给你一刻钟的时间。另外，不能与他有任何身体上的接触。"

把她当什么了？姜桃花撇嘴，不过还是狗腿地给他捏肩："爷大事已经成了一半，可否帮妾身一个忙啊？"

"你想干什么？"沈在野斜眼，"不准再送银子去赵国。"

"不送，不送。"姜桃花谄媚道，"但咱们两国如今好歹联姻了，爷就不考虑让妾身归宁？最近府里其他的姬妾都归宁了呢，妾身也想家了。"

沈在野摇头："虽然不知道你想回去干什么，但两国之间路途遥远，你还是好生在这儿待着吧。再过半个月，赵国会有使臣前来。"

姜桃花瞪大了眼，欣喜不已地抓着他的衣襟道："真的会有使臣来？！"

沈在野被她这反应吓了一跳，莫名地道："你这么开心做什么？"

徐燕归不是说，她在赵国的日子过得并不好吗？

姜桃花一顿，连忙收敛了神色，理着肩上的长发，笑眯眯地道："妾身是没想到他们会这么快来。"原本使臣是明年春天才来访大魏，看来青苔传回去的消息还是有人听的，新后吕氏也没有要对她赶尽杀绝的意思。

"我也没想到。"沈在野纳闷，"来得这么早，倒显得有些居心叵测。"

"您别多想啊。"姜桃花连忙一脸诚恳地道，"咱们赵国子民绝对是真诚、善良，没有半点坏心思的，这点您从妾身上就该看得出来！"

沈在野上下扫了她一眼，皱眉道："你这样一说，我还真得小心了。"

赵国的人要是都跟姜桃花一样，那就太可怕了！

姜桃花不高兴地撇撇嘴，从沈在野身上下来，哼哼道："妾身在这院子里为爷尽心尽力，爷却这样看待妾身，妾身真是太伤心了！这落叶，您自个儿看吧。"说罢，扭头就走。

沈在野失笑，看着她气得直跳的背影，莫名觉得今年的秋天还是很热闹的，也没有她说的那般寂寥。

姜桃花没去别的地方，直接去找顾怀柔了。

最近用的药多少有点效果，顾怀柔的心情也总算好了一点，一见她来，便拉着她道："娘子来，看看妾身绣的这个竹锦鸳鸯好不好看。"

姜桃花低头，仔细瞧了瞧她手里捧着的锦囊，笑着颔首："好看。"

"您都说好看，那爷一定喜欢。"顾怀柔高兴地将锦囊放在枕头边，这才仔细打量了姜桃花一番，"娘子今儿来是有什么事吗？"

姜桃花坐下，将青苔和顾怀柔的丫鬟都支了出去，一脸严肃地道："娘子现在可愿意帮我一个忙？"

顾怀柔一顿，立刻也正经起来，黑纱后面的眼里透出一股子坚定："只要是娘子的吩咐，怀柔说过，必定会尽全力帮您。"

"好。"姜桃花将东西塞到她手里，道，"那现在你帮我将这封信传给你的父亲，切记，一定不要让相爷知道。"

顾怀柔愣了愣，拿过信来，问："我可以看看吗？"

"你还是不知道为好。"姜桃花笑了笑，"明日就是你归宁的日子，按照爷的吩咐，你的随礼是按照夫人的份例给的，绝对不会让你委屈。"

"多谢娘子。"顾怀柔将信放进贴身锦囊，"妾身后日回来跟您复命。"

"有劳了。"姜桃花拍了拍她的手，深吸一口气，继续去安排别的事。

顾怀柔其实是很好奇的。最开始的时候，姜氏也是用一封信说服了自家父亲。她不明白，自家父亲那么固执的人，为什么会轻易听信一个女子的话。于是归宁那日，顾怀柔把信给了顾世安，并没有急着离开，她想看看自家父亲会是什么反应。

顾世安最近正在处理太子的事，急得焦头烂额。

虽然明德帝下旨要诛杀太子，但谁都知道皇帝的心思，嘴上说得狠，真按照他的吩咐做了，自己日后很可能会被记恨。况且朝中梅奉常等人还在极力为太子求情，其中的分寸，他真的不好把握。左右为难之时，自家女儿竟然带回来一封信，没说是谁给的，就让他看看。

"宗正大人亲启：料大人最近遇难事，在下有一计可解大人之危急……"

跟很久之前写信给他的那人的笔迹一样。顾世安眯眼，认真地将整封信看了两遍，然后仔细地收进怀里，十分严肃地看着顾怀柔道："这封信是谁写的？"

顾怀柔摇头。

"该不会是相爷吧？"顾世安很是怀疑，"这样做对相爷有什么好处？"

顾怀柔愕然："这……父亲怎么会认为是相爷写的？"

"除了相爷，为父想不到相府里还有谁能有这般睿智多谋。"顾世安叹了口气，道，"就按照他说的办吧。"

"父亲……"顾怀柔愣怔。这当真不是相爷的吩咐啊，若父亲当成相爷的吩咐去做，会不会有什么麻烦？

"你放心。"顾世安道，"回去好好治伤吧。这件事，相爷算是帮了我一个大忙，改日我会送东西去府上，把礼数都做周全。"

顾怀柔捏着帕子，一时不知道说什么好。早知道她就不这么老实了，偷偷地看两眼也好啊！看父亲这样子，定然是不会告诉她上头写的是什么了。

两日之后判决书下达，命宗正和司内府府役监斩，将太子于司内府处决。

沈在野大清早就将姜桃花拎起来，让丫鬟为她收拾打扮了一番，又将她抱上了马车。

"去哪儿啊？"姜桃花睡得迷迷糊糊的，抱着他的腰道，"也太早了吧？"

"晚了你就见不到穆无垠最后一面了。"沈在野勾唇，低头看着她，"你这没心没肺的，先前不是还念叨着要去看他吗？"

对哦，今日太子要被处决了。姜桃花终于睁开了眼，低头看了看自己的衣裳，又摸了摸头上的发髻，神色古怪地道："您这是连人家要死了都不放过啊，打算把事实告诉他？"

"不然呢？"沈在野微笑，"死总要让人死个明白。"

姜桃花垂眸，叹道："您脸皮厚，妾身还是有些愧疚的。等会儿到了地方，不如您先进去说清楚，妾身再送太子最后一程。"

"好。"沈在野颔首，"那你就先在司内府的院子里等着吧。"

"多谢爷。"

今日天气有些凉，风吹得人衣裙翻飞。姜桃花下车的时候，一点也不意外地看见了厉氏。太子府满府抄斩，厉氏自然也不会例外。一看见她，厉氏那双眼里先是震惊，随后就变成了无边无际的恨意。

"你这贱人！"啐了口唾沫，厉氏恨声道，"太子落难，你竟还如此光鲜亮丽！"

姜桃花也不知道该对她说什么，偏生后头那杀千刀的沈在野上来就搂着她的腰，在她额头上轻轻一吻，温柔地道："在这里等我。"

在场的人都愣住了，厉氏呆呆地看着沈在野跨进大堂，又呆呆地转头继续看着姜桃花："你……难不成已经成了沈在野的人？"

姜桃花尴尬地笑了笑，低头看着自己的鞋尖，心里默默地把沈在野家里的祖宗统统拉出来请了个安。这祸害，就是想看她不好过吧！

沈在野已经到了穆无垠面前。昔日春风得意的太子，如今衣衫凌乱，发髻也松散，跪坐在床边，眼神空洞。听人说丞相来了，他眼神复杂地看了过去。

"给殿下请安。"沈在野拱手，恭恭敬敬地朝他行礼。

"殿下？"穆无垠笑了笑，"丞相看无垠如今这样子，还能喊得出这两个字，无垠佩服。无垠不傻，前因后果到底是怎么回事，丞相不打算解释了吗？"

"微臣就是来解释的。"沈在野一脸平静地道，"希望殿下不要误会。"

"误会？"穆无垠胸口起伏了一下，扶着床沿站起来，死死地盯着他道，"误会什么呢？误会丞相原来一直是想帮无垠的？误会你当真会助我登上皇位？"

"是。"沈在野耿直地点头，"臣其实从未有过这样的心思，请殿下勿要误会。"

这话说得如此直接，倒让穆无垠一时噎住，不知道说什么好。为什么会有人连不要脸都如此理直气壮？！

"我一直在提防你。"穆无垠摇头，满眼都是难以置信，"每件事我都会思考良久。我想不明白，为何自己已经这么小心了，还是会中了你的计？"他一早就知道沈在野是不能完全相信的，所以他时刻都在提醒自己。但他真的一点也没发现自己一直在沈在野的算计之中，一丁点感觉都没有！

沈在野笑了笑："殿下是聪明人，只可惜太过急功近利，又着了女人的道。"

急功近利，他认了，这一点错在于他，但是……

"丞相后半句话是什么意思？"穆无垠皱眉，低头仔细想了想，脑海里闪过一张美丽的脸。

"梦儿？"穆无垠心里一沉，下意识地摇头，"不，她不可能害我的，不可能的。"

沈在野用怜悯的眼神看着他，轻轻叹道："所以男人不能在成大事的时候对女人动心，被坑了都不自知。姜桃花……我是说，你的梦儿，从哪里来的、身份是什么，殿下都从未查过，不是吗？"

穆无垠脸色白得难看，摇着头道："你别说了，别说了……"

"不说清楚，叫殿下误以为她是好人，下辈子还惦记着可怎么办？"沈在野皮笑肉不笑地道，"沈某最后能做的，就是让您死个明白。您的梦儿，原名姜桃花，是赵国嫁过来和亲的公主，也是沈某院子里的娘子。"

穆无垠眼前一黑，险些站不稳，愣怔地看着沈在野，一句话也说不出来。秦升是他的人，南宫远是他的人，连梦儿也是他的人！怎么会这样呢？梦儿没有害

503

过他啊，除了第一次不明不白地让他陷在赌场里，后来的梦儿当真是对他很好的，这一切如果都是算计，那他到底该相信什么？！

穆无垠苦笑出声，红着眼开口："没想到丞相竟然如此恨无垠，连无垠要死了，都不肯让无垠安心地走。"穆无垠突然觉得这世上当真没有什么好留恋的了，皇权、地位、女人、财富，这些东西拿来到底有什么用？都是假的！全是假的！

旁边托盘里放着皇家专用的逍遥散，穆无垠伸手就想去拿，却被沈在野一把抢了过去。

"沈某没有理由恨殿下，"沈在野道，"只是习惯性地会在人死前把话说清楚罢了。至于这药，您先别急，桃花还想见您最后一面。"

穆无垠满脸是泪，咬牙切齿地道："我未必想见她。"

"是吗？"沈在野笑了，"那沈某将她带走好了，就说是殿下的意思。"

穆无垠沉默，眼里的恨意汹涌，却又控制不住自己想往外看的目光。怎么会有这么一个人呢？他是恨她的，恨不得咬断她的脖子。然而即便心里的恨意这么浓，他还是想再见她一面，想问她：身上的毒解了吗？过得好吗？以后会怎么样呢？

穆无垠重重地闭上眼，低笑出声："丞相还是让她进来吧，有些话，我也想亲口问问她。"

真是说话不算话。沈在野摇头，最后看了穆无垠一眼，便转身出门。

姜桃花一看他出来了，便笑着迎了上来。

"爷说完了？"

"嗯。"沈在野深深地看了她一眼，伸手将旁边湛卢腰上的佩剑递给了她，"拿着防身，进去吧。"

姜桃花背后一凉，盯着那佩剑："爷这是在吓唬妾身？"

"是你非要去看他的，"沈在野道，"那便后果自负。"

"多谢爷。"姜桃花伸手将佩剑接过来，扭头就递给了青苔，一脸严肃地道，"你家主子的性命又交到你手上了。"

青苔一愣，神色立刻严肃起来，一副护主心切的样子便往大堂里走。

沈在野嗤笑一声，目送她进去。

姜桃花已经猜到沈在野对穆无垠说了什么，所以进门的时候迎上穆无垠憎恶的目光，她也不意外，对青苔道："你在外堂守着，我跟太子说两句话。"

青苔一愣，着急地摇头："奴婢要护主子周全！"

"没事的，"姜桃花道，"他不会伤害我。"

穆无垠听了，冷笑着道："你可真是有恃无恐，以为做了那样的事，本官还会对你有所留恋？"

姜桃花转头看着他，恭恭敬敬地跪下，朝他行了个额触地的大礼。

穆无垠眼神微动，咬牙道："真不愧是沈在野的人，都一样虚伪。"

姜桃花抬头，看着他道："这一礼，谢太子当日跳入接天湖救了妾身。"

"你不必谢我，"穆无垠嗤笑，"反正救你也没什么用，只是显得本宫愚蠢罢了，被个女人耍得团团转！"

姜桃花垂眸，轻轻地扫了一眼外头，起身走到穆无垠面前，低声道："太子可愿再听妾身一言？别出声，若是愿意，只需点头即可。"

她又想耍什么花样？穆无垠红了眼，厌恶地看了半晌，还是点了点头。

姜桃花轻轻松了口气，飞快地拿出一样东西塞进穆无垠的衣袖里，然后将旁边托盘上放着的逍遥散收进袖袋里，又将一瓶看起来一模一样的东西放上去，才道："人已经安排好了，等会儿上路，太子只管睡上一觉即可。这一礼，还太子一直以来真心待妾身之恩。"

穆无垠难以置信地看着姜桃花，伸手想把衣袖里的东西拿出来看，却被她抬手制止："等太子到了该到的地方再看吧。"

她只是个女人而已，难不成打算救他的性命？穆无垠下意识地摇头，呆呆地看着她，心想，不可能吧，她是沈在野的人，沈在野不是会给自己留后患的人，可自己都要死了，她再玩花招，又有什么用？

姜桃花退后两步，笑了笑，眼含惋惜地道："太子是这世上头一个真心待妾身的男子，可惜终究有缘无分，希望您记着妾身以前说过的话，平平淡淡过日子，未必不是一种福气。"

穆无垠没说话，看着面前的女子，她的容颜还是跟初见时候一样令他心动，但不同的是，她不像梦儿那般柔弱，反而显得格外坚韧，像什么风都刮不倒的牡丹花，背脊挺得直直的。

"后会无期。"姜桃花颔首，见他也没什么要说的了，便带着青苔要退出去。

这恐怕是最后一面了吧？穆无垠抿唇，终于还是开口喊住了她："沈在野让我下辈子别惦记你。但是，这辈子你我有缘无分，下辈子换个身份，我定然能陪你安然一世。"

姜桃花一震，惊讶地回头看了他一眼。穆无垠站在昏暗的房间里，微蓝的光从外头透进来，显得有些寂寥。然而他眼里闪着慑人的光芒，有至深的爱，也有彻骨的恨。姜桃花心里凄然，行了拜别礼，终于退了出去。

沈在野站在院子里，看她出来，便冷漠地朝旁边的人下令："送太子和太子妃一起上路，等人走了，再去向圣上复命。"

"是！"司内府的人应了，将厉氏抓去了大堂，一并赐毒。

沈在野拎着姜桃花就往回走，边走边问："你跟他说了什么？"

"没什么。"姜桃花皱了皱鼻子，"该说的话，爷都已经说完了，妾身算是个彻头彻尾的大坏蛋，可能得做两天噩梦了。"

"你难道还会因为这些事心虚？"沈在野挑眉，轻笑道，"都是千年的鬼，你跟我装什么怕夜黑？"

505

姜桃花哼哼两声，垂眸盖住了眼里的心虚，跟着沈在野回府。

顾宗正和府役很快来监刑。两人眼睁睁地看着太子夫妇吞下逍遥散。

府役倒是问了一句："这药一直放在房间里，不会出什么岔子吧？"

"你放心。"顾世安道，"本官派人检查过了，药是逍遥散没错，两位罪人也一定会先验尸再入棺。"

"有大人做主，下官很放心。"府役点头，看着太子和太子妃先后断气，挥手就让人将两具尸体抬了出去。

明德帝很快便收到了太子伏法的消息，当即褒奖了顾世安。然而，转过身，他还是微微沉了脸，心有不悦，无法言说。顾世安察言观色，擦了擦额头上的汗，不由得又在心里感谢出主意的人。等时机成熟，这件事能保自己一命也说不定！

太子伏法，明德帝下令依旧将其葬于皇陵。送棺木出宫那日，姜桃花趁着沈在野不在，拿着他给的玉佩溜出了府。

秋风萧瑟，城郊路上有些泥泞。太子的棺木有禁卫护送，车轮辘辘地一路响过去。

姜桃花在送别亭里等着。棺木车过去之后，没一会儿就来了一辆寻常的马车。姜桃花起身，青苔飞快地在凉亭四周围上幕布。那辆马车停下，穆无垠和厉氏掀帘走了下来。

"真的是你。"看着亭子里的人，厉氏心情复杂极了，语气里却没了先前那种戾气，倒是有说不清的愧疚。

穆无垠目光深邃地看着她，走过去低声道："你真是好大的胆子。"

"妾身只不过为了报恩。"姜桃花笑了笑，"您以前许给我的那宅子，里面如约存了能让您二位安稳度过余生的银两，二位可以试试远离朝堂，过平凡无争的日子。"

穆无垠微微一愣，皱眉道："原来早在那个时候你就在为我留后路？"说什么给她自己留后路，让他买宅子，他便让人选了最好的宅院，准备了极多的银两，本以为这一腔真心算是错付了，没想到……穆无垠神色柔和下来，垂眸道："我错怪你了。"

"您没有错怪妾身。"姜桃花看了看他，叹道，"妾身一开始本就是没安好心地接近您，欺骗您，目的就是让您有今日的下场。"

厉氏眉头又皱起来了："你这女人怎么这么恶毒？既然已经这么恶毒了，现在又来装什么好心？"

"娘娘息怒。"姜桃花低头，"各为其主罢了。"

穆无垠转头看了看四周，皱眉道："放过我，到底是你一个人的意思，还是沈在野又在盘算什么？"

"是妾身一个人的意思。"姜桃花道，"您二位可以放心离开。"

"你确定？"穆无垠摇头，"沈在野阴险狡诈，你又是他眼皮子底下的人，你在做什么，他真的会不知道？"

姜桃花一愣，歪着脑袋仔细想了想。他应该不知道吧，她没露出什么破绽，他也不像察觉到了什么的样子。要是真的发现她在做这种事，他怎么可能不阻止，早就带着人马杀过来斩草除根了。

"您二位只要离开国都，再也不回来，就不会被沈在野利用。"她道，"想知道他知不知道，你们就上车离开吧，只要没人来拦，那相爷定然是不知道的。"

好像也有道理。穆无垠点头，刚抬脚想走，却又忍不住停下来问她："你这次救我们，当真只是为了还我的恩情？"

姜桃花心虚地笑了笑，道："大部分是这个原因。"

"那小部分是为什么？"

姜桃花笑着没吭声，挥手让青苔把他俩塞回马车里。小部分是为了什么呢？沈在野走的这条路注定布满鲜血和骸骨，若是能积一点福，也算免他一点罪孽吧。她不是担心沈在野，他这种人是绝对不怕报应的，只是……报应这种东西，万一真的有呢？

马车启程了，在城郊的路上慢悠悠地越走越远。沈在野在城楼高处看着，脸上什么表情也没有。

"当真就这么放过他？"徐燕归很不能理解，"姜桃花妇人之仁就算了，你怎么也跟着优柔寡断？"

"她心里过意不去。"沈在野淡淡地开口道，"对付我，她可以毫不留情；害了别人，她倒是觉得愧疚。放走穆无垠能让她安心点，那就让她放吧。"

"可——"

"你不用担心。"沈在野知道他想说什么，抬手道，"穆无垠只会平平淡淡地过完后半辈子，再也不会有机会回国都。"

徐燕归诧异了，上下打量了沈在野好几眼："你不觉得……你这样的行为，实在是太宠溺她了吗？"

"宠溺？"沈在野冷哼一声，转身就往城楼下面走，"宠物养久了，喂食也是应该的，你别瞎想。"

徐燕归眯眼，凑到沈在野身边，揶揄道："我又不是你的正室夫人，你喜欢姜桃花，做什么跟我藏着掖着的？"

沈在野黑了半边脸，一脚将他踹远，拂了拂长袍，坐上了回府的马车。

姜桃花回来的时候，沈在野已经在争春阁里喝茶了。

"爷！"她赶紧迎上去，眨巴着眼问，"您什么时候回来的？"

"刚回来。"沈在野放下茶盏，伸手将她抱过来，温柔地问，"你去哪儿了？"

姜桃花心里一跳，连忙将脸贴在他肩上，小声道："出去逛街看首饰了。"

"可看到喜欢的?"

"没有,"姜桃花干笑,"要么太贵了,要么不适合我。"

沈在野微哂,伸手拿出一支粉玉桃花簪插在她的发髻上:"这个呢?"

姜桃花一愣,立马跳下去,跑到妆台前看了看。很难得的粉色冰玉,桃花雕得惟妙惟肖,金色的花衬显得更加贵气。

"给我买的?"她有些不敢相信。

沈在野起身走到姜桃花背后,从镜子里看着她道:"今日闲来无事,我也去逛了逛京城的首饰铺,就这一支能入眼。"

姜桃花呆呆地看着镜子里的沈在野,阵阵凉意从脚心蔓延上来,她一时没敢动。他这话里有话,是发现她撒谎了吗?没道理啊,要是发现她撒谎,肯定是要暴怒的,怎么还会有心思送她簪子?一定是在诈她!

姜桃花定了定神,笑道:"爷破费了,妾身很喜欢。"

沈在野轻轻地从背后拥着她,下巴抵着她的头顶,目光很是柔和,低声道:"我该多谢你,若不是你说服了后院里不少人,如今我的处境未必有这么好。"

九卿中,除了梅奉常执迷不悟,其他人纷纷转向他的阵营。后院的女人是桥梁也是纽带,更是台阶,那些人借着台阶下来,他没有不收的道理。虽然明德帝不立南王为太子,但纵观朝野,穆无垠和穆无垢已死,恒王又双腿残疾,不管怎么看,能登基的也只剩穆无瑕一人,很快就能成事了。

姜桃花伸手摸了摸簪子,挑眉道:"所以妾身辛苦那么久,奖励就只有这个?爷是不是太小气了?"

"你还想要什么?"沈在野看着镜子里的人问。

姜桃花想了想,回头抓着他的衣袖,可怜兮兮地道:"按照规矩,我是不是只能在宫里见上赵国使臣一面?妾身好想家,也太久没看见过赵国的人了,爷能不能想想法子让妾身私下跟他们说会儿话?"最后两颗解药已经吃下去了,下一次发作是什么时候她没算,但想想时间应该快了。不私下接触,她怎么拿解药?

沈在野低头看她:"你只是我的侧室,按理来说只能跟在我身边与赵国使臣行礼,说两句话。私下再见,怕是有些为难。"

"爷,"姜桃花开始撒娇了,拽着他的袖子摇啊摇,眼睛眨啊眨的,"您最有办法了,这大魏国就没有您办不成的事儿,您帮帮妾身吧?"

还会这一招?沈在野睨着她,眼神深邃地道:"再多喊两声。"

喊一百声也没问题啊!姜桃花抹了把脸,身子扭得灵活又娇俏,带着腰间的手帕都飞了起来:"爷——爷——爷——"

外头的湛卢打了个寒战,立马远离主屋三大步。

沈在野却听得笑了,伸手将姜桃花扯过来,低声道:"既然你这么有诚意,那便做我的正室夫人吧,如此一来,我便能名正言顺请赵国使臣过府。"

身份尊卑的规矩在大魏是很严苛的,若姜桃花只是侧室,他为她宴请赵国使臣,未免会引明德帝猜忌。但若做了正室,姜桃花以主母的身份自己宴请,就不关他的事了。

"好啊。"姜桃花顿了顿，下意识地先点头应着，但是随即又想起来，"爷，妾身进相府，好像连个正经的礼都没行呢。"红包也没收到！

沈在野挑眉："你还在意那些形式？"

"自然是在意的啊。"姜桃花撇嘴，"哪个女人不想被人八抬大轿从正门抬进来？"不抬进来就算了，好歹后院里的人该给她的红包不能少啊！

"别瞎折腾了，赵国使臣不日就会到。"沈在野捏着她扭动的腰，低声道，"你既然那么想家，就好好准备一番吧。至于做主母，我跟司内府通禀一声，再让后院的人都来跟你行礼便是。"

"好。"反正是捡便宜，也不能要求那么多了，姜桃花乖巧地点头，给了沈在野一个大大的拥抱，"多谢爷恩典！"

沈在野勾唇，看着镜子里交缠的两个人，心想，自己真是仁慈了不少啊。

姜桃花转为正室的消息在后院炸开，众人纷纷赶来祝贺。虽然没有正式行礼的红包，但是贺礼倒是不少。

凌寒院里一片死寂。

梅照雪安静地倒着茶，一股茶水冲进杯子里，平静得像一幅画。旁边的绣屏以为自家主子不在意这些，正想松一口气呢，却见那茶水从杯子里溢出来，瞬间湿了整个桌面。

"主子！"那茶水是滚烫的，眼看着就要流到梅照雪的衣裳上了，绣屏连忙将她扶起来，又急又怕，"您这是怎么了？"

"好个沈在野啊。"梅照雪失笑，目光没有焦点，盯着某处愣怔地道，"我还傻傻地以为他会忌惮梅家的势力，以为自己还能翻身，结果这一转眼，他竟然把主母的位置给了姜桃花。"

"您别太难过了。"绣屏连忙道，"爷本来就偏爱姜氏，这也在意料之中。"

"不，"梅照雪摇头，喃喃道，"你不懂。"

正室的位置岂是那么简单就能坐的？姜桃花就算是公主，在大魏的势力也远不如她这个奉常之女。沈在野会做这样的决定，那就说明，他不需要奉常家的势力了。怎么会呢？他是丞相，丞相之下九卿之首就是奉常，他难道想跟她爹撕破脸？

梅照雪眼珠子动了动，像想到了什么，一边摇头一边念叨："不会的，不会是这样的……"

"主子。"绣屏担心极了，连忙出去叫人请大夫过来。

当主母的感觉是很爽的，如今在这相府里除了沈在野，就是姜桃花最大，她想横着走都没什么关系。然而，她的事情也开始多起来，账本可是一摞摞地往她的桌上放。

"唉。"姜桃花一边翻账本一边感叹，"福祸相依啊，以前梅照雪可真是辛苦，要看这么多东西，怪不得都没精力去沈在野面前晃悠。"

青苔跟着苦了脸："那您以后是不是也要跟她一样了？"

"为什么要学她？"姜桃花整理完了几本账目，伸手就递给她，"把下人用度的账本交给顾娘子。"

青苔一愣："主子，您这是要放权？"

"不然等着被累死？"姜桃花挑眉，"大家各有所长，分工合作自然更好啊。顾氏最近待在温清阁怕是闷得慌，府里也少不得有些捧高踩低的奴才，让她管这个，对她有好处。"

青苔似懂非懂地点头，刚接过来，又见姜桃花拎出另外一本册子："这个是厨房采买的账本，交给南宫娘子。"

南宫琴话不多，但比较靠谱，给她点小甜头，她也能做好事。

"那府里开支的账本，您要给谁？"青苔担忧地问。

姜桃花伸手就将那账本抱紧了，笑道："你傻啊？就算再怎么分，也不能把最基本的权力让给别人，不然这夫人当得不就谁都可以拿捏了？上位者，懂得用人，但最重要的筹码是要留在自己手里的。"

"奴婢明白了！"青苔点头，抱着账本就冲了出去。

结果沈在野站在外头，险些被她撞上。

"相爷！"青苔吓了一跳，连忙朝里头喊了一声。

姜桃花挑眉，放下账本迎出来，就见沈在野和穆无瑕一起走了进来。

"王爷今日怎么有空过来了？"姜桃花眼睛一亮，连忙将椅子搬过来让他坐下，笑眯眯地问。

穆无瑕上下打量了她一番，轻轻舒了口气："听丞相说将你转为正室了，本王特地来看看。"

没椅子坐的沈在野咳嗽了一声，脸色不太好看。

姜桃花一顿，连忙也给沈大爷搬了张椅子，然后恭恭敬敬地坐在他们旁边道："是承蒙相爷恩典，听闻王爷也封了亲王，真是可喜可贺。"

穆无瑕颔首，眼里有些喜色："赵国使臣即将抵达国都，这次父皇命我去城门口迎接。使臣的名册也下来了。这算是本王被封亲王之后的第一件差事，所以想来问问你，赵国的礼节与大魏可有不同之处？"

"自然是有的。"姜桃花点头，"赵国男子与女子平等，甚至地位低的男子要对地位高的女子行大礼，故而来访的使臣之中若是有女子，当重礼以待。"

穆无瑕一愣，看了看她，又看了看沈在野："这……如此说来，若是在赵国，丞相像先前那般对你，会如何？"

沈在野脸一沉，微微皱眉。

姜桃花却轻松地笑道："不会如何，因为妾身在赵国的地位不高，见着赵国的丞相，也是要行礼的。"

穆无瑕不能理解，正想再问，沈在野却打断了他："使臣中可有女子？"

穆无瑕道："方才拿到的使臣名册中，有个叫杨万青的，据说是个女官。"

杨万青？姜桃花先是一愣，接着就抖了抖身子。

"怎么，你认识？"沈在野问。

姜桃花干笑两声，点头："一个嘴上死不承认、心里却很想当我师娘的人。"

哦，师娘。沈在野领首，转头想继续跟穆无瑕说什么，脑子里却有什么东西闪了一下，顿时就反应过来："你师父……是男人？"

姜桃花点头："是啊。"

"……教你媚术的师父？"

"是啊。"

沈在野沉默了，眼睛里突然跟含了刀子似的，从她脸上一直刮下去，看得姜桃花汗毛倒竖："怎么了？"

教她媚术的人是个男人，她还问他怎么？沈在野脸色不太好看，碍于南王还在旁边，只能垂了眸子道："没什么。"

穆无瑕还不太通男女之事，虽然觉得沈在野有些奇怪，但一时也没想明白是怎么回事，抽出袖子里的一卷名册便道："除了这个杨万青，好像就没别的女官了。听闻赵国已经立皇长女为皇储，此次大魏也得送些贺礼。姜姐姐，贵国皇长女比较偏爱什么东西？"

提起姜素蘅，姜桃花沉默了一会儿，道："她偏爱金银珠宝，只要是华丽贵重的东西，她都会喜欢。"

沈在野斜眼看着她的表情，微微皱眉。先前徐燕归说过赵国皇室的事，她看起来现在也没释怀。什么样的男人，能让她这么放不下？

"既然如此，那本王也就可以回去好好准备了。"穆无瑕笑了笑，看着姜桃花道，"等赵国使臣进宫，咱们便在宴会上再见了。"

"好。"姜桃花回过神来，笑着点头，又想起什么似的，立马提着裙子跑进内室，抱了个东西出来。

"天气渐渐转凉了，这件披风，王爷可以用一用。"姜桃花目光温柔地把手里的东西递过去，道，"领子上那一圈狐毛是用带子绑着的，可以解下，现在用还有些热，等冬天到的时候再系上去即可。"

穆无瑕一愣，眼里亮晶晶的，接过来便道："多谢。"

"王爷言重了。"姜桃花一脸慈爱，"多保重身子。"

穆无瑕乖乖地点头，感叹道："先前还说你像我姐姐，现在看来倒是不像了，我皇姐才不会做针线活儿。"

皇姐？姜桃花一顿，下意识地看了旁边的沈在野一眼，装作什么也不知道的样子，笑道："各有各的好，公主当年想必也对王爷极好吧？"

穆无瑕眼里有些怀念的神色，他摸了摸披风上的狐狸毛，喃喃道："是啊，可惜红颜薄命。"

沈在野皱眉，将手轻轻地搭在南王的肩上，低声道："逝者不可追，王爷还是往前看吧。既然还有很多事要做，那微臣便先让人送您回府。"

穆无瑕点头，朝着姜桃花笑了笑，便带着披风离开了。

沈在野只送他到门口，等他一上车，便大步拎着姜桃花回争春阁。

"妾身觉得爷好像误会了什么。"姜桃花被他抓在手里，一脸严肃地在空中晃荡，"妾身可以解释！"

沈在野冷哼一声，跨进主屋，关上门，眯眼将她压在门上："男人也会媚术？"

"是啊。"姜桃花赔笑，"整个赵国就我师父的媚术造诣最高，只可惜他是个男人，所以达不到他所谓的最高境界。不过他真的挺厉害的，赵国所有的女人，除了姜素薷和新后，都很喜欢他。"

沈在野冷笑："有多少人喜欢他我不想知道，现在我就想让你说说，他是如何教你的。言传，还是身教？"

姜桃花咽了口唾沫，小心翼翼地盯着他问："这个很重要吗？"

"重要。"沈在野点头。

姜桃花眼神飘忽了一阵子，没什么底气地道："言传为主吧。"

沈在野伸手掐住她纤细的腰，一把将她按回床上，张口就咬。

"沈在野！"

身上的人不满意极了，危险的气息喷在她耳侧，低声道："叫温柔一点。"

姜桃花眼泪唰唰地流，打又打不过人家，只能任人蹂躏，委委屈屈地叫唤："沈在野。"

"把姓去掉。"

绯色从脖子一路向上蔓延，姜桃花死命咬牙："能换个称呼吗？！"

"那……"沈在野眼里满是奇异的亮光，诱哄道，"叫声'相公'来听听。"

姜桃花觉得，表面看起来越正经的男人，其实内心反而更禽兽，听听这都是什么无理要求，她会叫才见鬼了！

然而，青苔送完账本回来的时候，发现主屋被上了门闩，里头隐隐传来自家主子带着哭腔的声音："我叫，我叫还不成吗？你住手！"

青苔傻眼地站在门口，直到听见一声"相公"才反应过来，脸跟被火烧似的通红，连忙躲去一边。湛卢很镇定地看着她，伸手递了两团棉花过来。两人心有灵犀，什么也没说，将耳朵堵好，在旁边看门。

一番折腾之后，天都黑了。沈在野抱着姜桃花去了临武院后头的浴池，斜眼看着这红了眼的小丫头，冷声道："还敢不敢跟我犟了？"

"不敢了。"姜桃花可怜兮兮地低头看身上的印记，"您属狗的？"

沈在野哼笑一声，将她捞过来，拿起浴池边的药膏给她抹："爷属龙。"

没见过牙口这么好的龙啊！姜桃花愤怒地盯着沈在野结实的胳膊，眼珠子滴溜溜地转，十分认真地考虑要不要一口咬上去。

"怎么，不服气？"见她这副表情，沈在野倒是大方，伸出胳膊到她面前，

"喏，报仇吧。"

以为她不敢不成？姜桃花咧嘴，张口就啃了上去。

沈在野眉头微皱，却没吭声，安静地等这小兔子咬过瘾了才把胳膊收回来，抹掉血珠子，平静地道："真够狠的。"

"爷才更狠呢！"小兔子生怕他报复，一边往后退一边指着自己身上的痕迹控诉，"您看，到处都是！"

沈在野看了一眼，心情却好了些，轻哼一声，将她拎回来，好好洗干净，又抱出来上药，然后拎回主屋。

"老实睡一觉。"他道，"明日我会随南王安排接待使臣的礼仪，最迟后天你就能看见赵国的人了。到时候看看名单，想见谁，我便替你把谁请来。"

姜桃花满腔的不满在听见这话的时候瞬间消失了，她眨眼问道："真的？"

"我什么时候骗过你？"

"太好了！"姜桃花掐指算算日子，还赶得上，便感激涕零地抱着沈在野的大腿，"爷真是天下第一大好人！"

沈在野轻哼一声，斜眼看着她道："看你也累了，就在这儿睡了吧，我再看会儿公文便来。"

"好。"姜桃花点头，当真打了个哈欠，裹着被子闭上了眼。

第三十六章 使臣

见她真睡着了,沈在野才勾唇笑了笑,披衣走到书房,拿起旁边刚放上的名册。

"这是从南王那儿抄来的使臣名册。"徐燕归不知从哪儿蹿了出来,神色复杂地道,"你先看看吧。"

沈在野没注意他的表情,伸手就将长卷打开。

赵国虽然日渐式微,但面子功夫还是做得不错的,此番来大魏,带了不少国礼不说,随行的人也有百余位。名单上,名字密密麻麻,连带着身份介绍,看得沈在野很不耐烦,差点就想直接合上。然而,他眼角的余光一扫,瞧见了一个有些熟悉的名字——李缙,赵国丞相。

沈在野眼神一沉,抬头看向徐燕归:"你说的那个李缙,该不会……"

"就是这个人。"徐燕归沉重地道。

"本来不该他来的,皇长女好像也不愿意他来,但李缙不知为何,一意孤行,临走之前还跟皇长女大吵了一架。"

沈在野听了,眼神微凉,盯着那个名字看了半天,没吭声。

徐燕归小心地打量了他几眼,试探性地道:"不管怎么说,人家也是使臣,两国交战都不斩来使,你……"

"你担心什么?"沈在野轻轻一笑,合拢那长卷,抬眼看他,"都已经是过去的人了,你觉得我会那般小气,故意跟他过不去?"

徐燕归大大地松了口气,拍着胸口道:"那就好,人现在已经到襄垣城了,明日就能到国都。"

"嗯。"沈在野温和地笑道,"我知道了,你今晚继续去温清阁吧。"

徐燕归一愣,不悦地看向他的腰间:"收了人家的香囊,却不愿意自己去一趟?"香囊上绣着竹锦鸳鸯,一看就是花了不少心思的,可惜送给了这个禽兽!

沈在野没看他,将香囊取下来,顺手扔给他:"放你那儿吧。"

徐燕归伸手接住,没好气地翻了个白眼,转身就消失在夜色里。

第二天,姜桃花早早地就起身了,眼巴巴地蹲在相府门口等消息。

沈在野出去的时候看了她一眼，微笑着道："赵国使臣今日晚间才会入国都，而且就算到了，你也见不着，不用这么着急。"

"妾身不急！"姜桃花连忙道，"妾身在这儿看风景呢。"

沈在野呵呵笑了两声，拎起衣摆上了马车。

湛卢绷着脸色驾车去城门口，等走远了些才道："已经吩咐下去了，人是一早就到了的，现在估摸还被拦在城门口。"

外人进国都是需要接受盘查的，尤其非本国人，还需要通关文牒和官府放行的文书。当然，这些东西对使臣来说其实是不需要的，但是，城门口的守卫就跟瞎了一样，不管李缙怎么解释，都不肯相信他们是使臣，非要他们在外头等官府文书。一行人千里迢迢，风尘仆仆的，就这么被拦在城门口，还被不少百姓围观。李缙很窝火，眼里满是不耐烦，却又有所顾忌，不敢造次。李缙其实长得还算不错，长眉细眼，脸瘦，人也高，再穿一身官服，显得风度翩翩。然而，被人拦在城门口不得进，马车也必须停到旁边，身后一群随从不知所措，他还是不可避免地有些狼狈和焦躁。

就在这个时候，一辆头顶仙鹤铜饰的马车从城里驶了出来，刚刚还凶巴巴的守城兵一看见马车都纷纷跪了下去。进出城的百姓都被暂时阻拦到旁边，李缙抬头，就见一溜儿的禁卫在马车旁边排开，喧哗的四周瞬间安静下来。

车帘掀起，穿着黑色云锦官服的男人走下来，缓缓抬头看向李缙。长眉如剑，挺鼻如山，这男人生得真是少见的英气，就算自己是个男人，也不得不承认这人俊朗不凡。但是，不知道是不是他的错觉，明明是初次见面，李缙却觉得这人的目光有点不太友善。

"在下大魏丞相沈在野。"面前的人走近了，脸上满是真诚的笑容，拱手道，"守城兵士不懂事，有得罪赵国使臣之处，还望见谅。"

是他眼花了吧，瞧人家态度多好啊。李缙抿唇，连忙拱手回礼："丞相言重了，只是多等了一会儿罢了，还劳您亲自出来迎接。"

"应该的。"沈在野抬头，目光幽深地看着他道，"以李丞相这样的身份，竟亲自出使大魏，在下亲迎也是该有的礼数。舟车劳顿，各位随在下进城吧。"

"好。"李缙笑着跟沈在野上了马车，还十分感慨地道，"有人传言大魏的丞相不苟言笑，我还以为是严肃的长辈，没想到竟是同辈。"

沈在野优雅地理好袍子，坐在车里看着他道："自古英雄出少年，李丞相看起来还比在下年轻几岁，能当上赵国的丞相，想必有不少过人之处。"

提起这个，李缙有些尴尬："过奖过奖，做丞相嘛，能辅佐君主即可。"若不是姜素蘅，他也当不上这丞相，这次强硬地出使赵国，回去后不知道会发生什么事。

沈在野挑眉，上下看了他两眼，惊讶地道："李丞相未免太谦虚了，我可是听说，您会骑马射箭，还会舞文弄墨，剑法更是不错。"

"略知皮毛罢了。"李缙笑了笑，不是他谦虚，而是他真的每样都只会点皮毛，哄女儿家开心罢了。

沈在野却开口道："正好，驿馆里已经准备好了不少玩乐的东西，为了表示对赵国使臣的欢迎，陛下特地命在下来同李丞相领教一二。等大家都安顿好了，用完午膳，下午便来玩玩吧。"

李缙背后出了层冷汗，僵硬地应下，心想，这大魏的皇帝难不成是一上来就打算给他们个下马威，所以派沈丞相来试他的深浅了？这事情有点严重，他得保住赵国的颜面啊！

于是一到驿站，众人都在房间里休息，李缙却找了把弓来，认认真真地练了会儿。他觉得差不多了才又找了把剑，一边练一边在心里嘀咕，大魏真不愧是三国之中国力最强的，出使这儿可真不容易。

沈在野优哉游哉地在驿馆陪他们用完午膳，喝了会儿茶，便将李缙带到了附近的马场。

"咱们随意玩玩，不用太较真的。"沈在野上了马拿了弓，温柔地安慰了李缙一句。

一听这话，李缙的确放松了不少，笑道："是，随意玩玩，又不是比赛——"他的话音还没落，沈在野就已经骑马冲了出去！

李缙："……"

马场两边有十个靶子，他看了看，连忙策马追上，心里盘算了一番，一连射出十箭。结果，三箭脱靶，五箭中靶偏远，两箭正中红心。到了终点，李缙连忙转头去看沈在野的靶子。十箭中靶，其中八箭正中红心。

沈丞相坐在马上，笑得依旧很温和："承让了，这只是活动活动筋骨，李丞相不必放在心上。"

"好。"李缙心里虽然有点硌硬，但技不如人也没什么好说的，他下了马，跟着沈在野往里走。

"大魏的人更喜欢用刀。"到了兵器架旁边，沈在野伸手就抽出一把三环大砍刀，看着李缙道，"听闻李丞相只擅长用剑，那咱们还是用剑来过过招，如何？"

李缙有些惊讶："沈丞相会武？"他还以为文臣都不会武功，即使陪皇帝狩猎，也顶多会射箭。

"略懂一二。"沈在野放下刀，抽了长剑，笑道，"点到即止。"

"好。"李缙点头，挑了把称手的长剑，朝他拱手作礼，然后拉开了架势。

沈在野眯眼，看着李缙攻过来，持剑便挡，一个横扫逼退他三步，一脚就踹上了他胸口！

"噗！"午膳吐了一半。李缙震惊地回头看他，说好的点到即止呢？！

"你没事吧？"沈在野皱眉，十分自责地将他扶起来，一把就将剑扔了，

"怪我没控制好力道，怎么能如此对待贵宾？要不要叫个大夫来瞧瞧？"

"无妨无妨。"看他这么真诚，李缙不由得觉得自己多想了，人家不是故意的，是自己功夫没到家。

"唉，这些动粗的东西咱们还是别玩了，"沈在野认真地道，"回驿站去切磋切磋书法也好。"

李缙点头，捂着胸口跟着沈在野继续走。

驿站的院子里摆了书桌，赵国使臣和大魏的几个随臣都围在旁边，李缙有些紧张，皱眉问："这是要比试吗？"

沈在野温和地笑道："只是切磋罢了，好与不好都没什么要紧。"

李缙点头，选了字帖临摹起来。

沈在野直接拿了宣纸，大笔一挥，写了"鸡犬着衣"四个大字。

旁边的杨万青是懂书法的，看着就是一惊："原来沈丞相的书法造诣也有如此境界？"

一听这话，李缙就知道自己不用写了，尴尬地放下笔，看向沈在野，拱手道："大魏丞相文武双全，李某佩服。"

这若是大魏皇帝给的下马威也就罢了，然而旁边看戏的湛卢无奈地摇头。别人不知道，他知道，自家主子今天根本没接到什么旨意，完全是自己一时兴起。不过，主子到底为什么跟人家李丞相过不去啊？瞧李丞相这惨兮兮的样子，他都不忍心看了。

沈在野谦虚地拱手："李丞相有别的过人之处，在下只会玩弄这些东西罢了，没什么好佩服的。时候不早了，沈某就先告辞了，明日宫中再会。"

"丞相慢走。"李缙恭恭敬敬地将他送出门，转过身来忍不住又捂了捂自己还在疼的胸口。

杨万青在旁边瞧着，忍不住问了一句："大人是不是得罪过大魏丞相？"

"我与他素未谋面，"李缙皱眉，"哪里会得罪他？今日应该只是意外。"

真的只是意外？杨万青看了看空荡荡的门口，什么也没说，转身回房了。

沈在野心情极好地回到相府，看见依旧蹲在门口的姜桃花，顺手就拎了起来："吃过饭了吗？"

"吃过了。"姜桃花气鼓鼓地道，"可是怎么还没消息？不是说今日会到吗？"

"都跟你说了晚间才会到。"沈在野斜她一眼，道，"你与其守在这里，不如好好打扮打扮自己，明日别给我丢脸。"

"哦。"姜桃花泄气地应下，一双眼里满是担忧。

沈在野刚才心情还很好，可一回来看见她这模样，心里又不太痛快了："你到底在期待什么？有想等的人？"

"有啊有啊。"姜桃花忧愁地点头，再不来，万一她死了怎么办？

沈在野眯了眯眼，盯着她看了许久，终于忍不住问："你到底喜欢李缙什么？"

"嗯？"姜桃花一愣，等反应过来之后，才惊愕地转头看着他，"爷？"

沈在野不悦地看着她："不是说是他抛弃了你吗？如今他官居丞相，又得皇长女的欢心，你还这么惦记他干什么？"

姜桃花张大嘴看了他半晌，突然明白了："您骗妾身的吧？赵国使臣今日一早便到了，而且里面有李缙，对不对？"

沈在野没吭声，算是默认。

姜桃花哭笑不得，打量了他好一会儿，问："您查过妾身在赵国的事了？"

"顺便让人问了问而已。"沈在野别开头，道，"没问太仔细。"

"猜您也没问太仔细，"姜桃花失笑，"不然怎么会以为妾身是在等他？"她现在恨不得立马砍死那畜生，还有什么好等的？

沈在野一顿，面无表情地看着姜桃花，眼神示意她把话说清楚。

姜桃花盘腿坐好，清了清嗓子，道："事到如今，也没什么好隐瞒的。妾身小时候有过一桩亲事，就是跟李缙指腹为婚，约定我到十五岁的时候就嫁给他。"

"我俩从小一起长大，他就像我哥哥似的，特别照顾我。每次我闯祸，他都帮我扛，因此我曾经觉得他是个好人。可惜在我刚满十三岁的时候，新后继位，皇姐变成了嫡公主，我的苦日子就开始了。"想起那段日子，姜桃花笑了笑，"没了公主该有的锦衣玉食，跟宫人为伍，被遣送到宫墙边上住。尽管如此，只要他们不为难长玦，我觉得日子也不难过。"

可惜，他们并没打算让他们好过，堂堂皇子公主，被当成宫人呼来喝去，胆子大的宫人还敢打他们，逼得他们不得不反抗。可是两个小孩子能反抗什么？父皇对他们不闻不问，宫人们只要不伤他们的性命，拳打脚踢少不了。

就是那个时候，长玦被太监踢断了肋骨，她无助地跑去找李缙，却被他关在门外。姜素蘅趁机让人抓住她，说她私自出宫，打了她二十下板子。她和长玦一起发烧，被关在柴房里无医无药，要不是师父出手相救，她和长玦都得死在那柴房里。

后来，别人告诉她，李缙攀上了皇长女的高枝，所以不要她了。姜桃花气得浑身发抖，平生第一次尝到背叛的滋味。更可恨的是，现在想想，她竟然被李缙那样的人主动抛弃了，简直是奇耻大辱，甚至连做梦都想弄死他！所以有很长一段时间，她一直梦见自己举着一把大砍刀一路狂追李缙。

"不过说起来，妾身好像有很久没做那样的梦了。"姜桃花摸了摸自己的下巴，道，"可能是因为已经嫁人了，也没那么恨他了，毕竟人不能跟畜生计较。"

沈在野听得目瞪口呆，表情有趣极了。

"怎么？"姜桃花神情古怪地看着他，"妾身说的都是实话，您别不信啊。"

沈在野伸手揉了揉自己的眉心，聪明一世的他，突然觉得今天找人挑衅的行为实在太傻了，绝对不能让她知道！

"你既然这么恨他，今日为何还这么盼着他来？"沈在野心虚地问了一句，他还是有点生气。她要是不表现得这么急切，他也不会会错意！

姜桃花莫名其妙地看他一眼，道："爷，赵国会有哪些人来，妾身根本不知道，名册又没给妾身，您不记得了吗？"

人不可能一辈子聪明，总有犯傻的时候，只要大部分时候是理智的就好了。沈在野说服了自己，正了正神色，严肃地道："既然如此，那你就更要好生准备，你如今嫁的人比他厉害多了，明白吗？"

姜桃花沉默了一会儿，伸手摸了摸沈在野的额头。

"怎么？"

"爷今日脑子好像不太清醒。"姜桃花皱眉，"说的话怎么都怪怪的？妾身嫁得好，那该您表现啊，妾身要准备什么？妾身已经嫁人了，他与妾身还有什么相干？既然没相干，那么在意他的想法干什么？"

沈在野顿了良久，缓缓起身："今日外头风大，你好生休息，别着凉了。"

"好。"姜桃花目送他离开，一把将青苔拉了过来，严肃地道，"你去拷问湛卢，看相爷今日去哪里了。"

青苔吓了一跳，眼睛左躲右闪地道："湛卢嘴巴严，奴婢怎么能——"

"他不说你就揍他，我还不信他会打女人。"姜桃花一脸狠戾地做出个抹脖子的手势，"要是揍都不肯说，你就把他带过来，我杀了他！"

"主子！"青苔惊愕极了，"您……"

姜桃花睨着自家这小丫头半晌，笑道："开玩笑的，你去问问就是。他若不肯说，你就好言求求，多半能撬开他的嘴。"

青苔愣了愣，半晌才应了，犹犹豫豫地往外走。两刻钟后，她就跑了回来，眼里满是惊叹地道："湛卢真的说了。爷去接了赵国使臣。"

沈在野果然见过李缙了，那今日这般反应也不奇怪。她更惊讶的是，他竟然提前查了自己的过往，算算日子，起码得是两个月之前查的，也就是说，他老早就这么重视自己了？

"辛苦你了。"姜桃花拍拍她的肩膀，伸了个懒腰，开始更衣，准备用晚膳。

赵国来使，明德帝意思意思也要提前赏赐姜桃花一些东西的。晚饭之后，这赏赐就到了府里。沈在野冷眼看了半晌，挑出一件绣牡丹的金线袍子和一条大红的长裙，扔给她道："明日可以穿这一套。"

姜桃花下巴快掉到地上，惊恐地看着这烦琐的花纹和系扣："您确定吗？"

"确定。"沈在野道，"青苔要是不会系，就让别的丫鬟帮忙。"

"可是……"姜桃花扬了扬这裙摆，"您觉得这个好看？"

说实话，不太好看，不过这好歹是御赐，也是高贵的象征，镇得住明日那样的场合。于是沈在野违心地点了点头。

姜桃花没忍住笑出了声,扔开那衣裳,凑到沈在野身边道:"爷应该相信妾身,真的不用太紧张的。"

"你哪只眼睛看见我紧张了?"沈在野皱眉,"我这是为你好。"

"多谢爷的好意。"姜桃花抱着他的腰撒娇,"但是爷真的不用花这么多心思在妾身的打扮上。一来,李缙真不是什么重要的人;二来,这衣裳难免压了皇后和贵妃娘娘的风头,会招恨的。您要是相信妾身,不如还是让妾身自己做主吧。"

沈在野冷眼看她半晌,最后叹了口气,道:"随你。"

看她欢天喜地地开始收拾东西,他忍不住问:"你是喜欢过李缙的吧?"

姜桃花身子一僵,一脸吃了蟑螂的表情,回头看了他一会儿,道:"谁都有年轻的时候,小姑娘最是好骗,以为那人说几句暖心的话,对自己体贴一些,就是命中注定的良人。您不能记恨这个,就算妾身以前喜欢过,现在也是绝对没有半点感情了。"

"不是记恨,"沈在野垂眸,"只是好奇,你会因为什么喜欢上别人。"

"这还用问?"姜桃花咂舌,"女人都一个样啊,最喜欢对自己好的男人——温柔的、体贴的、令人安心的。除非是年轻小姑娘,否则不会有人喜欢您这样板着脸的,对人又凶又——"

话还没说完,就看见沈在野骤然沉下去的脸色,姜桃花当机立断,立马改口道:"虽然您总板着脸,对人又凶又狠,可妾身现在还是个年轻小姑娘啊!"

沈在野冷哼了一声,睨着她道:"你真是个不识好歹的。"

"嘿嘿嘿。"姜桃花连忙抱着他的手臂道,"爷最好了,妾身都知道,您放心,在妾身心里,没人比您更好!"

这话从姜桃花的嘴里说出来,沈在野是一个字也不想相信的,然而不知道为什么,他心里的火气还是消了点,安静地看她和青苔来来回回地将所有东西都收拾好,甚至开始默默反省。他对人不够温柔,不够体贴?可是,堂堂七尺男儿,难不成还得为个小女子鞍前马后才叫体贴?女人真是肤浅,永远只看表面上的东西,从不仔细想想背后到底谁对自己最好。姜桃花别的地方都不错,看男人的眼光怎么就这么差呢?

沈在野摇摇头,更衣收拾妥当后,带着一腔郁闷在争春阁休息了。

第二天一早,青苔将姜桃花要的衣裳找了出来。沈在野一起身,就见姜桃花已经收拾得差不多了,一身鹅黄色的齐胸襦裙,金线绣的束带华丽又不繁复,雪锦上衣带着桃花的暗纹,飘带上的吉祥纹样也显得端庄大气。

"这是爷的。"姜桃花笑眯眯地将他的官服展开,依旧是他平时穿的那一件,只是旁边多了一个鹅黄色的香囊,跟她的襦裙颜色一样。

沈在野微微挑眉,起身后任由她将衣裳给自己换上,然后嫌弃地拎起那香囊看了看:"你绣的?"

"哪来得及？"姜桃花撇嘴，"随意找的一个。"

沈在野的嫌弃之意更浓，他伸手就想将那香囊取下来："真难看，不如不戴。"

"哎哎哎！"姜桃花连忙按住他的手，笑道，"是妾身绣的啦，时间不够，上头就只有几朵小花，但跟妾身这裙子搭啊。皇宫那么大，万一妾身走丢了，人家看着这颜色也会把妾身送回您身边。"

这话听着好像还有点意思。沈在野想了想，松开了手："既然如此，那就走吧。"

"好嘞！"姜桃花应了，抱着沈在野的胳膊就往外走，心里却忍不住犯嘀咕，最近这位大爷怎么越来越难伺候了？

使臣一大早就会进宫，先与皇帝会面，再与文武百官会面，最后再到后宫用宴。所以一到宫里，沈在野就往前朝去了，姜桃花则被宫人领着去了后宫。

"恭喜你，"兰贵妃靠在贵妃榻上，妆容格外艳丽，"终于成正室夫人了。"

姜桃花上前行礼，笑道："多谢娘娘，也多亏相爷厚爱。"

真的是很厚爱啊。兰贵妃轻笑，坐直了身子看着她道："本宫认识他这么多年，从来没见哪个女人能在他身边待上半年还不失恩宠，反而越来越受宠。姜夫人真是好手段。"

手段谈不上，她只是更会抓人的心思罢了。然而对着兰贵妃，姜桃花还是只能恭声道："娘娘过奖。"

兰贵妃咳嗽了两声，脸上露出些疲惫之色，饶是妆容再浓也掩不住病态："太子没了，他想要的那一天也不远了，你想过自己会是什么样的下场吗？"

宫殿里安安静静的，宫女都退在外头，姜桃花抬眼看了面前这人一会儿，歪着脑袋道："能有什么下场？妾身愚钝，不知。"

"沈在野是个狠心的人。"兰贵妃苦笑道，"不管曾经有多深的感情，不管别人多喜欢他、为他付出了多少，到了不需要那个人的时候，他都会无情地抛弃。"

这一点，她倒是看出来了。姜桃花笑了笑："娘娘也是因此记恨他吗？"

兰贵妃一愣，眼神一时失去了焦点，好半天才回过神来道："本宫也分不清，到底是记恨他，还是太过爱他。"

"娘娘！"姜桃花一惊，下意识地看了看四周。

"你放心，"兰贵妃嗤笑，"这里除了本宫的心腹，就是相爷的心腹。"

这么厉害？姜桃花咂舌，沈在野连皇宫都能控制，那想造反岂不是很容易？

"本宫最近生病，倒是想了很多事情。"兰贵妃幽幽地道，"这一辈子，本宫都在为他而活，然而他现在竟然对你这样好，那本宫到底算什么呢？"

"娘娘，"姜桃花连忙摆手，"您不要被假象骗了，相爷到底对妾身如何，只有妾身自己清楚。他对谁都一样，妾身也不例外。"这位主子的情绪可是至关重要的，万一因为她而撂挑子，那沈在野会不会打死她？

"是吗？"兰贵妃闭眼，"他已经很久没跟本宫说话了，下一次来，也不知道是什么时候。"

姜桃花忍不住道："陛下对您好像也挺不错的，您就没有动过心吗？"

兰贵妃一愣，脸上瞬间露出愧疚的表情，垂眸道："这辈子沈在野欠了本宫，本宫也欠了陛下，若是有来世，本宫会先还陛下的恩情，再向沈在野讨债。"

一旦喜欢上一个人，后来的人再好，也很难接受。不是谁好谁坏的问题，只是分先来后到，所谓的缘分吧。

姜桃花静静地看着兰贵妃的脸，忍不住轻轻叹息。她和自己差不多大的年纪，却像比自己老了十岁似的，在这宫墙之中，即便得皇帝宠爱，也活得并不快乐吧。

时辰差不多了，姜桃花扶着兰贵妃起身往外走。

各家的夫人都已经到齐。皇后因重病休养，所以今日这宴请使臣的担子就落在兰贵妃一人的肩上。

走到人前的时候，姜桃花发现兰贵妃脸上的疲惫消失得干干净净，一张脸明艳动人，游刃有余地与各家的夫人小姐打招呼，优雅地坐在主位上品茶。坦白讲，兰贵妃也是一个美人儿，怨不得皇帝会那么宠爱。她甚至开始有点想不明白了，这样的人一直跟着沈在野，对他不离不弃，又肯为他牺牲，沈在野到底为什么不喜欢人家？

午时一到，明德帝就带着使臣们到了后宫。兰贵妃带着众人在门口恭迎。

姜桃花刚低头准备行礼，就听见明德帝爽朗的笑声："赵国公主快请起，今日算是你娘家人来访，你等会儿便坐在朕左侧吧。"

姜桃花一愣，连忙行礼："多谢陛下圣恩。"

明德帝正要继续说什么，旁边的李缙却愣怔地开口："敝国公主不是应当嫁给南王为妃吗，缘何这等打扮？"

姜桃花低头挑眉，心想，难不成他们还没把这事儿说清楚？

沈在野笑了笑："方才忙着互赠国礼，此事倒是要在席上慢慢解释。"

李缙皱眉，眼里满是说不清道不明的情绪，目光落在姜桃花身上，就再也没挪开，看得周围的人都察觉到了异样，连明德帝都看了看他，又看了看姜桃花。

沈在野不悦，上前一步挡在他面前，然后笑道："陛下还是先入座吧。"

兰贵妃也连忙打圆场，走上前来扶着明德帝往里走："酒宴已经备好了，陛下看看，可有不妥之处？"

"你办事，朕自然是放心的。"明德帝笑了笑，往前走去。后头的人也就纷纷跟上。

李缙趁机想走到姜桃花身边，奈何他前头一直有沈在野挡着，看起来是不经意地在他面前站着，可无论他怎么绕，就是绕不过去。

"沈丞相，"李缙终于忍不住开口问，"在下是不是哪里得罪了您？"

沈在野回头，轻轻看了他一眼，笑道："李丞相多想，你我素未谋面，也没什么可得罪之处。"

那他为什么总有跟自己过不去的意思?

　　沈在野微微颔首,没再跟他说话,回过头去,一把就将旁边的姜桃花捞回自己怀里,低声道:"小心看路。"

　　姜桃花一愣,眨巴着眼抬头看他,感慨地道:"爷,您今儿特爷们!"

　　"哦?"沈在野伸手暗暗掐着她的腰,皮笑肉不笑地问,"你的意思是,爷平时不爷们?"

　　"不不不,"姜桃花乖巧地依偎在他怀里道,"您随时都很爷们,真的!"

　　沈在野勾唇,余光看着李缙那铁青的脸色,一瞬间竟有种幼稚的满足感。

　　李缙震惊地看着前头这两个人,半晌都没明白是怎么回事,直到进了主殿坐下,看到这两人坐在同一张桌子旁才反应过来,姜桃花嫁的人是沈在野,不是南王!

　　"陛下!"李缙一刻也坐不住,刚到自己的位子上就拱手道,"微臣不明白,敝国公主的婚事到底是怎么回事?"

　　"这说来也是一段奇缘。"兰贵妃与明德帝相携在主位上坐下,明德帝整理好了衣冠才开口,"本来贵国公主的确是许给了南王,但中途阴差阳错地进了丞相府。我大魏的丞相可不输王爷,你们公主也不算吃亏。"

　　李缙脸色有些发白,看了看沈在野和姜桃花,又看了看旁边的南王。南王虽然已经升了亲王,如今在大魏也是独一份的地位,但到底年幼,姜桃花若是嫁给他,自己也能好受一点,毕竟她不会喜欢比自己小的人。可沈在野⋯⋯

　　姜桃花微微一笑,目光平静地看着他道:"我在大魏过得很好,嫁给了谁不重要,重要的是,若是能因为我,大魏与赵国修百年之好,那这一遭也不算白来。"

　　"公主说得极是。"兰贵妃娇笑,"看公主与丞相如此恩爱,想必咱们大魏同赵国定然会百世友好。"

　　明德帝轻轻捏了捏兰贵妃的手,后者一愣,立刻闭嘴不吭声了。若赵国国力强盛,大魏还是可以跟赵国一直和睦相处的。可现在赵国一日不如一日,兵力衰竭,边境防守薄弱,就是大魏嘴边的一块肉,只看什么时候好吞下去。他不是没有这个打算的,现在这话不能说得太满。

　　李缙抿唇,目光深沉地看了姜桃花许久,垂眸道:"既然公主如今过得好,那微臣也就放心了。"

　　你有什么好放心的啊?姜桃花忍不住偷偷翻了个白眼,说得他多在乎她一样,自己做过的混账事都忘啦?一副自以为情圣的样子真让人看不顺眼。以前她是会被李缙好听的话和深情的眼神打动,但现在她长大了,懂得透过这些虚浮的东西看一个男人的本质。凡事看结果不看过程,一个人到底对自己好不好,别听他说,看他具体做的事就知道了。

　　"两国既然已经联姻,那便是一家人了。"明德帝微笑着开口,"赵国若是有什么难处,也尽管向朕开口,能帮的大魏一定会尽力相帮。"

李缙微讶,忍不住又看了姜桃花一眼。本来让她来和亲,就没抱能让两国关系有什么进展的希望,没想到她竟然这么厉害,能让大魏的皇帝开口说了这句话。

姜桃花也是一顿,飞快地往主位上看了一眼,接着便看向李缙,皱了下眉,轻轻摇头。

什么意思?李缙没能明白她要表达什么,可明德帝还等着呢,他想了想,还是开口道:"赵国最近天灾人祸不少,粮食短缺。大魏若是粮草充足,不知可否借上一二?"

"天灾人祸?"明德帝有些感慨,"这可真是不妙,等会儿跟治粟内史商量商量,你们缺多少粮食,尽管从大魏的粮仓里运。"

李缙大喜,没想到大魏皇帝会这么大方,连忙出来行了大礼:"陛下大恩,臣代赵国上下谢过。"

姜桃花闭眼,心想,她那父皇也真是老糊涂了,竟然派李缙这样只懂风月不擅权术的人来。她有几斤几两,能让明德帝借那么多粮食给赵国?这摆明了是在刺探赵国的虚实,这傻子连她的眼色都看不懂,和姜素蘅简直是天造地设的一对!

沈在野察觉到了她的情绪,斜了斜眼,倒没说什么。

宴会开始,丝竹声声,舞姬蹁跹,珍馐佳肴也都端了上来。

姜桃花本想化悲愤为食欲好好吃一顿,奈何沈在野今儿跟脑子里的筋打结了似的,不是给她夹菜,就是伸手替她擦嘴角,看得上头的兰贵妃都忍不住道:"丞相是越来越温柔了。"

姜桃花尴尬地笑了笑,袖子下的手轻轻抓着沈在野的大腿,嘴唇不动,声音从牙齿缝里钻出来:"爷,对面那位明显不是您的对手,您这是何必呢?"

"爷乐意。"沈在野微笑,又夹了一块鹿肉塞进她嘴里,"他喜欢看,就让他看个够好了。"

姜桃花哭笑不得,看着对面的李缙一直喝酒,心想,这君臣二人今日是商量好了要一起坑李缙吧?坑他没关系,但他背后还有赵国呢,万一他喝醉说了什么不该说的——

"沈丞相,"不等她担心完,李缙就站起来了,脸上有些红晕,眼神也不太清醒地道,"您当真喜欢敝国公主吗?"

一看有好戏,明德帝就放下了筷子,拉着兰贵妃的手兴趣十足地看着。兰贵妃赔笑,目光落在沈在野身上,倒是有些复杂。

沈在野抬眼,有礼地微笑着道:"她是我相府的主母,也是沈某的正妻,岂有不喜欢的道理?"

"那你知道她喜欢什么、讨厌什么吗?"李缙嗤笑,"公主嫁过来也快半年了,您若是真心,这些问题就不难回答吧?"

姜桃花心里一跳,恨不得拿起桌上的盘子朝李缙扔过去!这是什么场合,他是什么样的身份,也能问这样的问题?他自己想死,能不能别拉上她垫背?

沈在野眼神微沉,脸上却依旧带着笑,镇定地道:"她喜欢银子,喜欢吃肉，喜欢晒太阳，讨厌背叛，讨厌欺骗。"

"错，"李缙摇头，"她喜欢民间的糖葫芦，讨厌芝麻。"

四周热闹起来，不少人低头窃窃私语，看向李缙和姜桃花的眼神都多了些深意。沈在野眯眼，正要再说什么，姜桃花却伸手按住了他。

"人的口味是会变的。"她笑道，"小时候喜欢的糖葫芦，长大了就不是什么稀奇的东西了。小时候讨厌的芝麻，长大了却发现也没有那么难以下咽。倒是我家爷说得对，如今我喜欢银子、吃肉和晒太阳，讨厌背叛和欺骗，这才是一辈子不会再变的东西。"

说罢，她还感动地拉着沈在野的手臂道："原以为爷是不了解这些的，没想到您虽然一直没说，却这样关心妾身……"

沈在野一顿，深深地看她一眼："现在知道我对你好了？"

"是妾身愚钝。"姜桃花双眸泛光，"爷是全天下对妾身最好的人！"

明德帝大笑，抚案揶揄道："你们夫妇二人感情和顺是好事，可这毕竟是国宴，剩余的话还是回家说吧。"

"臣失礼。"沈在野连忙拱手。姜桃花也跟着颔首，笑盈盈地转头之后，狠狠瞪了李缙一眼。

李缙抿唇不语，眼里没什么神采，被她一瞪之后，坐在位子上再也不吭声了。旁边的杨万青连忙打圆场："李丞相与公主情同兄妹，在意公主的归宿也是情理之中，不过看样子公主过得很好，那臣等也就都放心了。"

明德帝颔首，众人也纷纷笑起来，歌舞继续，宴会也继续。

姜桃花轻轻松了口气，抓着沈在野的手掐了掐。

"怎么？"沈在野垂眸。

"您就不能看在他不太聪明的份儿上，放过他吗？"姜桃花皱眉，"当他是个普通使臣不就好了？"

"你在说什么？"沈在野笑了笑，"我怎么没放过他了？"

姜桃花咬牙，看了一眼情绪不太稳定的李缙，又看了看主位上眼神深邃的明德帝，低声道："爷敢跟妾身保证，您与陛下没有对赵国动什么心思？"

"怎么会呢？"沈在野拿起筷子给她夹菜，"你只管好好吃东西就是了。"

一般沈在野不敢看她眼睛的时候，都是他撒谎的时候。姜桃花心里慌得厉害，又什么都做不了，只能眼睁睁看着李缙跟旁边的御史大夫年立国饮酒畅聊。

"敝国陛下最近龙体欠安，已经将大事都交由皇长女处理。"他道，"这世上的女儿也未必不如男儿，敝国的皇长女就很了不起，巾帼不让须眉。"

年立国是个半百的老头子，眼神却分外精明，看着他笑道："这话说得极是，区区女子就能撑起一个大国，的确了不起。"

杨万青皱了皱眉，下意识地扯了扯李缙的衣裳，总觉得他话有些多了。然而李缙酒意上涌，又感念明德帝借粮之恩，一时间对大魏的臣子都是推心置腹，虽没说什么重要的机密，但基本国情都让人家摸了个底儿透。

525

姜桃花看不下去了，起身对沈在野道："妾身可否下去休息一会儿？"

沈在野领首，替她向明德帝请辞。明德帝应了，笑道："宴席也过半，姜氏就去兰贵妃的侧殿里歇歇，等下午再陪使臣逛逛御花园吧。"

"是。"姜桃花应了，恭敬地退下。

李缙一看，连忙就想起身，却被杨万青一把按了回去："臣与公主许久未见了，又都是女儿家，想说些体己话，望陛下允臣也先告退。"

"好。"明德帝点头，"李丞相留在这里陪朕便是。"

李缙无奈，只得继续坐下，跟人说话，眼神却一直往门外瞟，瞟得沈在野都有些好奇了。看他这样的表现，似乎并不像厌弃姜桃花，反而很是惦记。既然如此，当初为什么又会做出那样的选择？

一离开主殿，姜桃花就扶着旁边的宫墙喘了好几口气，神色严肃极了。

杨万青跟上来，看见她便喊了一声："二公主。"

姜桃花回过头，皱眉就道："我出来只是想跟你说，大魏的皇帝和丞相都不是什么省油的灯，你拉着李缙些，别让他见坑就跳，会拖累整个赵国！"

杨万青一愣，走近她道："丞相虽有不妥之处，但也没这么严重吧？"

姜桃花摇头，道："你不知道，只给沈在野一条蛛丝，他都能顺着找到吐丝的蜘蛛，更何况李缙摆明是被乱了心智，很容易就被人诓了去！"

杨万青沉默，仔细想了想，招手将旁边的亲信喊过来，耳语了几声，让他去传话，然后感慨道："还以为公主嫁到大魏就不会再想着赵国了，没想到您仍有护国之心。"

姜桃花没好气地翻了个白眼，道："赵国是我长大的地方，是我的母国，杨大人这话未免见外。更何况，我的命不是还捏在你们手里吗？"

杨万青脸上的表情很是复杂，她伸手掏出个小玉瓶来："这是解药。"

姜桃花伸手就想去拿，没想到杨万青却一躲，认真地看着她道："解药可以给您，但二公主，您得时时刻刻记着您是赵国人，关键时刻，还是要为赵国做事的。"

姜桃花眼含嘲讽，睨着她道："杨大人不是不通情理的人，我就问你一句，你觉得以赵国目前的形势，还能撑多久？"

杨万青沉默，垂眸。她不是不清楚，皇长女和李丞相都不擅政事，新后干政过多，反而引得朝中群臣不满，民心背离，赵国已经是日暮之势。祖上百年的基业，恐怕也就剩两三年的光景了。

"你若是当真为赵国着想，不如扶三皇子一把。"姜桃花低声道，"你心里比谁都清楚，长玦有勇有谋，可以带兵打仗，也可以登基为帝——"

"二公主，"杨万青打断她的话，"阵营不同，有些事臣也无能为力。"

姜桃花眼神微黯，靠在宫墙上叹了口气，看着有些昏黄的天色，淡淡地道："阵营不同，便诛忠臣、信小人，最后国家倾覆，遭殃的还不是百姓？"

杨万青伸手将解药递了过去，低声道："听天由命吧。"

"听天由命？"姜桃花挑眉，"这可不像杨大人的作风，我记得你不止一次同父皇进谏，说的都是与朝臣不同的好意见。"

"那只是过去而已。"杨万青苦笑，"二公主方才不是也说了吗？人的口味会变，其实不仅是口味，人也是会变的。曾经多少热血，被晾在寒风里久了，也是会冷的。微臣现在只想安然过这一生，再无报国之志。"

能活生生将一个忠臣逼得没了报国之志，这样的国家有多悲哀？姜桃花摇头，伸手接过解药，先吃了两颗。她吃完数了数瓶子里剩下的药，还真是不多不少只有十颗，道："皇后娘娘对我的戒备之心真重。"

杨万青看了她一眼，道："那是因为您有本事，即便被人压进泥里，也有重新站起来的力气，她是怕您，才会这般防您。"

"我现在还有什么可怕的？"姜桃花低头看了看自己，"远在他乡，身中剧毒，命都搁在她手里，她堂堂皇后，未免太没有自信了。"

杨万青的眼神里满是深意，道："您还有李缙呢。"

姜桃花震惊地看了她一眼，往旁边挪了三大步，皱眉道："咱们能不提这个人吗？还能好好聊天。"

"他虽然一开始错了，但不久便后悔了，还经常在暗中帮您和长玦。知道您中了新后的媚蛊，便想尽办法替您寻解蛊之方，连您想远嫁大魏的事他都帮了您。您就算不感激他，至少不必再这样记恨他。"杨万青道。

还有这么一回事？姜桃花笑了，斜眼看着杨万青道："按照你这说法，我一开始杀了个人，但杀完我后悔了，甚至帮忙埋了他的尸体，所以被杀的那个人就不能记恨我，还得反过来感激我？"

杨万青一顿："话也不能这样说——"

"你知道吗？人都有亲疏远近。"姜桃花轻笑道，"您现在指责我，无非是站在李缙的立场上，心疼他，所以觉得我该原谅他。这样的话没人愿意听，您的心一开始就是偏的，又有什么资格在两人之间论个谁对谁错？"

这话说得杨万青哑口无言，她愣怔地看了姜桃花好一会儿才叹气，道："您真不愧是千百眉的徒弟，跟他一样让人束手无策。"

杨万青说不过她，选择了放弃，低头看着她手里的药，道："您好好保重吧。"

姜桃花颔首，又嘱咐了她一声："在国事上，你还是让李缙多花点心思吧，虽然赵国已经日落西山，但能多留点余晖也是好的。"

"臣明白。"杨万青拱手，跟人回了主殿。

姜桃花长出一口气，蹲在花坛旁边细想。在她离开的时候，赵国的兵力就所剩无几，一直没敢对外声张，只在边境做出强硬的防守之态。然而这点把戏还能瞒住明德帝多久？大魏内乱已经平定，皇储之位虽空，可除了南王，也没有别人能坐，朝中众臣也在慢慢归心，已有多余的精力能开拓疆土了。换位思考一番，她若是明德帝，会对赵国做什么？答案很明显，探虚实，趁机攻打。从今日明德帝的举止之中也可以看见端倪，赵国怕是危险了。

第三十七章 决议

午宴结束，李缙喝得酩酊大醉，被安排在宫中休息。

沈在野出来，瞧见姜桃花，微微皱眉："你一直在外头蹲着？"

"在等爷呢。"姜桃花笑眯眯地迎上去求表扬，"妾身今日表现不错吧？"

"勉勉强强。"沈在野带着她往外走，淡淡地道，"从你们赵国的丞相身上，便可知道赵国为什么会变成如今这模样了。"

姜桃花心里有些不悦，道："不管怎么说，赵国都是妾身的母国。"

"我知道。"沈在野斜她一眼，微微一笑，"你还真是敏锐。"在场其他人都没看出什么，她却察觉到了明德帝的心思，真是了不起。

"爷打算怎么做？"姜桃花勉强笑着问。

沈在野抬头看着前头的路，淡淡地道："此事做主的是陛下，不是我。"

"但您能左右陛下的看法啊。"姜桃花拉着他的胳膊道，"当今天下三足鼎立，相互制衡，所以多年都没有发生战乱。如今若是大魏先出兵攻打赵国，难免会被吴国乘虚而入，这点陛下没有考虑过吗？"

"吴国尚在内乱之中，"沈在野道，"恐怕不会有精力出征。"

"这可说不准。"姜桃花道，"听闻吴国的大皇子也是野心勃勃的。鹬蚌相争，渔翁得利，可划不来。"

沈在野脚步一顿，突然转头看向她："你怎么会知道吴国的大皇子？"

"听说的啊。"姜桃花撇嘴，"这三国之间的皇室，不都是相互了解的吗？虽然我不知道细节，但这些消息还是能听到的吧？"

沈在野微微眯眼，盯着地上某处想了一会儿，突然看着她道："姜桃花，你来大魏是有什么目的吗？"

姜桃花吓了一跳，连连摆手道："爷别多想啊，妾身就是来谋生路而已。"

"单纯地谋生路，会寄那么多银子给你弟弟养军队？"沈在野轻轻一笑，摇头道，"你骗我有什么意思？不如直接说清楚了。"

青苔和湛卢都吓了一跳，连忙回避。

姜桃花咽了咽口水，犹豫了一会儿，突然想到了什么，抬眼看着沈在野道："爷有没有想过，其实咱们可以合作？"

沈在野伸手撑在她背后的宫墙上，似笑非笑地道："那得看你的筹码。"

姜桃花定了定神，抓起沈在野的手，跑到个没人的小角落里，一脸诚恳地道："妾身以为，赵、魏两国既然是联姻，就应该共进退。吴国现在既然正在内乱，那何不趁机联手攻打？赵国国力不如吴国，先拿下吴国，对大魏不是更有利？"

沈在野低头看着她，问："这样做，对你有什么好处？"

唇亡齿寒这个道理她不会不懂，大魏若是灭吴，赵国也危在旦夕。

姜桃花笑了笑，搓着手道："妾身觉得吧，赵国现在不堪大用，唯一能打仗的只有三皇子姜长玦，爷若是真有这样的想法，不如跟赵国谈谈？"

姜长玦？沈在野挑眉："你想让你皇弟上战场？"

"男儿就该骑马打仗，"姜桃花一脸坚定，"躲在皇宫里算什么好汉？"

沈在野："……"

等反应过来面前这人也是总躲在皇宫里的人的时候，姜桃花嘿嘿一笑，连忙软了姿态道："当然，您这样运筹帷幄的，自然也是好汉。只是长玦他骁勇善战，不上战场实在可惜，相爷若是有这样的想法，不如跟妾身好好合计合计，咱们各取所需？"

"你倒是头一个敢跟我这么算计的女人。"沈在野睨着她笑了笑，道，"不怕我连你一起算计进去？"

"这就得看各人的本事了。"姜桃花深深地看着他，道，"若是爷舍得算计妾身，那妾身也无还手之力。"

不还手，那是不可能的，她跟沈在野斗，比的就是谁算计得更彻底。姜桃花还是有一定的信心能比得过沈在野的，虽然她也不知道这信心从何而来，但是这个时候不拼一把，一旦赵国被灭，长玦也不会有好下场，还不如趁机让沈在野帮长玦一把。

沈在野看着她，良久才道："你若是能帮我个忙，我便可以允你。"

姜桃花瞪眼："咱们不是本来就算合作吗，怎么还要妾身帮忙做其他的？"

沈在野摇头，皱眉惆怅着道："你若是不帮，那联手攻打吴国的事我也做不了，咱们就只能顺其自然了。"

"别别别！"姜桃花咬牙，"有什么需要妾身的地方，爷尽管开口！"

沈在野勾唇一笑，凑近她，小声耳语了几句。

穆无瑕被明德帝留在御前，正恭恭敬敬地听他说话。

"无瑕，你觉得赵国是个怎样的国家？"明德帝问。

"回父皇，赵国乃三国之中实力最弱的一国，"穆无瑕耿直地道，"吴国和我们大魏，任何一方都可吞之。"

明德帝点头，又问："那你觉得是我们现在吞并赵国，还是留给吴国来吞？"

穆无瑕皱眉，愣了愣神才道："鼎有三足，最为稳固，失一足，难免倾斜。父皇若是想吞掉赵国，那便得小心吴国乘虚而入。"

"朕知道，所以想找你和沈丞相来商议，在沈丞相来之前，朕想多听听你的看法。"

这是在考验他？穆无瑕抿唇，他其实是不赞成攻打赵国的，毕竟姜姐姐是赵国人，况且当下的形势，当真带兵攻赵，说不定得不偿失。

穆无瑕脑子飞快地转了一会儿，正色道："自古鹬蚌相争，渔翁得利，儿臣建议父皇暂时压下此事，毕竟两国已联姻，先看看吴国的动静，再做决定不迟。"

明德帝皱眉，正想说什么呢，高德就把沈在野带进来了。

"微臣参见陛下。"

"免礼。"明德帝笑了笑，"来得正好，丞相也说说对攻赵的看法吧。"

沈在野拱手，十分恭敬地道："臣观察了赵国使臣，也探听了赵国虚实，希望陛下能对攻赵之事再考虑一二。"

"你是因为姜氏？"明德帝有些意外了，先前穆无瑕说这话，他还觉得这皇子有些优柔寡断，但沈在野竟然也这么说，那是为什么？

"非也。"沈在野抬头，一本正经地道，"虽然攻下赵国不是难事，但正因为它弱，就算攻下来也没太大作用，陛下反而要操心如何整顿那破碎的山河。不如先看看吴国的态度，若吴国疲于应付内乱，那我们倒是可以联合赵国一起攻之，拿下吴国，赵国自然更不在话下。但若先动赵国，情况就难说了。"

明德帝沉默，目光在沈在野和穆无瑕之间来回转了几圈，突然轻笑："你们这是商量好的？"

穆无瑕板着脸摇头："儿臣私下并未与丞相商议此事。"

没有商议，意见竟会如此一致？明德帝垂眸，他是不太想动吴国的，毕竟吴国虽然内忧，但实力不弱，要打就是一场硬仗，远没有攻打赵国来得轻松。

"容朕再多想想。"许久之后，帝王开口道，"你们先下去吧。"

"是。"沈在野和穆无瑕都应了，纷纷退出去。

刚走到没人的地方，穆无瑕就皱眉看向旁边的人："丞相又在算计什么？为什么想攻打吴国？"

"这不是最好的选择吗？"沈在野笑了，"打下吴国，大魏也是您的。"

"可……"穆无瑕皱眉，"这未免太过分了。"

"过分？"沈在野挑眉，眼含深意地看了他一会儿，摇头道，"殿下真是好了伤疤忘了疼，您遇见过的更过分的事情都有，您忘记了？"

穆无瑕脸色微变，垂眸："不提那些，眼下父皇是不会同意攻打吴国的。"

"那就想办法让他同意。"沈在野低声道，"实在不行，便由您来做这大魏的主吧。"

穆无瑕心里一惊，脸色沉下去："丞相又想一步登天？"

"时机已经成熟了。"沈在野笑了笑，"您没有信心？"

穆无瑕皱眉，目光复杂地看了他两眼，转身就走。沈在野没有去追，只是看着他一路走出芷兰宫。

穆无瑕在宫门口遇见了姜桃花。

"王爷，"姜桃花笑了笑，"您这是要去哪里？"

瞧见她，穆无瑕的脸色总算是好看了点，不过声音还是闷闷的："与人话不投机半句多，所以想出去走走。"

"您别急啊。"姜桃花道，"赵国使臣还在宫里，您身为唯一的亲王，哪里能撂下这挑子就走？"

南王皱眉，回头想再看沈在野一眼，却发现那人竟然不见了。

"好吧，"他道，"本王且再去侧殿坐会儿，等赵国使臣醒来。"

姜桃花点头，跟着他去了侧殿，又是端茶又是递水的，一脸慈爱地看着他。

穆无瑕察觉到了不对劲，看着她问："姜姐姐有事相求？"

"王爷厉害。"姜桃花放下茶壶，撩起裙子就在他面前跪下了，"妾身想请求王爷，万万不要攻打赵国。"

穆无瑕一愣，惊讶地看着她："沈在野告诉你的？"

"妾身猜的。"姜桃花认真地道，"妾身觉得当下没有攻赵的必要。"

"本王也是如此认为。"穆无瑕微微皱眉，叹了口气，"但是父皇不这么想，此事，本王怕也是无能为力。"

"王爷还记得先前与妾身同游国都时看见的贫民吗？"姜桃花道，"当时王爷的心情，现在可还依旧？"

穆无瑕一愣，心里顿时沉重起来。他的志向是许天下人一个太平盛世，老有所依，幼有所教，老百姓都能吃饱饭，不用再为了基本的生存而拼上性命。现在他离这目标已经近了一步，只是还做不了天下的主。

"姜姐姐的意思是……"穆无瑕抿了抿唇，垂眸道，"要我听丞相的话，走上跟太子一样的路？"

"有丞相在，您不会是第二个太子，"姜桃花摇头，"您会是一代明君，若有需要承担污名的事，丞相会替您去做。"

穆无瑕轻笑，伸手撑着额角道："你怎么就不明白呢？我就是不想他那样做，所以才不愿意听他的话。"

姜桃花一愣，有些意外地抬头看着他。

"一将功成万骨枯，可是靠着牺牲帮助自己的人上位，回头一看没有人站在自己身后，真的不会觉得孤独吗？他分明是为你好，但被万人唾骂，你却不能帮他说一句话。"穆无瑕笑着摇头，"本王不想和沈丞相走到这一步，他是良师，也是益友，虽然有些观念跟我不同，但他真的一直在做为我好的事。这样一个人，本王是多无情，才能看着他为了我去担天下人的骂名？"

他竟然什么都知道！姜桃花一时不知道说什么好，本以为小孩子好糊弄，没想到南王这双眼比沈在野看得还透彻。他知道沈在野的想法，也知道沈在野想怎么做,所以他拒绝配合,坚持要走自己的路。

先前沈在野与她商量的,的确是造反。先杀了明德帝,然后让南王诛灭他们这些反贼,登上帝位之后,才可联合赵国,扶持姜长玦,攻打吴国。按照如今大魏的情况,这样的计划是可行的,唯一需要说服的就是南王。沈在野担心他太过仁慈,不舍得伤了明德帝的性命,所以才让她来当说客。没想到,南王竟然是这么想的。

姜桃花停顿了一会儿,皱眉问:"您想如何做?时间不等人,总不可能当真等到陛下驾崩,那样就太迟了。"

"本王会用自己的法子达成丞相所想,不是非要伤了父皇才行。"穆无瑕抬眼,目光陡然坚定起来,"他现在不过是想让父皇答应联合赵国攻打吴国,本王会尽力一试。"

"可……"姜桃花担忧极了,她也不是不相信南王,只是这小孩子撇开沈在野,能做出什么事?天子之心难测,万一他没有达成此事,明德帝已经下令攻赵,那又当如何?

"姐姐不妨相信本王一回。"穆无瑕起身道,"赵国的人好不容易来一次,你还是好好跟他们聊聊天吧,其余的事,是该男人来操心的。"

姜桃花哭笑不得,起身看着他:"王爷这句话真是有魄力。"只是叫她不操心也不可能啊,人家想踹你家大门,你就在人家面前站着,难道还能不紧张?

下午的游园会,李缙明显已经醒酒了,与南王、沈在野和姜桃花一起在御花园里瞎转悠,他想找机会跟姜桃花说话,然而大庭广众之下,能说的都是客套话。

"二公主放心,长玦在赵国一切都好。"他看着姜桃花道,"只是经常念叨你。"

姜桃花点头,淡淡地道:"他若能建功立业,那我也没什么好担心的。"

李缙连忙道:"长玦已经当上了百夫长,在军中声望颇高呢。"

南王听得一愣:"李丞相所说之人,可是赵国三皇子姜长玦?"

"正是。"

其他人却想不明白了:"堂堂皇子,怎么会只是区区百夫长?"

姜桃花眼神一凉,看了看李缙,后者别开脸,含糊地道:"赵国情况与贵国不同,不能相提并论。"

的确是情况不同,姜桃花点头。在大魏当丞相,得像沈在野这样费尽心机,精于算计;在赵国就轻松多了,勾搭上皇长女即可。

"再往前就没什么好看的景致了。"沈在野开口道,"今日不如就到这里吧,大家也累了,早些歇息吧。使臣还要在国都停留数日,有机会不如去宫外走走。"

"按理说,我该去一趟丞相府。"李缙皱眉看着他,"不知是否方便?"

"自然是方便的,沈某等会儿便禀明圣上,明日邀李丞相、杨大人过府。"

沈在野优雅地颔首。

杨万青在旁边看着，心想，怪不得姜桃花现在看得开了，有了这么好的夫婿，以前的事情又算得上什么呢？

众人纷纷应下。李缙等人回驿站，沈在野则带着姜桃花回丞相府，众人在宫门口分别。沈在野一伸手就将姜桃花抱上了车，塞进去之后才回头朝李缙拱手："先行一步了。"

李缙目光复杂地点头，眼睁睁看着那马车走远，忍不住脸色发青。

"她既然已经放下了，你又何必还这样折腾自己？"杨万青摇头，"就当这一趟是来看看大魏山水的吧。"

"她身上的毒还没解。"李缙垂眸，"我怕我拿不到解药，她就……"

杨万青觉得又好气又好笑，突然觉得姜桃花今日说的话一点没错："当初决定放弃她的是你，现在来做这些又有什么用？她不会感动，更不会感激，你这样做又是为了什么？"

"我……"李缙皱眉，"我总不能眼睁睁看着她死去。"

"行了。"杨万青低了声音，"当初她快死了的时候，你不是也没管吗？说到底，她要是如今还在赵国，没有远嫁，没有遇见沈在野那样的男人，你还会这样懊悔吗？"

李缙一怔，脸色变得更加难看。

杨万青扭头就走："回驿站后你我应商量商量，该如何与大魏的人说话。"

李缙在原地站了许久，才跟着上了马车，一路上忍不住想这个问题。他是因为姜素蘅不够好而后悔，还是因为姜桃花嫁了更好的人而后悔？这个问题，李缙想不通，姜桃花却想得很明白，自己与他的情意早在他选择姜素蘅的时候就彻底断了个干净，没有多年之后澄清、回头的道理。李缙若当真那么后悔，那么喜欢她，两个人如何会走到如今这样的地步？

此刻，姜桃花正两眼放绿光地看着软榻上的沈在野。

沈在野一脸平静地道："你再这样看下去，我会以为你想对我做什么。"

姜桃花伸手拿着纸笔过来，拉他起来认真地道："妾身不想对爷做什么，妾身只是想问问，方才跟您说的南王的想法，您听进去了吗？"

"听进去了，然后呢？"沈在野轻笑，"他说什么就是什么了？一将功成万骨枯本就是帝王上位的必经之路，为了这点慈悲就要舍近求远，我是不会同意的。"

"您有这样的想法，妾身真是太高兴了。"姜桃花嘿嘿一笑，拿着笔便在纸上画，"那按照原计划，妾身还是先跟您说说赵国皇室的关系吧。"

"这些我都知道，"沈在野莫名其妙地看着她，"有什么好说的？"

姜桃花连连摇头："您知道的不会比妾身更清楚，您来看。目前赵国皇帝养病于深宫，皇后和皇长女把持朝政，大魏若是想与赵国联盟，必定只能跟这两个人谈。"但这两个人偏偏是最不会让姜长珙和她好过的人,她担心自己的要求达不到。

"皇长女姜素蘅的软肋是李缙。"姜桃花画了两个圈圈,再连上一条线,认真地道,"在李缙的事情上,姜素蘅都会选择让步,所以到底要不要放李缙回去,便看您的决断了。再者皇后吕氏心狠手辣,但因出身不高,她干政是一直没人服气的。朝中太尉王不群算是她的克星,若能说服王不群联合群臣,这样吕氏也会拿您没办法。"

沈在野安静地听着,看她画完了图,才抬头看着她,低笑道:"你们赵国皇室之人的软肋可真多,那你的软肋呢?"

姜桃花背后一凉,干笑道:"妾身的软肋就是不能饿着,不能冷着。"

分明是她那宝贝弟弟吧?沈在野嗤笑一声,也没多说,拿过她手里的笔,画了她和姜长珙的圈,低声道:"你的意思是,两国联合的条件,是让姜长珙挂帅?"

"是,"姜桃花挺直背脊,"如此一来,大魏省事,赵国也算出了力。"

沈在野睨着她笑:"可他现在只是百夫长,突然挂帅似乎没什么说服力。"

这就是她今天瞪李缙的原因啊!姜桃花有点泄气,要不是他们故意跟长珙过不去,以他的能力,怎么可能只是个小小的百夫长?现在想要提拔他,也难免费力些了。

"真是难办啊。"沈在野感叹。

姜桃花蹲在软榻上为难地挠头,小声嘀咕:"应该还有别的办法吧……"

"办法是有的。"

一听这话,姜桃花耳朵竖起来,立马看向说话的沈在野:"爷?"

沈在野身子往后倾,有些慵懒地靠在软榻边,嫌弃地看了她一会儿,伸手指了指自己的脸颊:"这儿。"

放在平时,他这是什么意思姜桃花可能不太懂,但是今儿生死攸关,她一抖机灵,扑过去就是吧唧一口,亲得他满脸口水:"这样就有办法了?"

沈在野面无表情地把口水抹了,点头道:"我会替你想办法的。"

姜桃花都快哭了,抱上大腿的感觉就是好啊!

第二天,李缙和杨万青到了丞相府。

沈在野有事进宫了,让姜桃花自己招待。姜桃花也就按照规矩,将礼数都做了周全,带着后院里的几位娘子,一起陪这两位将相府逛了一圈。

"真是个好地方,"杨万青笑了笑,"比赵国的相府好。"

李缙目光一直落在姜桃花身上,后者无视,笑着招呼他们进争春阁喝茶。

"我有话想单独跟你说。"李缙道。

姜桃花认真地看着他道:"除了两国邦交之事,其余的,我不想听。"

"桃花,"他皱眉,"我是考虑了很久才想跟你说这些话的。"

不远处还跟着一众娘子。姜桃花嘴角直抽，恨不得一拳打过去。不过看他这大有不说出来不罢休的架势，她还是决定让一步，朝后头的人伸手道："各位先里面请。"

杨万青领首，与众娘子一起先进主屋喝茶。姜桃花借机带着李缙走到旁边，冷着脸问："什么事？"

"我昨晚想了一个晚上。"李缙皱眉道，"万青说，我只是因为失去了你不甘心，所以现在这么在乎你，但……我是真的还喜欢你。"

姜桃花面无表情地点头，问："然后呢？你不当那丞相了，我们私奔？"

李缙一愣，苦笑道："你明知道是不可能的。"

"所以你来跟我说这些有什么用呢？"姜桃花不耐烦地道。

"我……"李缙垂眸，捏着手犹豫了许久才道，"我想让你别那么抵触我，至少如果某一天我将解药送到你手上，你得吃下去。"

姜桃花眯眼："杨万青已经给我了。"

"不是那个解药，那只能解一时，不能解一世。"李缙皱眉，"你身上的媚蛊，只能留你五年的性命，你不知道吗？"

姜桃花笑了笑，秋日的阳光从她脸上拂过，映得她眉眼含花，俏丽又多情："五年可是很长的一段日子，我知足了。"

她与吕氏的立场永远不会一致，吕氏也根本没打算彻底解她的毒。这世上若是还有人能解媚蛊之毒，她也不会这么急切地想在期限到来之前将该做的事都做了。一辈子本来就不长，她不觉得有什么好可惜好遗憾的，更不用靠李缙这种人来救。

"你能不能别这么轻易放弃自己？"李缙眼眶红了，整个人突然很无力，低头看着她道，"姜桃花，你活着不是为了替谁成事的，你有自己的日子要过，世上还有那么多山水美景你没看，那么多珍馐佳肴你没尝，这么平静地接受自己将死的事实，不觉得很残忍吗？"

"不觉得。"姜桃花摇头，"有什么残忍的？"

李缙咬牙："解药，我一定会替你拿到，我绝不会眼睁睁看着你丧命！"

"哦，谢谢啊。"姜桃花点头，转身道，"你若拿来，我是定然会吃的，不用担心。"她又不傻，真有解药，管他谁给的，肯定是一口吞下去，自己的性命怎么也比脸面重要。

李缙站在原地看着姜桃花进主屋，只觉得心里疼得难受，缓缓蹲下来，正想喘两口气，旁边却冷不防蹿出个人，一把就将他拉进了一间阴暗的屋子。

"别出声。"徐燕归脸色凝重，手抵着李缙的脖子，"我有话问你。"

"你是谁？"李缙皱眉，黑暗里看不清对方的脸。

"这个你别管，"徐燕归沉声问，"方才你说，姜桃花的命只剩五年？"

李缙一愣，闭了嘴没吭声。在不知道对方是谁的情况下，这种话自然不适合说出去。不过，方才他们周围分明没人，怎么会被他听见的？

正想着呢，自个儿的脖子上就多了个冰凉的东西，李缙一顿，皱眉道："你不说你是何人，就算杀了我，我也不会告诉你的。"

还挺硬气。徐燕归嗤笑，伸手掀开窗边的帘子，将半张脸露在外头照进来的光线里："我是相府的人，如此，你总该放心了吧？"

"沈丞相的人？"

"可以这么说。"

李缙皱眉想了想，沉声道："既然如此，我想单独见沈丞相一面。"

徐燕归挑眉，思考了片刻，就拎着他出了府。

主屋里的人都没在意李缙去了哪里，仍旧在聊女儿家的话题。

沈在野说是有事进宫了，其实是在浮云楼喝茶。他看见徐燕归把李缙带过来的时候，还有些惊讶："李丞相竟然没在相府叙旧？"

"无甚好叙，"李缙在他旁边坐下，一脸沉重，"倒有话想跟丞相说。"

沈在野侧头看着窗外的远山风景，不急不忙地道："李丞相但说无妨。"

"沈丞相先前为难在下，是因为桃花吧？"

听着这称呼，沈在野眉心一动，微笑着转头道："桃花是她的闺名，她现在既然已为人妇，李丞相还是称其为'姜氏'更妥。"

李缙气极反笑："姜氏便姜氏，看丞相如此言行，想必十分在意她吧？"

"自然。"沈在野颔首，"毕竟是沈某的正妻。"

"既然如此，那沈丞相也必定不会对姜氏的生死袖手旁观。"李缙起身撩袍，直接就朝座上这人跪下去，"李某有一事相求。"

沈在野吓了一跳，挑眉看着他："话可以好好说，李丞相不必如此。"

徐燕归在旁边呆站着，不知该不该阻止，纠结得脸都皱成了一团。

姜桃花中毒的事，他一直瞒着，没敢跟沈在野说，因为说了实在没什么好处。但今日听见李缙的话，他觉得，若是沈在野对此毫不知情，五年之后姜桃花突然香消玉殒，那对他来说也太残忍了，还不如让他知道，好有个准备。只是，万一知道了之后也束手无策，他会不会跟着绝望？

徐燕归正犹豫的时候，李缙开口了："姜氏为赵国皇后吕氏所害，身中剧毒，只能靠药物维持性命，若是过了五年这毒还没彻底解开，姜氏性命难保！"

沈在野瞳孔微缩，问："那毒发作起来，是不是会令她疼得直打滚？"

"是，"李缙咬牙，"犹如万蚁噬心。"

沈在野沉默了，眼帘垂下来，眸子里的神色，旁人再也看不清楚。

李缙以为他会很痛心，再不济也该紧张一番，没想到他竟然是这样的反应，当即忍不住皱眉："沈丞相，您不担心吗？"

"何以见得？"沈在野淡淡地问。

这还何以见得？根本看不出他半点担心的样子好不好？李缙站起身，皱眉道："这是关乎姜氏性命的秘密，难不成我还会撒谎？不信你可以去问青苔，她定然知道她家主子每月毒发有多痛苦！您既然是她的丈夫，又那么在意她，怎么能毫无反应？"

沈在野轻笑一声，道："你只管说要怎么救她就好了。"

本来李缙是打算向沈在野求救的，毕竟他是大魏的丞相，位高权重，办法想必也更多。然而一看对方这态度，他反而迟疑了："我说了，丞相会救？"

沈在野道："若超出沈某的能力，沈某自然无能为力。"

好冷血的人啊！李缙咬牙，犹豫了一会儿还是道："解药在吕氏那里，但她不会轻易交出来，尤其是在如今姜氏会威胁到她的情况下，她随时可能用解药反过来威胁姜氏。我试过很多种法子，都没能成功。"

沈在野沉思片刻，颔首道："我知道了。"

这样就完了？李缙气不打一处来："我告诉你是想让你帮忙！"

"沈某没说不帮，"沈在野皱眉，"丞相这般激动做什么？"

"因为我看不出你对姜氏有几分真心！"李缙愤怒地道，"你若是真在乎她，不是应该着急吗？也该多问问我蛊毒相关的事，可你什么都没说，一副事不关己的样子！"

着急有用吗？沈在野笑了笑，垂了眸子继续喝茶："李丞相怀疑不怀疑，在下一点也不在意。"

李缙脸色更难看，盯了沈在野好一会儿，半是负气半是认真地道："我也不用怀疑了，您这样的态度，姜氏若是真喜欢您，那才是奇怪。既然你二人貌合神离，那今日之言就当我没有说过，告辞！"

"李丞相留步。"

这话听着怎么那么让人不舒坦呢？沈在野微哂，看着他道："丞相说这样的话，是否太过武断？"

"沈丞相是个厉害的人臣，"李缙回头看着他道，"但你完全不了解女人！姜氏虽然嘴上不饶人，但从小失母，十分渴望有人能照顾她、保护她。就您这般态度，根本不可能得到她的心。"

沈在野眯眼，冷笑出声："在下不过是情绪不外露，并非不关心她。"

"哦？"李缙转身，看了他两眼，道，"女人是喜欢听好话的，听着才有安全感。虽然丞相文武双全，处处都比过在下，但论起对姜氏的了解，丞相远不如我。"

徐燕归躲在一旁看热闹，心想，这还是头一回有男人当面跟沈在野呛声呢。更有趣的是，沈在野的脸竟然黑了。

这一句话算是戳中了痛处，虽然沈在野知道姜桃花对李缙的态度，知道不能信他的话，但心里还是硌硬了一番。他不够了解她吗？她动动眼睛他就知道她在想什么，这还叫不了解？他只是当真不知道怎么讨女人欢心，也没有必要知道。

沈在野抿了抿唇，朝李缙拱手："该说的既然都已经说了，丞相还是早些回相府去吧，今日的礼节想必还没行完。"

537

"正有此意。"李缙不悦地还礼,"告辞!"

厢房里安静下来,徐燕归很快察觉到气氛不对,猫着腰就想跑路。

"徐门主,"沈在野轻声开口,"你什么都不说便想走?"

徐燕归干笑两声,挠挠头:"他说想见你,我就把人带过来了。"

"你又不是有求必应的观世音。"沈在野凉凉地看着他,"若非事出有因,我不信你会跑这一趟。"

徐燕归老实地在桌边坐下来,道:"我就是听他说了姜氏的事情,所以才带他过来的,只是个巧合。"

沈在野垂眸,也没追究到底是不是巧合,只问:"你觉得我该怎么做?"

竟然问他的想法?徐燕归震惊了:"你自己心里没个主意?"

"眼下有更重要的事情要做,我暂时顾不上她。"沈在野道,"但我怕时间拖太久,错过救她的机会。"

"你也有这么傻的时候?"徐燕归哭笑不得,"不是想与赵国联盟吗?到时候让赵国皇后把解药拿出来不就好了?"

"用那么大的筹码去要解药,是你傻还是我傻?"沈在野冷声道,"买东西都知道不能表现得太过喜欢,否则会被漫天要价。人命攸关的事,你还敢把软肋露给别人看?"

徐燕归一顿,想想好像也是这个道理,烦躁地道:"咱们慢慢想吧,现在事情都挤到了一起打成了结,你有十个脑子也不够用。"

沈在野揉了揉眉心,闷声不说话了。

晚上回到相府,沈在野推开争春阁的大门,姜桃花还是跟往常一样朝他扑了过来。

"爷!"小丫头眼睛亮亮地看着他,"您回来啦?"

"嗯。"沈在野应了一声,顿了顿,想起李缙的话,下意识地就朝她笑。

姜桃花脸上一僵,浑身的鸡皮疙瘩都起来了,他松开他的腰退后两步,戒备地看着他:"出什么事了?"

"看见你高兴。"沈在野微微皱眉,不悦地道,"你怕什么?"

废话,看见一头野兽在自己面前露牙笑,谁能不害怕啊?他今儿是不是又受什么刺激了?姜桃花一边腹诽一边重新靠近他,试探性地问:"今日有什么奇怪的事发生吗?"

"没有。"

姜桃花点点头,牵着沈在野的手走进主屋,带到软榻上坐下:"今儿赵国使臣过府,倒是跟妾身说了不少话,妾身很高兴,多谢爷。"

"你高兴就好了。"沈在野斜靠在旁边,道,"心愿算是完成了?"

"嗯!"姜桃花点头,该拿的东西拿到了,接下来就不关她的事了。

沈在野垂眸沉思,斟酌了好一会儿,才开口道:"你以后有什么事,也可以找我帮忙,遇到任何困难,也都可以跟我讲。"

姜桃花震惊地看了看他,忍不住爬到他怀里,伸手摸摸他的额头:"爷今儿是怎么了?好生奇怪。"

"如何奇怪?"沈在野皱眉,"你不是就想让我说这些话吗?"

想是想啊,谁不想"大腿"坦言会罩着自己?但这实在不是沈在野的说话习惯,她都怀疑他是不是中邪了!姜桃花小心翼翼地看他两眼,身上的鸡皮疙瘩还在一层层地往外冒:"您以往不是这么直白的人,有些话咱们心照不宣也挺好的。"

沈在野一愣,接着就微怒:"看来他也不是很了解你。"

"谁啊?"姜桃花挑眉,一看沈大爷这眼神,瞬间就明白了,哭笑不得地道,"李缙跟您说了什么?"

"没什么。"沈在野黑着脸伸手去拔她头上的钗饰,慢条斯理地帮她将发髻解开,"他倒是挺关心你的。"

任由他取完头上的东西,姜桃花整个人一松,舒服地靠在他怀里,撇嘴道:"是挺关心我的。"

她竟然这么直接地承认了?沈在野眯眼:"你不是很讨厌他吗?"

"他关心妾身和妾身讨厌他好像不冲突吧?"姜桃花笑了笑,"如今他的确是跟以前不一样了,这也得承认。"坦白讲,要不是他混账在前,就今日那番话,她是要感动一下的。自己都这么明显地厌恶他了,他竟然能丢了脸面不要,还说会想办法替她拿到解药。这份情意就算是为了弥补,也是难得,可惜她已经感动不起来了。

沈在野皱眉,手顿在她的发丝之间,许久才继续动作:"看来你心里还是分得清好坏的,谁对你好、谁对你不好,都很清楚。"

姜桃花一听这语气,立马狗腿地转头抱着沈在野的胳膊,甜甜地道:"这是当然,比如爷对妾身是最好的,妾身心里门儿清!"

沈在野眉头一松,抿了抿唇,顺了顺她的长发,她怀里抱着他的胳膊,他怀里抱着她,两个人看着窗外的月光,真是岁月静好,年华无忧。

第三十八章 宫变

然而只是这几个时辰的静好罢了，第二天天亮，沈在野就被明德帝召进了宫。

"国都出现了逆贼。"明德帝一把将奏折摔在地上，急得在龙椅前走来走去，"短短一个月，竟然聚集了两三千人！现在就在迎仙山附近，京兆尹竟然一直没发现！"

现在正是赵、魏两国来往的时候，这个关头若是发生叛乱，丢的可就是大魏的颜面！沈在野的表情也很严肃，拱手道："陛下当立刻派人追剿。"

"朕知道。"明德帝道，"但庞将军前些日子刚被调去安山平乱，国都之中没别的可用之将，朕总不能动用南宫卫尉吧？他还要守着朕的皇宫！"

"父皇，"旁边的穆无瑕站了出来，"儿臣愿意前往平乱！"

"你？"明德帝皱眉，"你年纪太小不说，又是文人……"

上次文坛授课令明德帝印象深刻，他理所当然地觉得南王专文不擅武。

"父皇放心，"穆无瑕认真地道，"儿臣自幼也研习兵法，勤练马术箭术。既然京中无将，何不让儿臣试试？"

沈在野点头，拱手道："微臣觉得南王可以前去。"

明德帝抿唇，认真地看着穆无瑕想了好一阵子，终于点头："好吧，那朕就给你五千士兵，务必将那一窝叛贼剿灭！"

"儿臣领旨！"穆无瑕眼里满是光彩。

离开大殿的时候，他很是认真地看着沈在野道："这一战本王只会赢不会输，父皇之所以不肯攻打吴国，是因为他安逸太久，心里没有胜算。此番正好让他看看咱们的战力，之后再提联赵攻吴之事就能有些把握了。"

沈在野没说别的，只拱手道："微臣静候殿下凯旋。"

南王领首，立马拿着兵符往驻兵重镇去了。

沈在野站在原地看着他的背影，心想，穆无瑕说的这条路的确是可以走通的，可是他等不及了，不如趁着这个机会把该做的都做了吧。

陆芷兰正在修剪花枝，突然收到了一封信。她打开看了看，眼眶渐渐地红了。与此同时，近在朝中的各个亲信、远在安山的庞将军，也收到了同样的消息。

大魏的国都还是跟往常一样平静，姜桃花站在窗前看了看外头的天色，小声嘀咕道："天气越来越凉了。"

沈在野跨门进来，扔给她一件披风，然后道："走，去送一送南王。"

因为赵国的使臣还在国都，所以南王平乱也不能大张旗鼓，只能选在晚上夜深人静的时候带着人马离开。

姜桃花跟着沈在野出门，没坐马车，而是与他同乘一匹马。夜风之中，两人衣袍猎猎。

姜桃花死死抱着这人的后腰，突然道："您今儿心情好像格外沉重。"

沈在野一愣，回头问："很明显？"

"除了妾身，没人看得出来，"姜桃花道，"您放心吧。"

这话他听着更不放心了！沈在野叹道："你怎么就看出来了？"

姜桃花撇嘴："跟您待在一起久了，自然会更了解些许细微之处，比如您每次有心事，眼帘就会一直垂着，不肯正眼看我。"

这是一种下意识的行为，因为怕她从他眼里看出什么东西。

沈在野轻哼一声，道："如此说来，看你有没有撒谎也简单得很。你每次骗人，都喜欢捋袖口。"

姜桃花惊了一跳，捏着自己的袖口看了看："妾身有这个习惯吗？"

"所以两个人在一起久了，还真不是什么好事。"沈在野道，"自己不曾发现的东西，都被对方发现了。"

"怪不得白头偕老的人都必须是十分相爱的人呢。"姜桃花小声嘀咕，"不然被不靠谱的人了解自己的一举一动，那也太可怕了。"

沈在野点头，十分认可她这个说法。这两人都算是众生中的异类，但不知为什么，在一起倒是格外和谐，许多常人觉得匪夷所思的观点，他俩都能认同。

骏马飞奔，很快就到了城郊，剿匪大军整装待发。看见他们，穆无瑕迎了过来："丞相，姜姐姐。"

两人下马，姜桃花看着南王身上的披风，眼眸一亮，那是她送的那一件！

"多谢王爷厚爱。"她温柔地道，"此去可要好好小心。"

"放心。"穆无瑕颔首，"本王都安排妥当了，没有万足的准备，本王也不会揽下这差事。"

"微臣也觉得王爷定能大获全胜。"沈在野站在姜桃花背后，目光幽深地看着穆无瑕，"只是恐怕要耽搁些时日。迎仙山离国都很近，若是需要增援，随时派人知会便是。"

穆无瑕挑眉，认真地道："若是五千甲士还难胜三千贼寇，那本王也不用回来了。"

"王爷说的这是什么话。"姜桃花摇头，"胸有成竹是好事，但凡事无绝对，怎可把话说绝了？"

"本王只是想让你们放心罢了。"穆无瑕道,"我不是孩子了。"

闻言,沈在野和姜桃花都是一顿。姜桃花仔细看了看他,又看了看沈在野。就身长来说,南王的确不是孩子了,只是瞧着他这俊朗却略带稚气的五官,怎么都不能让人彻底放心。

"时候不早了,"沈在野道,"殿下启程吧。"

"好。"穆无瑕颔首,翻身上马,扯着缰绳看着他们道,"你们等本王回来。"

站着的两人同时朝他行礼。穆无瑕眼里带了些笑意,转瞬又严肃起来,带着身后的人浩浩荡荡地往迎仙山而去。

夜色深沉,姜桃花站在秋风中突然问:"爷,您真会老实等王爷回来吗?"

沈在野失笑,眼里满是复杂的光,伸手就将她揽进怀里。

李缙等人本打算在大魏国都待上五日便离开,然而在他准备跟大魏皇帝辞行的时候,明德帝却开口道:"时候尚早,李丞相何必这么着急赶回去?"

一般出访别国都是五日即回,这难道不是规矩吗?李缙很意外,然而接下来明德帝的行动就让他弄清楚了原因——大魏要同赵国撕破脸了。他和杨万青都被关了起来,与外界完全隔绝。明德帝对外宣称使臣已经返回赵国,实际上他们却被关在天牢动弹不得。

姜桃花不安起来,她什么消息都没收到,然而这才是最可怕的,因为赵国使臣若是要启程回国,李缙肯定会来跟她告别的。但是她连一个人的影子都没看见,这一行人就被"返回赵国"了。

沈在野也突然忙碌起来,几乎整日在宫里待着,还不许她出相府。

第一天,姜桃花对自己说,得相信沈在野,他答应过自己的。然而时间过去得越久,她心里就越来越没底。她正等着呢,湛卢就来禀告,说今晚沈在野又要留在宫里,不回来了。

去宫里做什么呢?姜桃花实在好奇,刚派了青苔出去打听,就见凌寒院的绣屏过来传话道:"夫人,我家主子请您移步凌寒院说话。"

梅照雪?姜桃花摆手,她现在哪里有精力应付她?

"我家主子说了,她能解您的困惑,您若是想知道什么,随时可以去问她。"

姜桃花心里一跳,皱眉道:"当真?"

"奴婢不敢撒谎。"

姜桃花想了想,带上花灯,起身就往凌寒院去了。

梅照雪已经没有了先前的癫狂,整个人看起来正常了不少,正在优雅地摆弄茶具。看姜桃花来了,她嘴里喊了一声"见过夫人",身子却没动,也没行礼。

姜桃花没心思跟她计较这些,开门见山道:"你能解我什么困惑?"

"您不是好奇相爷在宫中做什么吗?"梅照雪笑了笑,"妾身知道。"

姜桃花微微挑眉，在她面前坐下："洗耳恭听。"

"兰贵妃最近病得厉害了，"梅照雪淡淡地道，"爷一直在宫里照料她，甚至割手腕滴血给她做药引。"

姜桃花微微一愣，有些意外："你幽禁在这院子里，哪里得来的消息？"

梅照雪抬眼看了看她，道："就算被幽禁，妾身也还是奉常家的嫡女，宫里也有不少认识的人，知道消息很奇怪吗？"

这样啊，姜桃花点头，接着就松了口气："那没事了，我就先回去了。"

梅照雪坐不住了，完全不能理解地看着她："您不生气吗？"

姜桃花莫名其妙地看着她："爷只是照顾娘娘而已，我为什么要生气？"

沈在野要是在帮着明德帝计划怎么攻打赵国，她才当真要生气呢！

梅照雪脸色微青，捏着茶杯的指节都泛白了："妾身很好奇，您到底在乎什么？是不是只要坐上这夫人之位，您就丝毫不担心爷的心思在别处？您有没有想过，爷最爱的人可能是兰贵妃，将来有一日他们情难自抑的时候，很可能会抛家私逃。"

姜桃花目瞪口呆地看着她，想了想沈在野一脸深情地抱着陆芷兰私奔的场景，忍不住打了个寒战，脱口道："不会的。"除非沈在野脑子被驴踢了！

梅照雪伸手拿出一块皇后所在的未央宫的腰牌，低笑道："您若是不信，明日可以进宫去瞧瞧。"

姜桃花惊叹道："你竟然还有这种东西。"

"这是皇后娘娘很早之前给我的。"梅照雪神色复杂地道。

姜桃花拿起腰牌看了看，轻笑："你觉得我傻吗？为了去看沈在野背着我是怎么跟别人恩爱的，就私自进宫？"

"有了这东西，您完全可以说是进宫去给皇后娘娘请安。"梅照雪道，"您不就是为了爷没回来而坐立难安吗？名正言顺地进宫去，还可以顺道看看爷在做什么，不是一举两得？"

听起来好有道理。姜桃花点头，将那腰牌收进怀里："那就多谢你了。"

梅照雪颔首，眼帘低垂，眸子里依旧是恨意难消。

姜桃花出了凌寒院，翻遍相府里的房梁，将徐燕归抓了出来："徐先生，您可知相爷最近在做什么？"

徐燕归很是茫然地摇头："不知道。"

姜桃花微笑着静静地看着他。

"夫人息怒，在下是当真不知道。"徐燕归启唇，"这几日他未曾对我说过什么，又神出鬼没的，我哪里猜得到他的心思？"

"既然如此，先生可愿意帮我去打听打听？"姜桃花将那腰牌递给他，笑眯眯地道，"我会准备些薄礼，你就当是帮相爷送去给皇后娘娘的即可。"

徐燕归看了那腰牌一眼，嗤之以鼻："这东西只能进第一道宫门，后头的是进不去的,你若是想打听什么,在下可以帮忙,不用这个。"

"不行,"姜桃花笑了笑,眼含深意地道,"您恐怕就得拿着这牌子,以我的名义进宫一趟。我会好好替先生准备东西和妆容的。"

准备东西还说得过去,毕竟要备礼,但是准备妆容是什么意思?徐燕归一脸无辜,就见面前的姜桃花越靠越近,脸上的笑容格外狰狞。

第二天天亮,沈在野还是没回来,姜桃花一大早就让青苔准备了马车和礼品,受了众人的请安,便带着人出了争春阁。

古清影站在后头瞧着,好奇地问:"她现在出去做什么?"

柳香君一边打着哈欠一边道:"咱们只管请完安回去睡觉,管她去做什么呢?兴许是想念爷了,所以寻个由头去找爷罢了。"

这倒是有可能的。古清影点头,跟随众人一道散开,各回自家的院子里去。

相府门口不知什么时候多了护卫,府里的人也没在意,只当是因为最近有叛贼在国都附近出现,所以来保护相府周全的。但是姜桃花等人要出府的时候,被拦住了。

"相爷有吩咐,府里的人都不得离开。"一个十四五岁的小孩子穿着一身护甲,朝姜桃花拱手道,"请夫人回去。"

这么小的孩子也可以当护卫了?姜桃花很好奇,先不问为什么不可以出去,倒是把他扯过来问:"你是谁家的孩子啊?"

小孩子挣扎了两下,有些慌张地道:"我是庞将军的义子庞展飞!"

庞将军?姜桃花仔细回忆了一下,这个名字在很多地方瞧见过,太子的书房里有,沈在野的书房里也有,好像是个地位颇高的兵马元帅。他的义子,竟然会在相府大门口看门?姜桃花心里微紧,拉着庞展飞到旁边嘀咕了两句,又指了指自己身后那人,问:"你能明白吗?"

庞展飞愣怔,抬头看向身后那浓妆艳抹的大姐姐,一时傻了眼,呆呆地点了点头。

徐燕归顶着女人的发髻,面无表情地开口:"人家孩子眼也不瞎。"

姜桃花转头,一脸严肃地训斥:"你好歹拿出点相府主母的气势!"

徐燕归拿出铜镜看看自己现在的这张脸,很是崩溃:"行了,放我走吧。"

庞展飞半晌才回过神来道:"只要夫人不离开,旁人都可放行,请吧。"

"一路走好。"姜桃花立马换上了笑脸,关切地道,"一定要小心哦。"

徐燕归不情不愿地拱手,拎起长长的裙摆,拿扇子挡了脸,学着姜桃花的样子风情万种地出门,上了马车。而姜桃花带着青苔躲进了门房,让庞展飞帮忙掩护,藏得神不知鬼不觉。她倒是想看看,徐燕归这一去会发生什么事。

宫里的情况正是水深火热,明德帝昨晚想下旨攻赵,被沈在野强行拦下,现在君臣交战,双方都不肯让步。

兰贵妃更是憔悴，温柔地倒着茶水，看了一眼外殿还在争吵的两个人。

"朕明白，你就是护短。"明德帝气得脸都红了，"吴国都可以动，偏生赵国动不得？你说的理由，朕一个字都不想相信，无非就是儿女情长蒙蔽了你的眼！"

"陛下，"沈在野皱眉，"攻打赵国不仅是不智之行，还是不义之举！"

"你眼里也有仁义？"明德帝冷笑，"好啊，先把姜氏交出来，朕杀了她，便听你的话，不攻赵国！"

"陛下！"沈在野直揉额，"江山社稷，女子何辜？"

明德帝冷笑，捏着手里的佛珠，轻轻侧头看了旁边的人一眼。

沈在野察觉到了不对劲，神色微凛："陛下，您想做什么？"

"听闻你已经将相府保护起来，"明德帝皮笑肉不笑地道，"看来姜氏对你当真很重要。朕信任你多年，这两日才真切地感受到什么叫养虎为患。"

他以往下旨，谁敢说一个"不"字？偏生这攻赵的旨意怎么都下不去，一查才发现，朝廷早就被沈在野把持，自己身边也渗入了不少他的人。这太危险了，他必须做点什么来挽回。就算沈在野没有反叛之心，他也必须防备着，姜桃花就是个上好的筹码。

沈在野一顿，垂下眼，恭恭敬敬地拱手："臣效忠陛下多年，没想到有朝一日会被陛下当成祸患。"

"朕并非这个意思。"明德帝眼神深邃地道，"但爱卿至少要做点什么，好让朕放心。"

"臣要如何做？"沈在野平静地道，"只要陛下吩咐，臣去做便是。"

明德帝眯眼，正想说话，外头就进来个小太监，在他耳边低语了两句。听完之后，明德帝的表情就轻松了，他微笑道："姜氏进宫了，爱卿既然想表明忠心，那朕便让人带她过来吧。"

沈在野的脸色瞬间难看起来，他下意识地看了看内殿的兰贵妃。兰贵妃嘴唇微白，眼帘低垂，正安静地泡着茶，根本没注意外头。

"爱卿这是怕朕对她做什么吗？"明德帝打量着沈在野的表情问。

"陛下仁爱，"沈在野低头，"断然不会伤及无辜。"

"若是朕说的话还管用，朕身边的人也都听话，那她就是无辜的。"明德帝淡淡地道，"你明白朕的意思吗？"言下之意是，攻赵的圣旨下得去，他才会放过姜桃花。

箭在弦上，不得不发了！外头有脚步声传来，沈在野深吸一口气，满脸沉重地回头看过去，视线落在那人脸上的时候，整个人却一抖。

徐燕归红唇似血，进来就朝明德帝咧嘴一笑："拜见陛下。"

明德帝震惊了，呆呆地看了他许久："几日不见，公主怎么胖成这样了？"

"回陛下，妾身这不是胖，是壮，"徐燕归干脆破罐子破摔，伸出手来亮了亮胳膊上的肌肉，"毕竟是练武长大的。"

545

沈在野："……"

兰贵妃："……"

明德帝一般都不正眼看人，自然也记不住姜桃花的长相，但看到这里，明显看出来这是个男人，脸色当即沉下去："大胆！你是何人？！"

外头的禁卫瞬间都冲了进来，纷纷将刀剑架在徐燕归的脖子上。

这样的阵仗，徐燕归自然是不怕的，当即飞挂到房梁上头，朝着下头道："草民只是随意路过的，谁知道就被抓到这里来了？你们先聊，我走了。"说罢，趁着众人都惊呆的瞬间，一转身便消失在宫殿外头。

沈在野全程都没吭声，明德帝却是又惊又怕，立马下令让人抓住那刺客。

"堂堂相府竟然会出刺客，丞相，你不觉得该跟朕解释一二吗？！"

沈在野回过神来，笑了笑，眼神幽深地看着明德帝问："那人何以见得是相府的人？微臣已经下令相府的人不得出府，他又是怎么来的皇宫？"今日若当真是姜桃花进宫来，是不是就得被皇帝捏在手里，当要挟自己的筹码了？

明德帝一顿，皱眉道："宫里的人说她是来向皇后娘娘请安的。"

"姜氏与皇后娘娘素昧平生，况且娘娘还在病中，她怎么会这么不懂事，非要来请安？"沈在野笑了笑，起身看着兰贵妃道，"还是让娘娘先给陛下倒杯茶吧，其余的事，之后再说。"

明德帝垂眼，眼珠子轻轻转动着，明显是在想该怎么反驳他。

兰贵妃抿唇，在明德帝坐着的软榻旁边跪下，认认真真地给他倒了杯茶，双手捧着道："陛下，请用。"

明德帝一点也没防备，接过来便喝了一口，抬头想喊她平身，却见她竟然落了泪。

"兰儿，你怎么了？"明德帝心里一紧，放下茶杯就将她拉起来，连忙安慰，"朕与丞相只是有些争执，对事不对人的，你别害怕。"

兰贵妃哽咽，坐在明德帝身边看着他，眼泪扑簌簌地往下掉："臣妾对不起陛下。"

沈在野无声地起身，将宫人都赶出了大殿，只留自己的亲信守在门口。

明德帝的注意力还在兰贵妃身上，问她："你有什么对不起朕的地方？"

"臣妾进宫两年多了，"兰贵妃咬牙道，"心里还有别人。"

明德帝微微一震，皱了皱眉，眼里有厌恶和不满，然而看了她半晌，却还是道："朕一早知道你心里还有个人，朕只是没说罢了。等时间久了，你总会忘记他的。"

兰贵妃连连摇头，扑在明德帝的怀里号啕大哭："妾身忘不掉……"

"兰儿，"明德帝沉了脸，"朕对你不够好吗？你为何突然说这样的话？"

兰贵妃没回答，只是放开嗓子哭，哭得明德帝心疼了，正想拿帕子为她擦眼泪，却觉得自己眼前一花，头突然很沉，身子猛地朝旁边倒下去。

"陛下！"兰贵妃哭得更凶了，伸手抱着他的头，一起倒在软榻上。

"朕突然觉得好困。"明德帝眼前一片漆黑，有气无力地道，"兰儿，你握握朕的手……"

兰贵妃眼泪横流，抓着明德帝的手，看着他脸色一点点青白，喉咙里疼得说不出话，只能号哭。明德帝当真对她很好，她进宫两年，哪怕她骄纵任性、情绪无常，他都包容着，给她最好的东西。她时常闷声坐在窗边流泪，他来的时候，总是不打扰她，等她哭够了，回头就有个温暖的怀抱，什么都不用解释，只是抱着就可以很安心。他可能不是个很好的皇帝，却是个很好的丈夫，是她对不起他。

明德帝嘴唇动了动，似乎是想说话，然而他没有机会了，逍遥散的药效极强，转瞬便夺去了他的性命。最后一眼，他还是看向兰贵妃的。自己这皇帝做了二十多年，就只真心爱过这么一个女人，没想到会是这样的下场，没想到她竟然会对自己下这样的毒手！更没想到的是，自己临死前的最后一个念头，不是恨，而是担心，他死了之后，她该怎么办？谋杀君主，这样的罪名，她怎么受得起？

哭声响彻芷兰宫，外头的人没有吩咐也不敢进来。沈在野垂眸站在旁边，冷静地吩咐亲信去安排后面的事，看人都出去了才转头回来，却挨了陆芷兰一个响亮的耳光。

"啪！"

脸被打得侧过去，沈在野微微眯眼，慢慢转过头看着面前的人。

陆芷兰脸上的妆花得不成样子，整个人就跟小时候他弄丢了她的玩具时一模一样，她委屈又愤怒地朝他吼："我恨你！"她何其恨他啊！若不是他，自己就不会进宫，不会遇见明德帝，不会欠下这一生一世都难还的债！

"可娘娘最后还是选择了帮我。"沈在野淡淡地颔首，"多谢。"

陆芷兰浑身发抖，抓起他的手腕拼命咬上去！没一会儿嘴里便都是血腥味儿，这味道终于让她冷静了一些，她红着眼跌坐在软榻上，抬头看着他道："你知道吗？我真的很想陪你一辈子，给你研墨，看你舞剑，跟你去你想去的地方，哪怕你一直不会回头看我。我做过最傻的一件事，就是听了焦大人的话进这大魏皇宫，以为是为你好，连自己的退路都没有考虑过。你却……根本不领情！"

沈在野深深地看了她一眼："原来是焦大人在背后作梗。"

他知道陆芷兰对他的感情，无论如何也不会卑鄙到让她进宫为自己铺路。两年前，她突然进宫，说是他身边人的吩咐，让他硬生生担下这情债。他认了，毕竟是这么多年的朋友，她那般不甘心，总要有个能恨的人才能坚持下去。

沈在野眼里多了些怜惜，伸手递给她一条手帕："我没有不领情。"

陆芷兰的眼泪跟着又流下来，她哽咽道："你没有不领情？没有不领情，为什么对我不闻不问？为什么待我连从前都不如？！"

她踏进这冰冷的皇宫，就是想看他对她笑一笑，哪怕多关心她一些也好。谁知，两人却渐行渐远。一辈子的牺牲换来这样的结果，叫她怎么不怨？！

"因为你一进宫便是皇帝的人了，"沈在野皱眉，"总要守着规矩。"

"规矩？"陆芷兰一愣，继而大笑，"这样说来，却是我自己害了自己，选了一条错的路走！"

"贵妃娘娘……"

"贵妃娘娘？"陆芷兰双眼通红地看着沈在野，伸手抓起明德帝冰凉的手，咬牙切齿地道，"他已经死了，你看不见吗？我不再是贵妃娘娘了！再也不是了！"

再不会有人在她哭成这样的时候安慰她了，也不会有人宠她爱她保护她了。她爱错了人，伤错了人，害错了人！她为何不把那杯茶递给沈在野？！为何？！无边无际的恨意翻涌上来，陆芷兰眼神凌厉地看着沈在野："你要补偿我！"

"你想要如何补偿？"

"你的后半辈子，都要跟我在一起！"陆芷兰蜷缩在软榻上，死死地盯着他，"你要比明轩对我更好！"

明轩，是明德帝的字。

沈在野看了看软榻上明德帝的尸体，良久才垂眼应了一声："好。"

明德帝对陆芷兰有多好，他都看在眼里。陆芷兰对明德帝不是没有动过心，他也看在眼里。然而她最后还是做出了这样的决定，他理应补偿她。

亲手杀掉一个深爱自己的人是什么感觉呢？他想，大概就是当年看着陆芷兰一身后妃装束，用无比憎恶的眼神看着他时候的感觉吧，相去不远。这世上欠谁的债都不可怕，最不能欠的就是爱你至深之人的，因为根本还不了他们想要的东西，愧疚会伴随一生。

沈在野闭了闭眼，朝榻上行了个礼，转身便往外走。

陆芷兰凶恶的眼神慢慢柔软下来，直到瞧着他的身影完全消失在门外，她才跟没了家的孩子一样，慢慢躺进明德帝怀里，拉着他的手抱着自己，无声地呜咽。

这宫里要进皇帝嘴里的东西都是要被检查的，只有她这里，只有她给的东西，他才会看也不看就往嘴里送。死在她手上，他一定很恨，下辈子遇见她，可还会理她？还会不会温柔地看着她，喊一声"兰儿"？

这寂寥冷清的人世间，她最后的一抹温暖，终于在她旁边慢慢凉透了。整个皇宫一片宁静，除了芷兰宫里的哭声。

沈在野镇定地去了乾元殿，在宫人的安静注视之下拿起玉玺，立下了遗诏。

太医在芷兰宫外候着，明德帝的亲信想进芷兰宫看看，却被人拦在外头。

"陛下病重，诏请天下名医进宫医治，有能妙手回春者，赏金万两。"

太监宣旨的声音响彻宫廷，也响彻国都的每条街。百姓们围着告示指指点点，悬壶堂有名望的大夫纷纷进宫，一时间明德帝病重的消息伴随着这一万两黄金的巨大诱惑，传遍了天下。

然而迎仙山的南王还什么都不知道，一腔热血的少年正提剑与敌寇厮杀。山势复杂，他与那些擅长躲藏的反贼周旋了好几日，终于重创其主力。

"还有两日，本王便可将他们全拿下！"穆无瑕眼里满是兴奋的光，朗声道，"我方兵力几乎无损，照此情况，回去定能向父皇求得攻吴之令！"

旁边的将领什么也没说，低头附和着。

穆无瑕一顿，抬头扫了周围的人一眼，皱眉道："出什么事了？"

"王爷别多想。"旁边的人连忙道，"没出事，卑职等人只是担心您罢了，您每次冲锋在前，万一有什么意外……"

"担心这个做什么？"穆无瑕轻笑，低头看了看自己这一身红边白甲，"这东西可牢实了！"

众人纷纷应着，相互使了眼色。

南王虽年纪小，却十分不好糊弄，最后两日可千万不能再出岔子。

丞相府。

当明德帝病重的消息传来的时候，姜桃花终于松了口气。

沈在野没有打算背叛他们的约定，赵国有救了！只是，为什么过去这么久了，他还是没回来？丞相府外的守卫更加森严，府里的人都惴惴不安。姜桃花在门房里待了一天，还是带着青苔回争春阁了。

结果她一进去，就看见院子里的姬妾都在。

"夫人！"顾怀柔戴着头纱，满是焦急地迎上来，"您去哪里了？"

"出去随意走了走。"姜桃花笑了笑，目光扫了一圈，没看见梅照雪。

徐燕归还没有回来，看样子也是情况凶险，幸好她没去。既然如此，凌寒院还是看守起来为好。

"外头都乱了套了，您还去走？"古清影皱眉，拿帕子掩着唇道，"妾身听闻，陛下好像是要……"

话不用说完，众人都明白是什么意思。

姜桃花拍了拍她的手，轻笑着说道："咱们不用担心这些，天塌下来还有相爷顶着呢。"

看沈在野这一早将相府保护起来的架势，想必是早有打算了。

姜桃花正想着呢，突然跑进来个家丁，着急忙慌地道："夫人！外头打起来了！"

打起来？姜桃花不解地回头看他："谁跟谁打起来了？"

家丁声音颤抖着道："御林军跟咱们相府门口的护卫打起来了！"

姜桃花倒吸一口凉气，立马转头看着院子里的人道："都赶快去临武院藏起来，我去门口看看。"御林军攻打丞相府？那多半就是有人知道了沈在野的企图，想用家眷来威胁他。开什么玩笑，这些女人若是落在御林军手里，至多是被拉去受虐，沈在野才不会被威胁，可怜的还是女人罢了！

一群姬妾都慌了神，花灯帮着引她们去临武院，姜桃花则提着裙子带着青苔往大门的方向走。结果在半路上，她们遇见了梅照雪。梅照雪脸色一白，眼神明显慌了，提起裙子就要往大门的方向跑。

"拦住她！"

青苔闻言飞身一跃，拦住了梅照雪的去路。

梅照雪心里一跳，僵硬了脖子，慢慢回头看。

"娘子这是要往哪里去？"姜桃花笑着走近她，"这么着急？"

梅照雪垂眸，理了理裙摆，道："听说门口打起来了，妾身想去看看。"

"我若是没记错的话，"姜桃花笑了笑，"娘子不是应该在禁足吗？外头打起来了，与你有什么相干？"

梅照雪手心里出了一层汗，往后退了小半步，没吭声。

姜桃花安静地打量了她几眼，道："你该不会是以为我在宫里出不来了，这会儿赶着给人开相府大门去吧？"

梅照雪这才想起有哪里不对劲，皱眉道："夫人没进宫？"

"进宫干什么？"姜桃花挑眉，"外头那么乱，谁知道会发生什么事呢？"

"夫人真是心机深沉，"梅照雪失笑，"在您手上真是讨不着好。"

"过奖了。"姜桃花看向青苔，后者麻利地将梅照雪捆起来，押着一起往门口走。

她们刚到正门附近就听见了兵器交接之声，听起来阵仗还不小。府门紧闭，庞展飞正带着人面朝大门守着，听见后头有动静，便回头看了一眼。

"夫人！"瞧见姜桃花，庞展飞神色一紧，"您还是回院子里去，别出来了！"

"总要知道了情况再躲。"姜桃花一脸严肃地问，"外头是什么人？"

庞展飞一顿，犹豫了一会儿道："是御林军。陛下病危于宫中，丞相守住了皇宫不让人进，御林军忠心护主，便想来攻相府，以求陛下平安。"

还当真是这样的情况。姜桃花点头，伸手指了指后头被捆着的梅照雪："这个人是相府的内鬼，交给你们看守，必要的时候可以推出去当人质，想必能换得一丝生机。"

梅照雪大惊："夫人，妾身也是相府之人，您何必公报私仇？"

"我与你没有什么私仇。"姜桃花转头看着她，道，"只是你的算盘打到了我头上，也打到了沈在野头上，那就怪不得我不留情面了。"

梅照雪抿唇，她很想狡辩说自己没有，然而姜桃花那双眼像是看透了她，任何解释在她这里都不过是笑话。她的确是在打他们的算盘，只是没想到，连姜桃花这关都过不了。太子薨逝，她父亲看穿了沈在野的真面目，却动不了他。父亲知道沈在野有谋逆之心，便想着起码要保住皇帝，不然梅家上下就更难活命了。

所以昨日父亲让她引姜桃花进宫，送给皇帝当筹码，以阻止沈在野的行动。她本以为姜桃花什么都不知道，至少会好奇，进宫去看看，没想到她竟然不上当，还将自己抓了出来。又是她输了，依旧输得不甘心。她不比姜桃花差，但为什么总是赢不了？

庞展飞点头应了，将梅照雪捆在旁边的树上。姜桃花带着青苔跑回临武院。

"为什么要躲来这里？"古清影正好奇地问，"大家分开躲，不是目标更小，更难被找到吗？"

"因为这里是相爷的院子。"姜桃花从门口跨进来，二话不说就往书房的方向走，"情况危急，你们跟我来！"

众人本来还有些迟疑，但相府外头乍然响起一阵欢呼之声，像大门被破了似的，众人顿时吓得一窝蜂往书房冲。姜桃花被她们挤得趔趄，皱了皱眉，拨开人群走到书房的架子边上，伸手四处摸了摸。咔的一声响，暗室的开关就被她碰到了。

一群女人纷纷尖叫，姜桃花低斥一声："闭嘴！"

顾怀柔捂着嘴震惊地看着那暗室，光照进去，里头满墙都是刀剑。

相府竟然还有这样一个地方，她们一直都不知道！

"进去。"姜桃花一边听着外头的动静，一边道："青苔去厨房，把吃的喝的多拿些过来，要快。"

"是！"青苔领命，飞身而去。

众人争先恐后地跑去暗室里找位置，一边抱怨看不见，一边抱怨太阴冷。

姜桃花抬脚就跑去主屋，和花灯一起将沈在野屋子里的被子都抱了过来，顺手拿了些蜡烛和灯台，将暗室照亮，布置好了让她们休息，然后蹲在门口等青苔回来。

青苔力气大，背了两筐东西，看得姜桃花直拍手："厉害！"

"主子快进去。"青苔脸上一点血色都没有，"相府的门破了！有人冲进来了！"

"好。"姜桃花点头，看着她进暗室，然后锁上了临武院的大门，将院子里检查了一遍，确定没有什么蛛丝马迹，才跟着进了暗室，关上机关。

"都别太大声，听我说。"暗室里，姜桃花低声道，"临武院是全府之中院门最坚固的，他们就算进了相府，要进这里也要费些工夫，况且还有机关护着咱们。就算最后密室被发现了，咱们周围全是刀剑，说什么也要拿起来反抗。"

暗室里的人大多都是贵门出身，哪里见过这种阵仗？一听还要拿刀剑，古清影声音里都带了哭腔："咱们一群弱女子，哪里斗得过？外头到底是什么情况，为什么会——"

话音未落，姜桃花就伸手捂住了她的嘴。

有砸门的声音从外头传来，一声一声的，像是砸在人的心上，吓得暗室里所有人都缩成了一团。青苔整理好吃喝的东西，从墙上挑了一把剑下来，认真地看了自家主子一眼。姜桃花看得懂她的眼神，这丫头会誓死保护她。她捏了捏自己的手，屏息继续听着外头的动静。

可能是后院里找不到人，外头搜查的御林军相互通报："这边没有。"

"这边也没有。"

奇怪了，人去哪里了？御林军统领皱眉站在临武院门前，看着他们砸了会儿门，干脆吩咐道："拿梯子来，直接爬进去看看，这门太牢实了。"

"是！"

十个御林军爬进临武院，开始四处搜查。

听见人在暗室四周的墙上敲敲打打的，大家的心都快跳出嗓子眼了。几个胆子小的侍衣已经哭了起来，但捂着嘴没敢发出太大声音。姜桃花一边给她们递着帕子，一边飞快地想着办法，额头上也是冷汗涔涔。

她不担心被外头的人找到，而是担心这些脆弱的女人会受不住，先暴露。毕竟都是娇生惯养的，受个惊都得喝药养几天，更别说经历这种生死攸关的时刻。大概是因为平时她显得很靠谱，所以她们相信她，都暂且忍耐。但她的心里其实是没底的。任何聪明算计在绝对的武力面前都派不上用场，一旦她们被抓，不管沈在野受不受威胁，她们是绝对没办法活下去的，包括她自己。

姜桃花咬了咬牙，抓紧青苔的手，听着外头翻箱倒柜的动静，呼吸都快停滞了。

御林军遍寻不到人，正疑惑呢，就有人将书架上的花瓶碰倒了。啪的一声，花瓶摔碎，一瓶子的水洒在地上。

姜桃花瞳孔微缩，倒吸了一口凉气。那水渗过暗室门下头的缝隙，流到里头来了。只要外头的人看见，定然知道这里有蹊跷！

顾怀柔也看见了，忍不住就要惊叫出声。姜桃花连忙伸手将她抱住，小声安抚："别怕，不会有事，先别慌！"

那御林军踢了花瓶的碎片一脚，根本没注意水流的方向，转身便出去禀告："大人，这边也没有！"

暗室里的人都松了口气，南宫琴红了眼，古清影更是咬着手背哭。

"你们听我的就没错。"姜桃花瞧着她们神色不太好，笑了笑，一脸镇定地道，"现在出去就是死路一条，留在这里还能活上几日等相爷回来救咱们，切莫有放弃之心。"

"万一被发现了怎么办？"柳香君小声问。

"那我也会挡在你们前头。"姜桃花温和地看着她们，"我好歹是这相府的主母，天塌下来爷没空顶，我也会帮你们顶着！"

众人心里都是一暖，慌张的情绪也都缓和了不少。姜桃花整理好被子给她们盖好，然后看了看青苔拿来的食物和水，算了算，应该能坚持一阵子了。

"南宫娘子，我要跟你道个歉。"古清影突然小声道，"以前我骗了你，本说要与你共进退的,却在梅氏那里出卖过你。"

南宫琴一愣,诧异地看了她一眼。

"我是想过好日子的,"古清影低头,"好不容易当上了娘子,自然想攀上大树过得更好,所以一时鬼迷心窍……还有夫人,妾身也出卖过。"

姜桃花一听,笑了,摆了摆手,道:"我一早就知道的,你不必介怀。"

有古清影开头,这一群女人倒像幡然醒悟了,纷纷开始检讨。

众人你一言我一语,姜桃花听了哭笑不得。要不是情况危急,她真想把她们的话记下来给沈在野看。瞧瞧这后院里的女人,也不是都面目可憎啊,有时候还挺可爱的。

外头渐渐安静下来,众人该说的也都说了,平时明争暗斗的女人瞬间交了心,相互抓着手鼓励打气。姜桃花瞧着,安心了不少,只盼沈在野能快点解决宫里的事。

第三十九章 继位

穆明轩在位二十多年,皇帝不是白当的,虽然死得悄无声息,但他的亲信和近臣都察觉到了不对劲,纷纷要求面圣。沈在野站在芷兰宫门口,跟着三公九卿一起求见。

"丞相为什么在这里?"太尉楚山很是不解,看了看芷兰宫的大门,道,"不是您拦着不许咱们进去吗?"

沈在野一脸沉重:"先前是御医不许进去,沈某才帮着拦人。但过去这么久了,一点消息也没有,沈某自然也想见陛下。"

倒是大家误会他了?众人震惊,一时也搞不清究竟是什么情况。既然没人拦着,楚山便站起来,一脚将芷兰宫的大门踢开了。

宫里一片寂静,宫女和太监都在角落里缩成一团,御医僵硬地跪在床边,也没吭声。

"怎么回事?"楚山皱眉,"陛下如何了?"

御医战战兢兢地抬头,看了群臣一眼,颤声道:"陛下……驾崩了。"

什么?!群臣惊骇,楚山一把将御医掀开,上去探了探明德帝的鼻息。

"怎么会这样!"

御医低头道:"陛下先前就病重,那些进宫的大夫不知道给陛下喂了什么药,身子每况愈下,今日一早就……"

"你怎么敢瞒而不宣?!"楚山大怒,"陛下驾崩这样的大事,怎能不通知六宫,昭告天下?!"

"微臣……"御医擦了擦头上的汗,低下头去。

文武百官都纷纷跪下,楚山咬牙看了圣体好一会儿,传令让人敲响了丧钟。皇帝驾崩,朝中只剩两位皇子,当务之急是要快些让南王回来主持大局!楚山侧头看了看旁边同样跪着的沈在野,皱了皱眉。陛下去得太过蹊跷,先前沈在野就有反叛之心,此次完全有可能是他想趁机篡位,所以将皇子害得七零八落,又将南王支了出去。他身为太尉,手握大魏一半的兵权,但皇宫内外还是被沈在野控制。若南王不能及时赶回,这大魏的天恐怕是要变了。

沈在野一早就料到楚山等人只会怀疑他想篡位而不会想到南王身上,他只需要控制好宫中，等穆无瑕回来，不用他说什么，楚山等人就会拥护穆无瑕登基。这些人到底是武夫，怎么可能跟他比手段？

"沈丞相不用回府看看吗？"楚山看着他，突然说了一句，"宫中大丧，接下来好长一段时间丞相可能要一直操劳，许久没回家，也不惦记府里的姬妾？"

沈在野心里微沉，垂眸道："国在前，家在后，陛下后事未完，沈某岂能顾虑自己的家室？"

"丞相果真是做大事的人。"楚山眼里满是深意，"成大事者不拘小节，在下受教。"

以往总有人说沈在野好色，现在看来，他倒未必如别人所说的那般多情。相府被御林军攻破的消息，他都知道了，就不信沈在野不知道。

沈在野安静地跪着行礼，将礼数都做周全之后才出门招来湛卢问："如何了？"

"他们没找着人。"湛卢皱眉道，"不知道夫人带着其他人藏去哪里了，庞展飞也说不知道。"

连庞展飞都不知道？沈在野惊讶了，靠在墙上想了许久，神色微动。

"你还是让人将相府好好护起来吧，人若不够，便去庞将军那边抽调。"

"是。"湛卢应了，还是忍不住好奇，"夫人她们为什么会不见了？咱们府里连地窖都被找过了，没发现人影。"

"你们夫人是个记性极好的人。"想起书房里的暗室，沈在野勾唇，目光陡然温柔下来，"这好记性也是能救命的。"

这说了跟没说有什么区别？湛卢叹息，干脆不问了，反正很多事情只有这两位主子能懂，别人问了也不明白，他还是去做事吧。

宫里不知道何处传出的消息，说皇帝曾经立下过遗诏，但被沈在野藏起来了。楚山闻言，立马带人逼问沈在野。四周都是人，沈在野一身文臣官服，长身玉立，平静地看着他们。

"既然是遗诏，为何不宣？"楚山冷声道，"丞相到底在打什么算盘？"

"这遗诏是陛下让沈某写的，"沈在野道，"楚太尉如今这般不相信沈某，要这遗诏有何用？国都里恒王尚在，不如趁机立恒王为帝，稳定大局。"

"荒唐！"楚山忍不住骂道，"恒王双腿已废，岂堪为君？我看你就是狼子野心，图谋不轨！"

沈在野但笑不语。

双方正僵持呢，就有禁卫前来禀告："太尉！芷兰宫里发现了遗诏！"

"在哪里？"楚山连忙问。

禁卫拱手道："在芷兰宫主殿的墙上，请大人移步！"

沈在野挑眉，看着楚山陡然亮起来的眼睛，跟着说了一句："写在墙上的遗诏没有玉玺，当不得真。"

如今这样的情况，沈在野越是质疑什么，楚山就越会相信什么，当即抬脚往芷兰宫走。

墙上的字不知道是什么时候刻的，歪歪扭扭，却依稀能辨认出是明德帝的字迹。应该是在情况危急之下刻的，只有一句："若朕有不测，废太子，立南王为帝。"

"废太子？"楚山皱眉，"是很久之前的事了吧？太子谋逆的时候刻的？"

"应该是。"沈在野点头，"现在也做不得数了。"

群臣都沉默，楚山恼怒地瞪了沈在野一眼："丞相若还不将遗诏交出来，那我等就只能奉此为诏，迎南王登基了。"

"你们要怎么奉？"沈在野挑眉，"把这堵墙撬下来？"

"你！"梅奉常忍不下去了，皱眉道，"下官原以为丞相有忠君报国之心，没想到这么快便露出了狐狸尾巴！先皇已逝，皇位空悬，玉玺又在你之手，你不立新帝，是想如何？"

在场的人心里都跟明镜似的，楚山当即下令："请沈丞相去司宗府走一趟！"

"谁敢？"南宫远提剑而来，越过人群，带着禁卫将沈在野层层护住，"太尉与丞相同为三公，哪儿来的权力关押丞相？"

"南宫大人，"楚山皱眉，"你竟然要帮这乱臣贼子？"

"丞相一没有篡位，二没有妄动，何以就是你口中的乱臣贼子？"南宫远道，"下官倒是觉得，他是为国为民的好臣子！"

沈在野如此行径，还叫为国为民？楚山和梅奉常都笑了。双方对峙，剑拔弩张。

宫里不可避免地掀起了腥风血雨，沈在野下令不得动楚山等人性命，楚山等人却带人直取他首级！双方酣战一天一夜，打得宫里血流成河。

众人都觉得完了，就算沈在野原本不想篡位，如今怕是也要被逼得造反了。等局势一乱，朝中之人纷纷选边站，若大动干戈的话，那就是大魏的一场浩劫！

然而，在黎明破晓之时，宫门被人打开了。

南王穆无瑕一身戎装，眉目间满是凌厉之气，直接策马带兵赶赴乾元殿。交战双方被士兵冲散，穆无瑕立马于晨光之中，对沈在野怒目而视："丞相这是为何？！"

这一声质问带着些沙哑和愤怒，沈在野听得垂了眸子。

楚山大喜，连忙跑到南王马侧，拱手道："幸得王爷及时赶回！先帝驾崩，臣等请南王尽快继位！"

"请南王尽快继位！"楚山身后的人都跟着跪下去，呼声震天。

穆无瑕愣怔了片刻，望了望乾元殿屋檐之上高挂的白幡，红着眼看向沈在野："到底为什么要这么做？！"

为什么不信他，不等他？他五千士兵杀尽敌寇，降服招安两千多人，损失极小，是一场很漂亮的胜仗啊！以此来求父皇，父皇肯定是会如他所愿的。

沈在野轻叹一声，道："无路可走，无话可说。"

楚山等人只当南王是在责问丞相为什么要造反，更坚定了拥立南王之心。

"好个无路可走、无话可说！"穆无瑕喉头微动，"丞相终究没把本王当人看。"没有真正把他当大人看。

沈在野不再说话，抬手示意南宫远收回兵器，身后的人也纷纷将手里的刀剑扔在地上。楚山见状，立马命人将沈在野押起来。

穆无瑕下马，看着他被人带走，神色复杂，却还是朝身后的人小声吩咐了一句。那人领命而去，楚山也没过问，立马引着他往乾元殿里走。

南王一回来，浩劫自然就消弭于无形了。楚山同护皇一派商量好，危急关头不论礼数，先宣遗诏封帝。从沈在野那里拿回来的遗诏果然也是立南王为帝，一切都顺理成章，没有人提出半句异议。

新帝继位的第一件事不是要祭拜天地，而是要处置沈在野。

"太尉想斩了他？"穆无瑕摇头，"大魏的半壁江山可都在他手里。"

楚山皱眉道："卑职担心他精于谋算，又狼子野心，若是不除——"

"若是除了，朕这皇位也坐不稳。"穆无瑕起身，似嘲似讽地低头看了看自己穿着的龙袍，抬脚就往外走，"你们不必与他再起冲突，该说的话，朕会去说清楚。"这天下没人能杀得了沈在野，他手里的东西实在太多，心里的东西也实在太多了，谁敢鲁莽地杀了他，必定会招致倾覆天下的大祸患。

沈在野被关在司宗府，听见开门的声音，便回头看了过来。

"您这一身衣裳很合适。"他笑了笑。

穆无瑕笑不出来，神色复杂地看着他，道："想必是丞相让人一早准备好的，所以才会这样合身。在我穿上这件袍子的时候，丞相可知我是什么心情？"

"您在怨微臣吧。"沈在野轻笑，"早就做好了龙袍，却从未跟您提起过半句。"

"是。"穆无瑕眯眼，"在丞相心里，我就这般不值得相信？"

沈在野叹息，在旁边坐下，道："若是微臣提前告知您，您可会同意？"

"不会。"

"那便是了。"沈在野看着他道，"微臣与您的政见从来不同，但时间不等人，微臣觉得您走这条路会省下很多的麻烦。"

穆无瑕回视他，微微恼怒："天下间的捷径很多，若不义之路也能走得这样坦然，何有正邪之分？"

沈在野勾唇，食指轻轻蹭了蹭自己的鼻尖："臣从未觉得自己是正义之人，也从没想过要走正义之路。千百年后的史书上，臣应该被写进佞臣之列，遗臭万年。"

穆无瑕瞪他："你活一辈子，难不成就为了这遗臭万年的下场？"

"臣胸无大志，"沈在野道，"不求流芳百世，只想在活着的时候把该做的事做完，达成臣所想。后世如何评说，与臣没有什么相干。"忠臣又如何？佞臣又如何？只不过任凭史书挥笔罢了。人是活给自己看的，不是活给别人看的。

穆无瑕咬牙："丞相真是伟大，为了推我上这皇位，不惜溅自己一身泥，可有问过我想不想要这样的结果？"

沈在野深深地看他一眼，满目怜爱地道："难不成您以为，您这样的身份，还有选择的余地吗？"

天下最尊贵的就是皇室之人，最可悲的也是皇室之人。

穆无瑕的眼眶有些发红，看着他，许久才道："我记得我说过，若有一日我为帝，绝对不会重用你。"

"臣不介意。"沈在野看了外头的天色一眼，皱眉道，"不过臣希望陛下现在能放臣走。"府里的人，怕是要撑不住了吧？

沈在野派去的援军将御林军都赶出了相府，但姜桃花等人依旧只敢在临武院的暗室里待着。一群女人心力交瘁，个个脸色都十分苍白、憔悴。晚上要睡着的时候，外头又乍然响起打斗声，吓得众人相互依偎着，生怕什么时候门就破了。没人来告诉她们消息，也不知道宫里是什么情况。一听又有人进府，众人自然都紧张起来。

姜桃花听见外头有人进书房的动静，下意识地握紧了手里的长剑。

跟粗心的御林军不同，外头那人好像格外心细，进来不久便发现了机关，在外头走了两步，伸手一拧，掩护她们两日的门就被缓缓打开了。

光从外头照进来，所有人都眯着眼倒吸一口凉气，纷纷尖叫起来。姜桃花也下意识地跟着青苔拔剑起身，却踩着了自己的裙摆，一个不稳就往旁边倒去！

"主子！"青苔喊了一声，刚想伸手，却见来人熟练地将姜桃花捞进了怀里。

姜桃花愣怔片刻，摸了摸他的腰，还没抬头便哇的一声哭了出来："爷！"

暗室里的气味难闻极了，沈在野嫌弃地皱眉，拎着她就退了出来，低头道："还活着，也算你的本事。"

众人这才看清来人是谁，纷纷跑了出来，围着他就像一群嗷嗷待哺的小鸡崽子，这个哭那个号，一瞬间吵得沈在野头都大了。

"都闭嘴！"

姜桃花可怜巴巴地闭上嘴，朝他指了指自己的脸，又指了指背后的暗室，再指了指周围的姬妾，泪眼汪汪地把头伸到他的手里。

沈在野哭笑不得，摸了摸她的脑袋道："让她们闭嘴，你有话直说。"

"妾身是想说，您可算回来了。"她道，"在暗室里待着实在太难受了，大家都差点坚持不下去，您得安慰安慰咱们。"

旁边的人纷纷点头，个个伸长了脖子往他面前凑。沈在野轻笑，扫了一眼其他人，拎起姜桃花就走："你们身上的味道都挺重的，各自回去梳洗后再来请安吧。相府没事了，不会有人再敢硬闯。"

古清影不高兴地捏着手帕，看着沈在野的背影道："反省有什么用啊，爷最喜欢的还是夫人。"

"劫后余生，你还有心思吃醋？"顾怀柔抬脚就往外走，"快回去看看各自院子里的情况吧。"

她这一提醒，一群莺莺燕燕才想起来自己的珠宝首饰都还在院子里呢，连忙尖叫着四散，纷纷回去看东西少没少。

姜桃花头一次心甘情愿地被沈在野拎着，甚至觉得他能这样拎着自己真好。

"事情都摆平了？"

"摆平了。"沈在野将她带到后院的浴池边，一边吩咐人准备热水，一边道，"南王登基，朝中尚且一片混乱，不过不用我操心，自然会有人料理。十日之后，恐怕就是登基大典了。"

这么快？！姜桃花吓了一跳："您……动手了？"

"我若是不动手，还能站在这里听你问这些废话？"沈在野轻哼，等水备好了，拎着她一把把她衣裳扒了，跟下饺子似的丢进池子里，接着就开始脱自个儿的衣裳。

姜桃花一惊，连连后退："爷，这才死里逃生呢，就来这么激烈的？"

沈在野朝天翻了个白眼，沉进浴池，疲惫地闭上眼："你想多了。"他很累，现在只想靠着谁好好休息一番，但这一身血腥之气，根本无法入睡。

姜桃花微愣，游到他身边，伸手替他按了按额角："看来这几日爷过得也很不容易，那妾身就放心了。"

沈在野半睁开眼，静静地看着她。

姜桃花背脊一凉，立马严肃了神色，道："您别误会啊，妾身不是那个意思。妾身的意思是说，这几日在暗室里实在很难熬，知道爷是跟咱们同甘共苦的，妾身瞬间觉得有些高兴。"

沈在野轻哼一声，抬手将她脸上的灰尘一点点抹去，然后搂进怀里："幸好你机灵。"要是她当真去了皇宫，那他便只能眼睁睁看着明德帝下旨攻赵了。要是她没带着众人藏起来，那么他也无法演后面这一场好戏。有个聪明的女人在背后，真的是一件幸运的事。

姜桃花眨眼，伸手抱着他的腰道："也幸好爷没有辜负妾身。"

秋风清凉，池水却很暖，两人安静地待了一会儿，便清洗干净回了主屋。

府里一团糟，不少院子里丢了金银珠宝，哀声连天。姜桃花和顾怀柔正帮忙清点，准备列个清单让沈在野去找御林军要说法，临武院的门口却冷不防地站了个人。两人还以为又是府中哪个姬妾来哭诉东西丢了，抬头一看，都傻了眼。

陆芷兰穿着一身寻常姬妾的衣裙，发髻低垂，上簪玉花，妆容清淡，正微笑着看着她们。

姜桃花咋舌："您怎么会在这里？"

明德帝驾崩之后，无子的后妃都会被送上山颐养天年，况且先帝是在芷兰宫驾崩的，朝中应该会有不少人找陆芷兰的麻烦。她先前还想过陆芷兰会去哪里，没想到……

"不欢迎我？"陆芷兰笑了笑，跨进门，走到她面前道，"沈在野没告诉你吗？从今日起，我就是这院子里的娘子了。"

顾怀柔："……"

姜桃花："……"

历史上有子承父妃的事，但是会被天下人耻笑的，没想到沈在野竟然会把宠冠六官的兰贵妃直接弄回了相府！好生猖狂，好生胆大，好生深情！

姜桃花抿了抿唇，朝她微微颔首："爷还未曾提起此事，所以我有些意外。娘娘……不，陆娘子可安顿好了？"

"嗯，就在释往阁。"

顾怀柔愣怔地看了看她，又看了看桃花，一时间竟然不知道说什么好。

"夫人竟然没有别的话要问我吗？"陆芷兰眼含深意地看着姜桃花。

别的话？姜桃花想了想，问："娘娘是因为什么来这相府呢？"

陆芷兰坐下来，看了看桌上的东西，轻笑："自然是因为我喜欢他。"

意料之外，却又在情理之中。姜桃花点头，看起来平静极了。

陆芷兰抬眼，好奇地看着她这反应："夫人为什么不责备，也不生气？"

姜桃花耸肩："我哪里来的立场责备和生气？你与相爷认识在我之前，中间经历的事情也不是我这个外人能置喙的。既然你和爷都觉得这样的做法是对的，那就这样吧。"

"哦？"陆芷兰挑眉，撑着下巴妩媚地看着她，"你就不怕我抢了你的恩宠？"

姜桃花笑了笑："全凭爷高兴，他喜欢谁便宠谁，无所谓争抢。"

陆芷兰眼神一沉，从上到下将姜桃花打量了一圈，低声道："看来你也未必将他放在心上。"

"此话怎讲？"

"作为一个女人，若是当真将一个男人放在心上，吃醋和嫉妒是最基本的反应。"陆芷兰幽幽地道，"一旦放下这两样，这个女人就未必有多喜欢那男人了。"

好有道理的样子。姜桃花点头。这么说起来她还真的不是很喜欢沈在野？这也没什么不对劲啊，毕竟他们俩虽然常常腻在一起，但有几分真心谁又说得清呢？入戏太深，一方当真，伤的就是另一方。而要他们两个都入戏，那也太难了。感情这回事太过复杂，比算计人还复杂，所以姜桃花一直没花心思去理清。

她和沈在野之间不管是什么感情，能互惠互利，一直好好过下去，也是不错的。

姜桃花定了定神，看着陆芷兰笑道："陆娘子还是先去跟爷请安吧，咱们这儿正忙着，等空闲下来，再一起喝茶。"

"好，"陆芷兰起身，朝她勾唇一笑，"那我就去找相爷了。"

"嗯。"姜桃花垂了眸子继续看桌上的清单，就像刚刚跟熟人打了个招呼一样，别的什么情绪都没有。

顾怀柔看得惊愕不已，忍不住道："妾身终于明白了，这院子里也只有您能坐这主母之位，这事儿放在别人身上，哪有不嫉妒的！"

"为什么要嫉妒？"姜桃花轻笑，"跟自己过不去？"

"话不是这么说的。"顾怀柔道，"只要是咱们院子里的人，都知道爷对兰贵妃有多好，先前只当是兄妹之情，但如今……您不觉得您的地位受到了威胁吗？"

姜桃花看她一眼，幽幽道："陆娘子这身份，永远都不可能当上相府主母。"

"妾身说的不是这个地位，是在爷心里的地位！"顾怀柔轻轻跺脚。

姜桃花轻笑，摇了摇头。哪个女人能在沈在野心里占很高的地位啊？在他心里，家国天下占了绝大部分位置，留给儿女情长的空间只怕少得可怜。先前徐燕归已经说过了，沈在野对陆芷兰是愧疚。既是愧疚，对她好些也是应当。姜桃花理清了单子，安抚了顾怀柔两句，便往外走。她从来不知道嫉妒是什么东西，在感情里，至多尝过被背叛的痛苦。在看见李缙和姜素蘅在一起的时候，她心里也只有厌恶和恼恨，从未吃醋、嫉妒。经常嫉妒的女人容易变丑，她还要听师父的话好好养颜呢！

姜桃花刚想踏进临武院的主屋，袖子却被人拉了一把。她回过神，疑惑地看向身边的青苔："怎么了？"

"主子，您忘记了吗？"青苔低声道，"您方才让陆娘子进去，现在她同爷两个在里头呢。"

姜桃花顿了顿，恍然大悟，拍了拍自己的脑袋，小声嘀咕道："我这是在想什么？脑子都不会转了。这东西还是你拿着，等他们出来了再给吧。"说着，她将手里的清单递给青苔，转头就要走。

然而，她的步子还没跨出去，屋子里头对话的声音就传到了她的耳朵里。

"我答应你的事，自然会做到。"沈在野目光深沉地看着陆芷兰道，"你在外头也吃了不少的苦，我会一一补偿你。"

陆芷兰咯咯地笑，眼神复杂地看着他道："要补偿我可简单了，不如你先亲自下厨，给我做一桌子菜可好？"

姜桃花听得脚步一顿，心想，君子远庖厨，沈在野这样的人——

"好。"里头的男人应了一声。

后头想的东西都被淹没在她的脑子里，她拎着裙子往外走，垂着眼眸笑了笑。这两人共同经历过的事太多，别人是插不进去的。不是她妄自菲薄，她哪儿都不比陆芷兰差，只是在听见沈在野那一个"好"字时，心突然揪了揪，跟被谁拧了一下似的，也不知道是不是出毛病了。她摇摇头，继续出去吩咐家奴将府里打扫干净，又派人出去打听赵国使臣的下落，最后才回到争春阁里发呆。

陆芷兰站在厨房门口，似笑非笑地问："你还记得那道菜？"

"竹笋炒肉。"沈在野淡淡地道，"当年你从陆府端到军营给我，送到的时候都凉透了，如何能不记得？"

陆芷兰这样的千金大小姐，其实是不会做菜的，但当时他在军营，湛卢抱怨过一句"饭菜太差"，她便在陆府折腾了几日，最后千里迢迢地给他送了这么一道菜。

送菜时，陆芷兰对他挑明了心意："妾愿随君三千里，只望君肯携妾行。"

他当时并未理会，将菜放在旁边，安安静静地继续吃军营里的饭菜。这事儿恐怕招了她不少的怨气，所以今日她才有这样的要求。

陆芷兰一副追忆的神色，看着他动手切菜下锅，低声道："早知道，我就不那么傻了。"

油烟四起，难得在这样的环境之中沈在野都优雅得像个谪仙，眼睛微眯，侧头看了她一眼："现在后悔还来得及。"

陆芷兰冷笑一声，道："你以为我有那么傻？已经落得这样的下场，还要放你逍遥度日，不求回报？"

沈在野勾唇，也没多说，不一会儿就装菜出锅，带她回了临武院的主屋。

"你竟然会做菜。"陆芷兰看着面前盘子里色香俱全的竹笋炒肉，皱眉道。

"毕竟也曾是军旅中人，"沈在野淡淡地道，"若是不会，那露宿山野时岂不是要饿死？"

陆芷兰抿唇，拿起筷子夹了竹笋和肉，一起放进嘴里，嚼完之后喉头微动，想说什么又开不了口，眼眶却渐渐红了。

沈在野伸手递给她手帕，安静地在旁边等着。看着她鼻头和眼睛通红地吃下一盘菜，他伸手就将盘子和碗收起来，拿了出去。

在他跨出门的时候，不意外地，屋子里的人压抑着的哽咽声还是传了出来。放下过去是很痛苦的事吧？沈在野垂眸，不过，只有放下了，才看得清，才能明白自己心里到底想的是什么。

"爷。"

沈在野刚出临武院就撞见了姜桃花，挑眉看着她问："怎么了？"

姜桃花干笑道："也没什么，就是想问问，您打算把赵国的人怎么处置？"

"杨万青和李缙会留下来，其余的人会先送回赵国。"沈在野道，"两国要联盟,之后大魏也会派人使赵。"

姜桃花点头:"那妾身就放心了。"

沈在野斜她一眼,道:"怎么,你还担心他不成?"

"这是自然。"姜桃花笑了笑,"我皇姐对这个驸马在意得很,若是再拖着不能回去,她怕是要做出什么极端的事了。"

原来是这个原因。沈在野微微颔首,端着手里的盘子和碗继续往前走。

姜桃花站在原地看着他的背影,直到人消失在拐角处了,才蹲下来戳着地上的小石子儿,小声嘟囔道:"堂堂丞相,收碗筷这样的活儿,哪用他亲自来做啊?"

夜幕降临,姜桃花坐在灯下发呆,眼里满是青苔从未看过的东西。

"主子是在想丞相吗?"

姜桃花叹了口气,道:"我什么也没想,就是太累了,放空一会儿。"

最近这段时间的确挺累的,担惊受怕又忙碌,青苔想了想,道:"那您还是早些休息吧,瞧这时辰,相爷应该不会过来了。"

"青苔,"听着这话,姜桃花不由得问,"你觉得沈在野会宠幸陆娘子?"

青苔一愣:"奴婢不知,但相爷今晚的确是在释往阁里待着的。"

姜桃花轻轻打了个寒战,表情严肃地道:"虽说这两人早该在一起,但如今中间隔了不少东西,还能这般相处,倒挺让人意外的。"

"主子这是吃醋了?"青苔诧异。

"没有,"姜桃花起身,换上寝衣躺上床,"只是觉得惊奇罢了。沈在野多年前没对别人上心,竟然等到这么多年之后才动情。"

青苔点头,正要被糊弄过去,却听见房梁上响起个声音:"这话里的酸味都快飘出争春阁了,还说没吃味?"

姜桃花一顿,立马抬头往房梁上看去。

徐燕归恢复了正常的装束,翩然落下,又是个潇洒侠客的模样。

"你还活着啊?"姜桃花拍了拍心口,"那我就放心了。这么久没出现,还以为你死在皇宫里了呢。"

"差点。"徐燕归没好气地翻了个白眼,挥手示意青苔下去。

青苔一脸戒备地看着他,退了两步站远了些,却没出去。

徐燕归撇嘴,也没介意,直接开口道:"要不是我熟悉皇宫的地形,可真就出不来了。你让我做的事怎么都这么凶险?"

还好她没去!姜桃花庆幸地握拳,笑道:"世事无常,徐先生也别太往心里去,既然平安回来了,不如去陪陪怀柔吧。"

"她有什么好陪的?"徐燕归轻嗤,"沈在野在陆芷兰那儿,我若去温清阁,不得露馅儿?"

姜桃花点头:"但先生总往我争春阁跑,似乎也不太好。"

"我是瞧陆芷兰来府里了,所以过来看看你而已。"徐燕归睨了她两眼,

"还真以为你是什么不食人间烟火的仙子呢，原来也是会拈酸吃醋的。"

姜桃花眯眼："我没有。"她是以很平常的心态看待陆芷兰和沈在野的，这两人就算爱得死去活来，她也觉得没什么。

"吃醋但不胡来的女人是很可爱的。"徐燕归摸着下巴看着她，"这又不是什么丢人的事儿，你做什么要否认？"

"说了没有就是没有。"姜桃花扬脸笑了笑，想了想，道，"我只是有些好奇，沈在野怎么会这样听她的话？按照他那不服软的性子，今日的所作所为，实在让我吃惊。"

徐燕归眼神幽深地盯了她一会儿，笑得有点坏："为感情所迷的男人都会跟平时不一样，你不知道吗？"

姜桃花心里一沉，看着他："你的意思是，他的愧疚已经变成了喜欢？"

"不排除这种可能。"徐燕归起身，看着她道，"说到底，这男人啊，还是得自己抓牢了，要是不对他表明心迹，也不做点什么表示对他的在乎，那人家为何要喜欢你？天下的女人那么多，说不定什么时候沈在野就被别人抢走了呢。"

姜桃花沉默了。

"在下先走了，夫人好生休息。"徐燕归悄悄打量着姜桃花的神色，假装叹息，摇着头消失在窗户之外。

沈在野也挺不容易的，难得遇见个动心的女人，却因为利益纠葛一直没能与她花好月圆。如今两人总算是站在同一阵线了，这女人竟然半点不开窍，没能跟个正常人一样喜欢他。上天果然是公平的，给了沈在野成大事的能力，就必定要在别的方面亏欠他一些。

"主子，"见徐燕归走了，青苔上前扶着姜桃花躺下，替她压了压被子，"您睡吧，奴婢守着您。"

释往阁。

沈在野一个人坐在院子里看月亮，上空冷不防就掉下个人来。

"你还没死？"沈在野冷眼看着徐燕归，皮笑肉不笑。

"哎，怎么说话的？"徐燕归皱眉，"我好歹救了姜氏一命，你不感激我就算了，还诅咒我？"

沈在野道："你若是没救她，在皇宫里我就不会救你了。"说好的私下再也不往来，这两人都没将他的话放在心上！虽然知道徐燕归和姜桃花之间不会有什么，但该避嫌还是得避嫌！

徐燕归撇嘴："还想跟你说点心里话，瞧你这态度，我看我还是走了吧！"

"回来。"沈在野皱眉，"你想说什么？"

徐燕归不情不愿地转过身，看了主屋一眼："就是想问问你，把这位接进府，可考虑过争春阁那位的感受啊？"

沈在野勾唇："她不好受？"

"倒不是不好受,反正怪怪的。我就没见过这么奇怪的女人,要是换作别人,吃醋、生气都是正常的,可她吧,竟跟个没事人一样,但看起来又有那么点失落。"徐燕归说着,看了沈在野一眼,"是不是你不够好,没能让她完全爱上你啊?不然她早该撒泼了。"

沈在野脸色微沉,道:"她不是会撒泼的人。"

"哎,这就是你不够了解女人了。"徐燕归笑道,"女人哪有不会撒泼的?只看够不够在意你罢了。要是她爱你爱得惊天动地,你今儿再带个别的女人回来,关怀备至,她不撒泼才怪。"

沈在野不耐烦地抬眼,手放在腰间的软剑上:"说来说去,你定然是刚从争春阁过来的吧?"

"哎,别激动,"徐燕归连忙后退,"我就是去看看她是怎么想的罢了。"

沈在野轻笑一声,起身逼近他:"她是怎么想的,要你关心?"

"我这不是打听了好来告诉你吗?"徐燕归心虚地躲开,道,"你欠陆芷兰的东西一时半会儿也还不完,赵、魏又将联手攻吴,不了解姜氏的想法怎么行?她好歹也算是赵、魏之间的重要纽带。"

"那好,"沈在野点头,"你说吧,她是怎么想的?"

徐燕归道:"就是没怎么想,我才觉得奇怪,所以来听听你的想法。你俩先前不是感情挺好的吗?难不成只是面上的和睦啊?"

沈在野沉默,过了半晌,突然很认真地问了一句:"一个女人真心喜欢你的时候,是什么样子的?"

徐燕归一愣,继而大笑:"这你都不懂?"

沈在野的确不懂,先前他以为姜桃花对他或许有两分真心,但现在又不敢确定了。两人相爱,和他现在与姜桃花的状态,到底有什么不同?

"我来告诉你吧。"徐燕归坐下来,蘸了他茶杯里的水,在桌上点了点,"女人的感情很复杂,但最基本的感情是奉献、依靠、索取和嫉妒。她们喜欢一个人的时候,会愿意为那人付出,比如陆芷兰这么多年来对你,那就是很伟大的奉献。

"再者,依靠。不管多要强的女人,都会想要依靠男人,想要被保护的。

"还有索取。一味地奉献也不是完整的感情,她们付出过,自然也会向你索取些东西。比如宠爱、体贴或是陪伴,都是她们想要的。

"最后是嫉妒。嫉妒是女人的感情里最直接和强烈的一种,能掌握好度的人,会显得可爱,掌握不好的便会让人觉得面目可憎。但这种东西是最基本的,若是一个女人都不嫉妒你喜欢别人,那她一定是不够爱你。"

沈在野听得拧眉,心里却信了些,毕竟徐燕归见过的女人比他吃过的饭都多。他这么说,一定是总结了不少经验得出的最终结论。那么,他这一席话的意思是,姜桃花就是因为不够喜欢他,所以没什么反应?

沈在野冷笑了一声,拂袖道:"这些男女之事,想来也没太大作用,你也别操心了，抓紧时间做点正事吧。"

"正事？"徐燕归挑眉，"眼下还能有什么正事？穆无瑕即将登基为帝，你再没有什么需要操心的了，再不想想你的终身大事，以后怕是要后悔。"

"没什么好怕的，她对我是什么感情不重要，我也不在乎。"

这两个人脾气怎么这么像啊？徐燕归听得直摇头，既然他们都不在意，那他也不必瞎操心了。这样想着，他就进主屋了。沈在野也没拦着，坐在院子里继续沉思。

第二天，府里尚算平静，沈在野带着陆芷兰坐在临武院，等众人来请安。

姜桃花早睡早起，精神百倍地带着众位姬妾前去行礼。

"这位是陆娘子，"沈在野看着面前的人道，"以后你们要好生相处。"

"妾身明白，"姜桃花笑道，"爷不用担心。"

沈在野抿唇，深深地看着她的脸："府里一向是纷争不断的，叫我不担心都不行。陆娘子脾性不算温柔，若是什么地方行错踏错，还望夫人多担待。"

听听这语气！竟然都叫她"夫人"了！姜桃花咋舌，心想，自己是不是瞬间变成心狠手辣的正室，而陆芷兰是刚进府的容易被嫉妒、陷害的柔弱妾室？这样的人物关系，她好像在哪里见过。

旁边的古清影等人听后心里都挺不是滋味的。爷宠夫人就罢了，大家都心服口服的，但突然又来个陆娘子是怎么回事？

"妾身懂的。"姜桃花乖巧地点头，"陆娘子有什么需要，尽管吩咐便是。"

大大方方，不卑不亢，真是一个端庄贤淑的好主母。然而沈在野并没有多高兴，看了她一会儿，转头望向陆芷兰："这几日我还能在府里陪你，之后不在的时候，你有事便让夫人处理吧。"

陆芷兰挑眉，目光在姜桃花身上转了一圈，然后笑着颔首："好。"

沈在野微微一笑："这府里可不比你先前住的地方华丽，你可习惯？"

"有爷在，我自然都是习惯的。"陆芷兰道，"爷能习惯才是重要的。"

这两人说话都绕着弯子，众人听得糊里糊涂的，姜桃花却没抬头，就在旁边坐着，规规矩矩，老老实实。

旁边的柳香君看不下去了，忍不住道："妾身记得刚进府的时候有管事教过，这府里尊卑规矩是最严明的，下不能犯上。"

"的确如此。"沈在野看向她，"你想说什么？"

"妾身想说，陆娘子把咱们夫人的主位坐了。"柳香君指了指陆芷兰的位置，道，"朝门之座为主，一左一右，也该是夫人与爷并坐，什么时候娘子敢把夫人挤在客座上的？"

陆芷兰挑眉，低头看了看，自己在宫里习惯了坐主位，这会儿的确是坐错了。她正想起身，手却被沈在野压住了。陆芷兰惊愕地转头看他一眼，一脸茫然。

"座位这等小事，用不着计较太多。"沈在野面无表情地道，"陆娘子先来，让她在这里坐着也没什么大碍。"

众人沉默，姜桃花倒是轻笑了一声："爷说得是。"

座位的确是小事，但若是放在平时，那是跟身份地位有关的东西，轻易不得僭越。现在，沈在野亲自开口打破规矩，就跟她先前打破后院侍寝规矩一样，特殊，又让人说不得什么。姜桃花垂了眸子坐在客座上，没再开口，眼皮都没抬一下，自然也就没看见沈在野落在她身上凉凉的目光。

散会之后，几个娘子围在桃花身边，表情都跟哭丧似的。

"干什么？"她哭笑不得，"大风大浪都过来了，还为这点小事难过？"

"夫人，您就不着急吗？"南宫琴皱眉，"这陆娘子跟您当初进府的势头一样，摆明了也是爷放在心尖上的人，今日爷竟然还为她抹了您的颜面！"

"说严重点是颜面，看开点，也不过是他更偏爱陆氏一些罢了，没什么大不了。"姜桃花摆手，"这后院里的花一朝开一朝败，没有一种能从年头开到年尾的，还不许爷换朵花赏？"

当事人看得比她们还开，她们还怎么挑唆啊？古清影咬牙："爷能有您这样胸襟宽广的夫人，也真是福气。"

"过奖过奖。"姜桃花笑道，"我院子里备有点心，你们要一起去吃吗？"

"不了，"众人纷纷摇头，"回院子里还有事，夫人慢走。"

"好，那我就吃独食了。"姜桃花摆了摆手，带着青苔回自家院子。

青苔一直没吭声，等四周没人了，才小声道："主子不觉得委屈吗？"

"委屈什么？"姜桃花大步往前走着，"就为了一个座位？"

"可是从小事里能看出，"青苔皱眉，"爷没有从前那般在乎您了。"

"随他吧，"姜桃花耸耸肩，道，"这是我左右不了的事。若是我做错了什么，尚且能改，但我没错，只是他另有新欢，那我也该让自己好过点。"

"相爷怎么这般薄情？"青苔忍不住埋怨，"先前与您那样好。"

男人的心什么时候会变，谁说得准呢？姜桃花摇摇头，回到争春阁，继续看账算开支，再调和调和几个姬妾之间的矛盾，一天也就过去了。当正室夫人嘛，肯定是不会像妾室那般轻松和受宠的。她不是豁达，只是尽量往好的方面想，让自己轻松点，否则在这院子里跳又跳不出去，还得活受罪，那多难熬啊！

第四十章 纠缠

然而,姜桃花看得这么开了,沈在野却似乎没有想让她好过的意思。

"这几日闲着也是闲着,我想带芷兰出去逛逛。"他看着她道,"你可要一起去?"

一起去干吗?他俩谈情说爱,自己付钱买单?姜桃花低头翻了个大白眼,抬头却笑盈盈地问:"爷打算和陆娘子去哪里啊?"

"她说想去姻缘庙求姻缘签。"沈在野看了不远处的陆芷兰一眼,眼神颇为温柔,"以前没陪过她,现在总不能还拒绝这要求。"

也就是说现在他对她是有求必应啊。姜桃花冷笑:"你怎么不改名'沈观音'呢?"

"你说什么?"沈在野眯眼。

"没什么,爷听错了。"姜桃花连忙笑道,"妾身是觉得爷真好,既然陆娘子想去,那你们两人去吧,妾身——"

"你不高兴?"沈在野盯着她,突然问了一句。

姜桃花一顿,摇摇脑袋:"没有,妾身为什么要不高兴?"

四目相对,他眼里满是探究,她眼里却是一片茫然,半点波澜也没有。

"罢了。"沈在野闭眼,"你也跟着一起去吧,人多热闹。"

"爷,"姜桃花神情复杂地看着他道,"陆娘子说想去求姻缘,肯定是只想跟您一起去,带上妾身成什么样子?"

"你少废话!"沈在野不耐烦了,一把将她拎起来就走。

陆芷兰站在马车边,听见动静一回头,吓了一跳。

姜桃花面无表情地被沈在野抓在手里,朝她摇了摇手:"陆娘子,你别怪我,我不想去的,相爷大概是觉得缺个给钱的,所以……"

沈在野听得烦躁,伸手就将她扔进了马车,然后转头看着陆芷兰道:"你也上去吧。"

陆芷兰呆呆地点头,扶着他的手上车,掀开帘子看着里头被摔得七荤八素的姜桃花,忍不住轻轻笑了出来。

姜桃花连忙坐好,努力维持正室该有的优雅,回她一笑。

沈在野进来，坐在中间，马车晃晃悠悠地往城西的姻缘庙去了。

一路上，沈在野和陆芷兰有一搭没一搭地说着话，姜桃花一个人抓着马车的窗帘子看外头的风景。

"把脑袋收回来。"沈在野低斥了一声，"像什么话！"

姜桃花脸朝窗外默默地做了个愤怒的表情。他们两个都从十年前说到现在了，她一句话也插不上，伸个脑袋出去还有错？

然而听着这话，她还是乖乖照做，回头朝沈在野一笑："妾身觉得这一路的房屋倒是好看，爷不如也看看？"

沈大爷对民间的建筑自然没有兴趣，冷冷地睨了她一眼，便转头继续平视前方。姜桃花讨了个没趣，摸摸鼻子撇撇嘴，转头就对上了陆芷兰颇有深意的眼神。

"嘿嘿。"姜桃花朝她笑了笑，垂眸，正想安静地当个陪玩的，却听陆芷兰开口道："夫人与相爷的感情真好。"

感情好？沈在野和姜桃花同时用异样的眼神看了她一眼。

"别这么意外，我说的是事实。"陆芷兰淡淡地道，"相爷平时怎么会跟人这么凶巴巴地说话？那一院子的女人，爷向来都是温柔以待的。而夫人，爷对您这么凶，您也半点不难过，大概是了解他嘴硬心软的毛病吧。"

沈在野对她凶，那是因为他变态啊！自己不难过，那完全是因为习惯了，跟了不了解没有半点关系！感情这回事，果然还是如鱼饮水，冷暖自知。姜桃花叹了口气。

沈在野皱眉看她一眼，转头对陆芷兰道："我对她凶，是因为她做的都不是正常人会做的事，至于她忍，那是因为她的确做错了。"

你才做错了呢，你全家都做错了！姜桃花敢怒不敢言，别开头缩在旁边愤恨地嘀咕。看个风景都有错，他怎么不直接把旁边的房子都拆了？

"又在骂我？"沈在野眯眼。

姜桃花身子一僵，笑得谄媚地回头："您多想了，妾身哪里来的胆子敢骂您？"

陆芷兰眼波流转，低声道："是不该有这胆子，以往对相爷出口不敬的人，如今我再也没看见过。"

姜桃花背后微凉，抱紧了自个儿的胳膊，冲着沈在野就是一顿傻笑："爷大人有大量，怎么会跟小女子计较呢？"

话音刚落，马车突然一个急转，甩得姜桃花差点飞出去！她惊魂未定地抓着坐垫，回头一看，另外一对狗男女——不对，是神仙眷侣，已经牢牢地抱在一起。

"没事吧？"沈在野皱眉问。

陆芷兰摇头，像是想起了什么，直接坐在他怀里了。

沈在野身子有些僵硬。姜桃花看了两眼也别开了头，车里瞬间安静下来。

"怎么，是我太重了？"看着他这副表情，陆芷兰不高兴地开口。

"没有。"沈在野下意识地看向姜桃花，却发现她又凑去窗外看风景了。沈在野无奈地揉揉额角，低声问怀里的人："你是不是想念先帝了？"

陆芷兰一愣，接着整张脸便沉了下去："希望爷不要再提其他人。"

这语气有些凌厉，姜桃花听得心里一跳，忍不住就骂沈在野，哪有抱着女人提人家亡夫的，脑子里到底在想什么？

沈在野轻笑一声，垂眸不再吭声。陆芷兰却从他的腿上挪开，坐到他的旁边，只是依旧挨得很近。

很快就到姻缘庙了。沈在野直接将陆芷兰抱下去，姜桃花自个儿摸着车辕爬下去，跟在他们后头。

"那边是求签的地方。"

人群熙熙攘攘，陆芷兰偏偏不让带护卫，沈在野只能皱眉护着她往前走。可他没走两步，一回头，身后的姜桃花就不见了。沈在野心里一跳，连忙转身想去找，怀里的陆芷兰却打了个趔趄，他只能伸手扶住，再抬头，连姜桃花的影子都看不到了。

"为什么长得这么矮！"沈在野咬牙，转头吩咐湛卢："把她找回来。"

"是。"湛卢应了，挤开人群就往后走。

姜桃花本来跟在沈在野身后好好的，拿他当劈开人海的船板，结果不知哪个杀千刀的撞了她一下，她后退几步，瞬间就被人群冲到了更外头。她本来想喊的，奈何沈在野专心致志地护着怀里的人，压根儿没注意到她，四周又那么吵，喊也没用，不如退到门外等，反正他们也是要出来的。

姜桃花低头瞧瞧被踩脏的鞋子，有点委屈："新缎子好难洗的！"

过了一会儿，里头还没人出来找她。姜桃花想了想，自己寻了个人少的地方蹲着，暗暗埋怨沈在野。下次拎她走的时候能不能把青苔一起拎上，让她像现在这样落单很惨的，好不好？

姜桃花捏着一根树枝在地上不停地画圈圈，碎碎念一会儿，面前就停了一双皂靴。她一愣，抬头看了看，就对上李缙一张惊愕不已的脸。

"还真是你。"李缙皱眉，"你在这里干什么？"

她还想问他呢！姜桃花丢了树枝站起来，面无表情地道："我随沈丞相一起出来的，在这里等他而已。"

"沈在野？"李缙愣了愣，满眼复杂，"他竟然肯陪你来这种地方。"

自然不是陪她来的。不过姜桃花也不反驳，反问道："你一个人？"

李缙点头："新帝登基，已经与我说了该说的，让我在国都住上半个月。我闲着无聊，想来求支签。"

姜桃花没忍住翻了个白眼，道："你堂堂驸马，赵国丞相，还来求姻缘签？也不怕姜素蘅知道了打断你的腿。"

李缙深深地看了她一眼，道："有些疑惑我自己解不了，只能求人帮着解。沈丞相看样子一时半会儿也出不来，不如你陪我去解签？"

姜桃花呵呵笑了两声，睨着他道："你与我是有什么过硬的交情吗？"还解签？她没把旁边的姻缘树拔出来砸死这狗崽子都算慈悲了！

"桃花，"李缙叹息，"相逢即是有缘，你就不能温和一点？况且，他怎么把你一个人丢在这里等？人来人往的，你这般恐怕会有危险。"

姜桃花低头看了看自个儿，一身简单的衣裙，也没擦多少脂粉，怎么就危险了？她正想着呢，手腕已经被李缙抓住了，他扯着她就往姻缘树下的解签处走。

"放手！"姜桃花沉了脸，微怒道，"你再不放，我会咬人的。"

"那你咬好了。"李缙低声道，"哪怕你咬断我的手，我也不想放。"

咬他？她还嫌脏了牙呢！

解签的摊位有许多，李缙挑了个没人的，直接坐下去，递了签文。

桌后的解签人抬眼看了看这对拉拉扯扯的男女，又看了看手里的签文，笑道："这位公子的姻缘多波折啊。"

"哦？"李缙皱眉，"此话怎讲？"

"'风吹花不落，花落水自流'这句话的意思是，您曾经有过一段好姻缘，那姑娘也挺喜欢您，但您没落棋定音，最后与她失之交臂，那姑娘怕是许给别家了。"

这年头的"神棍"这么厉害？姜桃花咂舌，也不挣扎了，凑过来道："那他错过的那位姑娘最后过得好不好啊？"

"这个，老夫不知，"解签人笑道，"签文上也没说。不过根据后文，这位公子怕是情路一直坎坷，对拥有的姻缘都不珍惜，最后竹篮打水一场空。"

这个解释，姜桃花倒是觉得挺有道理的，她点头，使劲甩开李缙的手，睥睨着他道："你看吧？这就是报应！"

李缙脸色白了白，看着解签人问："可有什么扭转之法？"

"有。"解签人指了指旁边挂着红香囊的架子，"一两银子一个，挂上姻缘树，姻缘便会一路平顺。"

姜桃花翻了个白眼，这摆明了是张开荷包对你说："傻子，来扔银子吧！"面前这傻子却当真掏了二两银子出来，放进人家的荷包，然后取了两个香囊下来，还往她怀里塞了一个。

"我不要。"姜桃花嫌弃地丢回去，皱眉，"李丞相，你我已经没什么关系了，不必再同行了吧？告辞。"

"桃花，"李缙皱眉，"我只是觉得你在相府的日子也未必好过，所以想替你改改姻缘命数罢了，你又何必这么倔？"

姜桃花笑了，看着他手里的两个红香囊："这玩意儿要是真的有用，天下为何还有那么多的痴男怨女？姻缘是靠自己经营的，李丞相怕竹篮打水一场空，那就好好怜取眼前人，不要再揪着过去不放。"

李缙嘴唇发白，还是固执地将一个红香囊塞进她手里，拉着她往姻缘树那边走。

"我警告你，"姜桃花当真不耐烦了，"姑奶奶身上是带着匕首的，你别逼我！"

"要杀要剐都随你，"李缙道，"我只是为你好。"

姜桃花气得直哆嗦，骂吧，显得自己不识好歹，不骂吧，她又不是挨打不记痛的人。这人就不能彻底离她远点吗？

陆芷兰求完签，回头看了看，沈在野脸上没什么表情，眼里却清清楚楚显出了焦躁。

"不耐烦吗？"陆芷兰挑眉，"当初我送你的平安符，也是这么三跪九叩求来的。"

沈在野微微皱眉，道："平安符和姻缘签是一个求法？"

"不是。"陆芷兰笑了笑，"但当年我送你的就是姻缘签，只是你从未打开看过罢了。"

沈在野一愣，下意识地问："你们女人的心思都这么多？"

"怎么会呢？"陆芷兰低笑，"只是在碰见在意之人的时候才会格外花心思罢了。我是知道你不会收姻缘签的，可解签人说我的姻缘坎坷，只有你将那签随身带着，才能有所好转。现在想想，他也是个骗子。"

沈在野微微眯眼，想了想迄今为止自己从姜桃花那儿收到的东西，那丫头对自己可真是半点没花心思啊！

"主子，"湛卢回来了，皱眉道，"找遍了整个庙宇，没看见夫人。"

跑哪里去了？沈在野沉了脸。

"爷想去找？"陆芷兰挑眉，"正好妾身也要去解签，一起去吧。"

沈在野点点头，转身就往外走。以前他没察觉这问题，直到现在把人弄丢了，他才发现，姜桃花怎么那么矮，小小的一只，掉进人群里就看不见脑袋了，她就不能多吃点饭长高点？他烦躁地拨开人群，低头四处寻找，完全不想承认是自己没护好她，只想着等会儿找到人了，一定要拎起来骂一顿。

跨出姻缘庙的大门，外头变得宽敞了，人群也稀疏些，沈在野几乎是一眼就看见了站在姻缘树下的姜桃花。他心里一松，正打算过去，可旁边的人群散开，姜桃花身边竟然多出个人来！

"来，我帮你挂上去。"李缙朝她伸手。

姜桃花翻了个白眼，看了看那高枝，还是把香囊给他了，心想，早挂早走人。这树上挂的不是香囊，都是银子啊！满树的银子！痴男怨女的钱果然好骗！她是很痛心的，想着万一以后日子不好过了，干脆来这儿卖香囊吧。

姜桃花正做着美梦呢，旁边突然一暗，有人站到她的身边。她侧过头，冷不防就看见沈在野紧绷的下颌线。

"两位好兴致啊，"他道，"就这么点时间，也要来挂个香囊？"

李缙一愣，回头看了他一眼，皱了皱眉道："沈丞相。"

"李丞相，姜氏怎么说也是在下的正室，"沈在野抬脚走过去，微微一笑，伸手将李缙手里姜桃花的香囊拿了过来，淡淡地道，"这种有违妇德的事，李丞相也该多为她想想。"

姜桃花心里一跳，伸手揉了揉眉心，心想，她今儿出门是不是没看皇历，怎么这么倒霉？这场景叫什么？捉奸当场？天知道她只是个受害人啊，她啥也没做！

然而沈在野回头看了她一眼，那眼神却冰凉冰凉的，凉得她心里发紧。干什么啊？怀疑她？这光天化日的，她还能做什么出墙之事不成？是他先把自己给丢在外头的，接下来的事又不是她心甘情愿的，怪在她头上做什么？姜桃花撇撇嘴，突然觉得有点委屈。当男人就是好，左拥右抱也没人说什么。换作女人，什么都没做，就得被人戳着脊梁骨骂。

姜桃花愤怒地转身，跟只炸毛的小猫似的，背对着沈在野！

她还来脾气了？沈在野眯眼，收回视线，看着李缙道："李丞相若是没别的事，那我们就先走一步了。"

"沈丞相，"李缙皱眉，看着他手里的香囊道，"您可真够霸道的。"不肯帮桃花要解药，却管得她这么紧，看起来跟多在乎她似的，实则只是把她当个玩物而已吧？

沈在野冷冷地睨着他道："有什么办法，她就喜欢沈某如此。"

李缙脸色微青，咬着牙，一时没能说出话来。

沈在野抬脚就走，过去一把拎起姜桃花，回到陆芷兰身边。

"不是要去解签吗，"他沉着脸对陆芷兰道，"你去解吧，我们在车上等着。"

陆芷兰打量了他两眼，轻哼了一声，拿着签文便走。

沈在野没看手里的人，拎着就离开姻缘庙，回到马车里。

车帘落下，他的手一松，姜桃花自个儿就卷成一个球，滚到角落里去闷着了。

"你还生气？"沈在野目光幽深，"难道不该是我更生气？"他信了她以前说的话，不在意李缙这个人了，可她一转眼竟然跟人家站到姻缘树下了。后悔了，要改命不成？

沈在野将拳头捏得死紧，盯着那一团东西："不说话是默认了的意思？"

"爷爱怎么着就怎么着吧，"姜桃花不爽极了，浑身汗毛倒竖，"看不顺眼就把妾身绑去沉湖好了！"

这是什么态度？沈在野真恼了，伸手就将她扯来，捏着她的下巴让她正视自己："你还破罐子破摔了？"

姜桃花眼眶一红，张了张嘴，一口咬在他的手上。她咬下去却发现了不对劲，掀开他的袖子看了看，手腕上竟然包着白布条。

"这什么？"姜桃花撇嘴问了一句。

沈在野冷声道："你们女人都属狗吧，这是陆芷兰咬的。"

一股子难受劲儿冲破心口，姜桃花一怒，胆大包天地一下子将沈在野的手挥

573

开了，她连咬手的力道都比不过人家！

"姜桃花，"沈在野也当真生气了，"你今日是不是不怕死？"

"要杀要剐随您的便！"姜桃花愤怒地道，"妾身没做什么对不起爷的事，问心无愧！"

沈在野冷笑："你是没被捉奸在床就死不认账？"话刚出口，他喉咙就是一紧，立刻发现自己说错话了。

姜桃花抬头，愣怔地看了他一眼，眼里真真切切地滚过疼痛的神色。

沈在野跟着心里一疼，立马开口："我——"

"这是在吵架？"陆芷兰掀开车帘，愣怔地看着里头的两个人，抬脚进来道，"你们吵得也是古怪，抱成一团吵？"

姜桃花垂眸，平静地将沈在野的手拿开，坐回自己的位置上不说话。

陆芷兰瞧着沈在野脸上竟然有一丝慌张，挑眉道："爷在着急什么？"

"没有。"沈在野皱眉，伸手捏了捏鼻梁，"启程回府吧。"

马车跑起来，姜桃花依旧将头伸在外头看风景。这次，沈在野张了张嘴，却没呵斥她。

瞧着有点不对劲啊。陆芷兰眯眼打量了两人许久，笑着开口道："爷猜我刚刚求的签文是怎么说的？"

"嗯？"沈在野心不在焉。

"解签人说，我想得到的都已经得到了，让我好好珍惜。"她深情地看着他，"我该珍惜吗？"

沈在野想也不想便道："解签人都是骗人的，若他说的是对的，那你之前的姻缘符早该起作用了。"

陆芷兰撇撇嘴，道："你这人真是不解风情，男女相携来姻缘庙，谁管是真是假，求的不过是个心灵相通罢了。"

他与她心灵相通？沈在野垂眸，这通起来可能有点困难。

姜桃花面无表情地看着两边倒退的路，完全没听里头两个人在说什么。一到丞相府，她二话不说就跳下马车，回头朝车辕上的两个人笑了笑："妾身身子不太舒服，就先回去休息了，妾身告退。"说罢，也不理沈在野，径直往争春阁去了。

沈在野皱眉，眼睁睁看着她跑得没影儿，指关节捏得微微泛白。

"看来她真生气了，"陆芷兰一脸看好戏的表情，"爷还不快去哄哄？"

"你进去吧。"沈在野淡淡地道，"我还有事，要出去一趟。"

陆芷兰挑眉，看了他一会儿，认真地道："别说我没提醒你，女人刚开始生气的时候是很好哄的，但你若是把她晾在一边让她自己冷静，那可能等她冷静了，你对她来说也不重要了。"

"我对她来说，何时重要过？"沈在野嗤笑一声，甩了袖子就去解马车前头的马，搭上马鞍便骑着往前头走了。

"幼稚。"陆芷兰摇头，小声嘀咕道，"换作明轩，我要是生气了，他定然会马上来哄的，那才会让人感觉到被在乎。你算得尽天下大事，怎么就看不透女人的心呢？"她的神色暗淡下来。她抬头看看牌匾上的"丞相府"三个字，顿了顿，还是抬脚跨了进去。

回到争春阁，姜桃花愤怒地吃了一碗牛肉面，又喝了肉汤，再配上一碟点心，心情终于平静了些。

"主子这是怎么了？"青苔好奇地道，"遇见什么事儿了？"

"没事。"姜桃花眯眼，"出门被狗咬了一口，想想等会儿我还得冲狗摇尾巴，有点生气而已。"

她气沈在野说那样的话，但更气的是，自己仰仗他过日子，还要等着他联赵攻吴，就算他说话再过分，自己也只能把他当祖宗一样供着，太憋屈了！不过，人生嘛，不会一直按照自己想要的方向走的，为了得到自己想要的东西，难免受点委屈，咽点苦水，只要最后得到的东西值得，那也不算亏。要是遇点事就撂挑子，必定一事无成。

姜桃花平复了心情，重新挂上了笑脸，问："还有什么账目要看吗？"

青苔道："今日是秋季结账的日子，账本您昨儿都看完了，现在该送去给相爷过目。"

姜桃花嘴角一抽，抿了抿唇："那你去送吧。"

"主子不过去？"青苔有些意外。

"我还有其他的事，看账又不是算账，去了也只能当木桩子戳着，你替我去戳就好。"姜桃花道，"爷有什么吩咐，你传达便是。"

青苔点头，一边拿账本一边想，自家主子该不会是跟相爷吵架了吧？

青苔走到临武院时，湛卢正从院门口出来，一脸愁色，一看见她眼睛瞬间便亮了："青苔！"

"怎么了？"难得湛卢见着自己会这么激动，青苔挑眉，看着他朝自己跑过来，十分殷勤地将自己怀里的账本都接了过去。

"你们家主子呢？"湛卢问。

"在忙着呢，"看着那堆账本，青苔道，"让我送这个给相爷过目。"

湛卢脸又垮了："她怎么不亲自来？"

"不知道啊。"青苔耸肩，"今日主子从外头一回来就奇奇怪怪的。"

湛卢长叹了一口气，看了她两眼，低声道："你能不能劝劝你家主子？账本还是她亲自送比较有诚意。"

送个账本而已，要诚意干什么？青苔很不解，摇头道："我一向没法儿劝我家主子的，她不想来，那就没办法。怎么？爷说想见她？"

"没说。"但是只是没说出来而已。他跟在沈在野身边这么多年了，眼下里头那位在想什么,他还能不知道?本来是想出门的,骑马逛了一圈又回来,闷在屋子里一声不吭,刚刚还问起府里账本的事,不用猜都知道是什么心思。

"没说你就别瞎猜了。"青苔道,"把账本送进去吧,我在这里等着。"

湛卢捏了捏手里的东西,无语望青天,最后深吸一口气,带着壮士一去不复还的心情,推开了书房的门,叫了一声:"主子。"

沈在野正在发呆,闻言抬头看他一眼,目光触及他手里的东西,眼神瞬间就变得跟刀子似的:"你动作倒是快。"

"这不是奴才去拿的!"湛卢连忙解释,"是夫人让青苔送过来的!"

沈在野心里微沉,脸上却没什么表情,伸手把账本接过来翻了翻:"夫人在做什么?"

"青苔说夫人在忙。"

她有什么好忙的?沈在野轻哼一声,看了几眼账目,道:"府里上个月的支出怎么格外多?你让她过来解释解释。"

湛卢应了,正要转身出去,却又听自家主子道:"罢了,我去找她,你多半是请不动人的。"

湛卢微微一愣,看着自家主子拎着账本起身,便恭敬地跟在他后头。

"爷,"青苔在外头,看他出来便屈膝行礼,"您有什么吩咐?奴婢去转达给主子。"

"不用了。"沈在野继续往外走,"我自己过去。"

青苔有些意外:"账目出了什么大问题吗?"

"没有。"

"那小事有奴婢转达就可以了,"青苔认真地道,"您不用来回奔波的。"

湛卢连忙伸手捂住她的嘴,扯到一边小声道:"你怎么没跟夫人学点机灵劲儿呢?爷这摆明了是想去见你家主子,你还转达个什么?"

青苔皱眉扯开他的手:"想见直说就好了,找这么多借口干什么?"

湛卢看了看走远的主子,无奈地道:"你不懂,主子们都是要颜面的。咱们爷好歹是一人之下、万人之上的丞相,哪能轻易跟女人低头呢?"

青苔莫名其妙地把他推开,冷哼一声,道:"丞相倘若真把颜面看得那么重要,那就别指望着我家主子待见他了。"错了要认,挨打立正,还端着架子,能指望人家感受到多少诚意啊?诚意都没有,去了也是白去。

姜桃花正在院子里忙着,十分费力地数着地砖的数量。刚从主屋数到院子里,冷不防就看见一双黑色锦靴,她皱了皱眉,在心里骂了一声,一抬头便笑得阳光灿烂春暖花开似的:"爷怎么来了?"

沈在野已经做好看她冷脸的准备了,没想到她竟然还能冲着自己笑。她这一笑,他心里反而更堵得慌了,僵硬地问了一句废话:"这账是你做的?"

姜桃花点头："有何不妥？"

"上个月的开支，"沈在野启唇，"比平时都多，为什么？"

姜桃花接过账本看了看，道："因为府里被御林军闯入，他们打砸了不少东西，补买自然是一大笔花销，所以比平时的支出多。"

沈在野沉默了，从她手里拿过账本，继续翻看。姜桃花笑了笑，搬了张椅子过来，让他坐在院子里，自己则在旁边戳着。他一有疑问，她就细心地解释，像极了宜室宜家的好主母。然而，半年的账，沈在野左挑右挑也没挑出多少毛病，眼瞧着就要翻到尾了，他终于抬头看了旁边的人一眼。

"你还在生气？"

姜桃花微微一顿，笑了笑："爷觉得妾身有什么好生气的？该生气的不是爷吗？妾身还没谢过爷宽宏大量，不让妾身浸猪笼之恩。"她是打算咽下这口气好好说话的，可不知道为什么，话从嘴里出来就变了味儿。

沈在野皱眉，合上账本，看着她道："我那句话，只是随口说说，但你做的事，本就已经逾矩。"

"那爷便惩罚妾身吧，"姜桃花抬眼看他，道，"罚过之后，咱们这事儿就算是翻篇了，谁也不许再提。"

沈在野起身，慢慢走到她跟前，高大的身子将这娇小的人整个罩在阴影里："你要请罚，岂不是认了今日所为的确当罚？"

姜桃花翻了个白眼，笑一声："觉得妾身做错的是您，妾身从没认过，只是您觉得妾身逾矩，那就罚好了，只要留半条命就成。"

整个院子里的气氛一时凝重，青苔和湛卢躲在角落里，大气都不敢出。怎么又闹成这样的局面了？湛卢急得直招自个儿大腿，主子明明是想好好解释才过来的，怎么反而越说越严重了？青苔也有点急，生怕丞相一气之下当真罚自家主子一顿。

然而，沈在野虽然脸色不太好看，但也没当真怒气上头，只凉凉地看了姜桃花一眼，低声道："你今后别再做这样的事即可。"

姜桃花冷笑，她很想知道自个儿到底错在哪儿了。是错在不该被人群挤走，还是错在不该在门口等他们，抑或是错在没在李缙拉她的时候直接把他的手砍了？

姜桃花一肚子的委屈翻滚个不停，她咬了咬牙，朝沈在野行礼："妾身明白了，要是没别的事，妾身就先去看看怀柔，她最近脸上的伤有些好转了。"

沈在野有点手足无措，脸上却绷得紧紧的，他只点了点头，面无表情看着面前的人头也不回地离开了争春阁。

他长叹了一口气，轻声呢喃："女人怎么这么难缠？"

青苔看得直翻白眼，推开湛卢就朝自家主子追了上去。

湛卢摸摸鼻子，无奈地走到沈在野身边："主子，您这是来气夫人的，还是来哄夫人的？"

沈在野睐了睐眼，回头看他："我方才可有说错什么？"

湛卢摇头："只是听着不像是来哄人的，倒像是来问罪的。"

这两个这么聪明的人，算计谁都不在话下，怎么相处起来就这么笨拙呢？夫人既然在气头上，主子就不能说两句好听的？还介怀今日之事干什么？湛卢叹息。早知如此，在姻缘庙的时候，这两位才该去求个签改个命呢。

接下来的几日，姜桃花就跟什么也没发生过一样，照样给沈在野请安，安排后院诸事，忙碌得没个停歇。然而她每次在沈在野面前待的时间都不会超过半个时辰。沈在野也不明说什么，只变着法儿地逼着她面对自己，比如陆芷兰在院子里跟谁没处好，他找她来问罪；厨房的饭菜难吃了，他也找她来问罪。

陆芷兰看得直摇头："你这样做，不会有什么好结果的。"看姜桃花对他越来越虚假的奉承态度就知道了，这男人太不会讨女人欢心，明明是想亲近，却用错了法子，反而把人越推越远。

"依你之见，我该怎么做？"沈在野终于闭眼问了一句。

陆芷兰笑了笑："这个简单啊，她想要什么，您给不就成了？"

沈在野冷笑："我看起来是那种会为了讨好女人而去做事的人？"说罢，一转头就进了宫。

新帝登基大典在即，沈丞相本是一直待在府中不妄动的，今日却破天荒地去了御书房，找新帝密谈。

楚山等人收到消息，很是不安地在御书房外守着，生怕沈在野一个激动就直接把新帝砍了，谋朝篡位。

结果，一个时辰之后，穆无瑕带着沈在野出来，神色十分平静地看着外头的人道："沈丞相乃两朝元老，登基大典的冠冕授戴之礼，便由他来吧。"

冠冕授戴之礼？楚山愣怔了，神色复杂地看了后头的沈在野一眼："丞相这意思，是愿意拥护新帝登基了？"

"沈某从未说过不愿意。"沈在野微笑着道，"新帝继位是众望所归，沈某如何能不敬服？"

那你先前搞得那么轰轰烈烈是什么意思？楚山皱眉，一时半会儿也想不明白，只当这人是见大局已定，所以改了主意，于是点了点头："丞相能如此想，自然是我大魏之福。"

"另外，"穆无瑕正色道，"回赵国的使臣已经快马加鞭，不日就会将联盟的消息传回去。我们也该整顿兵力准备攻吴了。"

楚山一顿，拱手道："陛下，先帝当时之意，似乎是攻赵——"

"赵国与大魏有联姻之谊，攻之不义。"穆无瑕严肃地道，"大魏兵强马壮，足以攻吴，没什么好畏惧的。朕初登大宝，未曾有过建树，恐怕也难以服众。此番便御驾亲征，带领我大魏将士，拿下吴国十城。"

众人一听，自然是心思各异。

楚山皱眉道："陛下年轻气盛，臣能理解。但攻吴的决定太过草率，臣恐怕……"

穆无瑕看了他一眼，轻笑道："何为草率？朕在吴国当过十余年的质子，没有人比朕更了解吴国的情况。眼下吴国皇室内斗得正激烈，边境十城由二皇子麾下之兵驻守。此时进攻，吴国太子恐怕还会助我大魏一臂之力。东风已吹，战鼓焉能不擂？"

群臣一听，这才想起新帝的确是在吴国当过多年的质子。这么一想，他的话倒是可以信的。

沈在野扫了一眼群臣的脸色，低笑了一声："看来陛下也没有看起来那么得人心，金口玉言，竟然有人不听。"

这语气颇有些幸灾乐祸的味道。楚山一听，当即皱眉道："陛下的话，臣等自然是要听的。既然陛下有此打算，那待微臣与朝中将军商议之后，便将攻吴之策送呈御书房。"

"好。"穆无瑕点头，"兵贵神速，朕给你们一天的时间，明日便定帅挂旗，准备出征。"

"臣遵旨。"

沈在野看着那群人退下，站在穆无瑕身后望了望外头澄净的天空。"终于等到这一天了。"他低声笑道，"不知那些老朋友再度看见你我，会是怎样的心情。"

穆无瑕抿唇，眼神也有些飘忽，喃喃道："算算日子，一切也不过过去两年多，朕怎么觉得，像是过了半辈子？"

"陛下还小，"沈在野笑了笑，"您的一生还很长，臣必定会让您达成所愿，一世安康。"

穆无瑕心里微动，皱眉回头看了他一眼。

"别担心，"沈在野温和地道，"臣也定然会荣华富贵，寿终正寝。"

"好。"穆无瑕眉头微松，带着他往外走，"你既然都这样说了，朕也就不担心了。不过，你本不是说攻吴之事要等登基大典之后再议吗？现在怎么突然着急了？"

"臣不是着急，"沈在野道，"只是两国联盟有些事得提早准备。"

"你说的准备，是让赵国答应三皇子挂帅？"穆无瑕挑眉。

沈在野一本正经地道："赵国唯一可用之将，便是姜长玦。"

"这个，朕有所耳闻。"穆无瑕停下步子，上下扫了沈在野一圈，"可朕问的不是这个，朕想知道，你是为了姜姐姐吗？"

沈在野不吭声了，转头看向了别处。

穆无瑕恍然大悟，接着便笑了："丞相真是费心了。"

"臣没有偏私的意思，"沈在野淡淡地道，"只是他的确很适合。"

"朕明白。"穆无瑕严肃地点头，眼里却还是忍不住带着揶揄的神色，"你也有今天哪……"向来冷血得不沾凡尘情事、不讲半分情面的沈在野，竟然愿意为姜姐姐考虑，还这么着急地来找他，将这条件不动声色地写进盟书里，这样的沈在野看起来就没那么讨厌了。

沈在野轻咳一声，道："臣有事先出宫了，明日登基大典，陛下好生准备吧。"

"嗯。"穆无瑕点头，负手站在原地，看着他匆匆地走掉。

登基大典当天，姜桃花起了个大早，仔仔细细地收拾好自己，换上礼服，戴上珠冠，跟朝中所有命妇一样，准备去乾元殿前候着。

她一打开争春阁的门就看见了沈在野，他已经收拾妥当了，板着脸朝她伸出手："走吧。"

姜桃花咧嘴一笑，将手递给他，任由他带着自己上车，却依旧伸头看外头的风景。这些日子她与沈毒蛇之间的距离真的越来越远了，不管是身体上还是心灵上。虽然有些不适应，但她觉得这样也不错，退回到该待的位置上，做起事来也更自在。

"把头收回来。"沈在野道。

姜桃花一顿，老老实实地放下帘子，眼观鼻，鼻观口，口观心，安静地坐好。

"你知道朝中的御史大夫年立国吗？"沈在野突然开口问。

她怎么能知道？姜桃花摇头："不认识。"

沈在野面无表情地道："他四十多岁的时候得了一子，那小子就是坐马车的时候将头伸在外头一直看，结果有失控的马车错身而过，直接弄掉了他脑袋，当场丧命。"

姜桃花背后一凉，震惊地摸了摸自己的脖子："还有这回事？"

"所以，你别再把脑袋伸出去了。"

原来他是关心她啊。姜桃花撇嘴，早说不就好了？非那么凶巴巴的，又不解释清楚，她怎么知道国都里发生过这样的事情？她嘟囔两声，小声应了："多谢爷关心。"

沈在野轻哼一声，别开了头，心里倒是松了口气。

"听说爷等会儿要为新帝行冠冕授戴之礼。"姜桃花看了看他，突然问，"这对您来说，是不是挺有意义的？"

这样的礼数放谁身上都是有意义的，好吗？沈在野睨她一眼："自然。"

姜桃花点头，闷不吭声地想了一会儿，突然问："爷是不是吴国人？"

沈在野脸色一变，目光凌厉地看向她："你瞎说什么？"

她本来是没打算问出口的，谁想一个不经意就溜出了喉咙。姜桃花连忙捂嘴，摇头道："妾身失言，您别往心里去。"

沈在野眯了眯眼，眼神幽深地打量她："你是不是在乱猜什么东西？"

"爷别这么在意啊。"姜桃花干笑，眼神飘忽地道，"您这么紧张，反而让妾身更想知道了。"本来只是怀疑，可他这样的反应，就像真的有那么回事似的。

沈在野神色严肃，道："有些东西你最好想也不要想，不然……"

"妾身明白，妾身明白。"姜桃花举起双手道，"妾身什么也不想了。"他既然这么说，那就更加证实她心中所想了。

登基大典开始了，命妇们在阶梯左下的一个空间排得整整齐齐。姜桃花站在最前头，看着一连串的礼仪之后，沈在野拿起了皇帝的龙冠，缓缓戴在穆无瑕的头上。虽然隔得很远，但他的表情她能看得清楚，里头有欣慰，有喜悦，更多的是付出许多终于得到回报的满足。

沈在野为什么会这么忠于这个十六岁的孩子呢？为什么坚持要扶他登上皇位呢？先前她有些不明白，现在终于能想明白了。按吴国的风俗，男子会在春日的时候将百春花带在身上祈福，穆无瑕是带过的，沈在野也带过。这不是巧合，沈在野就是吴国的人。

而穆无瑕……

姜桃花抬眼看着那少年身上金光闪闪的龙袍，以及他转身之时脸上睥睨天下的神情，笑了笑。当了十几年质子的人，怎么可能有这样的气度和自信？穆无瑕所学所会，都是常人没处可学的东西。况且他说的皇姐根本不是大魏的公主，也就是说，他多半是吴国的皇子。

"吾皇万岁万岁万万岁——"

群臣高呼，姜桃花也跟着跪拜，心里忍不住有些颤抖。若她猜的都是对的，那沈在野是不是太可怕了？就这么不动声色地帮着吴国的皇子，吞掉了大魏的江山。大魏先帝若是九泉有知，会不会气得跳起来？不过，其中也有她没想明白的地方，比如，若穆无瑕是吴国皇子，那楚淑妃带过去的大魏皇子去哪里了？又比如，穆无瑕到底为什么要费尽周折、改头换面跑到大魏来？

姜桃花想得头都晕了，皱了皱眉，抬头悄悄看了一眼台阶上头。

穆无瑕已经坐在龙椅上了，瞧着倒也有几分君临天下的气势。沈在野站在龙椅旁边，目光锐利，表情严肃。

新帝登基之后就打算御驾亲征。姜桃花离开皇宫的时候，沈在野对她道："大魏的先锋营不日便将到赵国边境，你再耐心等上一段时间吧。"

哦，先锋营。姜桃花点头。

"嗯？"反应过来哪里不对劲，她连忙抓住了沈在野的衣袖，"先锋营是什么意思？你们还是要攻打赵国？"

沈在野睨她一眼，道："是去跟赵国谈判的，不然以赵国如今的国情，未必愿意打仗。"

派先锋营去跟人家谈判，那不就等于拿着刀架人家脖子上跟人家做生意吗？这也是真够狠的！赵国想不答应也不行。

"赵国的兵力，届时会有一大半都为你皇弟所掌控。"沈在野漫不经心地道，"答应你的事，我算是做到了。"

姜桃花心里一喜，眼睛跟夜灯似的倏然亮起，一边跳一边抓着他的袖子摇：

"多谢爷，您最好了！"

沈在野步子一顿，眼神不善地看着她道："那你为何还一直恼我？"

姜桃花一愣，伸手摸了摸沈在野的额头，嫌弃地道："您没病吧？这段日子以来，分明是您处处跟妾身过不去，怎么成妾身恼您了？"

沈在野挥开她的手，垂了眼帘看着她："你胆子又回来了？"

"嘿嘿。"姜桃花缩了缩脖子，道，"妾身随口说说，您别往心里去。"讲真话就是没人爱听，这段时间的沈在野本来就是有病，什么事都怪在她头上，吃饭怪她，睡觉也怪她，就差打个喷嚏都怪她了，他还想怎么样？有了新欢也不带这么排挤旧爱的！

"今晚我会去你那里，眼瞧着要合作，有些误会还是早日解开为好。"

姜桃花点点头，应下了："那妾身等着您。"

沈在野颔首，脸上什么也看不出来，心里却松了一大口气。要找个台阶下，看来也不是很难。跟她说别的都是白搭，还是谈合作最自然了。

两人的心情都好起来，回到府里各自忙碌。

沈在野心里一直打着晚上要说的话的腹稿，然而，到了黄昏时分，他刚跨出临武院，就看见了陆芷兰。

陆芷兰道："今天是个特殊的日子，你陪我喝酒吧。"

沈在野脸色铁青："不能改日吗？"

"不能。"陆芷兰幽幽地看他一眼，道，"五年前的这天您干了什么事，难道忘记了？"

孽债啊！沈在野扶额："你不觉得我是无辜的吗？"

五年前的今天，陆芷兰在外头喝得酩酊大醉，陆家老爷让沈在野去把她接回家。他去了，让湛卢把她背回去，结果她抱着湛卢哭了一宿，诉了一宿的衷肠，吓得湛卢硬生生做了两天的噩梦。第二天她却找上门来，骂他无耻，竟然把她交给下人照顾。天知道是她自己抱着湛卢不放的，关他什么事？

"站在我的立场，您罪大恶极。"陆芷兰眯着眼睛拎了拎手里的酒坛子，"请吧。"

"我今日真的有事。"沈在野严肃地道，"关乎性命的大事。"

"哦，"陆芷兰冷漠地道，"那你去吧，我等明年的这个时候再找你。"

沈在野："……"

一炷香之后，两人仍然坐在院子里喝酒。

姜桃花蹲在争春阁门口等啊等，左等右等都不见沈在野来。没一会儿，倒是湛卢过来了，面带尴尬地道："夫人，爷说明日再过来陪您，今日临时有事。"

姜桃花抬眼看了看他这表情，轻笑："在陪陆娘子吧？"

"爷也是逼不得已。"湛卢连忙道，"您千万别生气。"

姜桃花收了心思，站起身拍拍手："我没什么好生气的，反正都在这院子里，他爱什么时候来就什么时候来，我也只有等着。"

说是不生气，这语气听着明明寒了心。湛卢紧绷着头皮，看姜桃花进主屋去歇息了，才回去同自家主子禀告。

沈在野一脸麻木地看着喝得畅快淋漓的陆芷兰，闻言长叹了一口气，道："这也是没办法的事。"

"什么没办法啊？"陆芷兰趴在桌上，一边喝酒一边笑，喝进去的酒却都变成眼泪流了出来，"爱错了人才是没办法呢。"

沈在野闭眼："是你爱错了人，为什么要连着我一起受惩罚？"

"因为是你当初太过俊朗、潇洒，逼得我不得不爱上你。"陆芷兰轻笑，丢开酒瓶，伸手在空中画了画，"就是你跟着庞将军班师回朝的时候，一身红色的铠甲，迎着朝阳走在队伍的旁边。我只看了一眼，就再也没能拔出来。"

"那是你肤浅。"沈在野启唇，"看男人哪里能只看外表？"

陆芷兰微微一愣，不服气地抬头看他："你内在哪里差了？能文能武，英雄年少，整个吴国就没有比你更厉害的人！"

湛卢和沈在野心里都一惊，连忙往四周看了看。沈在野皱眉，看着她道："这里不是吴国，你说话注意点。"

"竟然还要我说话注意……"陆芷兰咯咯直笑，醉眼迷蒙地道，"我喝醉了，你不知道吗？"

"喝醉了的人就该睡觉。"沈在野皱眉，"小心祸从口出。"

"好好好。"陆芷兰笑道，"我小声点。咱们的秘密，你没告诉姜氏吧？"

沈在野摇头："没有。"

"哈哈。"陆芷兰高兴地拍手，"我总算有比得过她的地方了！"

沈在野黑了半张脸，道："你没事跟她比什么比？"

"我有些不甘心啊。"陆芷兰醉醺醺地看着他，"认识你这么多年了，我这么努力想让你爱上我，哪怕只有一点点，都没能成功。她一来就俘获了你的心，凭什么啊？"

"你想多了，"沈在野皱眉，"她也没那个本事。"

陆芷兰眨眨眼："那您最近这着急上火的是怎么了？"

"瓜子嗑多了。"沈在野面无表情地站起来道，"你快去歇着吧。"

"不行，我话还没说完呢！"陆芷兰不服气地拉着沈在野的衣袖道，"先前没说给你听的话，现在你总要给个机会吧？"

沈在野一顿，低头看着她："以前说的那些东西，你现在还那么想？"

陆芷兰认真地想了想，摇头道："可能有些想法变了，但有些事还是要说给你听。比如我送你的衣裳其实不是我自己绣的，我不会绣，是让绣娘绣的，就是你说绣得不错的那一件。还有中秋节我说希望所有人都团团圆圆，其实是想跟你团圆。还有我说要嫁给别人了，也只是想刺激刺激你……"

沈在野目光悲悯地看着她，道："这些话说给我听，又有什么用？"

陆芷兰一愣，突然就笑了："好像的确没什么用，你只要不喜欢我，我做什么其实都只是无关紧要的。这些东西只是我自己心里的执念，非得说给你听听罢了。"

年少的心事，自己反复斟酌，睡前都要想一遍，在不喜欢自己的人眼里，都是琐碎得不值一提的东西。她早该知道的，只是现在才被点醒了些。

"那你背我回去。"陆芷兰伸手看向他，道，"这次不许让湛卢代劳！"

沈在野无奈地看她一眼，低下身子背起她，飞快地把她扔回释往阁。

陆芷兰深深地看了他一眼，像释怀了一些，安稳地闭上了眼。

沈在野抿唇，拂了拂袖子，径直往争春阁而去。

第四十一章 出征

姜桃花已经睡下了，然而只是眼睛闭着，脑子里免不了还在想事情。

周围一股酒味袭来，接着身后就多了个人，那人伸手戳了戳她的脸，低沉地问了一句："睡着了？"

闻着这酒味里还带着胭脂的香味儿，姜桃花撇嘴，往床里头挪了挪，淡淡地道："快睡着了，爷有话直说吧。"

沈在野伸手将她捞回来，不悦地道："今晚之事不能怪我，咱们先把话说清楚了你再睡。"

姜桃花睁眼看他，一脸无所谓："行啊，您说。"

"我与陆芷兰认识多年，她父亲与我算是忘年之交。"沈在野道，"所以抛开别的不论，我也得顾念她一二。"

"哦。"姜桃花点头，"爷做得挺对的。"

"今晚我一早就打算过来的，是她突然要我陪她喝酒，因为五年前的这一天发生过不愉快的事，她只是想把心里的这道坎迈过去，所以我只能留在那儿等她喝完。"沈在野皱眉看着怀里这人，道，"我不是故意食言。"

原来是这样。姜桃花垂眸："妾身明白了。"

今晚的事算是有了解释，可为什么她看起来还是不怎么高兴？沈在野抿唇，犹豫了好一会儿，终于低声道："姻缘庙的那件事，是我说话过分了些，本也不是那个意思，只是有些生气……你能不能就当没听见过？"

姜桃花一顿，睁大眼睛看了看他，笑了笑，眼里像有一层冰，但很薄，只要他用力敲一敲，下头温暖的水便会全部涌出来。委屈了她这么多天，现在才认错？早干吗去了啊？！

沈在野叹息，将她的脑袋按在自己胸前，轻声道："我都开口跟你服软了，你这浑身的刺儿能不能也收一收？现在可以跟我说说当日为什么会跟李繻在一起了吧？"

姜桃花微笑着问："不管妾身说什么，爷都能不怪罪吗？"

"嗯，"沈在野点头，"今夜我许你畅所欲言。"

"那好。"姜桃花一把将沈在野推开，脸色骤变，柳眉倒竖，"您是瞎的还是傻的啊，去姻缘庙那天您怀里护着美人儿，妾身不就只能跟在后头？人那么多，妾身被人挤得老远您都不带回头看妾身一眼的，还不许妾身自个儿在外头站着等您啊？"

"这国都说大不大说小不小的，妾身只是在门口蹲着而已，谁知道就遇见李缙那畜生了。他拉着妾身就要去求解签挂香囊，妾身没他力气大，还真要咬他不成？您后来出来看见我们，没第一时间上去给他一拳就已经很对不起我了，还反过来怪我，到底是为什么？！"

怨气铺天盖地而来，呛得沈在野咳嗽了两声，他撑起身子坐在床头，伸手擦了擦姜桃花嘴边飞溅的唾沫星子，低笑道："原来是这样。"

"您还笑？"姜桃花红了眼，委屈极了，"这从头到尾关妾身什么事儿啊？您全算在妾身头上，还处处挑妾身的刺儿找妾身的麻烦，就算妾身脾气好，也不带这样的！"

"是我错了。"沈在野伸手将她搂回来，轻轻拍着她的背，心里舒坦了，连带着整个人都温柔起来，"谁让你先前不说清楚？我还以为你与他仍旧有什么私情，所以……后来的事也不是找你麻烦，只是你不搭理我，所以我才想办法让你多在我面前晃晃而已。"

姜桃花气不打一处来，伸手就搥在他胸口上："您傻啊，想让妾身在您面前晃，就不能赏赐点东西什么的吗？那样妾身晃着也高兴啊！"

沈在野长叹一口气，道："是我失算。"

"现在妾身必须再跟您好生说说。"姜桃花咬牙，一本正经地看着沈在野道，"妾身与李缙，往日有仇，近日无恩，绝对不可能再有半点感情！您再怀疑妾身，那您这脑子就是被门夹了！"

沈在野眉心一跳，看了看她，突然想起浮云楼上李缙说的话，心里不由得一沉："他对你，倒未必完全无情。"

姜桃花翻了个白眼，道："一个人想吃苹果的时候，他没给，后来不想吃了，他却成车地送，这的确也是恩情，只是我不需要了！"

不需要吗？沈在野眉头微皱，难不成她身上的蛊毒她自己不知道？

"爷说过，合作需要坦诚，那妾身今日就把话说明白了。妾身自从嫁进相府开始，就已经决定会做好姬妾的本分，绝对不会有出墙逾矩之举。"姜桃花看着沈在野认真地道，"就算赵国与吴国风俗不同，妾身也愿意接受爷三心二意、朝三暮四，这是你们的传统和习惯，妾身无力改变也懒得改变，但没道理爷还反过来怀疑妾身！"

三心二意？朝三暮四？沈在野眯眼："在你心里，我就是这样的人？"

"不是在妾身的心里，"姜桃花挑眉，"您本身不就是如此吗？"

沈在野气极反笑，看着她，眼神深邃："你是真傻还是假傻？"他待她诸多不同，她没发现吗？他对谁都充满算计，唯独将她归入需要保护的人之列，她也没发现吗？她看得透他走的每一步棋，怎么就看不透他的心？

姜桃花眨眼，意外地看着他："爷是说，您对妾身是一心一意的？"这话说出来她自己都觉得荒谬，忍不住打了个寒战。

沈在野脸色一沉，搂过她的后脑勺，直接就吻了上去。

"我不可能对你一心一意，"喘息之间，他咬牙切齿地道，"以后若是遇见更好的女子，你便是下堂之妻！"

姜桃花点头，古怪地看他一眼："这不是很正常吗？妾身都没生气，您这样生气做什么？"

他气的就是她这副半点不生气的样子！"你是我见过的最大度的女人。"他眯眼道，"比以前的梅照雪还大度，大度得没个女人该有的样子！"

"这样不是才更招你们男人喜欢吗？"姜桃花笑了笑，"聪慧、美艳、宜家、不妒，这般好的妻子，打着灯笼都难找……唔。"

她话没说完，嘴又被人堵上了。沈在野气得闭上了眼，闷声道："我上辈子可能是欠了你的！"

姜桃花眨眼，一脸无辜地看着他，可怜兮兮地求饶："爷，轻点。"

沈在野反而更用力了。他一向是冷静睿智的人，但不知为什么，对上姜桃花这张同样冷静淡然的脸，就完全压不住火气。

"爷在气什么？"姜桃花笑着，眼里却一片平静，望着帐顶道，"难不成爷希望妾身大吵大闹，将陆氏赶出去？"

沈在野冷笑："我没那么无聊，你现在做得很对，我只是在奖励你。"

奖励她是这样的奖励法儿？姜桃花啧啧两声，伸手搂着沈在野的脖子，微眯着眼睛，像一只妖媚的小狐狸："那如此说来，妾身是不是也得回报爷扶持长珙之恩？"

"你想怎么回报？"沈在野挑眉。

姜桃花一笑，抬眼之时风情万种，眼角眉梢都是惑人的媚意。

"你不是说过，绝对不会再对我用媚术？"想起她这媚术是谁教的，沈在野心里一紧，抓着她的胳膊沉声道，"你还是老实躺着吧！"

不解风情啊！姜桃花撇嘴，脸上带笑，笑意却不达眼底。沈在野最近完成了大事的第一步，所以放纵了些，都会与她谈情说爱了。然而，她要是当真傻傻地信了这个人是将她放在心里最重要的位置的，那她就等着下一次被舍弃吧！沈在野这个人，没办法让她觉得可以依靠，他只将她当成合作的人，那她对他亦如是，不会再奢望其他。

春宵几度，第二天起来的时候，两人之间的气氛十分融洽，就像回到了先前的时候。沈在野脸上虽然没什么表情，但周身的气息都温和了不少，照旧抱着姜桃花到桌边用早膳。看她累得闭着眼，他便伸手捏开她的下巴，塞一勺粥进去。

"连咽都不会了？"他挑眉。

怀里的人嘟囔一声，吧唧了一下嘴，往他怀里蹭了蹭。沈在野的心口都好像被她蹭得柔软起来，他勾了勾唇，又喂了她两勺粥，便起身抱着她去清洗，然后重新塞回被子里。两人之间的误会算是解开了吧？他想。

只是，没过几天，沈在野就发现这种舒心被另一种糟心压得严严实实的！陆芷兰有很多事想同他一起做，只要他在府里无事，她便会拉着他出门，逛街、爬山、吃东西。这是他该还的债，他认了，但是姜桃花这该死的，不仅没有一句抱怨，反而里里外外帮他们安排得十分妥当，每次都站在门口笑眯眯地送他们出去，还不忘说"路上小心"。

真有女人能大度到这个地步？沈在野是不信的，可是他更不信姜桃花对自己半点感情也没有。他思来想去，最后还是把徐燕归抓出来问了问。

徐燕归一脸嫌弃地看着他道："你这人要求怎么这么多啊？她当主母当得尽职，不妨碍你，不使绊子阻挠你和陆芷兰，你还反过来抱怨人家太冷淡。那你要她怎么做啊？"

"至少要有女人该有的样子吧？"沈在野板着脸道，"不说生气，她哪怕表现出半点在意和嫉妒，我都觉得她还算个正常人。"

徐燕归想了想，突然有些心虚地道："说起来，我似乎跟她说了些情况。"

"什么情况？"沈在野皱眉，"你又私下里去找她了？"

"很久之前的事情了。"徐燕归连忙躲远点，"那时候她刚知道陆芷兰，看起来有些失落，我就去跟她说了你与陆芷兰的关系，还说你绝对不会喜欢上陆芷兰，让她放心。"

沈在野黑了脸，瞪着面前这人："你这么多事干什么？"

"我那时候不是觉得她挺可怜的吗？"徐燕归撇嘴，"况且我说得也没错，你与陆芷兰，本来就不可能有什么。"

沈在野冷哼一声，睨着他道："你又不是我肚子里的蛔虫，怎么知道我对芷兰不会有任何想法？如今回忆起这么多的事，我要是突然感动于她曾经的痴心一片，那也没什么奇怪的。"

徐燕归嘴巴张得老大，瞪着他道："你不是吧？"这人看起来分明很在意姜桃花，这闹的又是哪一出啊？姜桃花那人明显外热心冷，要她在意你本就挺不容易的，这傻犊子还想剑走偏锋？

"你还是出去打听赵国的消息吧。"沈在野道，"等两国正式联盟之后，恐怕还得让你亲自去赵国一趟。"

"任务，我知道。"徐燕归不放心地看着沈在野，道，"大事上我听你的，但感情这种事，你最好还是听听我的话。女人的真心要拿你自己的真心去换，别想歪主意。"

沈在野看了他一眼："我只是想确定她的心意，以免日后被她捅刀。"他已经将她拉上了船，但说实话，他对她没多少把握。女人若是没有感情的羁绊，背叛是很轻易的事，尤其姜桃花还是个能与他过招的女人。将自己的软肋交给她，他怎么想都无法放心，除非她同曾经的陆芷兰一样，爱他爱得死心塌地。然而他不知道，这世上唯一不能算计的就是感情，一旦算计了，那东西就比什么都不牢靠。

虽然背后的纠葛理不清，但表面上，沈在野和姜桃花重新开始融洽起来。只要陆芷兰不在，沈在野去争春阁，都能被她扑个满怀。

"爷，"姜桃花眼睛发亮地看着他，"听说大魏的使臣已经到赵国了？"

沈在野微微挑眉，睨着她道："你从哪里知道的？"

这个自然是徐燕归传的消息，最近他与顾怀柔冷战，只能来讨好她，就卖了点消息给她。然而她要是直接跟沈在野这么说，徐燕归可能会被扒掉一层皮。

"道听途说。"姜桃花讨好地笑了笑，抱着沈在野的腰就往里走，"陛下不是决定御驾亲征了吗，现在外头各种消息满天飞呢。"

沈在野看了她一眼，淡淡地道："人的确是到赵国了，快马加鞭赶着去的，只是之后会是什么情况，还不能确定。"

这样啊。姜桃花点头："妾身相信爷，有爷在，一切都没问题的。只是，陛下已经快启程了，您为什么半点也不准备？"

"准备什么？"沈在野挑眉，"陛下亲征，我自然是要留守国都。"

姜桃花一愣："您竟然不跟着回吴国？"

"回？"

"啊，是去。"姜桃花背后一凉，连忙圆话，"妾身一向去、回不分，爷不用在意。"

沈在野深深地盯着她，道："后方总要留人坐镇，这一仗打下来，还不知道会是个什么结果。"

姜桃花心虚地点头，不多嘴了，拿起桌上的点心就往沈在野嘴里塞。后者一边皱眉，一边将她递过来的东西吃了个干净，末了还是忍不住道："太甜了。"

姜桃花直翻白眼，嘴里还是应道："下次妾身少放点糖。"

沈在野点头，看了看外头的天气，道："马上要入冬了，你若是闲得无聊，不如给我做件棉袍。"

姜桃花点头："妾身知道锦绣阁最近来了个不错的裁缝，到时候请他上门来给爷量一量，做套好的。"

"我的意思是，"沈在野不悦地道，"你亲自做。"

姜桃花瞪眼，抱起旁边的账本道："妾身很忙的！您看，这么多东西都要妾身做决定，哪有工夫——"

"当年陆芷兰也很忙，"沈在野淡淡地打断她，道，"可她还是替我做了不少锦衣绣袍，而且做工精致。"

"好厉害哦！"姜桃花腾出手来拍了拍，"那您继续穿那几件不就好了？"

"姜桃花，"沈在野脸黑了，"你要有作为正室夫人的自觉。"

"正室的自觉就是要绣袍子啊？"姜桃花撇嘴，忍不住道，"这难道不是老嬷嬷该做的？"

一旁的青苔听不下去了，连忙上来拉了拉自家主子，小声道："爷要的是心意啊，您就应了吧。"

姜桃花点头："既然这样，那妾身就做吧，若是做得不好，爷千万别嫌弃。"

听听这话说的，院子里别的女人都是主动帮他做这些的，到她这儿，怎么反倒像是他在求她了？沈在野闭眼，姜桃花这女人，真的对自己不是很上心吧。看来这次联盟之事还不能让她参与其中。

出征的日子定下来了，新帝在宗庙行了礼，便接受百官跪迎，最后挂帅出征。沈在野带着姜桃花去了城郊外，还是在上次穆无瑕与他们说话的地方等着。御驾经过时，穆无瑕勒马朝他们走了过来。

"愿陛下旗开得胜。"沈在野拱手道。

穆无瑕颔首，看了沈在野和后头的姜桃花一眼，道："朕这一去，怕是要有段日子才能回来，大魏就交给你们了。"

"陛下放心。"沈在野笑了，"臣必会将这万里河山守好，等您凯旋。"

"姜姐姐也要多保重。"穆无瑕道，"赵国的长玦皇子会率兵在吴国边境与朕会合，到时候朕一定替你好生照顾他。"

"多谢陛下。"姜桃花感动极了，看着他这一身戎装，连忙把平安符拿了出来，"这个，您随身带着，能保平安的。"

沈在野睨她一眼："民间骗人的东西，拿给陛下像什么话？"

"无妨。"穆无瑕笑着伸手接过来道，"姜姐姐的心意无瑕会一直铭记。"

姜桃花点头，目光分外慈爱："愿陛下心想事成。"

穆无瑕笑了笑，又跟沈在野交代了一些事，然后重新上马启程。

"陛下小小年纪，竟然已经肩负起一国的重任了。"姜桃花看着那长龙般的队伍感叹，"果然皇家的孩子没一个有好日子过。"

"他心甘情愿。"沈在野道，"这条路是他自己选的，现在终于能攻吴，他不知道有多高兴。"

姜桃花不解，看着穆无瑕的背影，只觉得，这么小的孩子，即将上战场，怎么都该是很害怕的吧？然而沈在野说的是对的，牵着缰绳穿着盔甲的穆无瑕比谁都兴奋和愉悦。

两年前从吴国狼狈离开，两年后他能回去一雪前耻，是上天眷顾的结果，也是一群人不要命地努力换来的。既然长矛已经握在手里，那他这次说什么都要将吴国拿下来！即使顶着穆无瑕的名字过了两年多的平顺日子，然而他不会忘记，自己根本不是大魏南王，而是吴国的九皇子南堂蛰儿。一阵风迎面吹过来，吹得他的披风在背后高高扬起，少年眯眼，很容易就想起了过往的事情。

吴国虽强盛，内斗却比任何一国都凶猛。他的母妃因得宠而被皇后残杀，皇兄也被太子陷害至死，十几个皇子你争我抢，活下来的没有几个。他本无心东宫之位，而当眼睁睁地看着疼他爱他的人都死在阴谋诡计之下，最后屠刀举到他头顶的时候，他才猛然醒悟。坐以待毙不过是看着所有人一起受苦，他生而为皇子，本就没有独善其身的退路。

他本以为死到临头才有那样的想法已经迟了，谁知沈在野竟然能偷梁换柱，将他变成大魏送到吴国的质子，遣送回了大魏，给了他一次重新来过的机会。

他很久之前就听说过沈在野这个人，沈家一门忠烈，只他一人离经叛道，阴险狡诈，被赶出家门，自立门户，名字都被从沈家的族谱里除了去。没想到，这样的人，却在那个时候朝他伸出了手。

沈在野说："殿下，这世道污浊不堪，您可愿随草民去找寻真正的清明？"

直觉告诉他，沈在野和他不是一路人，然而鬼使神差地，他竟然相信了他，远离吴国，在大魏重起炉灶，竟一步一步走到了今天。

想来还有些恍惚，原以为不可能的事，如今都已经全部实现了。这一战，无论说什么，他都不能输。

沈在野在凉亭里站了许久，一直望着穆无瑕远去的方向，眼里没有焦点，唇边却带着点笑意。

姜桃花抱着胳膊，好奇地看着他道："爷还在看什么？不回去吗？"

"嗯，回去吧。"沈在野回过神，伸手将她一起裹在自己的披风里，眯着眼睛道，"总觉得陛下又长大了不少。"慈悲之心仍在，却会主动拿起长矛了，不再纠结于一人一蚁，开始为整个天下着想。这样的帝王，他不信创造不出盛世。

姜桃花轻笑："爷怎么跟看自个儿的孩子似的？"

"因为我还没有孩子。"沈在野低头看她，"你怎么这么不争气，这么久了，都不给我生个一男半女。"

姜桃花身子一僵，垂眸道："看缘分，缘分不到，子嗣这种事也是强求不得的。爷要是实在喜欢孩子，不如让别人先替您生一个？"

"你说什么？"沈在野脸色沉了。

姜桃花察觉到背后的寒意，连忙道："妾身随口说说。"

沈在野松开她，甩了袖子就往马车的方向走。姜桃花连忙提着裙子跟上，狗腿地道："您别生气啊，妾身立马回去拜送子观音！"

沈在野没理她，一路上都黑着脸。

两人回到了相府，刚进门就迎上了陆芷兰。

"中秋节要到了，"陆芷兰满脸笑意地看着他道，"府里有赏月会吗？"

沈在野一愣，回头看了姜桃花一眼，后者连忙上来道："陆娘子要是想办赏月会,那咱们府里就办,交给我即可。"

"没有啊。"陆芷兰道,"那也不用麻烦了,咱们去街上玩儿吧。"

姜桃花眨眨眼:"这恐怕有些不妥,街上人太多了。"

陆芷兰道:"人更多的地方我们都去过了,反正有相爷在,不用担心。"

那是她不用担心啊。姜桃花撇嘴,别人跟着上街,只有被挤飞的份儿。"那我这就去安排。"姜桃花道,"中秋那日,你与爷出去玩玩便是。"

"多谢夫人。"陆芷兰笑着颔首,抬眼打量了一番姜桃花的脸色,又看看后头的沈在野,突然道,"大家一直在这门口站着也不太妥当,爷不如先回院子里休息吧,我与夫人还有些话想说说。"

她们俩有什么好说的?沈在野皱眉,下意识地看向姜桃花。

姜桃花笑得傻兮兮的,朝他点头:"对啊,爷去休息吧。"

话都说到这份儿上,那他也没法儿拦着了,只能颔首,抬步从她们旁边越过,往临武院而去。走了几步路,沈在野回头看一眼,那两人手拉着手正十分和睦地往旁边的花园去。

陆芷兰和姜桃花脸上都带着笑,然而前者眼里的笑意不是很友好,等四周没什么人了,她转头看着姜桃花便道:"夫人是不是很讨厌我?"

姜桃花微微一愣,道:"陆娘子为何会这么想?"

"在我没来这相府之前,夫人应该是被爷捧在手心里的那一个吧?"陆芷兰勾唇,"我一来,爷似乎冷落你了。"

"这是事实。"姜桃花点头,"不过我为什么要讨厌你?爷冷落我,是我与他之间的问题,你能让爷更宠你,是你的本事。爷三心二意,那也是爷的不对。说到底,我没有讨厌你的立场。"

陆芷兰咂舌,目光在她脸上转了一圈,难以置信地道:"你可真看得开。"

"你都如此看得开,我又哪能钻牛角尖?"姜桃花耸肩,"毕竟你与沈在野相识在先,我只是个后来人。"

陆芷兰轻笑了两声,在花园的凉亭里坐下,睨着她道:"先来后来有什么要紧,关键还是看爷喜欢谁。夫人不讨厌我,我却一直不大喜欢夫人呢。"

"为何?"姜桃花也坐下来,兴致勃勃地看着她,"因为我长得好看?"

陆芷兰翻了个白眼,笑道:"长得好看有什么了不起?这天下的美人儿多了去了,也没见哪个在沈在野心里留下多少影子。倒是你,莫名其妙错嫁给他,还就真入了他的眼。"

姜桃花挑眉,虽然陆芷兰说的是火药味儿十足的话,但不知为什么,她就是无法敌视她,总觉得这姑娘挺可怜的。

"也许是缘分吧。"她道,"不过缘分也分深浅的,陆娘子在这院子里久了,以后与爷的缘分说不定会越来越深呢。"

陆芷兰嗤笑了一声,认真地看着她道:"若是时间越久,缘分就能越深,我也不用抱着这么多年的执念不能放了。我为沈在野做的事情,少说也有百八十件，然而他并没有半点动容。敢问夫人，您到底是做了什么，才撬动了沈在野那一颗心？"

姜桃花摸着下巴想了想，道："我就是个替他办事的，所以得他垂怜，拉我在一条船上罢了。若说得他心，我未必有那个本事。娘子多虑了，与其惦记我，不如抓紧机会，好好与爷多相处。"

"以夫人之见，我最近的行为，都只是在争宠而已吗？"陆芷兰挑眉。

难道不是吗？姜桃花意外地看着她："陆娘子还有别的打算？"

陆芷兰轻笑一声，摇头："夫人大抵不明白我的心情，十几年了，我的感情从未得到沈在野的回应。如今先帝驾崩，我成了弑君的恶人，天地之间再无容身之处，得他垂怜收于府中。若是不拉着他将过去遗憾的事都一一回忆起，我如何能安心上路？"

姜桃花心里一震，有些惊讶："上路？"

"我也有我该去的地方，不会在他身边待太久。"陆芷兰歪了歪脑袋，睨着她道，"听着这句话，您是不是突然很开心？"

姜桃花神色复杂，盯着陆芷兰脸上的笑意看了许久，有些困惑地道："我原以为你最大的愿望就是陪在沈在野身边。"

"是啊，以前的愿望的确是这个。"陆芷兰点头，"但自从明轩一死，我又在府里看着他对你的态度，这愿望突然就变了。"

"我想让他和你都不好过，等我心里的怨气散尽了，就可以干干净净地去找明轩了。"陆芷兰笑得有些不怀好意，睨着眼睛看着姜桃花道，"我不喜欢你，也不喜欢沈在野，你们俩要是一直这么和和睦睦地在一起，那我该多心塞啊！"

姜桃花轻轻一笑，道："所以你是想来扰乱我们的？"

"对。"陆芷兰认真地点头，眼波流转地看着她问，"怕不怕？"

"说实话，怕不起来。"姜桃花耸肩，"你若是真想这样做，又何必提前告诉我？这样一来我就看透你了，不会上你的当。"

"这样啊……"陆芷兰皱眉道，"那你就当没听过吧，咱们重新来过！"

姜桃花失笑，目光温柔地看了她许久，突然问："你是不是后悔了？"

"什么？"

"后悔杀了明德帝。"

陆芷兰脸上的表情一僵，垂眸："要杀他，是我两年前就知道的事，也是我的任务和责任，我不会后悔。"只是……很难过，难过得每晚都在梦里流泪。

她从来没被人珍惜过，她对沈在野那么好，那白眼狼也不曾回头看她一眼，偏生遇见明德帝，他把她当宝贝似的捧在手里，宠着哄着，生怕她受一点伤。那样的人，被自己下了毒，话都没来得及说两句便赴了黄泉。以后若是再见，他会不会扑上来打自己？也有可能转头就走，再也不想看见她吧……

看着面前这人，姜桃花忍不住递出了手帕。

陆芷兰回神，莫名其妙地看她一眼："给我这个做什么？"

"你的脸。"姜桃花叹息，"擦一擦吧，妆花了。"

陆芷兰微微一愣，抬手一摸，这才发现自己脸上已经满是泪水。

"奇怪，我没哭啊。"陆芷兰喃喃念着，接过姜桃花的帕子抹了把脸，接着十分严肃地道，"肯定是这儿的风太大了！"

姜桃花配合地点头："对，风是有点大，你要不喝点热茶？"

"不要。"陆芷兰瞪她一眼，"你正经一点，我现在是要抢你男人的女人，你还这么轻松地跟我说话，看不起我是不是？"

姜桃花摇头："没啊，我觉得你挺好的，要是我是沈在野，早就娶你了。"这种对自己体贴、周到、一心一意、无私奉献的女人，打着灯笼都难找吧？最重要的是，虽然看起来不像好人，但陆芷兰本性纯良，奈何遇上沈在野这大灰狼。

陆芷兰被姜桃花这话震了震，眼神古怪地看了她几眼："你不用同情我，我不会对你手下留情，等沈在野当真爱上我的时候，我会狠狠地把他甩进十八层地狱的！"

"加把劲儿！"姜桃花握拳，"甩进去了就别放他出来！"

陆芷兰突然觉得，沈在野喜欢上这样的女人，可能也是一种报应吧？她起身将手帕还给姜桃花，吸了吸鼻子，睨着她道："我当真会加把劲儿的，到时候失了他的心，你可别哭。"

"好。"姜桃花点头，拍了拍她的肩膀，"你也别哭了。"

陆芷兰撇撇嘴，轻哼一声，扬着下巴端着手便走了。

姜桃花站在凉亭里看着她的背影，突然小声说了一句："她可真是爱惨了明德帝。"

"什么？"旁边的青苔以为自己听错了，"她爱的不是相爷吗？"

"以前或许是，但现在肯定不是了。"姜桃花叹了口气，带着她准备回争春阁，"爱一个人久了是很容易变成习惯的，她放不下的只是习惯。"

青苔更不理解了："她要是当真那么在乎明德帝，怎么不殉葬啊？"

姜桃花摇头，明德帝是死在陆芷兰手里的，陆芷兰哪儿来的脸面殉葬？也正是因为这个，她才觉得陆芷兰真的很可怜。

晚上，沈在野过来了，十分好奇地问："你们都说什么了？"

"聊聊衣裳首饰罢了。"姜桃花笑道，"爷还喜欢听这些女人的事儿？"

当真只说了这些？沈在野皱眉，想了一会儿道："芷兰是当真很不容易，所以她的要求我都会答应，你也别太介怀。"

"妾身明白。"姜桃花点头，"妾身觉得爷可以对她再好些，中秋节的时候妾身会为你们准备花车，爷可以带着陆娘子逛一逛国都，最后躺在花车里赏月也可。"

想得可真是周到！沈在野板着脸看着姜桃花，心想，这小丫头为什么这么听话呢，让她不介怀她就当真不介怀了？

"你的中秋要怎么过？"他问。

姜桃花眨眼，认真地想了想，道："往日的中秋，我都是同师父和长玦一起过的，今年嘛……就和青苔一起吃个月饼吧！"

"不觉得委屈？"

"有什么好委屈的？"姜桃花挑眉，"安安静静的也挺好，爷不用担心。"

谁担心她了？沈在野不悦地将姜桃花扔一边去，自己躺上床，闭眼睡觉。姜桃花摸摸鼻尖，老老实实地爬起来，吹熄了灯，抱着他蹭了蹭。

以前在赵国，她是最盼着过中秋节的，因为这个时候师父总会进宫，给她和长玦带很多好吃的月饼，三个人就像一家人一样，热热闹闹地围在一起谈天说地。然而今年只有她一个人远在异乡为异客。

姜桃花无声地叹了口气，将脑袋埋在沈在野的臂弯里，决定还是好好休息，明日起来安排府里的赏赐和沈在野陆芷兰的出游问题。

三国过中秋节的风俗都差不多，吃月饼赏月，街上挂花灯卖花环。沈在野出门的时候，回头看了姜桃花一眼："真的不跟我们一起出去？"

姜桃花心有余悸地摇头："你们吃好玩好，妾身在府中恭候便是。"

沈在野轻哼了一声，便带着陆芷兰上了花车，慢悠悠地往街上而去。

花车四面通风，上头挂满了赵国用来祈福的花串，陆芷兰瞧着，低笑着道："夫人可真是费心了。"

沈在野没吭声，透过纱帘看着街上熙熙攘攘的人群，好像在走神。

"你还记得三年前的今天吗？"陆芷兰似笑非笑地问，"那时候你对我说，我该嫁人了。"

沈在野点了点头，道："我说得没错，那个时候你的年纪正宜嫁。"

"我的回答，你还记得吗？"

"记得。"沈在野回头看了她一眼，"你说非我不嫁，要不就嫁给比我还好的人，让我惦记一辈子。"

"我算是做到了吧？"陆芷兰笑了笑，"你恐怕真的得惦记我一辈子。"

"你做到了。"沈在野点头，"可是你高兴了吗？开心了吗？"她本不用被卷进这场纷争的，嫁个好人和和美美地过一辈子，却固执地听了别人的话，进了大魏的皇宫。

陆芷兰微愣，侧头看着他："你不希望我进宫？"

"这话，我一早就说过了。"沈在野看向前头，淡淡地道，"你是个很好的女子，该有安乐幸福的一辈子，皇室后宫不是你的归宿。"

"可……"可当时湛卢不是劝她进宫吗？她以为那才是他真正的想法。

"你都不会想想吗？"沈在野皱眉，"以我的性子，你当真觉得我会踩着女人往上爬？徐燕归当时是不是还提醒过你，不要信别人的话？"

陆芷兰有点傻了，看了花车外的湛卢一眼，道："但他是你的心腹吧？"

"是我的心腹没错。"沈在野颔首，目光凌厉地扫了湛卢一眼，"就是因为我太信任他了，所以他才敢胆大包天，听了焦常安的话，假传我的意思给你，让你进宫。"

没想到竟然是这么回事。陆芷兰低笑出声，喃喃道："枉我还一直以为得了你莫大的亏欠，原来竟是我会错了意。"

当时湛卢传了话来，她满心觉得反正不能得他眷顾了，不如帮他一把，让他继续完成他想完成的事，说不定他还会感激她。抱着这样的心态，她嫁给了明德帝。只是之后沈在野对她的态度不但没有好转，反而更加冷漠。她觉得沈在野是忘恩负义、狼心狗肺，所以才因爱生恨，怨他至今。

陆芷兰苦笑一声，声音有些沙哑："你怎么不早对我说？"

"你已经进宫，再对你说这个，难道不会让你绝望？"沈在野问。

会，若是刚进宫听到这样的事实，她可能会崩溃。嫁给自己不喜欢的人本就是一种折磨，更何况这种折磨什么也换不来，那么她多半会选择自尽。

"你倒是体贴，"陆芷兰垂眸，"被我怨恨了两年，竟然都不解释。"

"现在解释也不算晚。"沈在野道，"你现在明白就好了。"

真是豁达啊。陆芷兰低笑："看来你心里当真不曾有我半点位置，所以才这样看得开。若换作姜桃花呢？你舍得让她怨恨你两年吗？"

沈在野心里一顿，不悦地皱眉："你我叙旧，又何必提她？"

"你怕是根本不会舍得让她进宫吧？"陆芷兰斜眼，"她若是嫁给别人，你还能有这般镇定？"

"芷兰，"沈在野平静地道，"当初我要是第一时间知道他们对你说了那样的话，知道他们要送你进宫，我也会拼命阻拦的。不为别的，毕竟相识一场。"

陆芷兰眼里微微一亮，笑道："我原谅你了。"就算始终无法接受她，但他到底还当她是朋友。这么多年的怨恨嗔痴，如今误会一解，也该放下了。她可能早就不喜欢沈在野了，所以听了这些话，心里没有多难过，反倒平静不少。十几年的感情，她用十几天回忆了一遍，现在终于可以彻底释然。

"咱们回去吧。"陆芷兰道。

"这么快？"沈在野挑眉，"你不看花灯了？"

"不看了。"陆芷兰睨着他笑道，"中秋节还是要跟家人在一起才好。"

沈在野愣了愣神，深深地看了她一眼，嘴角微勾，朝外头吩咐："湛卢，回府。"

"是！"湛卢应了，连忙掉转马头。

"真可惜，看样子你这辈子都不会爱上我了。"陆芷兰躺在花车上，看着上头的夜空，啧啧了两声，"要让姜氏得意了。"

"姜氏？"沈在野顿了顿，"你们说了什么？"

"没什么，我只是告诉她我要把你抢走而已。"陆芷兰侧过头，眯眼道，"不过她竟然不生气也不激动，都没跳起来打我一巴掌，你真是太没用了。"

沈在野眯了眯眼，冷哼一声，道："她就跟块石头一样，风吹不动雨打不动，想要她有什么反应，简直难如登天。"

"不应该啊。"陆芷兰皱眉，忍不住小声嘀咕，"但凡是个正常的女人，都不会像她这样冷静的，除非她觉得你本就不属于她，不然要被抢，怎么也该生生气。"

沈在野一愣，低头想了想，他似乎本就不属于她。

"罢了，"他道，"我不懂女人的心思，也没精力跟她折腾那么多，她爱如何便如何吧。"

"你这样的态度，她要是哪天跟人跑了怎么办？"陆芷兰道，"那你可就后悔都来不及。"

沈在野嗤之以鼻："她那样的女人，除了我，还有谁敢喜欢？"

"话还是别说太满了。"陆芷兰道，"容易搬起石头砸自己的脚。"

沈在野不以为然，眼看着花车回到了相府，便下车进门。

"爷去争春阁吧。"陆芷兰打了个哈欠道，"我困了，先回去休息了。"

"好。"沈在野看了她一眼，"别想太多了，安心睡觉。"

第四十二章 师父

今晚府里格外安静，大概是因为沈在野不在，各个院子里的人都关着门自己吃月饼。姜桃花也没心思让她们凑团圆饭，只拎着两块月饼跟青苔一起蹲在台阶上。

"也不知道他们今年是怎么过这节日的。"姜桃花咬了口月饼，喃喃道，"长珙应该已经在路上了，今晚有没有月饼吃都是个问题。至于师父……"没有她和长珙这两个小拖油瓶，师父应该是去美人儿堆里花天酒地了吧？

每年进宫去看他们的时候，千百眉总是一脸愁容，嫌弃地将月饼和点心放在他们面前，幽幽地道："为了你们两个小家伙，师父我推了多少美人儿的邀约，你们打算怎么赔？"

长珙太过老实，总会皱眉认真地思考这个问题，她却知道师父是开玩笑的，拿块月饼塞他嘴里就好了。

说起来还真是想念他们，半年多没见了，也不知道他们现在到底过得怎么样。眼前突然有些模糊，姜桃花连忙抬头看着天上的月亮，使劲眨眼。师父说过，她早晚是要独当一面的，在外头没人可以依靠，就得坚强点。

姜桃花正安慰着自个儿呢，头顶上冷不防响起个声音："为师说过多少次了，眼泪留着对付男人，一个人的时候就别浪费了。"

一瞬间姜桃花还以为自己幻听了，愣怔地看着黑漆漆的夜空，茫然地问青苔："你听见什么声音了吗？"

青苔脸色不太好看地看向屋檐上头："听见了。"

这世上能悄无声息地靠近她的，徐燕归其实是第二个，千百眉才是第一个。姜桃花傻眼了，跟着青苔往屋檐上看过去，就见个穿着大红牡丹长袍的男人披着他那引以为傲的雪白长发，衣袂飘飘地飞下来。

"小家伙，想我了没？"千百眉揶揄着凑过来，捏了捏她的脸，"是不是激动得说不出话了？"

姜桃花瞠目结舌，眼里映出这人好看至极的眉眼，跟座石雕似的僵在原地。她是在做梦吗？师父不是应该在赵国，为什么会突然出现在这里？！

千百眉是江湖中人，却得新后青睐，想强招他入宫教授姜素蘅媚术。然而这人是毁天灭地的脾性，谁敢逆他的毛拂，他就非把整个天下翻过来不可。所以姜桃花第一次知道他，是在他拿着刀架在她父皇脖子上的时候。

那个时候她带着长玦躲在角落里，就见宫里一片混乱，无数侍卫拿着长戟对着他。他却站在桌上，长身玉立，寒剑指君，冷笑着道："我不愿意做的事情，你的圣旨有什么用？剑再近一寸，你不过是个死人。我能闯进来一次，就能闯进来第二次。有本事你杀了我，没本事就别妄图命令我！"

姜桃花当时就被这霸气的话震傻了，看着自家父皇害怕的神色，觉得这个人可能是天神。不知道是不是因为她的眼神太过炙热，千百眉突然回头，往她的方向看了一眼，微微一愣之后，竟然笑了笑。

后来，姜桃花问他："你那时候笑什么？"

千百眉道："因为在场所有人都是用戒备和恐惧的眼神看着我，就你一人，眼里满是崇拜，当时我就觉得你很有前途。"

师徒的缘分也是这么结下的。后来，皇帝总觉得睡不安稳，派了很多人追杀千百眉。然而就算被千军万马围住，千百眉也有轻松逃离的本事。过了一年，皇帝终于妥协，授予他一个闲散的官职，随他想做什么就做什么。姜桃花觉得世上没有比千百眉更嚣张的男人了，不过就是这么一个不可一世的男人，竟然最擅长摄魂之术。

风从院子里吹过，姜桃花眨眨眼，看着面前仍未消失的人，终于伸手掐了掐他，喉咙有些发紧："师父……您怎么来了？"

千百眉一怔，笑意尽收，盯着她看了一会儿，不悦地问："受委屈了？"

"没有。"姜桃花撇嘴，"就是有点想您了。"

"你骗谁都可以，骗我没有任何意义。"千百眉伸手，修长的手指抵着她的眉心，眼里满是温柔的光，"你这小家伙在想什么，我最清楚了。"

姜桃花鼻子一酸，伸手抓住他的衣袖，张了张嘴正想说话，千百眉却身子一僵，猛地把她带进自己怀里，飞快地往旁边退去。

一阵凌厉的风卷过来，姜桃花一愣，抓着自家师父回头一看，吓得差点摔下去："爷？"

沈在野刚踏进争春阁就看见一个浑身上下透着一股邪佞之气的男人，当即抽剑刺来。见那人竟然直接将姜桃花抱走了，他脸色更是难看，不由分说地动起了手。

千百眉惊讶了一瞬，很快便反应过来，一只手抱着自己的徒儿，另一只手长袖一甩，直接卷住沈在野的剑："竟然是个练家子！"

"你是何人？"沈在野伸手就要去抢姜桃花。

千百眉一退，将人死死护着，眉目带笑，十分欠揍地道："我自然是她的人。"

沈在野眯眼，见姜桃花竟然半句都没反驳，心里无名火起，下手更狠。湛卢在旁边看着，忍不住想上去帮忙，却被青苔拦得死死的。

"你干什么？"湛卢皱眉，"我要帮主子抓刺客。"

"他不是刺客。"青苔一本正经地道,"你们想以多欺少,那就先过我这一关!"

湛卢咬牙,回头大喊了一声:"徐门主!"

青苔和姜桃花都是脸色一变,青苔骂他不要脸,姜桃花则连忙回头看着沈在野道:"这是我师父,爷,别动手啊!"

师父?沈在野动作一僵,接着更是杀招频出,手一扯姜桃花的肩膀,就将她整个人从千百眉的怀里拉了出来。

"啧,年轻人就是不懂怜香惜玉!"千百眉皱眉,转身就将姜桃花放到一边,长袖一扫锁住沈在野的手腕,眯眼道,"知道我是她师父,你还想杀我?"

"杀的就是你。"沈在野皮笑肉不笑,"教她的都是什么东西!"

"口气倒是不小。"千百眉挥袖甩开他,勾唇一笑,"我站在这里,你有本事十招之内杀了我,便算你赢。若是杀不了我……那我这徒儿,就该让我带走了。"

沈在野神色一凛,挥剑便想上前,身后却猛地冲过来个人,面色凝重地拉住了他:"在野,等等。"

沈在野回头看了看徐燕归,皱眉道:"等什么?"

"这人……你可能杀不了。"徐燕归看向千百眉,"你我联手都有些悬。"

沈在野微微一顿,眯眼:"这么厉害?"

"到底是不死之人。"徐燕归朝千百眉拱了拱手:"久仰了。"

千百眉惊讶地眨眨眼:"这地方也有江湖中人啊?可真是巧了,那你们这是认输了?"

"千军万马都杀不了您,您给的这赌约本就不公平。"徐燕归笑了笑,"既然都是一家人,有什么话不如坐下来好好说。"

姜桃花回过神,连忙过来打圆场,拉着千百眉走到沈在野面前,干笑道:"给你们引见一下,这是千百眉,妾身的师父。这是沈在野,徒儿的夫君。"

听见"夫君"两个字,沈在野斜眼扫了扫她,勉强收回了软剑,朝千百眉拱了拱手,不过他眼里的敌意半点没少。

"这半年看来是发生了不少的事啊。"千百眉上下打量着沈在野,颇为不满地道,"说好的南王,怎么就变成这小子了?一看就不是什么好人。"

"过奖。"沈在野道,"你也一样。"这一身男不男女不女的装束,再加上眼角眉梢的邪气,到底是哪里来的立场觉得他不是好人?

"我跟你一样?"千百眉惊了惊,伸手就摸了摸自个儿的脸,转头看向姜桃花道:"我这纯洁无辜的脸,难不成看起来竟然跟他一般像毒蛇?"

虽然不应该,但姜桃花还是没忍住,笑出了声。

沈在野转头瞪了她一眼,姜桃花下意识地往千百眉背后缩了缩。

能耐了啊,出息了啊,会往别人背后躲了?!沈在野咬牙,伸手就想将她抓过来,奈何千百眉这人看起来吊儿郎当,反应倒是极快,一把就拦住他,挑眉道:"在我面前还想动我徒儿?"

"她是我的正妻。"沈在野黑了半边脸，道，"阁下若是想见她，也理应从大门口行着该有的礼数进来，而不是半夜三更地闯我丞相府。现在我想管教自己的内人，也要经过阁下的同意？"

千百眉轻笑了一声："我管你这些！要是不想我来，有本事你拦着。我的徒儿，别说是嫁了人，就算是进了人家的祖坟，我想护着，也能挖出来，你奈我何？"

"你……"头一次被人呛得接不了嘴，沈在野气极反笑，"有你这样的师父，也怪不得教出这般无法无天的徒弟！"

"无法无天？"千百眉不高兴了，伸手就把姜桃花拎了出来，嫌弃地道，"你看她这唯唯诺诺的样子，哪里无法无天了？好端端的人嫁过来，怎么就给委屈成了这样？中秋之夜，竟然蹲在院子里和丫鬟一起吃月饼，你这夫君是死了吗？"

"师父，"姜桃花听得浑身发凉，连忙道，"相爷今日是有事出去了，平时都陪着徒儿的！"

"有事？"千百眉瞪她，"什么事比你还重要？"

"一时半会儿也说不清楚。"姜桃花小心翼翼地看了看沈在野，心虚地道，"这儿的情况跟咱们预想的不太一样，您先消消火吧。"

沈在野伸手把姜桃花从千百眉手里接过来，掐着她的腰，垂眸看着她道："你这是搬救兵来了？"

"不关妾身的事啊！"姜桃花无辜极了，"妾身压根儿不知道师父会来。"

不知道就算了，还这么拉拉扯扯的，又是谁的过错？沈在野冷哼，抬眼看着前头的人道："阁下此番来，到底所为何事？"

千百眉道："中秋节啊，还能为什么事？我徒儿千里迢迢嫁过来，也不知道她过得如何，我过来看看也不成吗？"

"现在看见了，阁下打算什么时候回去？"沈在野笑笑，"看样子进这国都，您也是没拿通关文牒的。"

千百眉哼笑一声，甩了甩牡丹大红袍就在旁边的石凳上坐下，睨着他道："本来我是想，要是小家伙过得开开心心的，我也就继续去云游四方了。但看起来情况不太对劲，我便在你府里多住些日子吧。"

沈在野眯眼看了看姜桃花："哪里不对劲了？"

姜桃花脸上是大写的"无辜"，她眨巴眼睛摇摇头："妾身也不知道。"

千百眉嫌弃地看她一眼，不悦地道："为师以前教你的东西，你是半点没用上，被人掣肘成了这样，还觉得没什么不对劲？"

"可是……"姜桃花回头看他，指了指沈在野，"这人根本不是女色可以摆平的，师父，您太高估徒儿了。"

"没出息。"千百眉哼了一声，长袖一卷就将她抓过来，关进主屋里，然后转身，认真地看着沈在野："丞相可愿移步一谈？"

沈在野颔首："阁下请。"

徐燕归和湛卢都紧张地跟在旁边，生怕这两人再度打起来。然而出乎意料，两人像突然都冷静下来，在花园里相对而坐，互相打量着对方。

千百眉开口道："她在这儿好像不是很开心，你若是想要美人儿，我送你几个更美的，我想带她出去四处走走，长长见识。"

"不可能。"沈在野微笑，"她已经是在下的人了。"

"你这院子里的人还少了？"千百眉笑了笑，"她本就不是为了过来嫁人的，嫁给你的目的也并不单纯，这样的人，你难不成还舍不得放手？"

沈在野心里一顿，垂眸道："并非在下舍不得，而是大魏的男人都不会将自己的女人拱手让出去。她是为了什么嫁过来的，在下管不着，但她既然过来了，就没有再走的道理。"

"你倒是豁达。"千百眉笑了，"哪怕她不爱你，你也要强留？"

沈在野手微微收紧，认真地看着他："阁下是如何得知她不爱我？"

"你自己都没感觉的吗？"千百眉嫌弃地看他一眼，"还问我？"

沈在野不说话了，一双眼里晦暗不明。他今晚的心情本来是挺好的，打算回来给姜桃花一个惊喜，吓唬吓唬她。谁知道他反过来被人家惊吓了。他们本就不牢靠的关系，因着面前这个人的出现，似乎变得更加岌岌可危。她不爱他吗？也不在乎他，只是想让他帮扶她弟弟一把，所以一直留在他身边？现在姜长珙已经当上了主帅，所以她觉得可以走了？

沈在野缓缓起身，十分潇洒地轻笑了一声："她若是想走，那阁下带走她，是我能力不够拦不住。但她若是不想走，阁下难不成还强行掳人？"

"我只是先跟你说一声罢了。"千百眉笑道，"你要是同意，那我再去问她的意见不迟。"

"好。"沈在野点头，握紧拳头道，"她若是想走，那我也就不拦了。"

"竟然这样有自信？"千百眉笑了，拱了拱手，"那就多谢了。"

说罢，千百眉长袍一甩，立马跑回了争春阁，那一头银发在黑夜里看起来刺眼极了。

"你当真会放她走啊？"徐燕归皱眉，"不后悔？"

沈在野淡定地坐在石凳上，道："强扭的瓜不甜，她要是觉得在相府过得不开心，那她大可以离开，我留她下来也没什么意思，只是……后果自负吧。"

听到最后五个字的时候，湛卢背脊一凉，下意识地看了自家主子一眼："您……是打算对付他们吗？"

"谈何对付？"沈在野低笑，"你们夫人是个很聪明的人，留在这府里的好处多，还是跟她师父走的好处多，她清楚得很，用不着我做什么。"

他不是对自己有信心，而是知道姜桃花想要的东西她还没完全得到。姜长珙堂堂皇子，绝对不可能只愿屈居于主帅之位，她要的是扶他为王，而这一点，千百眉帮不了她，只有他可以。

"可是……"徐燕归皱眉,"女人冲动起来也是说不准的。你最近与陆芷兰那般要好,又一直委屈着她,她要是当真想不开,跟她师父走了,你能怎么办?"

"不会的。"沈在野摇头,语气很坚定,心里却没多少底。

沈在野起身往外走,刚朝争春阁的方向走了两步便停下了,抿了抿唇,低嘲一声,转头回自己的院子:"徐门主,争春阁那边就交给你了。"

"我?"徐燕归汗毛倒竖,"我的轻功没她师父好,会被发现的!"

"这不是我该担心的问题。"沈在野皮笑肉不笑,很快就消失在了黑夜里。

徐燕归苦了一张脸,长叹一口气,边摇头边往争春阁走:"自己放不下就自己盯着好了,为什么每次都拖我下水……"

姜桃花给千百眉讲她在大魏发生的事,他听得连连皱眉。

"这人这么厉害?武功倒是不怎么样。"

"他又不是尚武之人,再说了,这三国之中能打赢您的有几人?"姜桃花摇头,"您不能要求这么高!"

"可我就是看他很不顺眼。"千百眉认真地道,"光闻着气息就让人觉得很讨厌,是个难对付的人。"

姜桃花想了想,深有感触地点头:"真的很难对付,所以您也不能怪徒儿没出息。他能识破徒儿的媚术,而且根本不吃那一套。"

"倒是有些了不起。"千百眉轻哼一声,朝她勾手,"小家伙,过来。"

姜桃花乖巧地蹲到千百眉膝盖边:"师父请讲。"

"愿不愿意跟为师上昆仑山去?"千百眉慈爱地看着她道,"长玦已经拿到了兵权,你也该好好歇一歇了,不能什么都帮他做完,那样他自己就没办法真正长大。"

"可是……"姜桃花皱眉,"前途凶险未知,我如何能让他一人去犯险?就算不帮他,我也得看着他,不然无论我在哪里,都不会安心。"

"你这意思是不想离开这里了?"

"嗯。"姜桃花笑了笑,摇着身子道,"知道师父最疼我啦,不用担心,我在这儿其实挺好的,只是今晚您来得不巧,没看见我好的时候。"

"是吗?"千百眉伸手,轻轻摸着她的头发,"那我就多留一会儿,等着看你好的时候。"

一听这话,姜桃花就心虚了,干笑了两声,喃喃道:"您不是急着去昆仑山吗,留在这儿久了不会耽误事?"

千百眉深深地看她一眼,笑了笑:"你觉得,在为师的眼里,除了你的事,还有什么事值得为师去爬那么高的雪山?你都不愿意去,那为师去了也没什么用。"

姜桃花一愣,不解地看着他:"昆仑山上有什么?"

"有千年冰洞。"千百眉看着她道,"等教会你内功,你我便可以去冰洞里长居,在那里你身上的蛊毒发作会迟缓很多,至少能多活几年。"

姜桃花咋舌,有些意外地看着他:"师父不是常说,人活一辈子只有为所欲为、轰轰烈烈才叫痛快吗?徒儿这毒还没要命呢,怎么就提前找了这么个窝囊活着的法子?冰洞里远离尘世,就算活得久了,又有什么意思?"

千百眉眼神微动,垂了眼,低低地叹息一声:"你这傻子,在冰洞里没有尘世俗物,不是还有为师吗?就这么不情愿多陪为师两年?"

姜桃花更意外了:"您不是常常嫌弃徒儿碍眼吗,还想多被碍着两年?"

"不识好歹的小东西!"千百眉微怒,漆黑的眸子里满是无奈,"好话坏话都分不清,我说什么你都当真,那我说你不如与我结百年之好,你怎么不当真?"

"嘿嘿。"姜桃花别开眼,"徒儿知道师父是开玩笑的,徒儿也只是跟您开个玩笑。知道您最舍不得徒儿,但是还有这么多年呢,您总不能让徒儿虚度吧。"

千百眉皱眉打量了她一会儿,道:"你该不会当真对那人动心了吧?"

姜桃花微微一顿,傻笑:"师父多虑了。"

千百眉眯眼,起身道:"那好,我现在就去杀了他。"

"哎!"姜桃花慌了,连忙抱住自家师父的大腿,"别啊!那人身系天下,一旦死了,三国不知道要如何大乱呢,师父三思。"

千百眉低头看着这小家伙,眼里的光复杂极了:"你摆明是动心了,为何不承认?"他浑身的气息都乱起来,隐隐还有杀气,只是被强行压着。

姜桃花感受到了,双手抱得更紧一些:"如今局势不稳,三国交战在即,根本不是儿女情长的时候,师父还不懂徒儿吗,大局面前,徒儿岂会顾念私情?"

"也就是说确有私情。"千百眉拧起来的时候跟孩子没两样,他伸手将她拉起来,问,"他有什么好的?"

"没什么好的,"姜桃花耸肩,"霸道又无情,所以徒儿正打算抽身。"

千百眉恨铁不成钢地瞪她一眼,仰天长叹:"我这辈子就收了你一个女徒弟,要的就是你傲视天下男人,将他们都玩弄于股掌。没想到你倒好,刚离开我半年,就被一个男人收了。"

姜桃花撇撇嘴,道:"这也不能怪我,您可没教我在不能用媚术的情况下该怎么对付男人。"

千百眉沉默,拖着长长的牡丹袍子,去窗口下方蹲着。

"怎么?"姜桃花挑眉。

"别理我,我反省一会儿。"他道,"早知道我就把武功一起传给你了,赢不了男人的时候,你好歹还可以跑。"他这一身的本领全教给了姜家姐弟,姜桃花得他摄魂术的真传,姜长玦则承他武艺的七成,本来他觉得很是满足了,但现在想想,当初传授长玦武功的时候,就该把桃花一起带上。

"咱们凡事得向前看啊。"姜桃花坐在旁边的软榻上安慰他道,"不会武功有不会武功的好处,至少沈在野会留住我这一条命。要是当初他发现我还会武,说不定会弄死我。"

"他还想弄死你？"千百眉脸色一沉，"那为师得再跟他好好谈谈了。"

"师父。"姜桃花扶额，"我现在在人家的屋檐下，不能这样霸道的。"

千百眉冷哼一声，道："那为师便把这里的屋檐都拆了好了，老子的徒儿，没道理得一直弯着腰过日子！"

"那您就从临武院拆起吧。"姜桃花抱了个枕头在怀里，抬头看了看房梁，"这争春阁我挺喜欢的，您留给徒儿多住些时日。"

话音没落，千百眉整个人飞身而起，直冲外头而去。

姜桃花一愣，以为他当真拆屋檐去了，连忙趴到窗台上大喊一声："师父，别啊！"

然而，千百眉没出这院子，只是出手如电，将外头花坛里藏着的人拎了出来，伸手就丢回屋子里头。

"我正好不太高兴，"千百眉看着地上那人，开始解袍子上的衣带，"你既然来了，不如就跟我比画比画？"

徐燕归哭笑不得，起身就站到姜桃花的身后去："我只是个路过的，前辈饶命。"

姜桃花想捂徐燕归的嘴已经来不及了，只觉眼前一花，身后的人就被自家师父抓了过去，伸手掐住了脖子："你叫谁'前辈'？"

"您……贵庚？"徐燕归吓了一跳，压根儿没想到这俩字会激怒千百眉！虽然这人长得俊朗倾城，但头发都白完了，难道他不叫前辈？

千百眉冷笑一声，当即扯开身上的袍子，拎起他就开揍。完全没路数的招式，却一点破绽也找不到，饶是徐燕归功夫不弱，也结结实实挨了好几拳。

"停！"他看准时机飞身躲去房梁上，苦不堪言地道，"您这样的打法，换个人来是会出人命的！"

"你不是问我的年岁吗？"千百眉穿着干净利落的红色武衣，抬眼道，"我这是在回答你。"

徐燕归一愣，低头想了想他刚刚揍自己的拳数，脸色有点难看："您才而立之年？"

这人比他大不了多少，却已经有如此成就了？江湖上流传的"三国四神"，指的就是三国中武功造诣极高之人，他勉强算是大魏里最厉害的，但在"四神"之中还是以千百眉为尊，因为这人无论怎样都不会死，所以被称为"不死之人"。在他成名之前，这人就已经驰骋江湖多年，没想到竟然只大他几岁！

千百眉看了他一会儿，突然道："沈在野派你来的？"

"不是，"徐燕归下意识地否认，道，"我只是来看看你们怎么样了。"

千百眉轻哼一声，道："我们好得很，不劳费心了。"

姜桃花笑了笑，直朝徐燕归使眼色。师父最不喜欢有人偷听他说话，逮到的都被打了个半死，他得了便宜还不快走，等着继续挨揍啊？

徐燕归无辜极了，沈在野给的差事他还没做好呢。可现在还做个鬼差事，命重要还是差事重要？

"好吧。"徐燕归小心翼翼地落地，朝千百眉拱手道，"您二位继续聊，在下就先告退了。"

千百眉不高兴地道："不打了？"

"改日再向阁下领教。"徐燕归边说边退，"时候已经不早了，客房也安排好了，您早些休息。"

千百眉撇嘴，看着他出去之后，转头看向姜桃花："我要睡客房？"

姜桃花讨好地笑道："相府有相府的规矩，再说徒儿已经出嫁了，没法子跟以往一般，师父还是随青苔去客房休息，一切等明日再说吧。"

"好。"折腾了大半个晚上，千百眉也有些累了，裹上袍子道，"明日早起上课，跟以前一样，我会检查你的功力是不是退步了。"

姜桃花咽了口唾沫，硬着头皮点头："师父放心。"放心个鬼啊，她多久没练过摄魂术了，这一检查还不被骂个半死？不行不行，趁着还有时间，今儿晚上还是别睡了！

打定主意，送走千百眉之后，姜桃花就坐回床上，开始临时抱佛脚。

摄魂术这东西，放在女人身上才叫媚术，在千百眉那儿就是操控人心的厉害东西。千百眉就是因为放心姜桃花修炼媚术的成果，觉得她能控制住她遇见的男人，所以才放心让她走，自己留在赵国继续找解药，谁知道这小家伙竟然这么不争气。千百眉叹息一声，摸了摸自己腰间的香囊。他就收了这么一个女徒弟，怎么就像要费他半生的心思？

身在异乡，他是没打算睡觉的，干脆起身打坐。

姜桃花也没睡，正在努力回忆师父以前教的东西。

临武院里的沈在野就更不用说了，躺在床上半个时辰了也没能睡着。他觉得姜桃花和她师父之间没那么简单，要是普通的师徒，师父怎么会护短到这份儿上？而且他看姜桃花的眼神……那眼神，他太熟悉了，曾经在穆无垠的眼里看见过，一如既往地让他觉得不舒坦。

好歹是师徒，那人难道就没点顾虑？

沈在野想起姜桃花曾经提起自家师父时候的语气，立刻翻身起来，点了灯，把徐燕归翻了出来："争春阁那边怎么样了？"

"你不是不在意嘛，"徐燕归撇嘴，"那还打听做什么？"

"她真的要走？"沈在野皱眉。

"你不是信心十足地觉得她不会走吗？"徐燕归揉着自己的胸口，那儿还闷疼闷疼的，"那又何必多此一问？"

"徐燕归！"沈在野沉了脸，"你能不能好好说话？"

"不能。"徐燕归往软榻上一躺，哼哼唧唧道，"方才被人揍了一顿，回来还要对上你这张讨债脸,老子不干了!"

沈在野挑眉,上下扫了他一眼:"这倒是稀奇,还有人能把你揍成这样?"

徐燕归没好气地翻了个白眼,道:"你最好现在开始烧香拜佛,祈祷那尊神不知道你对姜桃花做过的事情,不然以他这不计后果的性子,当真杀了你也不一定。"

沈在野嗤笑一声,在他旁边坐下,道:"若是武功厉害就能杀了我,我早不知道死了多少回了。"这天底下想要他性命的人何其多?然而这么多年了,也没人得过手。不是他功夫了得,而是有很多事,逞匹夫之勇是没什么用的。

"行,我知道你了不起。"徐燕归耸肩,"大不了他杀不了你,你也动不了他,姜桃花在中间做决定就是了。"

所以她的决定到底是什么?沈在野咬牙,没好意思直接问出来,就拿带刀子的眼神使劲戳着面前这人。

"别看我,我什么也没听见。"徐燕归闭眼,"刚靠近就被发现了,压根儿不知道他们说了什么,只是看样子姜桃花没打算走。"

听见最后一句,沈在野眉头微松,起身道:"既然如此,你就回去休息吧,要是伤得重了,就去药房拿药。"

没人性啊!徐燕归愤怒地起身,捂着疼痛的胸口就去了温清阁。这府里一个个都是狼心狗肺的,只有顾怀柔最好了!虽然天都快亮了,但他还是决定去陪她过这中秋节。

沈在野终于安心入睡,只是睡着了之后,梦境里也不是很踏实。

迷迷茫茫的白雾之中,姜桃花好像坐在一尊佛像的怀里,抬眼看向他,目光清冷:"爷,您后悔吗?"

后悔?沈在野皱眉:"我要后悔什么?"

"后悔想杀了妾身。"姜桃花皮笑肉不笑地道,"您要是当真杀了妾身就好了,可惜妾身没死。没死,就会一直记恨您。"

沈在野心里一跳,连忙走过去,下意识地解释:"我没有想过要杀你,本是想救你的——"

"你撒谎!"姜桃花横眉冷眼,嗤笑道,"要是妾身当真威胁到您的大事,您也不会杀?"

不会。沈在野听见了自己心里的声音,却没能张口说出来。他正犹豫呢,姜桃花背后的那尊佛像却突然变成个穿着大红牡丹袍子的男人,满头银发飘散开,把姜桃花整个人抱在怀里。

"你在这儿不开心,"千百眉道,"跟我走吧。"

"好。"姜桃花点头,转身抱住那人的腰身,两个人扭头就走。

"姜桃花!"沈在野忍不住追上去,"你站住!"

她像听不见他的话一样，身影消失得极快。沈在野心里一空，伸出手去，却什么都抓不住了。

他身子一抖，从梦里惊醒，心口沉得厉害，喘了两口气才缓过神来，皱眉看着窗外，天已经亮了。

沈在野抹了把脸，愣怔地看了外头好一会儿，突然想到了什么，连忙起身洗漱，披了披风就往争春阁而去。

府里已经有早起的家奴在进进出出，沈在野推开争春阁的大门，里头却没人跟往常一样扑出来。沈在野抬眼一看，院子中间摆着一张凉床，千百眉和姜桃花盘腿对坐，正在相互凝视，一动不动。

沈在野眯了眯眼，走过去后发现姜桃花像入定了一般，眼珠子都不曾动。他转头一看千百眉，后者却凉凉地扫了他一眼，低声道："别打扰她。"

这是在修炼媚术？沈在野心里很不痛快，噩梦的余悸还未消，大清早又看见这两个人在一起，当真是烦躁极了。练功的时候被打扰会不会走火入魔？想了想，沈在野还是老实在旁边等着，直到姜桃花回过神来。

"太懒散了。"千百眉摇头，"你是荒废了多久？"

姜桃花心虚地笑了笑，小声道："可徒儿还不是把您困住了片刻吗？"

"就这点本事，也只能在我这儿讨点便宜。"千百眉伸手敲了敲她的额头，无奈地道，"换个厉害些的人，才不会这么顾念你。"

说得也是，姜桃花点头，不经意地一转身，这才看见背后的沈在野。姜桃花吓了一跳，连忙跑过去请安："爷怎么这么早过来了？"

他还想问他们呢，大清早的就搅在一起，眼里还有没有他这个人？不过沈在野一低头，就瞧见这人眼里的血丝，当下皱眉："你晚上没睡觉？"

姜桃花揉揉眼睛，道："就熬了一会儿，今儿师父检查功课。"

"你功课要是没学好，那也是他没教好。"沈在野道。

"那句话怎么说的？"千百眉挑眉，抬着下巴看着他道，"听没听过什么叫'师父领进门，修行靠个人'？"

"你教的东西，不学也罢。"沈在野拎着姜桃花就往主屋里带，"让她好生睡会儿。"

千百眉身形一动，拦住了沈在野的去路，抓着姜桃花的胳膊，十分不爽地看着他道："什么叫'不学也罢'？这话我就不爱听了，咱们比画比画？"

"阁下武功高强，沈某自认不是对手。"沈在野睨着他道，"但你若非觉得教她这些有用，那不如让她与我试试，看到底有什么用。"

"好。"千百眉点头，一把将姜桃花抓过来，严肃地道："你去套他的话。"

姜桃花整个人有点呆，看看沈在野，再看看自家师父："套什么话啊？"

"什么话是他平时不会说的，或者他有什么秘密，你摄魂之后统统套出来，"千百眉眯眼，"让他瞧瞧摄魂术到底有什么用。"

这……姜桃花有些尬，沈在野却已经十分自然地坐上了凉床。

没办法了，她只能跟着过去。盘腿坐下之后，姜桃花朝着他一阵傻笑："爷，这是您要求的，可不能怪在妾身身上。"

"嗯，"沈在野面无表情地道，"随你。"反正只要他有戒备，她的摄魂术根本不会起作用。

千百眉坐在一边看戏，他家小徒儿有多少本事他是最清楚的。然而，一炷香的工夫过去了，沈在野的眼里还是一片清明，只有些许走神。

"爷，"姜桃花看着他的眼睛开口，"您老老实实从了妾身吧。"

沈在野笑道："你想问什么？"

"那也得等您专心了才能问啊。"姜桃花浅笑，眼里碧波盈盈，卷着他往里掉。

沈在野抿唇，目光终于松了些，跟着她一起溃散，失去焦点。

"您私房钱放哪儿了？"姜桃花问。

千百眉正在喝茶，一听这话差点喷出来，心有余悸地说："你能问点正常的吗？"

沈在野呆呆地回答："账房。"

姜桃花摆手，示意师父少安毋躁，继续问："您对陆芷兰可有男女之情？"

"没有。"

"那……"姜桃花笑了笑，"你喜欢我吗？"

沈在野顿了一瞬，接着便点头："喜欢。"

"有多喜欢？"

"很喜欢。"

姜桃花咧嘴一笑，眼里亮晶晶的，又问："那您是吴国人吗？"

沈在野眼神一凛，回过神来，目光森冷地看着她。

这么快就清醒了？姜桃花吓了一跳，连忙往后缩："您听见了？"

沈在野抿唇，眉头皱了皱，闭眼道："是我没防备，又中了你的计。"

姜桃花干笑，爬下凉床就想跑路，却被自家师父拎住了领子。

"是她修炼不到家。"千百眉看着沈在野，眼里倒没有嘲讽的神色，反而平静地道，"正是因为修炼不到家，所以还要继续努力。至于这摄魂术到底有没有用，便是仁者见仁、智者见智了。"

"嗯。"沈在野点头，看了看他手里的人，很不爽地抢了过来，进了主屋。

"你好生睡觉，"他道，"我与你师父继续聊聊。"

"聊什么？"姜桃花揉着眼睛，不放心地道，"您别去试他的摄魂术啊，那比妾身可厉害多了，一不小心会爱上他的。"

"胡说八道！"沈在野扯了条被子就将她捂住，"睡你的觉！"

姜桃花撇撇嘴，打了个哈欠，当真是困了，没一会儿就沉沉睡了过去。沈在野起身，关上门又回到院子里。

"你这人倒是有点意思。"千百眉靠在一旁的柱子上看着他，笑道，"前面的问题都回答了，为什么不干脆把最后一个也回答了？装也装到底才是。"

当局者迷，旁观者清。这人定力了得，根本没有中姜桃花的摄魂术。

沈在野笑了笑，看着他道："这是在下的事，阁下又何必多问？"

"好，我不问了。"千百眉转身走到院子里，"那你想跟我聊什么？"

"自然是聊姜桃花。"沈在野跟着他过去，淡淡地道，"她想要的东西，只有我能给。阁下想必也问过她自己的意思了，她不会想离开丞相府的。"

"那又如何？"千百眉笑了，"她不愿意走，我便在这里陪着她，直到她想走的时候，我再带她走即可。"

沈在野心里一沉，皱眉道："阁下如此行径逾越了吧，你与她只是师徒。"

"师徒怎么了？"千百眉失笑，眉眼之间满是盈盈的光，"我从一开始就是冲着娶她才收徒的啊。"

沈在野脸色难看极了，瞪了面前这人好半天才说出话来："无耻！"

"当时男未婚女未嫁的，怎么就无耻了？"千百眉哼了一声，"饶是她现在嫁了人，我也不嫌弃，只要她想走，我随时都能带她走。"

这算什么？在她背后安对翅膀，只要她不高兴，就可以随时离开他？哪有这么荒唐的事！沈在野胸口微微起伏，皱眉看着千百眉道："阁下是在逼我让她在你我之间做选择？"

"你能逼得了她？"千百眉有些意外，"拿什么逼啊？"

"姜桃花最在意的是什么，阁下不会不知道。"沈在野目光幽深地道，"我能让姜长玦上战场，也能让他死在战场上。"

千百眉神色一凛，突然飞过来掐住了沈在野的脖子："你敢！"

"若不是她在我后院中，姜长玦对在下来说也不过是一个无足轻重的小人物。"沈在野平静地看着他，没挣扎也没还手，"你大可以掐死我，看掐死我之后，你在乎的人能活下来几个。"

千百眉咬牙，他嚣张了半辈子，头一次被人威胁！放在沈在野喉间的手僵硬了好一会儿，千百眉眯着眼睛收回来，低声道："你敢动他们一分，我就敢灭你满门！"

沈在野轻笑一声，道："我的满门，除了她，也不过就我一人。"

千百眉微微一怔，意外了："你说什么瞎话呢，这满院子不都是你的女人吗？"

沈在野没打算跟千百眉纠结这个问题，而是道："我不会把自己无法掌握的东西留在身边，她也该做个抉择：要么跟你走，之后你们的事，我再不插手；要么留下来，你也该远离她。"

千百眉笑了："依相爷的意思，桃花在你眼里只是个东西而已？"

沈在野没吭声。

千百眉绕着他转了两圈，上下打量："看你也算是权倾一方，天下在握之人,怎么就对自己这般没信心,竟然窝囊到要靠威胁女人做决定来让你心里踏实?"

"分明是阁下太过任意妄为,在下才不得不有此决定。"沈在野道,"阁下若是守规矩,不肖想他人之妻,在下又何必出此下策?"

"我看,是你知道自己亏欠了她,不敢保证她会一直喜欢你,所以才会这样说吧?"千百眉勾唇,看着他摇头,"要是当真喜欢她,想留下她,那就争取得到她的心不就好了?使这些手段有什么用?"

沈在野笑了笑:"在下无法全心全意对她,也不敢全心全意对她,换不来人的真心,无话可说。但她留在这里就是要与在下合作的,若是相互之间不能完全信任,那分道扬镳也罢。"

"你们大魏的人都是这么复杂的?"千百眉万分不悦地道,"一个男人,喜欢一个女人还这么畏首畏尾、瞻前顾后,你有毛病啊?"

沈在野要不是打不过千百眉,真要把这人千刀万剐!

"你也就是捏着姜长玦,知道那小家伙心疼弟弟,所以才敢这么无法无天。"千百眉眯眼,"你都不用问,她肯定是会选择留下来继续跟你合作,然后让我走……说起来也是伤心呢,小家伙从来没把我这个做师父的放在心上。"

沈在野心里舒坦了半分,看了看他:"既然知道她的决定,那阁下是自己走,还是等她来跟你说?"

"哼。"千百眉一甩袍子,傲气地道,"你有张良计,我就没有过桥梯?让我走可以,离开这相府也没什么大不了的,但是我告诉你,我不会离开大魏国都,随时都会看着你们,你又能奈我何?"

沈在野咬牙:"至少晚上别在她院子里过夜!"

"哎,我们以前都是睡一间屋子的呢。"千百眉翻了个白眼。

沈在野深吸了一口气,冷笑:"过去也只是过去而已。"

"好一个'过去也只是过去而已'。"千百眉看着他的眼睛,"那你过去的东西呢?都放下了吗?"

沈在野微微一愣,皱眉道:"她连这些都对你说了?"

"没有,我查了查你而已。"千百眉撇嘴,"自己就是个放不下过去的人,还管她那么多?"他院子里有个女人竟然是先帝的妃子,这事儿外头的人都心知肚明,只是没人敢明说罢了。要不是用情至深,他怎么会冒那么大的风险,留那样一个女人在府里?

沈在野抿唇,垂眸道:"在下的事,自己会处理,用不着阁下来教。天已经亮了,阁下还是准备离开吧。"

"现在啊?"千百眉不悦地道,"都不等小家伙醒过来对她说一声?"

"我自然会解释。"沈在野眯眼,"反正阁下也走不了多远。"

他一想到这两人晚上也在一个院子里就浑身不自在。让千百眉出府虽然没太大作用,但好歹能让他少做点噩梦,至少他晚上能守着姜桃花,不会在他不知道的时候这人就不见了。

千百眉看了他几眼，潇洒地走了，反正这天地间他来去都自在得很，想来看小家伙也不过是多走两步路。不过话说回来，她好像真的遇见了个十分难缠的男人啊。不嚣张也不跋扈，冷不防就捏着人家的软肋掐，这种人……难怪她对付不了。

看千百眉走了，沈在野才松了口气，推门进去，和姜桃花一起补眠。做了一晚上的噩梦，他也困。

第四十三章 真心

天已透亮，相府里却一片安静，有人坐在梳妆台前认真地打扮自己，蛾眉轻扫，红唇点绛，眉心画上一朵梅花，再穿上自己从宫里带出来的唯一一件衣裳。

陆芷兰打量了一番镜子里的自己，笑着拊掌，问身后的芳蕊："好看吗？"

芳蕊是先前一直在宫里伺候她的，她出宫了，芳蕊自然也跟着出来了。

"好看。"芳蕊道，"只是您许久没有这么好的兴致了，打扮得这么美，是要同相爷去哪里吗？"

"今天不是同他出去。"陆芷兰笑了笑，"今天咱们去祭拜祭拜先帝。"

芳蕊一惊，脸色微白："主子？"

"我与沈在野之间的账，算是还清了。"陆芷兰道，"接下来欠先帝的债，也该还一还了。"

芳蕊害怕极了，想了半天才道："咱们进不去皇陵，何必跑这一趟？"

"我没说要去皇陵啊。"陆芷兰笑了笑，"我如今哪儿来的资格进去？你也别担心，我不会给先帝殉葬的。"她早就没那个资格了。

芳蕊轻轻松了口气，算是放心了，只要陆芷兰别做傻事，其余的一切好说："那奴婢现在出去准备马车。"

"好。"陆芷兰颔首，坐在屋子里等着。等芳蕊准备好了，她便提着裙子跟她出去。

一路上她都是微笑着的，芳蕊看得心里很不踏实。

"你当真是在开心吗？"脑海里响起明德帝的声音。

陆芷兰一愣，随后忍不住号啕出声。她以为她已经不难过了，然而，跟沈在野两清之后，她觉得很多被自己压在心底的东西都翻涌上来，纠缠她，啃噬她，叫她痛不欲生。世上最懂她的那个人已经被她亲手杀死了，不会再有人明白她，也不会再有人温柔地对她说凡事都有他在。

自作孽，不可活，她都不想原谅自己，何况是他呢？

"主子，"芳蕊吓坏了，连忙扶住她，"您怎么了？"

陆芷兰回过神来，连忙将眼泪擦干，整理了一番妆容，笑道："突然想起些事，伤心一番罢了。还有多远才到？"

"皇陵附近的九重山就在前边。"

"好。"陆芷兰应下,乖乖地靠在车壁上等着。

等到了地方,她便抱着祭拜用的东西下车,回头看着芳蕊一笑:"我自己上去,你们不用跟来。"

"这……"芳蕊皱眉,"万一有野兽怎么办?还是带两个随从上去吧?"

"不用。"陆芷兰道,"这山,我来过。"

最开始她就是在这里装作迷路的民女与明德帝相识的。那样的把戏很老,换个人来定然是不会成功的,但是不知道为什么,聪明了半世的明德帝,在看见她的时候,眼神竟然动了动,让她上御前说话。

"你叫什么名字?"他问。

"民女陆芷兰,"她幽幽地答,"被未婚夫弃于山中,多谢陛下相救。"

一切都是从谎言开始的,她从来没跟明德帝说过真话,当时她还带着对沈在野的惦记,所以编了个未婚夫出来。没想到这谎言倒是让之后的一切都顺理成章,明德帝心疼她竟然有那般狠心的未婚夫。他便带着她一起爬这九重山,听她说了不少心事,最后笑着道:"朕还没遇见过你这般的女人,不如跟朕回宫,试试宫里的日子?"

陆芷兰有些惊讶,因为他们安排她在这九重山见明德帝其实只是第一步罢了,没想到明德帝凭这一见,就要带她回宫。

陆芷兰愣怔地点头,又不解地看着他问:"民女心里难免还有未婚夫的影子,陛下也不介意?"

"就是这样才有意思。"明德帝笑道,"你不知道吗?君王都是最喜欢征服的,不管是领土还是女人。"

她被这话逗笑了,想了想,便将手放在他的手心里。

本以为两人都是不带真心地开头,她在宫里的日子定然不会好过,谁知道她进宫之后,明德帝竟然将三千宠爱都放在她一人身上,哄着她疼着她,她要什么他给什么。

陆芷兰感觉得到最开始明德帝只是想征服她,然而日子久了,他也动了真心,所以慢慢地对她卸下了所有的防备,放下了帝王的架子,温柔地拥着她道:"你告诉朕你的未婚夫是谁,朕让人杀了他。"她听后哭笑不得,但不能否认的是,被人宠着的感觉真是太好了,以至于她慢慢地也将这个人放在心上。

在与沈在野见面之前,她一直都很平和,然而在相见之后,她才发觉自己心里不是没有埋怨,也不是可以完全不在意的。明德帝的温柔宠溺没能消了她的执念,以至于后来一步错,步步错。

"你们竟然是兄妹!"在他们见面后,明德帝长出了一口气,"朕一直查不到兰儿的底细,若是如此,朕也就放心了。沈爱卿与朕之间有了兰儿,那朕必定会更加信任你。"

这就是他们的目的，她帮他们达到了，然而从这以后，她便一直活在对明德帝的愧疚和对沈在野的怨恨之中，日夜辗转，不得安眠。

现在想想，她要是早些放下执念，安心地陪在明德帝身边就好了。可是，就算她想那么做，他们怕是也不会放过她。陆家人的性命还在沈在野手里，他与她一言不合的时候，他总会拿出来威胁她。虽然知道他只是嘴上说说罢了，但她知道，就算沈在野不会下手，焦常安也会下手。她只是他们手里的棋子，挣不开也逃不过。

陆芷兰慢慢登上了山顶，风吹得她衣袂翻飞。她松了口气，拿出包袱里的酒罐子，喝了一口，然后盘腿坐下。

"我该做的事，都已经做完了。"她看着对面皇陵所在的崇仙山，笑道，"这世上我没有对不起任何一个人，除了你。

"我没资格为你殉葬，黄泉路上你可能都不想再看见我，所以我就不过去了，就在这里吧。"

她拿出香案摆上，点燃三炷香，往香炉里插好，又拿出两个杯子，并着一个药瓶子。

"最后那一杯茶好喝吗？"她垂眸，"你要是对我多一点防备，也不至于落到今日这个地步。好歹是个皇帝，你怎么就那么笨呢？"

陆芷兰打开药瓶子，将逍遥散倒进茶杯，低声笑了笑，喃喃道："现在你应该已经喝了孟婆汤，我去追你就刚刚好吧？这次我将所有的东西都放下了，心里再也不会有别人了，等追上你，我一定对你说真话。

"民女陆芷兰，一心一意爱慕陛下，只求陛下让民女伴君左右，民女必定一生一世，永不离弃。"

芳蕊等人终是觉得不对劲，追上山来。等她们到的时候，陆芷兰纤指优雅地捏着茶杯，朱唇微张，将杯子里的东西一饮而尽。

秋风猎猎，吹得她的裙子和长袖不停地翻飞。芳蕊大喊一声，就见自家主子回过头来，朝她妩媚地一笑，唇红齿白，眼里泛光，然后缓缓地倒了下去。逍遥散，任逍遥，解世间之烦忧，免红尘之苦楚。不能被埋在一座山里，那好歹饮同一种毒吧。

芳蕊傻了，跌跌撞撞地跑过去，抱起陆芷兰的身子探了探鼻息，愣怔了半晌。九重山和崇仙山隔得那样远，她怎么舍得死在这里？

"主子……"芳蕊喉咙里哽得难受，抱着陆芷兰的尸体，忍不住大哭起来。她一直陪在主子身边，只有她知道主子的挣扎和痛苦，知道她的不甘和无奈。本以为主子过尽千帆，终于可以平静地过完这一辈子，为什么……为什么还是选了这条路？

沉睡中的沈在野莫名地就被惊醒了，起身茫然地看着四周，皱了皱眉。

姜桃花翻了个身，也醒了过来，眼里满是忧伤："外头出什么事了吗？"

"怎么？"沈在野挑眉，"你睡着了还能感觉到出事了？"

姜桃花慢慢坐起来，披散着头发，皱眉道："突然觉得有点心酸，也不知是梦境还是什么，好像有谁在哭。"

沈在野一顿，仔细听了听外头，的确是有人在哭。

正在这时，芳蕊哭着回来，跪在争春阁门外大喊："相爷！"

沈在野心里一跳，连忙翻身下床，披了外袍便打开了门："怎么了？"

"主子……主子在九重山上。"芳蕊一边磕头一边道，"求您去看看吧，奴婢没办法将她带回来。"

九重山？沈在野皱眉，立马让湛卢去备车。湛卢应了。屋里的姜桃花也连忙起身，顺手将头发绾在身后，穿了衣裳就跟着沈在野出门。

"什么叫'带不回来'？"沈在野坐上车，很是不解地问，"她难不成想住在山上？"

姜桃花皱眉，不知道为什么心里沉得难受。芳蕊一路都在哭，问她什么她也不肯说，只让他们快去。

沈在野无论如何都没想到，他在九重山上看见的会是陆芷兰的尸体。

陆芷兰脸色青白，身子僵硬，表情却是柔和的，好像只是在睡觉。但伸手触碰，尸体的冰寒之气传过来，渗入骨髓。

姜桃花傻了眼，愣怔地看着沈在野："怎么会这样？谁干的？"

沈在野脸色很难看，伸手拿起旁边的茶杯看了看，又瞧见燃尽的香，忍不住闭了闭眼。

"她是自尽。"

姜桃花抿唇，跪坐在旁边，皱眉道："我以为她已经放下明德帝了。"

"是啊，"沈在野拿出条帕子将陆芷兰的脸盖上，"我也以为她放下了。"原来这么长时间与他的纠缠，不仅是为了让她自己释怀，更是为了放松他的戒心。他一直防着她自尽，最近觉得她看开了，才没让人再监视她，没想到……

沈在野沉默许久，转身让湛卢去准备陆芷兰的后事。看了地上躺着的那人一眼，他在旁边找了个地方坐下来。

"她欠明德帝很多。"他低声道，"我欠她的也不少。"

姜桃花伸手捏了捏他冰凉的手掌，哈了口热气："您下辈子记得还就是了。"

"人当真有下辈子吗？"沈在野转头看着姜桃花，很认真地问。

姜桃花歪了歪脑袋，道："没有。就算有，来生谁还记得谁？说下辈子偿还这种话，无非是这辈子无法负责，或者不想负责了，所以给自己一个安慰罢了。"

沈在野眼神复杂地看她一眼，道："你这是在安慰我，还是责备我？"

"妾身哪来的立场责备爷？"姜桃花叹息，"爷从头到尾也没做错什么，路是她自己选的，决定是她自己做的，哪能怪在您头上？"

沈在野嗯了一声，情绪却很低落，垂着眼眸不说话，等着人来料理之后的事情。

棺材被抬了上来，却没人动得了陆芷兰的尸体，无奈之下，他们只能将她周围的泥土都挖开，想直接掩埋。

沈在野起身，将棺材的底板卸了，亲自动手将陆芷兰身下的泥土都挖掉，让她躺在坑里，然后将随葬品放进去，最后罩上棺材，填土立碑。碑文是他亲手刻的——穆陆氏芷兰，朝着皇陵的方向立好，又上了香，带着姜桃花一起行了礼。

姜桃花问："爷后不后悔？"

"后悔。"没问她问的是什么，沈在野抬眼，看着那墓碑便道，"再给我一次机会，打断她的腿我也会将她留在陆家，不会带她出来。"

可是，不带她出来，她恐怕又会一直活在对他的执念里，一辈子难以释怀，也不会遇见疼她爱她的明德帝。

有得也有失吧。姜桃花无声地叹息，在山上站了好一会儿，才跟着沈在野一起回府。

刚到府门口，沈在野就被人叫走了，说是朝廷里出了事。姜桃花一个人回去争春阁，正想坐着喝杯热茶，却发现自家师父正躺在软榻上，银发散乱，牡丹袍子依旧很嚣张。

"小家伙，"一见她，千百眉立马告状，"你男人把为师赶出府了！"

姜桃花点头，平静地在旁边坐下："能把您赶出去，说明您也是自愿的，不然他也拿您没办法。"

就这点反应？千百眉皱眉，委屈地道："你果然是偏心他！"

姜桃花没吭声。

千百眉察觉到了不对劲，正经地问："出什么事了？"

"陆芷兰死了。"姜桃花低声道，"一个很喜欢沈在野的人，为他杀了一个很喜欢她自己的人，现在她为那个很喜欢自己的人自尽了。"

"等等，"千百眉听得眉头直皱，"什么喜欢来喜欢去的？"

姜桃花不说话了，眼神有些愣怔。

千百眉瞧着，明显能感觉到姜桃花心里难过，连忙伸手给她喂了口热茶，然后轻轻拍着她的背道："想不通的事情就说出来让师父听听，别自个儿瞎琢磨。"

"徒儿没什么想不通的。"姜桃花道，"徒儿知道那是她自己的选择，跟谁都没有关系。只是徒儿不知道他是不是也那么想，他会不会一辈子都带着对她的愧疚过活。"

她的话虽然听起来让人一头雾水，但是千百眉还是明白了她的意思，神色瞬间有些严肃："小家伙，你还是不够了解男人。"

"嗯？"姜桃花茫然地抬头看着他，问，"师父很了解？"

废话，他就是个男人！千百眉叹了口气："男人是有英雄情结的，不只是做事方面，在感情方面也坚信痴情的男人是好男人，所以在有过一段感情之后，会始终对那女人念念不忘，即便后来有了别的女人，也喜欢把以前的人挂在心里，感动一下自己。你得相信，他的感情压根儿没那么深。"

姜桃花眨眨眼，道："沈在野对她似乎没有男女之情，只是单纯的愧疚。"

"有愧疚就更加不用担心了。"千百眉道，"人已经死了，他没办法弥补，还不许他把人记在心里吗？又碍不着你吃饭睡觉，你难不成还要跟个死去的人计较？"

姜桃花皱眉，想了一会儿才道："其实当真与我没什么相干，徒儿也不是想计较什么，就是莫名有些难过。可能是因为陆芷兰的下场太惨了吧。"

千百眉盯着她看了几眼，眼里有些复杂的神色，顿了好一会儿才道："你难道没发现，自己其实是在吃死人的醋吗？"

"啥？"姜桃花吓了一跳，皱眉看着他，"师父，你别胡说，陆芷兰与我也算是相识一场，人都没了，我还吃醋干什么？"

"因为她一死，就会一直在沈在野心里留有位置。"千百眉耸肩，"而你，还不确定他对你到底有几分情意。"他先前还抱着侥幸的心态，决定相信这小家伙当真没对沈在野动心，现在想想，他一直都在自欺欺人吧。

姜桃花傻眼了，张了张嘴想反驳，却发现没什么好反驳的。她就是在意沈在野心里从此多了一个别人动不了的位置，就是在意他会记得陆芷兰一辈子。她就是喜欢上沈在野了，跟个傻子似的一直提醒自己前头是坑，要小心，可最后还是义无反顾地跳了下去。她对他的感情，比她想象中的还要可怕，她一直不敢承认，不过是怕以后再发生先前那样的事，自己伤心罢了。可她嘴上不承认有啥用？心里反正都会跟着痛。

姜桃花长出了一口气，倒在软榻上，闷声道："多谢师父，您就是来打通徒儿的任督二脉的。"

千百眉一愣，低头看她："什么任督二脉？"

"徒儿喜欢他。"姜桃花翻过身，很是认真地看着他道，"所以吃醋了，在意了，都是因为徒儿先动了心。所以这个人，徒儿拿他没办法。"

千百眉袖子里的手一紧，脸上仍旧带笑，低声道："这么说来，为师来这一趟倒不是没意义，至少让你看清了自己的心意。"

"多谢师父！"姜桃花感慨地道，"幸好有您在，不然徒儿不知道还要纠结到什么时候。"

千百眉不说话了，缓缓转头看向窗外，嘴角上扬着，眼里却暗淡下去。他与这小家伙，是不是总是错过？在她最崇拜自己的时候，自己没看清自己的心思。等她出嫁了，他才发现自己之所以这么多年都不想成亲，根源在她这里。他终于做完事追过来的时候，她却已经爱上别人了。是他做什么都慢了一步，还是与她缘分不够呢？

吕氏手里没有解药，这是他找了这么久得出的结论。那女人手里只有抑制蛊毒的药方，却无法完全将蛊毒解开，五年期满，姜桃花必死无疑。她一直骗人说有解药，就是为了拖住他们这群想给姜桃花找解药的人。要不是他在桃花走后杀进皇宫，这消息可能要直到她死才能知道。蛊毒无解，时间还剩三年，他这么急着过来，就是想带她去昆仑山，延长几年的寿命。可她竟然对这里的人动了心，那便不会安心随他守在那冰洞里了。

千百眉叹息。

"师父？"姜桃花好奇地看他两眼，"您怎么了？"

"无碍。"千百眉笑了笑，目光温和地回头看着她，道，"只是眼看着冬天就要到了，也不知道今年有谁能给为师做件袍子。"

姜桃花一愣，猛地一拍大腿："我都忘记了，我还欠沈在野一件袍子呢！"

千百眉微微眯眼，道："你的意思是，今年帮他做就不帮为师做了？"

"嘿嘿。"姜桃花心虚地道，"要不让青苔给您做？她的手艺比徒儿好多了。"

"得了吧，"千百眉哼笑，"嫁出去的徒儿泼出去的水，为师还是自己去买。"说着，起身就往外走。

"师父？"姜桃花有点惊讶，"您现在就去买？"

走到门口的人脚步一顿，却没回头，语气轻松地道："反正也没事做，你继续待着吧，为师想去这国都四处看看。"

"好。"姜桃花应了，看着千百眉出去，也没多想，转头就找来青苔准备绣袍子。她看一眼天色，总觉得国都又要发生什么大事。

穆无瑕不在，朝中诸事都是沈在野操持，自然有不少不满的声音。

先前楚山等人都以为沈在野要造反，与穆无瑕作对，所以情急之下便拥立穆无瑕登基。如今众人都反应过来了——沈在野根本不是要篡位，他就是要扶穆无瑕为帝！眼下大局已定，回天已经乏术。楚山这叫一个气啊，给人当了台阶不说，还被人耍得团团转！他本以为穆无瑕是单纯良善之人，没想到却与沈在野这样的人同流合污！这样的人，怎么能统治大魏的天下？

于是近几日，朝中以梅奉常为首的一群官员常常往太尉府走，像在密谋什么。他们这简直是把沈在野当瞎子了，这群人不除，等穆无瑕回来，朝中怕是要大乱。到时候以新帝的慈悲，肯定下不了狠手，那不如让他提前将这些人料理了，毕竟这几年的暗影刺客不是白养的。

第二天，国都被笼罩在腥风血雨的恐惧之中。

沈在野悠闲地将姜桃花抱在怀里，看着她细心地沏茶，然后将她沏好的茶端过来喝一口，低声道："再泡浓一点。"

姜桃花白眼直翻，很想把茶壶扣他脑袋上。

"相爷！"外头有家奴冲了进来，急惶惶地道，"国都里闯进了杀人魔头！衙门的护卫和各府的护院都拦不住，已经有好几位大人被杀了！"

"这么厉害？"沈在野皱眉，一脸严肃地道，"性命比什么都重要，让他们都小心些。"

这样就完了？家奴没反应过来，抬头看了他一眼："爷，不用调动禁卫吗？"

"禁卫？"沈在野看着他道，"禁卫是护卫皇宫的，现在只是官邸出事，把禁卫调走，万一宫里再出事，你们谁来负责？"

家奴一听，觉得很有道理，转身就出去回禀来求救的人了。

"相爷为何见死不救？！"各个官邸过来的家奴对他怒目而视，"我们家大人可是朝廷重臣！"

"不是相爷不救，"相府家奴很无辜地道，"相爷更害怕呢，现在躲在屋子里不敢出来，只说禁卫一定要护住皇宫的安全，各位还是请回吧。"

众人转念一想，沈丞相做的亏心事可不比被杀的那几位少，现在的确应该更害怕。

当天下午，沈在野听见外头传来了消息："主子，梅奉常死了。"

姜桃花一顿，想起梅照雪，下意识地看了沈在野一眼。

沈在野颔首，嘴角带笑："速度比我想象中的快多了。"

湛卢都有些蒙，呆站了一会儿才道："从昨晚开始到现在，已经有八名官员丧命，现在刺客大概已经往太尉府去了。"

"很好。"沈在野颔首，低头看向姜桃花，"府里有不少人该回家戴孝，你便送她们回去吧。"

姜桃花轻轻点头，站起身来，深深地看他一眼，然后打算往外走。

然而她还没走出一步，手腕就被人拉住了。姜桃花一愣，不解地回头，就见沈在野有些犹豫地道："并非我无情，而是她们从进府开始就注定了会是这样的结局。"而她的结局早就改写了，不可能跟她们一样。

姜桃花有些意外，好笑地看着他道："爷为何要跟妾身解释这个？"

沈在野微微一恼，别开头道："随口一说，你快去吧，府里也该乱了。"

"好。"姜桃花颔首，笑着转身，带着青苔便往院子里去。

府里的确是乱了，哭声四起，顾怀柔迎上来，看见她便递了个单子："家里出事的人有五个，除了梅照雪和古清影是娘子，其余的人都是侍衣和暖帐，送出府也不是很麻烦。"

姜桃花点头，看了看她有些担忧的神色，笑着道："你不用担心，顾大人识趣又会顾全大局，定然是不会有事的。"

顾怀柔一顿，回过神来，看着她道："妾身倒不是担心这个，妾身……罢了，有些话，等以后有机会了再说吧。府里很乱，夫人也要多加小心。"

姜桃花眨眼，不知道为什么，虽然顾怀柔没说出来，但她直觉顾怀柔应该是发现了徐燕归。她来不及多想，面前猛地扑过来一个人。姜桃花下意识地伸手一挡，那人弹飞出去，跌坐在她面前。

"夫人！"古清影哭得脸上的妆花成了一片，"妾身家里出事了！"

姜桃花低头看着她，心想，先前自个儿就让她好好劝导她爹爹，别跟着楚山等人混，她大概是没放在心上，所以现在成了这样的局面，怪得了谁？

"出事了你便回去看看吧。"她道，"马车已经在外头准备了。"

古清影猛地摇头，抓着她的裙摆道："妾身不想走！妾身当真知道错了，只有帮着咱们爷才有好日子过，妾身终于明白了！"

姜桃花叹息，蹲下身子，拍了拍她的肩膀："节哀顺变，但爷吩咐了要送你们出去，你想留下来是不可能的了。"

古清影眼里满是恐惧，抬眼看着她道："妾身离开这里，还有活路吗？"

"怎么没有？"姜桃花笑了笑，"就看这日子你要怎么过了。"

沈在野不会无聊到去为难女人，他要的只是那几个官员的性命。至于女眷，她们的马车上也是给够了银两的。

古清影痛哭流涕，一路被丫鬟扶着出去。上马车的时候，她还挣扎了许久，无奈旁边的护院力气比她大，直接就将她塞了进去。

比起古清影的激动，梅照雪就冷静得多了，自从上次御林军攻府的事发生，她就一直被关在凌寒院。这次出府，倒算是解脱，所以她出门的时候，还朝姜桃花行了个礼。

"妾身这几日经常想，"梅照雪看着姜桃花，目光幽深道，"既生瑜，何生亮？"

姜桃花笑了笑："咱们这点手段，哪里能跟那些大人物相比？你到现在还没发现吗，自作聪明的人，往往败得最惨。"

"是我技不如人罢了。"梅照雪看着她道，"不过你也别太得意，三国开战，总有一天，你会落得跟我一个下场，再怎么聪明都没用。"

姜桃花心里一跳，皱眉道："你这话何意？"

梅照雪轻笑："今日妾身家破人亡，来日就会轮到夫人国破家亡。谁先前不是以为他是真心宠着爱着自个儿的，可如今您看，为了他自己想要的东西，他还有什么不能舍弃的？想想你以后会跟我现在一样可怜，妾身就什么都不想计较了。"

姜桃花勾唇一笑，朝她颔首："多谢提点。"她又不傻，不会任由沈在野算计的。三国交战，大魏一统天下的野心，她知道，但她现在别无选择，她只能让长玦跟着大魏去攻吴。但之后会是什么形势，谁都不好说。

梅照雪看她一眼，目光里满是怜悯，端着手上了马车。

姜桃花站在门口，看着那车一路消失，笑着转身回府。

晚上，沈在野准备了一大桌子菜，正巧在千百眉来的时候上齐。

"看来我来得正是时候。"还是那一身牡丹袍，千百眉风一般地进门来。

沈在野倒是有点好奇："阁下似乎十分喜爱这身袍子？"

千百眉没好气地坐下,道:"谁让嫁出去的徒弟泼出去的水,以后就没人给做新袍子了,旧的还不得好好爱惜?"

沈在野一顿,微笑着转头看了旁边的人一眼。

他的目光也算温柔,但是不知道为什么,姜桃花吓得差点没拿稳筷子。

"这是妾身的拜师礼啊。"姜桃花小声道,"师父说白收我这个徒弟,也不能孝敬他什么,就给了图样和布料让妾身绣个袍子。妾身当初绣了好几个月呢!"

"看来你不是不会女红。"沈在野皮笑肉不笑地拎起自己的衣襟,"那这种奇怪的花纹,你可以解释一下是为什么吗?"

今儿下午拿到这袍子的时候,他还挺高兴的,虽然绣工真的惨不忍睹,但好歹她终于肯多花点心思送他东西了。然而,这点高兴,在千百眉这件牡丹大红袍面前,立马被浇灭了。给她师父几个月的袍子,在他这儿几天就完工,还是最简单粗糙的花纹,这女人是不是真的活得不耐烦了?

姜桃花干笑,伸手摸了摸沈在野衣领上的直线花纹:"这不挺别致的嘛,一看就是出自妾身的手。"

千百眉也看了他一眼:"你要是不喜欢,那就脱下来给我。"

沈在野咽下一口气,冷哼一声,拿起筷子道:"先用膳吧。"

千百眉一边给自己夹菜,一边嘀咕府上厨子手艺不错。

沈在野道:"现在我更关心的是,姜长玦能不能将吴国边城拿下。"

"他好歹是我的徒弟,"千百眉道,"只要无人在背后使绊子,打下吴国的边城不是什么大问题。"

沈在野挑眉:"难不成平时在赵国,他堂堂皇子还能被人陷害?"

千百眉哼笑一声,道:"权谋之术我不会玩,杀人总是会的。"可惜他才杀了几个贼人,长玦就以死相逼让他莫再添罪孽了,以至于终究没能让长玦的路走得平顺。

"杀人没什么用。"沈在野摇头,"你杀一个人,还会有另一个人继续给他使绊子。只要他在赵国的地位没提上去,就逃不掉这种命运。"

千百眉不语,他怎么会不知道这道理?但他是江湖中人,对朝廷之事一点办法也没有。

"沈某如今倒是能帮上他一把。"看了看他的表情,沈在野道,"只要他能助大魏陛下夺得边城,沈某便愿意助他握紧赵国兵权,夺取皇储之位。"

这建议听起来倒是不错啊。千百眉想了想,正要说话,一旁的姜桃花手一抖,茶水就要朝沈在野洒过去了!

沈在野眼疾手快地扣住那茶杯,起身接住她,皱眉道:"这是怎么了?"

姜桃花眨眨眼,站直身子,朝他一笑:"妾身这不是想让爷快点尝尝刚泡好的茶吗?还有茶点,在青苔那儿。"

说着,她回头就朝身后喊:"快端上来。"

青苔应了,将两碟糕点分别放在沈在野和千百眉手边。姜桃花赔着笑,看着沈在野重新坐下了，便挪到自家师父面前，伸手拿了糕点往他嘴里塞，一边塞一边打眼色。别乱说话啊！被人套进去了都不知道！

千百眉无辜极了，看了自家徒儿两眼，嚼着糕点不再吭声。

饭后吃了点心喝了茶，沈在野便想拥着姜桃花就寝。无奈刚送千百眉出门，就有人急急忙忙地骑马而来，朝他拱手："相爷，宫中大乱，太后请您即刻进宫。"

南王的母妃去得早，明德帝的皇后自然成了太后，掌管着后宫诸事。

沈在野一听，只能先将姜桃花拎回去塞进被窝，然后便跟着往宫里赶。

姜桃花看着他的背影直到看不见了，才坐起来，喊了青苔一声："师父走远了吗？"

"没有。"青苔还没来得及回答，千百眉就直接从窗口翻了进来，看着她笑道，"一看你的眼神就知道你还有话要跟为师讲。"

姜桃花跳下床，拉着他坐在外室，一脸严肃地道："师父，您千万别答应沈在野任何关于长玦的事，这些事都交给徒儿来办。"

千百眉有些意外："你不是很喜欢他吗，为何还如此防备他？"

"喜不喜欢跟防不防备是两回事。"姜桃花认真地道，"您听徒儿的准没错，长玦若是能拿下吴国边城，那是他的本事，兵权也该在他那样的人手里握着。但是，您千万别听沈在野的话，一定不能伤了我父皇和吕氏以及姜素薇的性命。"

"为什么？"千百眉不悦极了，"你忘记那几个人是怎么对你和长玦的了？要不是急着来找你，为师早就该再闯一次皇宫，将他们都切了！"

"现在没法儿切。"姜桃花使劲摇头，"虽然我也想让长玦登基为帝，但是如今长玦与大魏的人在一起，一旦父皇驾崩，皇长女又薨逝的话，他只能提前回国继位，那就必定带着大魏的军队回赵，根本甩不掉，到时候就是引狼入室。若长玦冲动，反抗，很可能还会被大魏的人挟持，以便让赵国无主，更好攻破。"

"所以无论如何，在攻吴之战彻底结束之前，赵国的皇位必须有人占着。"

千百眉听明白了，眉头皱得更紧："他心思怎么这么多，都没考虑过你的感受吗？长玦毕竟是你弟弟。"

姜桃花耸肩："他为什么要考虑我呢？家国天下，难道不比儿女情长重要？"

"那你还留在他身边做什么？"千百眉道，"跟为师走了算了。"

"不行啊。"姜桃花长叹一口气，"我若是走了，长玦就更加会被他们玩弄于股掌。现在在沈在野身边待着，他若是有什么动静，我起码还能想着对策。"

千百眉看了她一会儿，有些心疼地道："你没想过自己该怎么办吗？"

"我自己？"姜桃花挑眉，"我不是挺好的吗？锦衣玉食的，还不用上战场打仗，比起长玦来，我是在享福。"

"为师不是在说这个。"千百眉摇头，"为师的意思是，你与他是这般相互算计的情况，那将来若是到了赵、魏必须对立的时候，你当如何？"

"还能如何？"姜桃花道，"自然是站在长玦那一边。"

千百眉目光深邃："可是，你不是喜欢他吗？"

"也没人说喜欢就必须长相厮守一辈子。"姜桃花嬉皮笑脸地道，"现在不是还有很长的时间能在一起吗？那就没什么遗憾了啊。"

"傻子。"千百眉伸手，将她的脑袋按在自己怀里，眼里满是怜爱。

为什么这国家兴亡的大事像是都落在这小女子肩上了一样？她还这么小，到底是哪里来的勇气去扛？千百眉轻叹一声，心想，要是长玦能快点长大就好了，替他皇姐分担些，也不至于让她事事操心。

第四十四章 分离

秋末的风从大魏国都吹过，一直吹到了吴国边境。

穆无瑕手持长矛御马立前，完全无畏城楼上不断投下来的石头，跟着将士一起厮杀。他旁边有个与他一样大小的少年，战袍猎猎，英气逼人。

"长玦。"穆无瑕喊了他一声，"你先退回去，你皇姐让朕保护好你。"

姜长玦的脸与姜桃花有六分相似，气场却格外阳刚，他挥起长剑便道："男儿上战场若不冲在前头，活着有什么意思？况且，陛下都未退，哪有臣先退的道理？"

"朕是没办法退。"穆无瑕抿唇，一边挥着长矛取人首级，一边冷静地道，"多少人等着看朕的战绩，不然朕无法服众。"

"巧了，"姜长玦道，"臣跟您一样，也得向人证明这主帅的位置不是白坐的。"

赵、魏联军都在后头与吴国的士兵拼杀，就见前方大魏的皇帝和赵国的主帅一起策马，左右分开，将城门口守得死紧，出来多少人就收多少人头。几个副将看得冷汗涔涔，安稳日子过久了，军中不少人都开始怠惰。没想到这初战竟然就打得这么激烈，魏国皇帝和赵国主帅都在前头，他们自然也不敢退，本来打算两天攻破的城门，还来不及等休战，就已经被攻下了。

发战报的人都没反应过来，直到大军回营，才八百里加急将捷报传回国都。

"果真是英雄出少年。"焦常安站在旁边，看着穆无瑕和姜长玦，轻笑道，"这天下注定是你们的。"

他是什么人？姜长玦有些好奇地打量这位老者，他似乎是在他们进入吴国境内才出现的，但穆无瑕对他完全信任，还让他当了军师。

穆无瑕笑了笑，看着他问："以大人的看法，拿下边境十城之后，需要多久才能攻下吴国国都？"

焦常安慈眉善目地捻着胡须，想了想道："明年春天，陛下即可凯旋。"

如今已经快入冬了，几个月的时间就能把吴国的都城拿下？姜长玦不太相信。

但接下来的情况真如那老者所言，当他们一路从边城打到吴国国都时，冬天还没过完。

"我回来了。"看着巍峨的宫门，穆无瑕笑得很开心，"不知故人是否都安好。"

姜长玦在他身后不远处立马，好奇极了：穆无瑕是大魏的皇帝，怎么会在这里说"回来了"呢？难不成他还记挂着当初的人质之辱？

老者引着他们进宫。吴国惨败，帝王自尽，皇室之人只剩下几个皇子，如今正跪在殿前，惊恐地看着他们。

"你……蛰儿？"吴国太子惊愕地看着穆无瑕，难以置信地摇头，"怎么会是你，你怎么会是大魏的皇帝？！"

"皇兄，别来无恙。"穆无瑕笑了笑，"我来讨我母妃和大皇兄的命债了。"吴国太子瞳孔微缩，看着他朝自己走过来，忍不住边后退边摇头："不会的，肯定是哪里弄错了。蛰儿，你最善良了，怎么舍得对皇兄动手？"

"善良是佛祖和菩萨才有的东西。"穆无瑕抽出长剑，平静地看着他道，"我送你去见他们。"

焦常安捻须微笑，看着穆无瑕的长剑落下去，溅起一片鲜血，不由得点头道："沈在野将你教得很好，对不仁之人，你再也没有多余的宽容了。"

穆无瑕收剑回鞘，回头看着他道："大人可以回去的时候再感谢他。"

"哈哈。"焦常安摇头，"老夫还是留在这里替您料理接下来的事吧。

他见着老夫，怕是要发火的。"

穆无瑕有些意外："您不随我回去？"

"等两国真正合并成一国的时候，老夫再去见您也不迟。"焦常安笑了笑，看了不远处的姜长玦一眼，突然道："这位姜元帅颇有统领军队的天赋，不知可愿臣服于吾皇？"

姜长玦一愣，眉头皱起："我是赵国的人。"赵国之人，哪有臣服于别国皇帝的道理？

"赵国。"焦常安转头看着穆无瑕道，"赵国也是个不错的地方，从这里回大魏，正好也要经过，陛下不如去看看吧？"

"不必，"穆无瑕抿唇，"朕从来时的路回去便是。"

"那样很耽误工夫。"焦常安摇头，伸手取出一封信，"您不如看看沈在野的意思，再做决定。"

姜长玦心里一紧，眼睛盯着那信，心中有了不好的预感。

冬日天寒地冻，姜桃花缩在棉被里，然后带着棉被一起缩在沈在野怀里，跟他一起看战报。

"你弟弟真是厉害，"沈在野道，"竟然能让陛下夸他。"

同样是年轻气盛的少年郎，这两人打了几个月的仗，没有互相看不顺眼，倒是有些惺惺相惜，这倒在他意料之外。

姜桃花得意地抬了抬下巴："妾身一早就说过,只要你们肯给机会,长玦一定不会让你们失望。"

"嗯,他们也该班师回朝了。"沈在野抬头,看了一眼平静的院落,满意地道,"如今的一切都是刚刚好。"

这三个月,他清理了朝中所有的异己,收拢了不少贤士,虽然这些贤士未必效忠他,但一定会很满意穆无瑕那样的君王。穆无瑕回来适应一番之后,就可以……

"啊!"姜桃花正绣着帕子,一个不小心,针线就掉到了炭火里头。她微微皱眉,回头看了身后的人一眼,突然有些不安。

"爷,"姜桃花道,"大魏战事初歇,不会另起争端吧?"

沈在野轻笑,看着手里的东西道:"你不用操心。"

不用操心才怪!大魏只要吞下吴国,赵国便是囊中之物,只等大魏什么时候休养好,有力气吞而已。如今便是她该与背后这人好好过招的时候。

"吴土分割是按照盟约来的吧?"姜桃花笑眯眯地问。

她不指望沈在野会仁慈地放过赵国,哪怕这几个月来他们关系很融洽,他也绝对不会在大事上容情。赵国国力衰弱,比起吴国来说更容易攻下,与其养虎为患,沈在野定然会选择先下手为强。

"妾身看过当初的盟书。"姜桃花笑了笑,"赵、魏两国联手,各出兵力和将领,按照兵力之比,吴国国土的分割也是赵三魏七,可对?"

沈在野松开了她,起身去倒茶:"是如此没错,但当时未曾细说,吴国的国土毕竟也有繁华和蛮荒之分,具体该如何分,也该等陛下他们回来再商议。"

姜桃花抿了抿唇,缩到软榻里头去坐着,不吭声了。

沈在野垂着眸子,眼里满是深思,突然想起来什么,问她:"你师父去了哪里?感觉有半个月未曾看见他了。"

姜桃花微笑,继续绣着手里的帕子,道:"他想家了,所以回赵国看看。"

沈在野神色一动,转头看向她:"你为何一直没跟我说过?"

"爷不是不喜欢妾身的师父吗?"姜桃花无辜地眨眼,"他的事,妾身便都未同您说。"

沈在野轻笑,回到软榻上,伸手将她困在他的臂弯和墙壁之间,眼神深邃地看着她道:"你与我在一起这么久了,还不曾相信我?"

姜桃花麻利地摇头:"爷误会了,妾身最相信爷了!"

这话太虚假。相信他?相信他会在这个关头让千百眉赶回去?"陛下班师回朝,"沈在野看着她道,"会借道赵国。"

姜桃花心口一凉,她呆呆地点头,脸色有些苍白:"妾身相信爷和陛下,只是借道,不会做出其他的事。"

"我有事要做。"沈在野伸手抚上她冰冷的脸,"我想杀赵国的皇后。"

姜桃花有些意外:"为什么?"

"因为你啊。"沈在野语气柔和下来,伸手将她搂进怀里,下巴抵着她的头顶，低声道，"你不是有重要的把柄落在她手里吗？"

姜桃花身子僵硬，想了一会儿才问："师父告诉您的？"

"这你别管，"沈在野道，"你就告诉爷，想不想拿到解药让吕氏死？"

姜桃花摇头："解药，妾身自然是想要的，但没必要让吕氏死了。"

沈在野挑眉："我听闻她和皇太女对你甚为苛刻，你竟然不记仇？"

"再苛刻，也是一家人。"姜桃花道，"家里的事，要动用别人的兵力来处置，有些过了。"这是场面话，真正的原因是，她怕沈在野借着杀吕后的名义，把她父皇一起送上西天，那可就不太妙了。

然而沈在野听后整张脸瞬间沉下去："别人？"

"嗯？"姜桃花还没反应过来，这人又把她松开了，一张脸冷得跟结了冰似的，眼里带刀子地看着她："我对你来说，还是别人？"

算计之心未消，隔阂仍在，非要说的话，他的确尚算"别人"。不过看沈在野当真生气了，姜桃花连忙扑到他怀里，抱着他的腰扭啊扭地撒娇："妾身一时口误，爷往心里去啊！您这脸色真是吓死妾身了，快来笑一个！"

沈在野当真生气了，然而这小丫头跟只猫咪似的软绵绵的模样，他没出息地就消了气，只是脸还板着，沉声道："算算时候，你嫁过来也快一年了，难道还当我是外人？"

"不是不是，"姜桃花摆手，"爷是最内的内人！"

沈在野哼了一声，脸色缓和了些，睨着她道："既然是内人，那我为你讨解药也是应该，至于赵国皇后的性命，你若不要，那便给她留着。"

"多谢爷。"姜桃花笑了笑，突然勾住他的脖子，吧唧一口亲了上去。

沈在野一愣，勾了勾唇，翻身就将她压在软榻上。

"一直以来妾身有个问题没敢问爷，现在突然想问问。"姜桃花伸手搭在他肩上，眼波盈盈地望着他，"爷心里，可有过妾身半点位置？"

沈在野没回答她，直接低头吻住她，辗转缠绵，吓得青苔连忙退了出去。

"爷这是什么意思？"姜桃花委委屈屈地承着欢，"都不回答，还这样欺负妾身。"

沈在野一声哼笑，垂眼看着她："你是个傻子吗？"他用行动来回答，不比三言两语更有分量？

"那……"姜桃花露出小女儿的娇态，"妾身要是有朝一日命在旦夕，爷会不会在意？"

沈在野低头在她唇上咬了一口，睨着她道："你说呢？"

姜桃花放松下来，笑着缠上他，很认真地道："多谢爷看重。"

沈在野压着她，觉得有些好笑，姜桃花什么时候变得如此患得患失？有些话，他不说，难道她就不知道吗？沈在野像感觉到这小丫头对自己的依赖了，晚上离开的时候，嘴角都不住地往上扬。

冬意正浓，沈在野如约赶到浮云楼的时候，徐燕归等人已经在等着了。

"好冷的天气啊。"徐燕归搓着手看了他一眼，"该换更厚的袍子了吧？你还穿这花纹稀奇古怪的棉袍做什么？"

不是他说，这人也太别扭了，一边嫌弃姜桃花绣得不好看，一边又死活穿着不肯脱下来。

沈在野摆了摆手："说正事。"

旁边的人站了出来，拱手道："陛下已经按照您的意思取道赵国，赵国三皇子也跟着一并回去，焦大人留守吴国国都。"

"很好。"沈在野伸手摊开羊皮地图，指了指上头的赵国国都，"在到达这里之前，让他们都不要动手，以免打草惊蛇。"

"都明白的。"徐燕归道，"我的人会比他们更早到赵国国都，届时他们的皇帝和皇长女就可以先'病逝'了，留着皇后给你处置。"

沈在野微微皱眉，道："你恐怕得不了手。"

"为何？"徐燕归挑眉，"我都安排好了，都是赵国皇帝身边的人，下手很方便。"

"千百眉回赵国了。"沈在野垂眸，"你的人打得过他？"

徐燕归讶异地看他一眼，很不能理解："他这个时候回赵国做什么？"

"桃花说他想家了。"

"才怪！"徐燕归瞪眼，"千百眉哪里来的家，他本就是孤身一人！"

沈在野抬眼，平静地道："所以我说会有变数，你也不必那么早动手。"

有门客听得糊里糊涂，皱眉问："那如今我们该如何？要等陛下到了赵国国都再动手？"

"嗯，这是最周全的办法。"沈在野道，"等抓住他们的皇后，再将赵国皇帝和皇长女关起来，赵国大乱之下，趁机扶姜长玦上位，然后收赵国为属国。这样的条件，姜长玦只要不傻，就会答应。"

众人颔首，立刻商议起细节来。

徐燕归将沈在野拉到一边，低声问他："你对姜氏说了此事吗？"

"没有。"沈在野看他一眼，"我是有多想不开，才对她说这些？"

"可是，"徐燕归皱眉，"我总觉得你不说她也能察觉到，还不如提前说个明白。反正赵国已经是日落西山，将其收作属国，免了战乱还能让赵国的人过得更好，她应该能理解。"

沈在野笑了，睨着他道："我把你家房子拆了让你跟别人一起去住大棚，告诉你大棚周围的环境比你家原来的房子更好，你愿意不愿意？"

徐燕归摇头："那我肯定还是更喜欢自家的房子。"

"这便是了。"沈在野道，"赵国人还是有几分傲骨的，你别想当然。等大功告成之后，我再对她说不迟。而你要做的，就是想尽一切办法把他们的皇后给我抓来。"

"明白。"徐燕归点头。

大战的捷报已经传回了魏国国都,李缙与杨万青等人也准备启程回赵国。临行前几天,李缙请姜桃花在北门亭喝茶。

"沈丞相是个很厉害的人,"他看着对面的女子道,"输给他,我心服口服。"

姜桃花没好气地翻了个白眼:"李丞相,您连棋盘都没有摸着过,就别论输赢了。"

李缙一顿,颇为无奈:"你还在怨我?我以为,你答应出来,是原谅我了。"

"呵呵。"姜桃花皮笑肉不笑,"李丞相不用想其他的,我今日来,不过是想与你说些国家大事,并非儿女私情。"

李缙皱眉:"你一个妇道人家,操心这些做什么?"

姜桃花双目平视他,淡淡地道:"要是赵国的男儿都有用,的确轮不到我来操心。问题是,李丞相觉得,以您的能力,能守住赵国江山吗?"

李缙有些难堪地低头:"我这丞相之位是怎么来的,你又不是不知道。"

"所以,你得帮我个忙。"姜桃花道,"赵国的生死,就看你的本事了。"

李缙微惊,抬眼就见姜桃花递了个东西过来,打开看了看,他皱眉:"你确信你能办到?"

"能。"姜桃花道,"我不做没把握的事,你在画红线的地方等我便是。"

"好。"

姜桃花起身,深深地看他一眼:"你这次,可别再出卖我了。"

"你都说事关重大,我又怎么会出卖你?"李缙有些急,"你相信我!"

姜桃花上下看了他一眼,没多说什么,行了礼就戴上斗篷往外走。

"主子。"青苔从外头来接她,低声道,"跟着的人在半路都甩掉了,奴婢仔细查看过,周围没有其他人。"

"很好。"姜桃花上车,"去集市吧。"

"是。"青苔应了,驾车便赶往集市。

姜桃花慢悠悠地在首饰店里选东西,没一会儿,店外的街道上就响起一阵马的嘶鸣声。

"爷?"姜桃花回头,一脸茫然地看着他,"您怎么过来了?"

沈在野大步跨进首饰店,打量了她一圈,才松了口气:"回府没看见你人,所以出来找找。"

"瞧爷说的。"姜桃花失笑,捏着支白玉簪插在他的发髻上,"妾身只是出来给爷选支新簪子,又不是不见了。"

沈在野微微挑眉,伸手摸了摸头上的东西,眼里有些喜色:"你倒是难得大方一回,会给我买东西了。"

"在爷心里，妾身就是这么小气的人？"姜桃花撇嘴，"先前不是没攒够银子吗？现在攒够了，给爷买最贵的，您还挤对起妾身了。"

最贵的？沈在野挑眉，嘴角忍不住往上扬："你有心了。"

姜桃花轻哼一声，让青苔去付账，她则挽着他的胳膊往外走："回去府里啊，妾身还给爷准备了好东西。"

"哦？"沈在野侧头看她，"你是怎么了，突然想讨好我？"

姜桃花一笑，眨了眨眼："您不是帮了妾身大忙吗？"

真有这么好？沈在野是不信的。

然而回府一看满桌的好酒好菜，再加上她捧过来的新袍子和斗篷，他心里还是不免柔软了些，拥着她道："你早有这么乖巧就好。"

姜桃花撇嘴："妾身一直很乖巧的，您没发现罢了。"

沈在野轻笑一声，点了点桌上菜的方向："我要吃那个。"

姜桃花莫名其妙地抓起他的手在他面前扬了扬："爷不会自己夹吗？"

沈在野收回自己的手，环抱着她的腰，一脸严肃地道："我手没空。"

这人幼稚起来真像个小孩儿啊！姜桃花好笑地替他夹菜。饭后，她又让他试穿了袍子和斗篷。她抚着衣襟上精致的花纹，嘟囔道："这次可是实打实地绣了两个月！"

沈在野点头，冷漠地道："等会儿去账房领赏。"

姜桃花气得转身要走，腰却被人一揽，沈在野的声音在她耳边响起，温柔得令她起了一层鸡皮疙瘩："逗你罢了，别当真。"

姜桃花抬脚就踩了他一下，听他闷哼一声才消气："爷再这样，以后都不给您做了！"

沈在野轻轻应了一声，从她身后拥着她，扯开斗篷将两个人都罩在里头，低声道："以后每年都给我做一件吧，要花色不同的。"

要求可真高啊！姜桃花抿唇，想了想还是点头应了，反正应下又不吃亏，以后的事情，以后再说吧。

两人相拥而立，气氛甚好，沈在野却突然问："李缙他们该回去了吧？"

"是啊。"姜桃花垂眸，"既然大魏和赵国的联盟胜了，他们自然也该回国，等着分割吴国领土的时候，再派别的使臣带国书过来。"

"那你要不要去送送？"

"不去了，"姜桃花摇头，"也不是多么亲近的人。"

沈在野颔首，正想再说两句，却听见怀里的人一声惊呼："下雪了！"他微微一愣，一抬眼，就见天上有细细碎碎的雪飘下来。

姜桃花有些兴奋，沈在野低笑，用斗篷遮住她的手，再抬着她的手去接。雪花落在斗篷上头，还来得及看清形状。

两人细看了一会儿，沈在野一口气将将融未融的雪花吹掉，伸手摸了摸姜桃花有些冰凉的小脸："太冷了，还是进去吧，最近你的脸色不太好，有空还是要找大夫来看看。"

姜桃花跟着他进屋，关上门道："也不是什么大事，估计最近吃东西吃少了，头总是很晕而已。"

"做什么不好好吃饭？"沈在野皱眉。

姜桃花贴上去撒娇："因为爷很久没陪妾身用膳了啊。"

"最近有些忙。"沈在野道，"今儿不是陪了？"

今日也是她提前准备好，他才勉强吃了两口啊。姜桃花叹道："明日的晚膳，爷也能陪妾身用吗？"

"可以。"沈在野点头，摸了摸她的手，感觉有些凉，便将她整个人塞进被窝里去，"你把自个儿照顾好，别拖爷后腿。"

"知道啦。"盖好被子，她问，"爷晚上还要出去？"

"嗯，还有些事要进宫处理。"沈在野道，"你先睡，不用等我了。"

"好。"姜桃花应了，乖乖地闭上眼睛。

沈在野坐在床边守了她一会儿，瞧着她像是睡着了，才起身往外走。

房门开了又关上，姜桃花睁开眼，等了片刻，便叫青苔进来。

"安排好了吗？"

"好了。"青苔有些紧张地道，"多亏徐管事还念着您的恩情，愿意帮忙。"

"那就好。"姜桃花深吸一口气，道，"明日要是有任何意外，你都别管，只管带着我去北门。"

"奴婢明白。"

赵国需要喘息的时间，只要他们肯高抬贵手，或是长玦争气，抵御他们半年，赵国就还有救。可这说起来容易，要做到几乎是不可能的。无论怎样，她都不能再留在这里，成为长玦的顾忌和沈在野的筹码。她得回去，说不定能成为沈在野的顾忌。她能感觉到沈在野是有些许在乎自己的，只是还不太肯定这在乎的深浅。若是在乎得浅，那她得回去，以免以后当真被他用来威胁长玦；若是在乎得深，那她更该回去，兴许能换回赵国的一线生机。

穆无瑕没沈在野那么心狠，沈在野让他立马转身攻打赵国，他定然是不会同意的。但他身边的人就不一定了，万一阳奉阴违，情况也是不妙。只要她能及时赶到，劝住他，那起码在借道赵国的过程中两国没那么容易开战。

她已与李缙约好在北门相会，只要她能顺利与沈在野告别，不动声色地逃走，那就万事大吉。但未知数甚多，姜桃花也担心自个儿被他看穿，这最后的晚膳万一露馅儿了，那便是前功尽弃。她本可以不冒这个险，直接跟着李缙走。但……

姜桃花苦笑一声，低声喃喃道："好歹也快一年了，以后再见，若是敌对，这回怎么也该好生再给他做顿饭啊。"

青苔看了她一眼，无声地叹息。

第二天，一切如常。姜桃花从早上开始就泡在厨房里，研究出了八个菜式，一一试着做出来。等她做得满意了，已经是下午了。

"东西都收拾好了吗？"姜桃花低声问了青苔一句，拿起菜刀砍向鸭脖子。

青苔点头："一切都妥当了，只是爷还没回来。"

还没回来？姜桃花一顿，有些不安："他做什么去了？"

"听闻宫里出事了。"青苔道，"也不知道什么时候能回来。"

"没关系。"姜桃花轻轻松了口气，道，"时候还早呢，再等等。"

傍晚，她做好的菜全端上了桌，还热了好酒等着，结果直到酒冷了，外头也没消息。

"主子，来不及了。"青苔皱眉，"宫里还是一团乱，相爷估计要两个时辰之后才能回来。"

姜桃花叹息："那就真的来不及了。"

她扫了一眼桌上的菜肴，起身进内室更衣。她看着镜子里自己的脸，无奈地道："我担心得多余了，这顿饭吃不成，那就万无一失了。"

青苔不语，飞快地替她换好丫鬟的衣裳，然后拉着她一路往相府侧门而去。

在离开相府之前，姜桃花一步三回头，但在出门之后，她跑得比青苔还快！

"主子，"青苔哭笑不得地追着她，"您方才不是还舍不得吗？"

"舍不得是一回事，现在是逃命的问题。"姜桃花飞快地蹿上马车，冷静地吩咐青苔，"什么都不要管，使劲往北门跑！"

"是。"青苔驾车，马鞭高扬，没半个时辰就冲到了北门。

李缙正等得有些着急，见她终于来了，神色一松，上前就想说话。姜桃花没给他这个机会，直接下车，换乘他们的车，然后把行李都拎上来，继续让青苔策马狂奔。

"这么着急？"杨万青被吓了一跳，"后面有人追吗？"

"没有。"姜桃花捂着心口道，"但能跑多快就跑多快，别走官道，走小路！路上要吃喝的东西都在我的包袱里，等出了国都，咱们再找地方休息。"

李缙皱眉："咱们是半夜走的，等他发现，不一定能追上。"

"你傻啊？"姜桃花气不打一处来，"这毕竟是大魏的地盘，我们一路上要通过许多个大魏的城池，等他发现，还不得派人传令去堵我们？我们必须跑得比他派去传令的人还要快。"

杨万青脸都白了："这不是要人命吗？"

"留在这儿是死，赶路只会半死，你选一个？"姜桃花挑眉。

杨万青不吭声了，三个人都死死地抓着车厢，感觉马车好像在天上飞。

看见两国界碑之时，姜桃花轻轻松了口气，却还是忍不住回头看了一眼。

楚山一派的余孽闯宫，挟持太后威胁沈在野，让他自尽以谢天下。沈在野用看傻子的眼神看了他们许久，直接让人上前将他们拿下。

"你……你不怕我们杀了太后吗？"那些人把刀架在太后的脖子上，慌张地道。

沈在野一脸沉痛地看着太后道："臣必定是想救驾的，但贼人若如此丧尽天良，臣也没什么办法。"

太后苦笑："哀家一不是新帝的生母，二不是新帝的养母，与丞相也素来没什么交情，丞相做这样的决定，哀家是能理解的。"

贼人慌了神，一时不知道该怎么办。沈在野抽出软剑挑开他们的手，将太后往后头一扔，长剑所指，鲜血四溅，惊叫连连。

等平息宫中这场动乱的时候，天已经黑透了。皱眉出宫的时候，沈在野还在想，那小丫头会不会等他等急了，又闹起脾气了。

沈在野没乘轿子，一路策马飞奔，回到府里便直往争春阁而去。

丞相府今晚格外安静，半点声音都没有。沈在野走着走着，突然觉得有些不对劲。前头就是争春阁，大门敞开，从门口可以直接望到主屋里去。主屋的门也没关，灯还亮着，桌上好像摆满了菜，但已经闻不到香味了。

"湛卢，"沈在野心里有些慌，回头问了一句，"府里有人出去过吗？"

湛卢摇头："按照您的吩咐，最近任何人出府都会有人来禀告的，今日奴才还没听见什么消息。"

沈在野轻轻松了口气，抬脚便跨了进去。

桌上摆着八大盘子菜，看起来很是精致，想必她当真下了功夫，只是煮着酒的小炉子已经熄火了。沈在野看了两眼，抬头喊了一声："桃花？"

屋子里安安静静的，内室里也没动静。

他叹息一声，走过去掀开内室的帘子，低笑道："你别生我的气——"

话没说完，沈在野便被空荡荡的内室镇住了，他皱了皱眉，将争春阁里里外外找了一圈，拉了个丫鬟来问："你家主子呢？"

花灯战战兢兢地伸手，将一封信递到他手里："主子……主子说等您半天您也不回来，她便回娘家去了。"

沈在野瞳孔一缩，伸手抓过信，打开来看。

"爷亲启：妾身离家已有一年，正好长玦凯旋，妾身便决定回去看看，本想与爷当面说，但爷忙于朝事，妾身便只能先斩后奏，切莫见怪。"

手慢慢收紧，沈在野黑着一张脸便将信撕得粉碎，暴怒之下，一脚便将旁边放着的大花瓶踹得落下了台阶。瓷器的破碎声响彻整个争春阁。

湛卢皱眉喊了他一声："爷？"

"立马派人往赵国的方向追。"沈在野冷笑，"传令给赵魏要塞的城池，一旦发现姜桃花的踪迹，即刻将人扣住，等我过去！"

夫人跑了？湛卢错愕，见自家主子已经怒不可遏，他连忙跑下去吩咐。

好个回娘家，好个先斩后奏！她分明一早就想好了要回赵国，知道他不会同意,所以决定私逃。这个关头她回去,不是摆明了跟他过不去?他还傻傻地对她放松了戒备,当真以为她会安心在大魏待着!

沈在野气得头晕,一把扶住旁边的门框,缓了好一会儿神。

只要在她回到赵国之前把她拦住,那就来得及!可是这该死的,难道不知道卷进这浑水里会朝不保夕吗?怎么还这么蠢!身子也不太好,谁给她的勇气跑这么远的路,万一路上出什么事⋯⋯

沈在野烦躁地挥袖,转身就想出门,可刚到门口,湛卢就回来了:"已经按您的吩咐——主子,您要去哪儿?"

沈在野拉着马的缰绳,一时也不知道自己在做什么,脑子里一片空白,好半天才反应过来,把缰绳松开,下了马道:"不去哪儿,国都里也不能少了我,我们等消息吧。"

湛卢一愣,看着自家主子的脸色,长叹了一口气,道:"还有一个消息,您还愿不愿意听?"

"说。"

湛卢道:"刚刚有人来禀告,李缙和杨万青的房间都空了。"

沈在野一拳砸在旁边的大门上,气极反笑:"她真是好样的,带着那两个人,通关文牒也就有了,好得很!"

湛卢低头:"奴才倒是觉得,既然与人结伴同行,主子就不用太担心,至少一路上有人照应,他们的速度也不会太快。"

"谁在意有没有人照应她!"沈在野沉声道,"她敢瞒着我跑出去,就摆明了没将我放在心上!这样的女人,我还管她的死活?!"

湛卢看他一眼,道:"那主子这么生气做什么?"

沈在野眯眼,目光凌厉地看着他道:"你话怎么这么多?"

湛卢无奈地道:"奴才太久没见过主子这样暴躁了,换作其他人,您可会如此?"

沈在野一顿,恼怒地拂袖就往府里走。他只是感觉自己像被欺骗了一样,这两日跟个傻子一样还觉得她对自己上心了,懂得好好对他了,结果她根本就是在迷惑他,好让她顺利地离开!这女人,到底有没有真心?!

沈在野回到临武院,一把扯起床上姜桃花做的新袍子就想丢,可转念一想,毕竟是上好的锦缎,丢了可惜,于是放了下来。转头一看床上的枕头,他拿起来也想丢,但想想自己已经睡习惯了,丢了可能会失眠,于是也放了手。

"你干什么啊?"徐燕归在暗处实在看不下去了,出声道,"要当真那么恨她,就麻利地全扔了!"

沈在野凉凉地扫他一眼,冷声道:"都是有用的东西,扔了可惜。"

"那不如就扔你头上新买的白玉簪好了。"徐燕归幸灾乐祸地道,"反正你有很多簪子。"

"你给我滚出去!"沈在野暴怒,抓起徐燕归的衣襟便将他从窗口扔出去老远，然后啪的一声关上了窗。

好大的火气！徐燕归挂在树枝上边叹息边摇头，一早便预料到这两人会走到今日这一步，不过姜桃花也真是狠，要走的话，就别对沈在野那么好啊。沈在野这个人，虽然看起来不太好相处，说话也不饶人，可一旦倾心了，也是个会伤心的傻子。

"阿嚏！"马车上的姜桃花打了个喷嚏，皱眉回头望了一眼。

"怎么了？"李缙关切地道，"看你脸色不太好，是不是不舒服？要不要休息一会儿再上路？"

"不必。"姜桃花摆手，"过了下一个城镇再说。"

她直觉沈在野一定是生气了，不过这也是没办法的事，她已经用了最温柔的措辞，他实在想不通，要怪她，她也无话可说，毕竟各为其主。她与他都是有家国观念之人，他想让大魏统一天下，她想让自己的国家独立而繁荣。在这个岔路口，两个人无论如何都是要分开走的。能与他平平静静地过完这最后三个月，她已经心满意足。剩下的时日不多，她要做自己想做而且必须做的事。

他们这一行人狂奔了八天，终于到了第一个要塞。一进城门，李缙便想下去补充些干粮，姜桃花却拦住了他，二话不说让青苔继续驾车，等过了主城才松懈下来，低声道："拿碎银子去前头的村庄里换点东西便是。"

杨万青刚想说她是不是太紧张了，就见背后的城门突然戒严，有官兵拿着画像开始对进出的马车盘查起来。

杨万青脸色白了白，道："咱们的马车是跑不过人家单匹快马的，这样下去，第二个要塞咱们就过不了了。"

"放心，"姜桃花道，"我有办法。"

这能有什么办法？李缙担心得很，然而姜桃花晕车晕得厉害，车每次停下来，她都能吐个昏天黑地，脸色也越来越差。

"你……"杨万青皱眉，"是不是怀有身孕了？"

姜桃花摆摆手，漱了漱口："不用多想，我怀不了孕。"

杨万青一顿，这才想起她身上的蛊毒，忍不住叹息一声，眼里也带了些怜悯，正想安慰她两句呢，却听她狡黠地道："不过到了下一个要塞，你们就当我怀孕了吧。"

李缙皱眉："你又在盘算什么？"

"自然是盘算怎么顺利回赵国。"姜桃花认真地道，"咱们没有多少时间了，只要还能留一口气，那就得想尽办法快些回去。"

青苔咬牙，闻言便将车赶得更快些。

中途到驿站换马，瞧着自家主子吐得厉害，她道："您怎么也得保重自个儿，若是让三皇子知道您这么折腾自己，他也会不高兴的。"

姜桃花蹲在地上，捂着肚子道："已经没多余的精力考虑他高兴不高兴了，能见着人就行。等到下一个要塞的时候，你拿些银两，替我去收买个大夫，我有用。"

"好。"青苔应了,扶着她继续上马。

十天过去了,丞相府里的气氛依旧凝重。

顾怀柔皱眉在沈在野旁边坐着,看着他苍白又难看的脸色,忍不住劝道:"爷再忙也得好好用膳,不然大事还未成,身子就先垮了。"

"无妨。"沈在野盯着外头,嘴唇紧紧地抿着,"我没那么容易垮。"

顾怀柔摇头叹息:"上一次爷这么难过,还是夫人上山养病的时候。"

沈在野冷眼一扫,沉声道:"与她有什么相干?"

"难道不是因为夫人不告而别,您才这么不高兴吗?"顾怀柔头上还罩着黑纱,透过黑纱看他,她就没那么害怕了,壮着胆子道,"在妾身看来,爷真是爱惨了夫人。"

"荒谬!"沈在野冷哼,起身便走。

湛卢从外头进来,喊了一声:"爷!"

沈在野神色一动,连忙将他拉到一边:"如何?"

"第一个要塞没找到人,恐怕是已经过了。"湛卢皱眉,"四人同行,能有这样的速度,也真是不要命了。"

沈在野脸色更加难看,冷声道:"派人知会下一个城池,说什么也要追上。"

"是。"湛卢应了,忍不住多问了一句,"堵住了人,是生擒还是……"

沈在野眼神复杂地看了他一眼,道:"你还想带她的尸体回来见我?"

"这不是您先前说的吗?"湛卢小心翼翼地道,"就前几天,您还说死要见尸。"

"我说,你就听?"沈在野皱眉,"跟在我身边这么久了,什么话是气话、什么话是真心的,你还分不出来?"

湛卢老实地摇头:"您在夫人的事情上的态度,奴才一直没能好好分辨。先前您那话……奴才是原话传下去的。"

沈在野一把将他推开,冷声道:"重新去下令,谁伤她一根毫毛,提头来见我!"

男人心,海底针啊!湛卢很想咆哮,就算您是主子,也不带这么玩人的,一天一个主意,这么远的距离,很容易出岔子的!

"奴才这就去办!"湛卢脚底抹油,跑得飞快。

沈在野有些焦躁,垂着眸子在门口转了两圈,才重新坐回屋子里去。

那么快的赶路速度,她身子可还吃得消?

明显是吃不消的。到第二个要塞的时候,姜桃花看着城门口等着抓他们的人,二话没说便上前自曝身份:"给我准备个房间,请个大夫。我的肚子要是出了什么问题,你们一个也别想有好果子吃!"

官兵本来准备上来抓人,看她这态度,当下被唬住了,交头接耳一番,便将他们都带去了驿站,安顿一番。

"这怎么办？"杨万青站在门口打量了一会儿，回到姜桃花的床边道，"外头人很多，恐怕很难逃出去。"

"不急，好好歇上一天。"姜桃花道，"这里离大魏国都有十几天的路程，不用担心会有人马上过来。只要国都那边没人过来，从这里出去不是什么难事。"

李缙神色复杂地看着她道："你真是聪明，怪不得素蘅那么忌惮你。"

姜桃花翻了个白眼，道："她忌惮我，多半是因为我长得比她好看，脑子这种东西，她是不在意的。"

李缙："……"

"主子。"青苔从外头进来，领着个大夫，后头还跟着当地的县令。

姜桃花没吭声，伸手将手腕递给大夫把脉，眼角余光瞧着那晕头转向的县令。看神色他好像也不知道该拿自己怎么办，应该是消息还没传到位，还有余地。

"这位夫人，"大夫诊脉之后，一脸严肃地道，"您这似乎是喜脉，但奔波太过，动了胎气，得好生休养才是。"

姜桃花哎哟一声，立马道："我怎么不知道有身子了？早知如此，我定然不会离开国都的啊！相爷一直想要个孩子，要知道这消息，他定然会十分开心！"

那县令愣了愣，上前拱手道："这位夫人是？"

"你们抓我，都不知道我是谁？"姜桃花挑眉。

"恕下官愚昧。"县令道，"上头的意思，是要将您抓住送回国都，但没言明身份。"

"原来如此。"姜桃花笑了笑，从脖子上掏出沈在野的玉佩，递给他看了看，"这个，认得吗？"

县令一看那玉佩，脸都吓白了，连忙跪下道："认得认得，您是丞相府里的夫人？"

"正是。"姜桃花笑眯眯地道，"我一时兴起想回娘家，倒没想到相爷会这么紧张。既然如此，那我就在这儿等着他派人来接我好了。"

"这……"县令犹豫道，"上头的意思是让咱们将您护送回去。"

"这怎么成？"姜桃花瞪眼，捂着自己的肚子道，"你刚才没听见大夫说吗？我都动了胎气了，再让我上路，路上孩子要是没了，你们跟相爷去交代？"

县令有些慌，回头看了看师爷，师爷小声嘀咕道："这责任咱们担不起，就传信回去，让上头来处置吧。"

有道理。县令连忙拱手朝姜桃花道："那请夫人移驾县衙去休息几日，等国都那边的消息，如何？"

"我肚子疼，不想动，就住在这里吧。"姜桃花皱眉道，"你多派点人保护我即可。"

说罢，她又跟个小妇人一样碎碎念："真是的，我不就任性了一次嘛，怎么追我追得跟犯人一样！"

见状，县令也不好多说什么，吩咐人好生伺候，便急忙找人去传信了。

第四十五章 追兵

李缙和杨万青都傻在了旁边，两人都知道她身中蛊毒之事，所以看青苔给那大夫银两的时候，两人都不吃惊，只是姜桃花这演技也太好了！

"你就不怕以后沈在野发现你骗他，要跟你算账吗？"杨万青咋舌。

姜桃花轻哼一声，闭眼道："谁知道以后是什么时候呢？现在先过了这关再说。你们都赶紧去休息，养足了精神，明日便启程。"

"这要怎么启程？"李缙道，"你还特意让他多派人保护，要是出去，不就被人发现了？"

"你也知道他们是来保护我的，不是来监视我的。"姜桃花无奈地道，"既然是保护，就没人还会防着我们逃跑，明日想个法子翻墙行不行？"为什么跟这些人交流起来会这么困难呢？还是跟沈在野在一起最轻松，这点小心思，她一个眼神他就能明白。不过……怎么又想起那人了？姜桃花摇摇头，赶紧入睡，肚子还隐隐作痛，也不知道是不是月信快来了。

杨万青拉着李缙出门后道："姜桃花太聪明，跟你不是一个世界的人。"

"你这是瞧不起我？"李缙皱眉。

杨万青摇头，她也不知道怎么说，但自从在大魏看见姜桃花那一刻起，她就发现她不一样了，完全没了在赵国时那种敛尽光华之感，整个人明媚夺目，仿佛能将天下都握在手里。这样的人，其实更适合做赵国的帝王吧。

姜桃花怀孕的消息传回国都的时候，他们一行人已经逃离第二个要塞，继续往前赶路了。因着姜桃花的身子，县令没敢派人猛追，只能眼睁睁地看着他们越跑越远，最后不见踪影。

沈在野听湛卢说完一遍，愣怔半晌，看着他道："再说一遍。"

湛卢硬着头皮道："那边快马加急传回来的消息，说夫人怀了身孕，一路奔波动了胎气，现在正在第二个要塞养着。"

沈在野傻眼了，起身去院子里走了一圈，又回到主屋，眼里突然亮起来："她怀孕了？！"

湛卢笑了笑："您这反应也太慢了。"

沈在野高兴得有些手足无措。两人成亲快一年了，终于听见她有身孕的消息了！不过，高兴之后，沈在野就暴怒了，有了身孕还敢这么跑？！出事了怎么办？！

"湛卢，备马！"沈在野咬牙，"去那边看看！"

湛卢吓了一跳，连忙摇头："主子，您就算快马加鞭，从国都去那边也得十几天，国都怎么办？"

"暂时让徐燕归待在屋子里装成我，反正他能模仿我的声音，一切看着办，要是连十几天都挺不住，那他也就废了。"沈在野推开他便往外走，边走边迅速地安排府里和朝中的事，"宫里再出乱子，一律交给南宫远处置，该打打该杀杀，陛下那边若是有消息回来，你也让徐燕归看着办。"

听他这急切的语气，湛卢就知道自家主子完蛋了，本来一遇上夫人的事就不太冷静，如今夫人怀了身孕，那谁也别想拦着他了。但这个关头离开，真的不会有问题吗？

姜桃花等人逃走的消息还没传来，沈在野已经上了路。湛卢不放心，找庞将军调了一个营的人跟着他，然后便急忙去找徐燕归。

这世上的事就是这么巧，沈在野刚离开国都，穆无瑕便传消息回来了。

"即将抵达赵国国都，届时陛下打算休整五日，丞相可有吩咐？"

徐燕归感觉头大，甩着袍子在屋子里团团转："有什么吩咐？我怎么知道他有什么吩咐？竟然将这摊子甩给我就走了，也不怕我搞砸。"

湛卢也很着急："这决定是越快下越好，路途遥远，耽误不起！"

徐燕归无奈地道："先前他的意思是让他们到了国都再动手，那这个时候就回他们'按兵不动'吧？"

湛卢心里没底，犹豫地看了他好一会儿，摇摇头，又点点头。

"哎呀，不管了！"徐燕归烦躁地道，"他自己这么冲动，那后果都交给他去承担，咱们胡乱来吧。传令，暂时让他们按兵不动！"

"……是。"湛卢应了，心里也不免埋怨，主子怎么就这么冲动呢！

沈在野从来都是睿智、冷静的，难得有一回冲动的时候。他觉得，子嗣这种事，是得靠缘分的，不能着急。但一听见姜桃花动了胎气，他就什么都来不及想了，也没想过自己一旦过去要怎么带她回国都这个问题。一路上策马狂奔，比八百里加急的信使跑得都快，然而他的满腔期待和喜悦在抵达第二个要塞的时候统统化作愕然。

"夫人已经走了十几日。"县令跪在地上瑟瑟发抖，"丞相饶命，下官实在没拦住，也不敢拦啊！"

明知道有身孕动了胎气，还要继续跑？一股子火气从心底蹿上来，沈在野周身都是杀气，他盯着远处的官道看了好一会儿，嘴唇都白了。

"下官已经派人拼命追了，只是他们走得实在太快，好几次追上了，碍于夫人的身子,都没能抓住,最后他们就逃离了下官的管辖范围。"县令还在求饶,"相爷饶命!"

跟姜桃花玩手段,他们实在差太远,抓不住也是情理之中。

见他脸色难看,身后跟着他的庞展飞有些迟疑地道:"相爷,您息怒吧,滥杀无辜也追不回夫人。"

"你们哪里看出我想滥杀无辜?"沈在野平静地问。

庞展飞顿了顿,小心翼翼地寻了面镜子给他递过去。沈在野低头,就看见自己眼里满是血丝,整张脸憔悴又充满杀气。

沈在野闭眼将镜子丢开,捏着缰绳沉默了许久,道:"既然已经出来了,展飞,你去传令,让庞将军带兵往赵国的方向走,我们在边境等他们。"

"是!"庞展飞应了。

沈在野半睁着眼看了看下头还跪着的人,沉声道:"都起来吧,替我传令给后头的几个要塞,不要再堵她了,放她走。要是她需要大夫,便将城里最好的大夫送过去。"

县令愣愣地拱手应下,心想,那位夫人可真是了不得,他刚刚还以为丞相气得要下格杀令了,没想到竟然还对她那么温柔。

姜桃花脸色苍白,捂着肚子掀开车帘问青苔:"到哪里了?"

"前头就是永安镇。"青苔皱眉回头看她,"去那里找个大夫吧。"

"嗯。"

杨万青将她扶回原处,皱眉道:"你没事吧?怎么跟真有身孕似的?"

"路赶得太急了,我身子一向不是很好,自然会有问题。"姜桃花靠在车壁上喘气,"不过不知是不是我的错觉,最近的几个城池好像都没有追兵。"

"不是你的错觉,"李缙神色复杂地道,"应该是沈在野知道了你有身孕的消息,让他们都停手了。"

姜桃花微微一愣,干笑着道:"他竟然这么在意孩子。"那要是发现她是骗他的,会不会把她碎尸万段啊?一想到沈在野那双眼睛,姜桃花就有点心虚,但是不管怎么说,只要能让他多点顾忌,那就是好的。

马车在永安镇停下,几人在客栈里休整,青苔去外头请了个大夫回来。那大夫看起来仙风道骨的,应该是大药堂的名医,却不知怎的在这小镇上,还十分主动地随青苔回客栈诊脉。

"老夫刚好到这里出诊,遇见夫人也是缘分。"那大夫仔细把脉之后,给了她一瓶子药,"这是保胎丸,夫人若是必须舟车劳顿,那便每日服上一粒。"

姜桃花一愣,伸手将药接了,看了这大夫一眼:"保胎?"

"自然是要保胎的。"大夫笑道,"夫人这喜脉的脉象与寻常女子不同,但可能跟过度劳累有关,等调养好了,再找其他的大夫,约莫就能确定身孕的月份了。"

姜桃花眨眨眼，问："您的意思是，我这肚子里的确有孩子？"

大夫一愣，心下突然也不太确定，又搭上丝帕诊了诊，犹豫地道："夫人这脉象，老夫行医数十年也没遇见过，故而不是很确定。但，既然有怀孕的征兆，夫人还是小心些为好。"

姜桃花轻笑，打量他两眼，收回了自己的手："多谢大夫。"

"夫人保重。"大夫起身告辞，临走前还嘱咐了青苔一些保胎良方。

青苔很是意外，回来的时候关上门道："这大夫人怎么这么好？"

姜桃花靠在床头，打开手里的瓶子闻了闻，一股清香扑鼻，怎么都不像民间能有的好药。

"大概是听人吩咐做事吧。"姜桃花笑了笑，看着青苔问，"你请他来的时候，可有说过我怀了身孕？"

"没有。"青苔摇头，突然就明白过来，"对啊，奴婢都没说您怀孕了，他怎么知道您有怀孕征兆的？"

旁边坐着的杨万青和李缙都是一愣，李缙皱眉："怎么回事？"

"还能怎么回事？"姜桃花轻笑，"明显就是沈在野的人，才会把我这紊乱的脉象诊为喜脉。"

杨万青惊讶了："他不但不派人追我们，还派人给你送药？"

"这对咱们来说是好事啊。"姜桃花垂眸道，"他不追不抓，还一路派大夫，那咱们就可以顺利回到赵国了。"

"可是，你不觉得愧疚吗？"杨万青皱眉。

姜桃花一愣，眼神复杂地看了她一眼。

李缙微怒地扯了扯杨万青的衣袖，后者才反应过来，低声道："不过这也是没办法的事，你还是好好休息吧，明日再继续赶路。"

"嗯。"姜桃花点头，躺下就闭眼睡觉。

然而，也不知道是不是认床的原因，这一路上她都没能睡一个好觉，总是辗转许久才能入眠，半夜也时常被惊醒。她大概是习惯了抱着沈在野的腰才能睡着，一个人睡，反而睡不好了。

第二天，姜桃花顶着黑眼圈继续赶路。她觉得肚子难受，就吃了一颗那个大夫给的药，反正也是好药，不吃白不吃。不过吃下去之后，确实感觉舒服多了，她有多余的精力来想别的事。

"主子，"青苔在路边打听到了点消息，回来道，"相爷追出来了。"

"什么？！"姜桃花眼睛一亮，掀开车帘就问，"真的？"

"嗯，听说已经到第二个要塞了，然后四周的城池似乎都开始征兵了。"

姜桃花咂舌，心想，自己怀孕的事竟然能把他引出国都，这倒是个意外的惊喜。沈在野不在国都，穆无瑕那边肯定会出乱子！

好机会啊！姜桃花兴奋地拍了拍青苔的肩膀，问："还有多久能到赵国？"

"马上就到边境了，"青苔道，"以这个速度，五日便可抵达赵国国都。"

"好！"姜桃花点头，安心地坐回马车里，看着旁边两个人道："你们一路跟我出来，也该知道沈在野是什么样的狠角色，所以回到赵国，请你们务必劝说皇后和皇长女听我的话，不然赵国必定会毁在她们手里！"

"这……"杨万青皱眉，"恐怕有些困难。"

"国难当头，"姜桃花道，"你就问问她们，是要赵国成为别人的地盘还是选择听我的话就是！"

李缙看她一眼，道："她们宁愿亡国，也不愿向你低头。"

姜桃花沉默。她跑路跑得太紧张，以至于一时间忘记了，目前最难缠的不是沈在野，而是姜素蘅母女。李缙说得没错，以姜素蘅的性子，宁愿玉石俱焚，也不会让她称心如意。这才是真的前有狼后有虎！

本来打算一到赵国国都就去见长玦和姜素蘅等人的，现在一想，姜桃花改主意了，准备递牌子直接去见穆无瑕。

在外征战近半年，穆无瑕晒得黑了些，眉目间的英气却更盛，正带兵驻扎在赵国国都的城郊，任凭赵国的人怎么请他进城，他都按兵不动。

"朕只是路过，来得也匆忙，就不必正式拜见了。"他看着面前的使臣笑道，"你们不必再来请。"

赵国的大臣心慌啊，这魏帝路过就算了，还带着几万大军，不肯进皇宫，就在城郊外住着，这要是一时兴起攻打赵国国都，他们该怎么办？

"魏国陛下，"一个老臣无奈地道，"来者是客，您如何也得进去与咱们陛下见上一面吧？"

"你们陛下既然这么诚心想见咱们陛下，那何不请出来，就在咱们这营帐里见？"旁边的副将笑问了一声。

几个大臣脸都青了。他们陛下怎么敢来啊？眼瞧着三皇子野心勃勃不肯归还兵权，又有大魏的皇帝在这儿戳着，嘉武帝是左右为难，进退不得啊！

"朕有些乏了，"穆无瑕淡淡地道，"你们先回去吧。"

"这……"使臣们面面相觑，正尴尬呢，就见外头有人拿着块玉佩进来，在穆无瑕耳边嘀咕了两句。

穆无瑕眼眸一亮，眼神陡然温柔起来，笑道："姜姐姐竟然来了？请她进来。"说罢，又一挥手，旁边一群傻站着的使臣就被"请"出了营帐。

这几个人正在思考方才大魏陛下说的"姜姐姐"是谁，个个脸上都是一片茫然。结果一抬头，他们就看见姜桃花带着青苔，被护卫恭迎着，直接进了营帐。这位昔日被当作宫女看待的赵国二公主，如今竟受着贵礼，目不斜视地从他们旁边经过，将他们晾在外头。使臣们愣怔了片刻，立马回去禀告。

"姜姐姐。"穆无瑕笑着起身，上下打量她一圈，"朕先前就在想，朕到赵国，你会是什么反应，没想到你竟然直接追过来了。"

姜桃花浅笑，上前便朝他行了礼，然后道："恭喜陛下大战告捷，妾身只是想家了，回来看看，顺便向陛下请安。"

穆无瑕眼含深意地看她一眼，道："姐姐还将无瑕当成小孩子？"

姜桃花微微一愣，摇头道："妾身哪里敢，陛下已经是能独当一面的人了，这天下都将会是您的天下，您又怎么会只是小孩子？"

"那姐姐有话为何不能同无瑕直接说？"穆无瑕目光灼灼地看着她道，"姐姐分明担心朕会攻赵，何不直接劝劝朕？"

姜桃花笑了，看着他问："妾身劝，陛下就会听？"

穆无瑕点头："会。"因为他根本就没打算攻赵，只是他身边的人不停地劝谏，想让他一举拿下赵国。军心不稳，他才选择在这儿多停留一段日子。还有一个原因就是，姜长玦是个不错的人，两人一起征战了半年，再加上姜姐姐的关系，他想助他登位。

姜桃花有点意外，盯着穆无瑕看了好一会儿便反应过来。穆无瑕天性纯良，跟沈在野完全不同，她也不能拿揣度沈在野的心思去揣度他，他就是单纯地觉得善恶有别，与赵联合之后再攻赵为不义，所以他不想有所动作。

"既然如此，妾身就当真要劝了。"姜桃花正了神色，朝着穆无瑕行大礼，严肃地道，"赵、魏有联盟之谊，此为一。大战之后，魏国兵力损耗较大，尚未复原，此为二。如今陛下在赵国的地盘，粮草供应不比赵军来得顺利，行军无粮草则必败，此为三。有这三点，陛下可还觉得有攻赵的必要？"

穆无瑕笑了，看着她道："姜姐姐竟然还懂行军打仗之事？"

"妾身虽是一介女流，但也没少翻兵书。"姜桃花道，"若有说得不对之处，还望陛下指正。"

"你说得都很对。"穆无瑕道，"但朕收到消息，沈丞相已经领兵来赵国了，现在就驻扎在魏赵边境上。若当真要打，他便会来接应朕，一旦我们兵力会合，要快速攻下赵国也不是难事。至于粮草，朕也可以在这赵国的城池里征收。姐姐觉得呢？"

姜桃花背后冒了些冷汗，点头道："陛下说得有道理。"

"但就算是如此，朕还是不想听沈丞相的话。"看了看她紧张的神色，穆无瑕伸手倒了杯热茶递过去，"朕觉得，路是要一步步走的，如今这么快吃下吴国已经勉强，再夺赵国太不明智。所以朕传了密令回去，让丞相撤兵。"

姜桃花心里一跳，感激地看着他："多谢陛下！"

"朕登上这皇位，也有姐姐的功劳，'谢'字就不必，毕竟是对两国都好的事情。"穆无瑕道，"而且，朕看丞相心里也是有姐姐的，本还一直催着要攻赵，但最近朕身边的人都消停了，兴许是丞相心疼姐姐了吧。"

心疼她？姜桃花干笑："这要是真的就好了。"

"怎么？"穆无瑕有些意外，"姐姐和丞相又吵架了？"

"倒不是吵架。"姜桃花叹息，"一时也说不清楚。不过陛下可知长玦在哪儿？"

穆无瑕拍了拍自己的脑袋，这才想起人家姐弟两个还没相见，连忙让人去请："姐姐坐会儿。长玦早上说要进宫去请安，应该很快就会回来。"

姜桃花一愣："早上去的？"

"是啊。"穆无瑕颔首。

姜桃花脸色微变，摇头道："他跟父皇和新后都不亲近，没有道理请安请这么久。"肯定是出事了！

"陛下，"姜桃花白着脸道，"能借妾身点人吗？"

"姐姐别慌，"穆无瑕道，"朕陪你一起去找长玦。"

姜桃花一愣，摇头："您进国都太危险……"

"你的脸色太差了，朕不放心。"穆无瑕皱眉，挺直了背脊，颇有风度地道，"朕能保护好自己，他们不会把朕怎么样。反正也是他们求着朕去皇宫相见的，那不如顺便遂了他们的心意。"

"陛下可知，您一旦踏进赵国皇宫，会有什么后果？"姜桃花神色凝重，"在他们的皇宫里住下，您便等于将自己的性命交到他们手里。"

"朕知道。"穆无瑕点头，"可那是在朕要攻赵的前提下，他们有可能会封锁皇宫挟持朕，然而朕没有这个打算，加上重兵压城，他们能如何？"

姜桃花沉默了一会儿，朝他行礼："陛下大恩，妾身铭记于心！"

"姐姐言重。"穆无瑕扶起她，转身掀开帘子朝外头的人吩咐："准备一下，朕即刻去赵国皇宫。"

外头的人都吓了一跳，不少谋臣副将上来劝谏："请陛下三思！"

"朕三思过了。"穆无瑕道，"你们挑选两百精兵随朕一同前往便是。"沈在野不在，没人能把穆无瑕如何，一群将领只能听命行事。

赵国如今的朝政依旧掌握在吕氏和姜素蘅手里，虽说赵国男女地位平等，女人也可做大事，但很明显，这两个女人都不是做大事的料。平时安逸惯了，现在眼瞧着有威胁了，两人都慌成一团。

"母后，"姜素蘅焦急地在吕氏面前转悠，"怎么办？姜桃花回来了！"

"回来又如何？"吕氏冷笑，"她可没能嫁成当初的南王、如今的大魏皇帝，现在也不是皇后，就算回来，顶多是个丞相夫人，能把咱们怎么样？"

"可……"姜素蘅皱眉，"他们不是说魏王对她态度很好吗？万一她蛊惑魏王，要帮长玦夺位怎么办？"

吕氏脸色微沉，捏了捏手："本官不信她有那样的本事，若是有蛊惑魏王的本事，她现在就该是皇后！"

吕氏这么一说，姜素蘅也放心了些，不过不怕一万就怕万一，她还是道："夜长梦多，母后还是快些把东西给姜长玦喂下去吧！"

"你以为本官不急吗？"吕氏皱眉，"媚蛊三年才得一只，那只恐怕还没出蛊，本官已经吩咐，一旦出蛊，立马送来。"

"来了！"外头的宫女急急忙忙地端着托盘进来，"娘娘，出蛊了！"

吕氏眼睛一亮，连忙朝她勾手："拿过来。"说罢起身，拧了拧旁边的机关，内殿里就开了一道暗门。

姜素蘅提着裙子跟过去看了看，看见暗门里被五花大绑的姜长玦，忍不住轻笑："真是太好了。"本来在父皇面前还有些顾忌，不好直接抓他，谁承想这傻子竟然会去淑妃的宫里祭奠，被人围了个正着。这只能怪他太愚蠢了，怨不得别人。

姜长玦睁眼就看见吕氏的脸，挣扎了两下，皱眉问："皇后娘娘这是要做什么？"

"你不是一直心疼你二皇姐吗，"吕氏捏着晶莹剔透的瓶子在他面前晃了晃，"那要不你也来体会体会她当初的痛苦？"

姜长玦瞳孔微缩，咬牙切齿道："你这蛇蝎妇人！"

吕氏眼神一凛，伸手便给了他一巴掌，然后吩咐旁边的宫人将他的嘴掰开，直接将蛊灌下去！

姜长玦咬牙，脸色铁青，干呕了两下，却没能把那东西吐出来，身子很快就感觉到了不对劲，慢慢地痉挛起来，如万蚁噬心，疼得他忍不住大吼。

姜素蘅吓得后退了两步，眯眼看着他道："这模样可真难看，要是姜桃花瞧见了，兴许得心疼死吧？"

她正幸灾乐祸呢，背后的门却被人猛地撞开。姜素蘅一愣，回头瞧见门口站着的男人，当即腿一软。

千百眉浑身杀气，飞身过来将吕氏和姜素蘅的脖子死死掐住，抵在墙上。

"啊！"姜素蘅吓得大叫，但很快就叫不出来了，脸涨得通红，几乎要喘不过气。

吕氏倒是镇定些，毕竟见千百眉这样的架势也不是一回两回了，当即冷哼道："你有本事就掐死我，那样连姜桃花的解药都会没了。"

"你以为我不知道你根本没有解药？"千百眉抬眼，眉目清冷，"上次走之前就该杀了你们。这次你以为我还会留情？"说罢就往死里掐。

吕氏这才慌了，一边挣扎一边道："等等！本宫就算没有彻底解蛊毒的药，却有抑制蛊毒的药，那个，你也不要了吗？那他们连多活几年都不能了！"

背后一群禁卫拥了进来，纷纷用刀剑对着他。千百眉又怒又气，甩开这两个女人，转身便大开杀戒！几十个禁卫倒在血泊里，尸骸成堆，吓得吕氏脸色惨白，抓着姜素蘅的手便想跑！

千百眉长袖一挥，直接拦住了她们的去路："拿出来！"

吕氏抖了抖，伸手拿出一瓶子解药给他。

千百眉打开数了数："十二颗？我可没那么多耐心陪你耗，把所有的解药都拿出来！"

"做解药也是要花时间的，而且只有本宫会做。"吕氏心惊胆战地道，"所以你更不能伤了本宫性命！"

千百眉火气上涌，转头看了一眼地上正痛苦的姜长玦，只怪自己在外头耽误太久，懊恼之下，便先放过这两个女人，过去给他喂解药。

长玦疼得厉害，神智都不清醒了，眼里没焦点，全身都在颤抖。"姐姐竟然这么疼过？"他嘶哑地低吼，"疼得人快死了……"

千百眉咬牙，喂他吃了解药之后，便起身想运气替他疏通一二，结果却听得殿外传来姜素蘅的尖叫。

"两位这是要去哪里？"姜桃花笑眯眯地看着她们，"我还没过来给母后请安呢。"

吕氏震惊地看着姜桃花身后的魏帝以及一众剑指她们的精兵，好一会儿才反应过来，皱眉道："你竟然带别国的士兵进我赵国的皇宫，可是要谋反？"

"母后将刚刚立下大功的长玦困在宫中，才是有违天道吧？"吹过来的风里有血腥味儿，姜桃花心里不安极了，"他人呢？"

吕氏抿唇："有刺客闯宫，长玦还在里头呢。"

姜桃花皱眉，正要往里走，却见千百眉从宫殿里出来，迎上她便道："小家伙，你怎么回来赵国了？"

"师父，"没空聊别的，姜桃花急忙问他，"长玦呢？"

"你放心。"千百眉垂眸道，"他没事，只是里头有些血腥，你还是别进去了，不如待会儿为师将他送到淑妃的宫里，你们去那边说话。"

听他这样说，姜桃花就放心了，大大地松了口气，然后回头看着吕氏和姜素蘅道："那我便晚上再过来正式请安吧，告辞。"

穆无瑕跟在她身后，一句话也没说，却气势十足，摆明了这人是他罩着的，谁敢动她？所以，吕氏只能眼睁睁地看着姜桃花离开。

"母后！"姜素蘅生气了，"您看儿臣说什么来着？"

"怕什么？"吕氏低声道，"姜长玦把媚蛊吃下去了，你还担心你活得没他长？"刚说完这话，旁边就是一阵凉风袭来。

"我对你们没别的要求。"千百眉长剑指向她们，冷声道，"姜长玦中毒的事，你们若是泄露出去让姜桃花知道，那无论天涯海角，我也必定会将你们碎尸万段！"

吕氏心里一跳，强作镇定："本宫又不傻，说出去对本宫有什么好处？你放心就是。"

姜素蘅也轻轻点头，有些恐惧地看着他。

千百眉收回剑，多看了她们两眼，一甩袍子去将长玦背了出来。毫不意外的是，外头又来了新的禁卫，将皇后和长公主护在一边，长矛指向他。

"都闪开，今日没心情陪你们玩。"他低声道，"若还拦着，我便不会留全尸了！"

赵国皇宫里的人对千百眉都是熟悉得不能再熟悉的，就算他身上有官职，也没人奈何得了他。他杀了这么多人，最后多半是不了了之，他们都习惯了。所以

647

这拦他的架势只是做给皇后看看罢了，他进一步，一群禁卫便退一步，直到他离开宫殿。

"这个疯子！"吕氏心有余悸，恼怒地道，"就没办法能杀了他吗？"

姜素蘅摇头："父皇曾经也是什么法子都试过了，没用。"

"那咱们就得一直被他威胁？！"吕氏气得浑身直抖。

姜素蘅沉默，威胁她倒是不在意，反正只是让母后做解药罢了。现在姜长玦也中了蛊毒，姐弟两个的性命都不会有多长，那便没资格跟她抢皇位了，这才是她在意的事。姜桃花再厉害又如何，她的命还不是捏在她们手里？

千百眉把姜长玦带到一个隐秘之处，帮他调理内息，看药起作用了，便拍了拍他的脸："长玦，先别睡，你皇姐还在等你。"

姜长玦咬牙，掐着自己的胳膊让自己清醒些，然后看着面前的人道："师父，姐姐看见我了？"

"没有。"千百眉叹息，"她在常宁宫等你，你这样子，我怕她担心。"

长玦一愣，连忙自己打坐调息，一刻钟后，他站起来勉强动了动身子。

"现在好些了吗？"千百眉问。

"感觉好多了。"长玦又动了动双手，道，"我们去见皇姐吧。"

"嗯。"千百眉垂眸，"你中毒的事，先别对你皇姐说。你们的毒，为师都会想办法。"

"好。"姜长玦点头，他尚且不知此毒无解，只道，"有师父在，徒儿很放心，现在先去见见姐姐。"

"嗯，走吧。"千百眉随他一起往常宁宫的方向走，心里的绝望又加深了一层。这姐弟俩，为什么命途这么坎坷？

姜桃花紧张地等着，生怕长玦出了意外。等人过来的时候，她见长玦除了脸色有些不太好，身上好像没什么伤。

"皇姐！"看见她，长玦飞扑了过来，眼里满是亮光，"终于见到你了！"

"是啊。"姜桃花一把将他按在椅子上，有好多话想说，却发现喉咙堵得慌，只能垂眸打量他的身子，嘟囔道，"让姐姐看看。好像变壮实了？"

长玦一笑，抬了抬自己的胳膊："我很努力地练武，又带兵打仗，自然更加壮实。以后我可以好好保护你，再也不让人欺负你了！"

姜桃花眼睛红了，点头道："好，那以后有人欺负我，我就报你的名号！"

姐弟俩一笑，气氛好极了。穆无瑕坐在主位上羡慕地看着，听姜桃花唠叨关心了她弟弟半个时辰，突然也有些想自己的姐姐。他也变壮实了，也能保护别人了，只是……那些人都已经不在了。

"陛下，"姜桃花笑眯眯地转过头来看着他，"宫里晚上会为您准备洗尘宴，您去还是不去？"

穆无瑕回过神，颔首道："自然是要去的，你们姐弟二人在这宫里似乎还有很多债没讨。"

姜桃花乐了："陛下这是要给咱们撑腰去讨债？"

"是啊。"穆无瑕笑了笑，"不然朕来这赵国皇宫是做什么的？"

千百眉有些意外，看了穆无瑕好几眼，道："大魏的皇帝倒是比丞相好上许多，是个值得结交的人。"

"过奖了。"穆无瑕颔首，"听闻大人甚为厉害，还没机会领教。"

"领教就算了，"姜桃花连忙摆手，"我师父下手没分寸。"

穆无瑕低笑："姐姐还是瞧不起朕，不过如今的确不是切磋的时候，姐姐和长玦与那皇后和皇长女有什么恩怨，不妨说给朕听听。"

"那怕是得说上几天几夜，"姜桃花道，"等明日再慢慢说吧。"

"好。"穆无瑕应了，向他们大致了解了赵国宫里的状况，又吩咐人准备礼服。然后，在黄昏之时，他与他们一起去赴宴。

赵国的嘉武帝虽然昏庸，不管事，但如今魏军兵临城下了，他终于从美人堆里回过神来，想正正经经地与大魏谈谈。宴会一开始，竟然有个小美人儿先上来请安。

"儿臣叩见父皇、皇后娘娘。"

嘉武帝愣了愣，试探性地问："桃花？"

听他这语气，穆无瑕眉头一皱："还有父亲不认得女儿的？"

千百眉大大咧咧地坐在他身后，低声道："赵帝已经有几年没正眼看过桃花了，他自然是认不出来的。"

穆无瑕沉默，他本来觉得自己的父皇荒唐，没想到还有更荒唐的。

"免礼吧。"嘉武帝笑道，"你如今有了好归宿，也得多谢魏帝照顾。"说着，嘉武帝又举杯朝穆无瑕道，"自古英雄出少年，魏帝如此年轻，便坐拥强国，执掌天下，实在了不起。"

"过奖。"穆无瑕捏着杯子道，"贵国的三皇子也是人中龙凤，此番上阵杀敌，军功累累，若是我大魏的人，定然能封个兵马大元帅。"

嘉武帝一愣，转头看向吕氏："长玦竟然立了这么大的功？"

吕氏没好气地小声道："人家的客套话，陛下也当真不成？长玦就是个孩子，不拖累别人就不错了，您还真当他有多少能耐？"

"皇后娘娘的话可以大声说出来。"千百眉开口道，"在场的各位，除了在下，恐怕都不太能听见您的声音。"

吕氏一惊，抿唇不说话了。

嘉武帝皱眉看了千百眉一眼，又是恼怒又是无奈："千爱卿怎么能坐在魏帝身后？与礼不合。"

千百眉起身，朝他拱手，挑眉轻笑："那微臣要坐到陛下身边去吗？"

嘉武帝吓了一跳，连忙摇头："既然已经开席，你还是好生坐着吧。"

穆无瑕觉得有趣极了，千百眉这人分明才在皇宫里当着皇后的面杀了人，一转眼这些人却不能跟他计较，还得捧着他。厉害的人，自己本身就能让人畏惧。

"父皇，"姜桃花站在下头没动，抬头看着他道，"儿臣这次回来，就是想跟您说说长玦的事情。"

"哦？"嘉武帝点头，"什么事，你说。"

姜桃花低头道："长玦此番随魏帝征战，半年的时间便拿下吴国，给我赵国也带来了诸多好处。放眼整个朝廷内外，论领兵能力，无人再能出他左右，父皇难道还只让他当个区区的百夫长吗？"

嘉武帝一愣，下意识地看向旁边的吕氏。吕氏不悦地道："二公主这话怕是有些夸大其词，长玦到底有多少本事，大家心里还不清楚吗？"

"就是因为清楚，所以儿臣才来说这番话。"姜桃花没看吕氏，抬头直接看向嘉武帝，"同样是父皇的子女，素蘅无功无德，便直接坐上储君之位。而长玦为国厮杀，最后竟然连个将军都当不上？"

嘉武帝心里也有些过不去，看向长玦道："此番你受苦了，不如——"

"陛下！"吕氏打断他，皱眉道，"您怎可听人三言两语便草率地改变主意？这两姐弟狼子野心，至今未曾将兵符归还，您还想让三皇子的兵符拿得名正言顺？"

没什么好说的了？姜桃花点头，回到穆无瑕身边去坐下，看着他道："陛下，该说的，妾身都同他们说了，他们不答应也是没办法的事，长玦便同咱们一起回大魏吧。"

"好。"穆无瑕拍了拍手，"这是个好事，朕正愁征兵都不够用，难为赵国皇后还送朕这样一份大礼。"

"你们……"姜素蘅急了，站起来瞪向桃花和长玦，"你们可是赵国人，做这样的事，不怕姜家先祖从地下爬出来找你们算账吗？"

"在赵国人之前，我们首先是人。"姜桃花迎上她的目光，道，"人都做不好了，还论什么赵国人？你们又想收回兵权，又想对我们赶尽杀绝，真是什么好事都让你们占尽了！"

"你们本就该死！"姜素蘅怒道，"当初是母后一时仁慈才留了你们性命，没想到你们竟然恩将仇报！"

姜桃花笑了："儿臣再敢问父皇一句，我姐弟二人在赵国长大，可有做过任何对不起父皇、对不起家国之事？皇长姐口中的'该死'二字，到底因何而来？"

嘉武帝皱眉，看了姜素蘅一眼道："朕也想问，都是朕的骨肉，他们姐弟二人到底犯了什么过错？"

姜素蘅一愣，跺脚道："父皇还不明白吗？姜桃花狼子野心，分明是想要皇储的位置！她处心积虑地嫁去魏国，就是为了回来夺位！您看长玦捏着兵权不还，姜桃花又有魏帝撑腰，您竟还当他们是亲骨肉？"

嘉武帝转头看向姜桃花，直接开口问："你果真有夺位之意？"

姜桃花无语，自家父皇被吕氏等人迷惑久了，脑子都不会想事了，在这大庭广众之下问她这个问题，她能怎么答？肯定答没有啊！

"没有。"姜桃花脸不红心不跳，道，"儿臣此番回来，只是为了赵国江山着想，只要父皇愿意听儿臣一言，必能懂儿臣之心。"

嘉武帝安静地看了她一会儿，颔首道："晚宴之后，你若是有什么话要说，朕也愿意听。不过这晚宴是为了给魏帝洗尘的，莫要再议赵国之事。"

这一句话就将姜素蘅等人的嘴堵住了。吕氏咬牙，很想直接杀了这姐弟二人，无奈前有魏帝，后有千百眉，她动不了他们。不过不急，他们身上都中了蛊毒，翻不出什么浪。

丝竹之声重新响起，晚宴上顿时觥筹交错，就像方才什么也没发生过一样。

穆无瑕微侧着身子对桃花道："朕觉得，那皇长女比起姐姐来，真是差远了。"

姜桃花乐了，眉眼间都是笑意，低声道："陛下真会夸人，妾身很受用。"不过这时候她倒是想起沈在野了。不知道那人现在在哪里，也不知道他是不是还在生她的气。看着面前的美味佳肴，她突然想起自己做的那一桌子菜，最后也不知道是什么下场。

沈在野驻扎在赵魏边境，主营帐中人来人往，湛卢低声跟他禀告："夫人已经见到了陛下。"

"知道了。"沈在野冷漠地点头，盯着手里的册子看了一会儿，又问，"她怎么样了？"

"路上没少折腾，虽然有保胎丸，但也不知道如今是个什么情况。"湛卢试探性地问，"咱们是不是要快些过去看看？"

"怎么快？"沈在野轻嗤，拎了拎手里的兵符，"这里有十五万的大军，新兵还在招募之中，这么大的摊子，你能扛着很快到赵国国都？"

这样过去，恐怕算大军压境吧。

"您不打算先走一步去看看夫人吗？"湛卢小声道，"奴才瞧着您也是一直在担心，夜里辗转反侧，既然如此，又何必等在这里？"

沈在野皱眉："你几时见我辗转反侧？"

"昨晚。"湛卢耿直地道，"还有前晚、前前晚——"

"闭嘴！"沈在野微恼道，"我是在为大事烦忧，并没在意儿女私情。"

湛卢不吭声了，自家主子这死鸭子嘴硬的习惯真是改不了了。如今夫人有孕，又处于危难之中，他都有些担心，更何况自家主子呢。"您不担心没关系，奴才倒是有个法子，能把夫人完好无缺地带回来。"

"什么？"沈在野挑眉。

湛卢道："把夫人怀孕的事告诉千百眉，以那位大人的性子来说，肯定不会再让夫人犯险，必然会将夫人送回您身边，以保周全。这样一来，不就什么都解决了吗？"

沈在野沉默一会儿，脸上露出无奈的神色："不行的。"

湛卢很不明白，却见自家主子长叹了一声，收拢桌上的东西，低声道："准备好攻打赵国吧。"

湛卢背后发凉，愣怔地看着沈在野，好半天才找回自己的声音："主子，陛下的意思不是……"

"如今赵国又不在姜桃花姐弟手里。"沈在野淡淡地道，"你照我的吩咐去做便是。"

可是，夫人怎么办啊！湛卢不知道该怎么劝，连忙跑出去找徐燕归。

第四十六章 毒药

自从正式招兵出征，徐燕归就赶来军营跟他们会合了，现在正寂寥地蹲在军营外的一块大石头上，忧郁地望着天。

"徐门主！"湛卢皱眉，"您又怎么了？"

"唉。"徐燕归摇头，"多情自古空余恨……我没事，你找我有事？"

"主子下令攻赵了。"湛卢道，"这样一来，他与夫人岂不是彻底对立了？夫人还怀着身子呢！"

徐燕归一愣，回头看着湛卢："你家主子脑子被门夹了？"

"奴才劝不住他，"湛卢无奈地道，"还望门主能去劝劝。"

"这世上除了姜桃花，还有谁能劝住沈在野？"徐燕归哼笑，跳下石头就往马棚的方向走，"给我找匹快马，我去赵国的都城里看看。"

"好。"湛卢应了，连忙给了他令牌和马匹，小声道，"您若是能直接将夫人带回来，那最好了。"

"我知道。"徐燕归一扯缰绳，绝尘而去。

晚宴过后，姜桃花与姜长玦跟着嘉武帝去了御书房，吕氏和姜素蘅被关在外头。

"父皇可知此番魏帝来赵的意图？"姜桃花开门见山地道，"儿臣终究是赵国的人，不会眼睁睁看着赵国沦为别国的属国，所以有些话，儿臣便直接说了——您若再由着吕氏和姜素蘅把持朝政，赵国必定会毁在她们手里。"

嘉武帝一顿，叹道："朕知道这赵国天下已经被她们弄得乌烟瘴气，但现在要收回她们手中的权力，谈何容易？"

"只要父皇相信儿臣，让长玦当皇储，掌握兵权，抵御外敌，儿臣便有七成的把握能守住赵国。"姜桃花目光灼灼地看着嘉武帝，道，"但父皇若是觉得吕氏母女更可信，那儿臣也无话可说。"

嘉武帝皱眉，他是不太了解姜桃花姐弟的，他身边最亲近的一直是吕氏母女，突然听见这样的话，一时间的确是难以相信她。

"你不是说不想争夺皇储之位？"他不悦地道，"方才是骗朕？"

"自古以来都是能者居上位。"姜桃花严肃了神色，"儿臣并非要争抢，只是这位置的确只有长玦来坐最为稳妥，况且——"

她话还没说完，殿门就被人推开了。姜素蘅怒不可遏地冲进来，挡在嘉武帝面前，看着她道："你这贱婢，果然是想花言巧语欺骗父皇！"

姜桃花皱眉，只看向后头的嘉武帝："父皇真的不为天下多考虑一二吗？"

嘉武帝不语，人都是分远近亲疏的，两个女儿立场不一致了，他下意识还是会选择偏心跟自己亲近些的姜素蘅。谁让桃花和长玦的母后去世得早呢，死后还因罪被贬为淑妃，他实在是对这一双儿女偏爱不起来。

大殿里有禁卫冲了进来，将姜桃花和姜长玦团团围住。姜长玦皱眉，拔剑护在自家姐姐前头，无奈地道："看样子是没办法了，姐姐，咱们走吧。"

"想走？"吕氏在宫殿门口笑了笑，"你们也不看看自己在什么地方。"

姜桃花回头，凉凉地看她一眼："皇后娘娘一意孤行，这地方迟早不会再是你的地方。今日我姐弟二人还非走不可了！"

吕氏被她的眼神震到了，她抿了抿唇，正想说她哪里来的自信能从这儿离开，结果就见空中有银发飘过，红色的牡丹袍子将嘉武帝一卷，剑上寒光闪得众人都眼睛一疼。

"让个路吧。"千百眉挟持住嘉武帝，淡淡地道，"总玩这一套也没意思，你们要是觉得皇宫里禁卫很多，多到可以胡作非为，在下倒是不介意帮着清理些人。"

吕氏气不打一处来，咬牙道："你为什么总爱管我皇家的闲事？！"

"你把我两个徒儿困在这里，还说我多管闲事？"千百眉笑了，"在下今日若是将皇后娘娘的姘头小白脸抓出来挂在城门口，那才叫管闲事。"

在场的人都一愣，吕氏脸都青了："你瞎说什么！"

"让开。"千百眉有些不耐烦了，沉了脸道，"大半夜的，我徒儿还要回去好生休息。再拦着路，陛下可能就得先驾崩了。"

嘉武帝僵着脸看了看姜桃花："你就是这样对你父皇的，找外人来要父皇的性命？"

姜桃花很无奈，看了看四周指着自己的长矛，道："父皇在责问儿臣之前，没有看看儿臣是处于怎样一种境地吗？"

"都让开。"嘉武帝皱眉，"真想把朕的命赔进去不成？！"

吕氏一顿，无奈地挥手让这些人散开，眼睁睁地看着千百眉带着嘉武帝和姜桃花、姜长玦一起突出重围，直到走出宫门，才将嘉武帝放回来。

嘉武帝狼狈地跌坐在地上，怒不可遏，捶着地道："混账！"

"父皇！"姜素蘅过来扶他，皱眉道，"千百眉留着就是个祸患！"

"朕当然知道！"嘉武帝看着宫门外头，咬牙道，"可是谁拿他有办法？"

"以前咱们没抓住他的软肋，现在却知道了。"姜素蘅眯眼，"只要用姜桃花的命来威胁，千百眉一定会就范。"

嘉武帝垂眸，认真地想了好一会儿，点了点头。

千百眉抱着姜桃花一路飞奔，姜长玦则在后头用轻功跟着。跑到一半的时候，千百眉忍不住低头看了怀里的人一眼，问："小家伙，你是不是又重了？"

姜桃花一愣，伸手捏了捏最近肚子上长出来的赘肉，道："好像是丰腴了些。师父要是抱不动了，不如放我下来自己走吧。"

"只是问问而已，你这二两骨头，为师还抱得起。"千百眉看着前头军营门口站着的人，有些意外，"魏帝？"

穆无瑕竟然出宫了？

"朕一早便知道会是这样的结果，所以晚宴一散，就溜出来了。"穆无瑕看了看千百眉怀里的姜桃花，微微皱眉，伸手将她扶着落地，"姐姐怀着身子，就莫要再这么折腾了。"

千百眉脸色一白，震惊地看向姜桃花。姜桃花干笑，一时间也不知道该怎么解释，只能硬着头皮应下穆无瑕的话，然后道："我们与父皇怕是没办法协商了，还请陛下帮个忙，助长玦夺下赵国帝位，之后两国永修联盟之好，互不侵犯，贸易往来，共享盛世，如何？"

穆无瑕顿了顿，沉默片刻才道："方才朕接到丞相传来的消息，大魏大军已经驻扎在赵国边境，不日便将攻赵。姐姐的想法，朕是同意的，但丞相似乎不会听朕的话。"

姜桃花傻眼了："他要攻赵？为什么？"

"丞相一直有攻赵之心，现在是个好机会，他选择抓住机会，朕也不意外。"穆无瑕叹息，"只是你夫妻二人该如何是好？"

姜桃花脸色微白，声音有些颤抖地问："陛下会助他里应外合，一起攻赵？"

"朕不会。"穆无瑕摇头，"朕说过朕觉得此时攻赵不妥，丞相一意孤行，那朕也会一意孤行。"

好样的！姜桃花握拳："等这一场大战结束，妾身一定会好好报答陛下！"

穆无瑕笑了，挥手让人整理出几顶营帐来让他们休息。

姜桃花本还想跟长玦说说话，结果自家师父却道："我找长玦有事，你先去休息吧。"

姜桃花看了看这两人，皱眉问："你们是不是有事瞒着我？"

姜长玦摇头，千百眉也摇头，神情都是一致的坦荡："没有。"

姜桃花狐疑地盯了他们一会儿，点了点头，回自己的营帐了。

"主子，"青苔铺好了床，忍不住担忧地道，"丞相要攻赵，这可如何是好？就算您替三皇子把皇位拿到手，赵国怕是也保不住的。"

姜桃花也有些慌。沈在野派人追她追了那么远，她以为他好歹会顾忌她一二的，没想到他还是说打就打。现在她手里唯一能跟他谈条件的筹码就是这个肚子，可这个肚子是假的啊！

"青苔，"姜桃花有气无力地倒在床上，闭眼道，"你能不能请个神仙来，将我这肚子变成真的？"

青苔一愣，无奈地道："主子，奴婢怎么可能有办法？但……您这迹象跟怀孕相去无几，也许能暂时蒙住相爷吧。"

话音刚落，帐篷里的屏风后头就是一响。

姜桃花一愣，立马起身，青苔的反应也极快，转身就将屏风整个扯开了！

徐燕归脸色不太好看，直接走到姜桃花面前道："你骗他？"

姜桃花嘴角抽了抽，干笑道："迫不得已。"

徐燕归抚额，颇为无奈地道："你可知道他因为你这肚子，多操了多少心？结果到头来，竟然是假的。"

姜桃花眼神微黯，点头道："没办法，我一个人，他哪里能轻易放过？若不是靠着这肚子，我也跑不出大魏。"

"我不是那个意思。"徐燕归眯眼，"他不是只在乎你肚子里的孩子，他是连你一并在乎的，你看不出来？"

"在乎是一回事。"姜桃花笑了笑，"可是你看，他还不是下令攻赵了，可有考虑过将来与我会是什么样的结局？"

徐燕归微微一愣，放柔了声音："我这次来，本就是想带你回去劝劝他的。他分明很在乎你，却还是要攻赵，谁也不知道他是怎么想的，连陛下的话都不听……"

"没用的。"姜桃花摇头，"他做这样的决定，就算是我，也拦不住他。事已至此，我更不可能离开。若是他当真攻到了国都，那我便在城墙上等他。"

徐燕归有些生气，又有些着急，皱眉："真搞不懂你们两个人都在想什么，干脆抛下这些凡尘俗事，一起隐居去吧。"

"我倒是想，"姜桃花微笑，"可你们丞相能舍得下这锦绣江山吗？"

徐燕归沉默。

青苔皱眉道："既然要开战，那咱们便是敌非友，还请您快些离开。"

徐燕归长叹一口气，闭眼道："我本来是想带你回去让他安心的，但你有身孕的事既然是假的，回去了可能更多波折，不如罢了吧。至于之后会怎么样，我也不好说，你自己多保重。"

姜桃花点头，还是朝他行了一礼："多谢。"

徐燕归是个有人情味的人，知道她骗了沈在野也没对她如何，这份恩情是可以被记下的吧。

帐帘被掀开又落下，营帐里恢复了平静，姜桃花躺在床上松了口气。骗人的滋味真是不好受，让徐燕归回去说清楚也好。沈在野知道了真相，会是什么样的反应呢？

千百眉正在另一顶营帐里尝试给姜长玦运功驱毒，但跟当年救姜桃花一样，不管他耗费多少真气，那蛊毒都牢牢地停留在他们的丹田里，怎么都不动。

"师父,算了吧。"姜长玦停止运功,苦笑道,"这样也好,算是与姐姐同甘共苦,只要能拿到最终的解药就好。"

千百眉皱眉,张了张嘴,想告诉他没有解药,但又觉得对个孩子说这些太过残忍,只能忍住,收了内息。

"你记得按时吃药,"他嘱咐道,"千万别被你姐姐发现了。"

"嗯,我明白。"姜长玦点头,看着他道,"师父也辛苦了,早些休息吧。"

"好。"千百眉点头。出了营帐,他想了想,还是往皇宫去了。

就算没有最终的解药,也得先让吕后多做些每月要吃的,以免她后头又要什么花招。

已经是深夜时分,宫里一片寂静,千百眉如往常一样悄无声息地到了皇后的宫里,却突然听见了说话声。

"母后,您竟然连那千百眉都骗过去了?"姜素蘅惊讶地道。

"这天下有毒就有解,是他自己蠢,当真以为姜桃花没救了,那能怪得了谁?"吕氏冷笑,"不过解药就一颗,本官已经藏在湖心岛了,你莫要告诉别人。"

"是。"姜素蘅笑眯眯地应了。

千百眉靠在窗外,听着这些话,心里一阵狂喜,根本没多想,二话不说便往宫里的湖心岛去了。这地方千百眉去过,岛上放着皇室的贵重之物,所以吕氏说的十有八九是真的,他定然是要去拿的。

千百眉飞身朝岛上而去,刚要落地,四面八方却飞来无数羽箭,闪着寒光,要将他射成刺猬!他眼睛微眯,侧身闪过,无奈羽箭太密,他手脚都受了点伤,更令他心疼的是他的袍子,被划了条口子。

千百眉皱眉将外袍脱下来,扫了四周一眼,冷笑着道:"还不出来?"

几十个黑影无声无息地出现在他四周,他的神色终于严肃了些。

"你还不明白?"其中一个黑影嗤笑,"这根本就是个陷阱,皇后故意要引你入套,你当真就来了。"

千百眉身子一僵,缓缓回头看向他:"陷阱?"

"她们骗你的,没有解药。而这岛,将是你的葬身之地!"

几十个黑影一起出招,千百眉像突然反应过来,怒道:"你们找死!"他红了眼,浑身杀气腾腾,抓住一人,一脚就踩断他的肋骨,反手一套断筋错骨手,直接折断他的骨头和筋脉!他越杀越凶,一炷香的时间不到,几十人已经全部倒地。

千百眉头也不回地离开湖心岛,快速地往皇后的宫里而去。路上遇见的禁卫都难逃他的杀招,血从他衣摆后头一路淌过去,在路上画出长长的红色痕迹。

"快……快找人护驾!"禁卫们都慌了,连滚带爬地去禀告。然而,来的人越多,千百眉就越兴奋,他不用武器,直接一拳一拳地震碎这些人的心脉,一路杀到吕氏的宫殿门口。

"还不出来吗?"千百眉轻声问。

姜素蘅一个人跌坐在宫殿里,愣怔地看着这个仿佛从地府里出来的男人,哆哆嗦嗦地道:"母后……母后不见了!"

"不见了?"千百眉笑了笑,带血的手掐住姜素蘅的脖子,将她整个人举到半空,"方才骗我不是骗得很开心吗?"

姜素蘅眼里满是恐惧,拼命摇头挣扎,却没什么用。

千百眉已经暴怒,一双眼通红,根本没人能阻止他杀人。

"皇长女!"宫殿外头的人一阵惊呼,就见姜素蘅的脸色由红到紫,最后一片青白,手脚脱力地垂了下去——死了!

众人惊愕不已,一部分人去传信,另一部分人堵在门口,颤颤巍巍地举起刀剑,就见那魔头一把将手里的尸体扔开,转头看了过来。

所有人都下意识地倒退了一步。

"你们皇后娘娘呢?"千百眉笑着,眼里却一片血红,"再不出来,我可要拆了这官殿。"

旁边一个宫女扑通一声跪下去,急忙道:"娘娘方才被人掳走了!长公主说不能泄露消息,以免扰乱民心……"

千百眉愣了愣,很是不解,除了他,谁还有这个闲心来掳赵国的皇后?她这也算是逃过一命了。千百眉冷笑一声,继续往外走,没人敢拦着他,他便拖着一身的伤,一步步出了宫门。

比绝望更让人绝望的是什么呢?就是在绝望之中重新有一点希望,再当面掐灭这点希望。千百眉觉得身心俱疲,他不想看着桃花比自己先死,也不想看她那么痛苦,这世上为什么就没有媚蛊的解药呢?他眼里的红色渐渐散去,一个人漫无目的地走着,想了很多过往的事情。最后,他也不知道走到了哪里,累得半跪下去。

"千大人!"魏国军营的门口,青苔刚起床,正准备出去打水,却看见浑身是血的千百眉,当即转身去知会自家主子。

"师父?!"姜桃花被千百眉这一身伤惊得脸色惨白,连忙跑过去将他扶起来,皱眉打量着他,"怎么回事?您这是怎么了?"

千百眉恍惚地看她一眼,突然安心了,闭眼就倒在这小家伙的怀里。

姜桃花急了个半死,立刻招呼长玦出来给自家师父看伤敷药。

姜长玦惊讶极了:"谁能把师父伤成这样?"

"我也不知道。"姜桃花皱眉,"有些伤口还带毒,你看看有什么药能用,大夫一会儿就来。"

"好。"姜长玦应了,将千百眉平放在床上,看了看伤口,眼神微动。

宫里的毒。师父又去宫里了?回头看看自家姐姐,姜长玦突然问了一句:"皇姐觉不觉得师父当真对你很好?"

"你现在还有闲心说这个？"姜桃花皱眉，"师父对你我不是都很好吗？"

姜长玦张了张嘴，叹息一声，他还是老实给师父上药吧。也不怪皇姐迟钝，师父从未表明过，还曾信誓旦旦地说与皇姐绝不会有师徒之外的情意，也就怪不得皇姐再也不曾注意过师父某些格外温柔的举动。

赵魏边境。

沈在野冷眼看着远处驾着马车回来的徐燕归，等他勒马下车了，才寒声道："谁告诉你可以去接她过来的？"

徐燕归挑眉，看了自己身后的马车一眼："你不想见姜桃花？"

"不想！"沈在野抿了抿唇，嘴里这么说着，眼睛却依旧落在那车厢上，"你等着领罪吧！"

"罪，我就不领了。"徐燕归撇嘴，"我没把姜氏带回来，车上是吕后。"

沈在野悬着的心落回原处，一声闷响，疼得他心口紧了紧。他深吸一口气，回过神来，点头道："你能把吕后抓回来，那便是功过相抵，人交给你，把方子给我套出来。"

"好。"徐燕归看了看他，有些犹豫地道，"有跟姜氏有关的消息，你要不要听？"

"不听了。"沈在野转身就走，"马上要攻赵国的第三边城，我很忙。"

沈在野这种口是心非的习惯，徐燕归是很明白的，但这一次，他当真不打算主动去告诉沈在野，还是等沈在野什么时候心情好些，能承受得住再说吧。

赵国皇宫一夕之间形势大变，皇长女惨死，皇后失踪，整个朝廷乱成了一锅粥。嘉武帝气得中风，躺在床上说不出话来。

姜桃花咂舌，摸着下巴问："难不成这就是报应？"

她背后床上斜靠着的千百眉翻了个白眼："没良心的小家伙，这分明是为师替你讨的债，怎么能归功给报应？"

"是是是，"姜桃花连忙回头笑道，"师父最好了！"

千百眉轻哼一声，还是有些担忧地道："皇后到底被谁掳走了？"

姜桃花笑了笑："大概是徐燕归吧。除了您，也只有他的功夫能进宫把人带走，还一点动静都没有。"他来找过自己，猜也猜得到那人是他，只不过他掳走吕氏要做什么呢？让赵国朝局大乱，好一举攻破？

"姜姐姐，"穆无瑕从外头进来，神色有些不好看，"你赵国的边城急报，沈丞相已经开始攻城了。"

姜桃花倒吸一口凉气，连忙拖着姜长玦进宫。

朝中群龙无首，都围在皇帝的寝宫外头，看见他们姐弟二人，有人小声说了一句："如今只有这两个皇储了……"

"荒唐！"御史大夫那个老头子皱眉道，"皇长女就是为他们的师父所杀，为的就是我赵国的皇位，你们还当真要让小人的奸计得逞？"

姜桃花步子一顿，回头看他一眼，笑道："蔡大人看战报了吗？"

御史大夫一愣，皱眉沉默。这个关头，边城偏偏又有战乱，国不可一日无君。可要让这姐弟俩上位，他们实在是不甘心。跟了皇长女和皇后这么多年，现在就算识时务者为俊杰，转投三皇子麾下，也必定不受待见，以后权力被架空，还有什么好日子过？不如抱着如今的荣华富贵，大家玉石俱焚吧！

御史大夫定了定神，道："二公主不必多虑，赵国的事情，赵国人自然会处理。您请回吧，陛下根本说不了话。"

姜桃花皱眉，还是进去看了看。

嘉武帝躺在床上，整张脸十分僵硬，动都动不了，更别提说话。

旁边坐着的三朝元老赖史清看了她和姜长玦一眼，道："臣等会儿照顾陛下，在陛下写出遗诏之前，微臣不会让任何人染指赵国的皇位。"

姜桃花冷哼一声，问："哪怕人家打到了咱们国都，要将赵国变成附属国，你也要死守着那没什么用的皇位？"

"公主言重。"赖史清道，"微臣相信我国的实力，不会那么容易——"

"报——"外头有信使进来，直接跪在嘉武帝榻前道，"魏军已经攻破边境三城，国都城郊外的驻军尚且按兵未动。"

赖史清脸上终于有了慌张之色，他看了姜桃花一眼，勉强维持镇定："二公主和三皇子，都请回吧，剩下的事情，老臣们会处理。"

人家都打过来了，他们还在纠结这些，那不是等死？姜桃花微怒，转头便对姜长玦道："你速速去整军，先与魏帝协商，让他带兵退后三十里，然后把你手里的兵力都调过来，无论如何也得守住都城！"

"好！"姜长玦应声而去。

姜桃花转头，认认真真地看着赖史清，道："我希望大人明白，这天下不是一个人的天下，赵国也不止皇帝一人。大难当头，姜姓保不住天下人，那就换一个姓氏来保，没必要让天下人都为姜家送葬！"

赖史清一震，十分不能理解地看着她，道："二公主说的这是什么话？若皇室地位不稳，那天下定然不稳，在皇室和天下之间，当然要先保皇室！"

姜桃花冷笑一声，觉得跟这些人根本没法儿说话。一群啃着祖宗基业，跟蛀虫一样残害国家的人，哪里能指望他们！

她转身离开，带着青苔骑马在国都里转了一圈，加强城墙的戒备和守卫，再让姜长玦驻军城外，最后亲自去找穆无瑕。

"朕知道姐姐的意思。"穆无瑕道，"大魏的军营退后了三十里，必定不会贸然攻打赵国国都，你安心就是。"

姜桃花朝他行了大礼，急忙又去张罗粮草的事。穆无瑕瞧着，忍不住让人去知会沈在野——你家夫人怀着身子还这么操劳，你又何必逼她逼这么紧？

沈在野捏着信纸，冷笑一声，道："江山社稷，本与妇人无关，她硬要牵扯进来，怪得了谁？"

说罢，他转头问湛卢："赵国国都情况如何？"

"姜长玦独自带兵镇守国都，赵国朝局一片混乱。"

"真是一群老顽固。"沈在野轻哼，"那便继续进攻吧。他们各个城池都没多少兵力，三天之后，便可以去国都的城门口问候问候故人。"

湛卢有些意外，主子这样的计划，攻下城池却不花什么精力接管，那不就等于白白放弃战果？这疑惑，他没敢问出来，反正主子做事自有他的道理，也许主子说了，他也不明白。湛卢叹息，正想出去看看粮草的征集情形，却听得沈在野道："你随我去看看吕后。"

"是。"

吕后被抓过来关了几天，一直被徐燕归变着法儿拷问制药之法，狠狠的她却又卖弄聪明，说了几张假的方子，企图糊弄过去。徐燕归也不傻，他以前让御医研究过解药，虽然没能说出全部的药材，但好歹也列出了几种。这女人写的方子对不上，那就多半是假的。

徐燕归眯眼："都到了这份儿上，娘娘还不肯说实话，是不想活了吗？"

吕后披头散发地坐在囚笼里，冷笑着道："本宫说了不也是不能活命吗？有本事你们直接杀了本宫，反正还有两个人给本宫陪葬！"

沈在野从外头进来，皱眉看着吕后："除了姜桃花，还有谁？"

吕后久居深宫，自然是不认得他们是谁的，但一看沈在野相貌俊朗，温文儒雅，她不由得放松了戒备，看着他道："本宫答应了别人不能说。"

沈在野冷哼一声，走近囚笼两步，看着她道："皇后娘娘不说也可以，只是……"

"怎么？"吕后吓了一跳，往后退了退，"别吓唬人，本宫不说一个名字而已，你还能杀了我？除非你们再也不想要解药了！"

"杀你做什么？"沈在野微微一笑，打开囚笼，抽出袖子里的匕首，温柔地说，"在您写出方子之前，您都能活得好好的。只不过，看您也不像是想过好日子的，这头发跟眉毛没了，想必没关系吧？"

头发和眉毛对女人来说何其重要！她又不是要遁入空门，没了头发和眉毛像什么话？还不如一刀杀了她来得痛快！

"你……你住手！"吕后瞧着那匕首瞬间割掉了她一大截头发，顿时尖叫了一声，彻底慌了，"本宫说，本宫说就是了！是姜长玦！"

沈在野微微一震，怒不可遏地将匕首抵在她的脖子上："什么时候的事？"

吕后被他这浑身杀气的模样吓了个半死，颤抖着道："就在不久前，姜桃花还不知道，她师父知道……"

姜桃花最心疼的就是她那个弟弟，她知道了还得了？沈在野抿唇，冷眼看着吕后道:"马上把解药方子写出来,不然我不介意把你做成人彘,我说到做到。"

吕后傻眼了,她要是说没有解药,会不会立马被杀掉?

"本宫……本宫写就是了。"

这人比方才那人更加令人恐惧,浑身上下的气息都让人不寒而栗。虽然吕后不知道他是谁,但直觉告诉她,得罪这个人一定没有好下场。他们手里应该是有半张方子,所以才能知道她刚刚写的是假的。吕后咬牙,看着送上来的纸笔,仔细想了想平时抑制蛊毒的药方,挑了容易寻的药写上去,然后将寻常大夫查不出的药材打乱,少写一味关键的,再小心翼翼地递出去。

"这解药,每次都是本宫亲自做的。"吕后道,"就算你们有方子,也得留着我来制药,不然不一定成功。"

沈在野看了看,递给徐燕归。徐燕归点了点头:"应该就是这个。"

"最终的解药呢?"沈在野问。

吕后一愣,在身上随便摸了摸,摸出一个小瓶子:"……这儿。"媚蛊没有最终的解药,暂且先拿个东西顶一顶,以免激怒这几个人。

沈在野和徐燕归都不了解蛊毒,他们接过解药看了看,想着反正吕后被关在这里,不如暂且放过她,让人好生看守。

沈在野冷哼一声,掀开帘子便出去了。

徐燕归跟在他后头,手里捏着解药道:"她这么轻易地交出来,我反而觉得心里不踏实。"

"那就想法子再问问。"沈在野不悦地道,"你徐门主的本事,还问不出这点东西,不怕砸了燕归门的招牌?"

徐燕归微微一愣,莫名其妙地看他一眼:"谁又惹着你了?"

沈在野没吭声,抬脚就往前走。他传话给穆无瑕,要他与自己里应外合攻打赵国国都,结果他死活不肯,还撤兵三十里。他本来想不明白原因,谁承想又是因为姜桃花。

魏军一路逼近赵国国都,朝中文武百官吵得不可开交。嘉武帝瘫痪在床,吕后失踪,长公主惨死。有人主张让姜长玦继位,毕竟他手握兵权,又是唯一的皇子,只有他能撑起局面。有人不同意,痛斥姜长玦等人就是残害手足的凶手,此种德行不足为帝。

姜桃花任由他们吵,只将御史大夫和赖史清请出来喝茶。

"二公主不必说了,"赖史清道,"臣等不会同意三皇子继位的。"

姜桃花不慌不忙地给他们倒了茶,笑道:"话何必说那么急呢?也该听听我想说什么吧?"

两人相互看了一眼,赖史清开口:"公主请讲。"

"眼下朝局已乱,二位坚持不让长玦登基,无非是觉得他登基之后会对吕后一党赶尽杀绝。"姜桃花笑了笑,"可现在长玦若是不守这国都,您二位全家上下可能难以幸免于战乱。"

赖史清微微一愣,皱眉道:"公主何必吓唬臣等,三皇子不是已经准备好粮草,安排兵力守城了吗?"

"他安排是因为他是赵国人,"姜桃花道,"但这并不是理所应当的。人都有利己之心,若长玦无法继位,那他这一番拼杀就没有意义。到时候魏国大军兵临城下,他做的可能就不是守城,而是打开城门。"

御史大夫皱眉道:"三皇子本性纯良,不是这样的人。"

"若是纯良就得无怨无悔地给各位当挡箭牌,却得不到应得的,那我宁愿教他做个坏人。"姜桃花笑了笑,"做好事是理所应当,做坏事是十恶不赦,那还不如坏人来得好,偶尔做一件好事还会被人夸心地善良。您说,是吗?"

御史大夫沉默。

赖史清开口道:"打开城门对他来说有什么好处?三皇子没必要担这卖国贼的罪名。"

"我与大魏的皇帝和丞相关系都不错。"姜桃花道,"如今大魏有将赵国收为属国之心,如果长玦放弃抵抗,这属国未来的国主一定会是他,何乐而不为?"言下之意,你们不让长玦登基,那么赵国成为属国之后,他依旧会是国主,依旧不会让你们好过。

赖史清眉头紧皱,深深地看了姜桃花一眼,道:"想不到昔日宫墙下洗衣的二公主,如今竟有这翻云覆雨的本事。"

"过奖了,我只是个妇人而已。"姜桃花察觉到他们语气里的松动,伸手递过去两卷东西,"这是两道没有盖玉玺的圣旨,若长玦登基,玉玺便会盖上去,二位看看如何?"

赖史清和御史大夫皆是一顿,双双拿起来看了看。圣旨上竟然是一连串的封赏,还许他二人爵位,世袭富贵。

"长玦是个知恩图报的孩子。"姜桃花认真地道,"若是二位力排众议拥他登基,他心里自然会对二位感激不尽,多加倚重。若二位不愿做新帝登基的功臣,我再找别人也可以。"

说到底这些人都唯利是图,如此丰厚的条件,再加上没有更好的选择,两个老顽固终于动心了。姜桃花之所以选上他们,不是因为他们在朝中地位最高,而是因为他们党羽最多,他们的态度会改变很多人的态度。

沈在野选在这个时候攻打赵国,其实也算帮了她的忙,毕竟若是没有外患,这群人更不会轻易同意长玦继位的。而长玦一旦继位,就当真要与沈在野正面交战了。姜桃花摸摸自己有些赘肉的肚子,有点发愁。

两个老臣回去仔细考虑了,朝中一时平静。姜桃花正打算松口气,却见姜长玦急匆匆地过来道:"皇姐,要开战了。"

姜桃花一脸茫然："跟谁开战？"

"还能有谁？"姜长玦叹息，"沈在野带了前锋营，已经到国都附近了。"

这么快？！姜桃花吓傻了："他长了翅膀？！"

"沈丞相行军速度很快，攻下城池后并没有多做停留，加上赵国内忧不断，各个城池的守卫都薄弱，没人能拦得住他。"姜长玦道，"不过照这样来看，他是想速战速决，我们只要守住国都，拖上他几个月，大魏便只得撤兵。"

"拖得住？"姜桃花有些担忧。

姜长玦笑了笑："皇姐应该相信我，只要不出叛徒，那就一定拖得住。"

姜桃花点了点头，也没耐心多等了，直接将青苔叫到自己面前。

"主子……"青苔有些忐忑，"您要问奴婢什么，直接问便是。"

"朝中有哪些人是吕后的死党，你可知道？"姜桃花当真直接问了。

青苔好歹曾是吕后的人，虽然不知她知道多少，但至少比她更清楚。

青苔为难地看了她两眼，道："这个，奴婢的确不知，但奴婢知道吕后的宫里有本册子，上头记有誓死拥护吕后的人的名字，就是不知那册子放在哪里。"

如今皇宫都空了，找本册子还不简单？姜桃花起身便往外走，结果刚走到门口就撞见了自家师父。

"你要去哪里？"千百眉脸色还有些苍白，精神倒是完全恢复了。

姜桃花皱眉看了看他身上四处包扎着的样子，摇头道："这话该徒儿来问，您伤势未愈，下床干什么？"

千百眉没好气地翻了个白眼，道："为师又不是娇滴滴的姑娘，就是些皮肉伤，也要一直躺着不成？倒是你，最近不是一直不舒服吗，怎么到处乱跑？"

姜桃花干笑，想糊弄过去，青苔却耿直地道："主子想进宫去找册子。"

千百眉拎着姜桃花回屋，将她往被窝里一塞，问："什么册子？我去找。"

"师父，"姜桃花垮了脸，道，"徒儿为什么要在床上躺着？"

"叫你躺，你便躺，不用这么多话。"千百眉伸手在她额头上一弹，"你身子要是垮了，那才是真的完了。"

姜桃花撇撇嘴，叹了口气，老老实实地告诉他册子的事，然后乖乖地休息。

千百眉进宫后麻利地将那全册子找到了。他打开册子看了看上头的人名，挑了几个特别不顺眼的，先过府去"问候"了一下。

赖史清等人还在犹豫不决的时候，就听见朝中有人暴毙的消息，暴毙的人全是吕后的心腹。

这是杀鸡儆猴？赖史清吓白了脸，当即不再犹豫，拉着御史大夫便去向姜桃花表明立场："国不可一日无君，臣等愿意拥护三皇子继位！"

姜桃花没想到两人来得这样快，笑眯眯地接受了他们的好意，又与他们商议一番，决定先让长玦暂管玉玺，等大战结束之后，再行登基。

"师父好聪明啊！"送走这两人，姜桃花忍不住夸奖千百眉，"徒儿都没说要做什么，您怎么就知道要除掉这几个人？"

千百眉一愣，垂眸道："这几个人先前是跟长珙过不去的，我只是去看看他们过得怎么样，没想到他们这么不经打……"

不管怎么说，结果是很好的，说服朝中其他人的任务就交给那两位大人了，现在长珙只需要安心应战，再也没了后顾之忧，她只能帮他这么多了。

第四十七章 大战

城郊外，穆无瑕的军营里。

沈在野一路赶来，风尘仆仆，上前就朝他行礼："微臣给陛下请安。"

"好久不见了，丞相。"穆无瑕深深地看他一眼，"你这么急匆匆地赶过来，马也该累坏了。"

沈在野站起身后道："当然急了，若是给赵国喘息的机会，那可麻烦了。"

穆无瑕皱眉："你当真要攻赵？"

"不然陛下以为臣带这十几万的大军来是吓唬人的吗？"沈在野挑眉，"既然来了，定然是要求个结果的。"

"可……"可姜桃花还在城里，一旦打起来，万一有个好歹怎么办？

沈在野微笑："陛下居高位，可不能只顾自己。开疆拓土是对整个大魏都有好处的事，难不成要因为些私情就放弃？"

穆无瑕沉默，他原以为沈在野只是装装样子，好让姜长玦能顺利继位，因为他最开始确实有这样的想法。但他还是想得太单纯了。

"丞相不想见见姜姐姐吗？"他低声道，"她还怀着你的子嗣呢。"

"这么危急的关头，臣没有心思见她。"沈在野一本正经地道，"况且如今臣与她立场不同，见了也没什么意思。"

穆无瑕皱眉，觉得他未免太无情，但说到底是人家家事，他也不好多说。

沈在野一脸冷漠地出了主营帐，然后镇定地找到了马棚，又平静地牵了两匹快马，带着湛卢，趁着夜色，朝赵国国都狂奔而去！

湛卢忍不住道："主子，您不是不想见夫人吗？"

"骗小孩子的话你也信？"沈在野冷哼。他这一路上都在担心她怎么样了，已经到了国都附近，怎么可能不去看看？场面话自然是要在场面上说的，但具体怎么做，还是他自个儿来决定。

夜深人静，姜桃花正在宫里睡着。青苔关上门出去，冷不防就遇见几道黑影，将她挟持到一边。

"什么人？！"青苔皱眉。

黑影扯下面罩，愤怒地看着她道："你竟然出卖皇后！"

是吕氏身边的暗卫，当初跟她一起受训过。青苔抿唇，捏着烛台道："我不觉得自己做错了，错的是皇后娘娘。"

"荒唐！"黑影咬牙，"皇后娘娘供你吃穿、长大，你却背叛了她！"

青苔沉默着低下了头。他们的确都是吕氏养大的，但……

"给你这个。"黑影递了个药瓶子给青苔，沉声道，"这是你最后的机会，杀了她，为皇长女和皇后娘娘报仇，此后咱们便不欠吕氏，可以去过逍遥日子了。"

青苔正想拒绝，空中有一道影子飞过，将几个黑影踹出去老远！

"自己的债自己还，为难一个姑娘算什么本事？"湛卢恼怒地看着这群人道，"为虎作伥还讲道义，还了吕氏的人情，你们拿什么赔我家夫人的性命？"

几个黑影被他这一脚踹得竟爬不起来，当下就慌了："你是什么人？"

湛卢眯眼，一步步靠近他们："这个问题，你们可以去问阎王。"

几个黑影被他周身的杀气吓着了，拼命后退，谁知却又撞上了一个人，回头一看，背后这人正俯视着他们，在他们还没反应过来的时候，喉咙上就是一凉。一瞬间，鲜血四溅，几个人连哼都没来得及哼，便倒在了地上。

"主子，"湛卢神色凝重，下意识地挡在青苔前头，"是吕后的人。"

"我知道。"沈在野步子没停，直接走到他们面前，越过湛卢看向青苔："所以你也是吕后的人？"

青苔沉默。

沈在野的软剑直接飞到青苔的脖颈间，他眼里满是凌厉的杀气："她那么信任你，你却帮着别人来害她？"

青苔膝盖一弯，朝沈在野跪下："奴婢绝无害主子之心，今日就算相爷不来，奴婢也不会答应他们。"

沈在野微微眯眼，怒意难平："你留在她身边也是祸害，自己走吧。"

青苔身子一僵，没敢抬头，只捏紧了手——她还不想走，欠主子的还没还完！

沈在野没同她多说，直接推开后头主殿的门，朝床榻的方向走去。

姜桃花睡得很沉，任由外头吵闹，她也没醒。沈在野点了灯，在床边坐下，皱眉看她。这才两个月不到，她怎么更憔悴了？摸摸她的脸颊，没剩多少肉。她分明在睡着，眉头却还紧皱着，做噩梦了？他只是打算过来看一眼她到底怎么样了，不能多做停留，要马上出城才安全。心里这样想着，他却脱了外袍，躺到她身边。

姜桃花翻了个身，习惯性地伸手抱住他的腰，眉头渐渐松开，还吧唧了一下嘴。沈在野勾了勾唇，心情总算好些了，伸手撩开她脸上的头发，轻轻拍着她的背。

湛卢从外头进来，正想说什么，一看这场景，立马一巴掌捂住自己的眼睛，退出去，关上了门。

"怎么？"青苔心情复杂地看着他，"不能帮我求情吗？"

湛卢摇头，将她拉到旁边道："不是不能，是现在不太方便。"

青苔一愣，看了主殿一眼，道："主子与相爷作对，相爷不生气吗？"

"怎么不生气？"湛卢轻笑，"气得好几天都没能睡好。"

"那……"那他现在怎么会这么温柔？

"相爷是个嘴硬心软的人，他知道你家主子的想法，气也就是气那一会儿，听闻你家主子身子不舒服，还不是心急火燎地让人沿途照顾，怕她出事？"湛卢无奈地叹息一声，道，"其实相爷人很好的，你家主子若是能多体谅他一些，两人必定琴瑟和鸣。"

"体谅？"青苔皱眉，"我家主子还不够体谅相爷吗？先前在大魏的时候，虽说总想着给自己找活路，可选的路都是能帮着相爷的，她才是嘴硬心软呢。绣件袍子手被扎成筛子了也没讨赏，为了给相爷做几个菜从早上一直学到晚上，最后相爷还多半没吃。"

湛卢一愣："是夫人最后留在争春阁的那一桌子菜吗？"

"是啊，"青苔点头，"她做了很久。"

"夫人在酒里放了迷药，爷察觉到了，所以更生气，让人把菜统统倒了。"湛卢哭笑不得地道，"幸好我懂爷的心思，检查了一番，第二日将那些菜热了热又送去了。爷都吃了。"也就那一顿他吃下去了，之后都不思饮食，折腾了好几日，最后是被徐燕归强行灌了东西。徐门主当时是怎么骂的来着？他壮着胆子揪着爷的衣领吼："你是女人吗？媳妇跑了就不吃不喝、要死要活？你以为你当真是神仙，什么都不吃还有力气做其他的？"结果相爷将他暴打了一顿，用实际行动告诉他，他还有力气。

徐燕归服了，无奈地道："你真是个疯子！"

"我没疯，"沈在野道，"只是府里的菜越做越难吃，吃不下去而已。"

青苔听得目瞪口呆，讷讷地道："我家主子那几道菜虽然做得挺好，但也不至于比厨子做得还好吃啊。"

"你怎么这么笨？"湛卢摇头，"他哪里是喜欢那几道菜，分明就是在意夫人在意得要命，却不愿意说出来罢了。"

青苔沉默，想了好一会儿才问："既然爷这么在意夫人，那为何还要攻打赵国？主子定然是不会愿意让赵国沦为大魏的属国的。"

"这个，我也不明白。"湛卢伸手撑着下巴，道，"有些心思，只有这两位主子自己才知道，咱们这些做随从的只能听命办事。"

青苔叹息，看了看依旧关着门的主殿，觉得相爷多半要在这儿过夜。她干脆拉湛卢去收拾尸体，让他们好生歇息。

姜桃花已经有许久没梦见沈在野了，然而她今晚做了一场血光滔天的噩梦之后竟然梦见他了。梦里的沈在野温柔地搂着她，带她远离了血海，站在一处高高的屋檐上。

"你怎么来了？"她恍惚地问。

沈在野一笑，低头看向她的肚子，道："我来看看我们的孩子。"

姜桃花一惊，连忙心虚地捂着肚子。

沈在野神色一变，皱眉问她："你是不是骗我？"

"徐燕归没跟你说吗？"姜桃花连连后退，"这孩子是假的啊！"

"假的？"沈在野大怒，当即就推了她一把！她脚下一空，整个人便朝那无边无际的血海里栽了下去。

"没有孩子，那你也去死吧！"

"啊！"

失重的感觉将她整个人从梦里扯了出来。姜桃花睁眼，茫然地看了四周好一会儿，发现自己正在宫殿里，外头温暖的阳光已经透过窗户的雕花缝隙洒了进来。

青苔推门进来，端水给她擦脸："主子怎么了，睡得不好？"

姜桃花喘了口气，摸摸肚子，摇头道："没事，做了个噩梦。"

她刚洗漱完毕，就见师父和长玦从外头进来了。

"皇姐，"长玦神色凝重，"沈在野已经与魏帝会合，现在就在国都界外三十里地的地方，暂时没什么动静。"

"嗯。"姜桃花点头，"那朝中的情形呢？"

"反对我登基的人已经没多少了，但更多的人保持中立。"姜长玦道，"这仗若真打起来，光我一人不行，定然要用到朝中其他的将军、副将和文臣。"他就怕这些人不是全心全意臣服于他，反而会添乱子。

"知人善用也是帝王该有的本事。"姜桃花拍着他的肩，"姐姐相信你。"

千百眉也笑道："若是谁背叛你，为师亲自动手取他性命！"

姜桃花摇头道："师父，杀人是不能解决所有问题的，您得让长玦自己想办法平衡朝中关系，找出关键的人捏在手里。"

"我知道。"千百眉含笑看着她，"但杀人也不是一点用都没有。这不，吕氏的余党今日一早就来投诚了。"

姜桃花有些意外，连忙回头问姜长玦："真的？"

姜长玦点头："以冷奉常为首的一党，今日一早就来找我，说愿意弃暗投明，跟着我守卫国都。"

姜桃花拍手，看着他道："那你便自己权衡看要不要用这些人吧。"

"除了这些人，已经无人可用了。"姜长玦道，"我打算试试。"

"好。"姜桃花笑眯眯地问他，"还有什么需要帮忙的地方，你尽管说。"

"我明白。"姜长玦拱手，朝他们行了一礼，便急匆匆地走了。

外头还有官员在等着，迎上他继续禀告事情。

姜桃花看着他的背影感慨："不知不觉长珙就长大了，是个顶天立地的男子汉了。"

千百眉站在她身侧，颔首道："话说得没错，但是小家伙，你也才十九不到，装什么老成？"

"师父，徒儿心老了。"姜桃花一脸严肃地道，"人不是靠岁数活着的，是靠心，心老了，人就老了。"

"胡说八道。"千百眉摇头，"你还嫩着呢，瞧着长珙能独当一面了，你就别多操心了，好生过你的日子吧。"

"他长大是他的事，该操心的还是得操心。"姜桃花眨眼，突然讨好地拉着千百眉的衣袖，"师父能带我出去走走吗？"

千百眉睨她一眼，有点不好的预感："你要往哪里走？"

"冷奉常的家里。"姜桃花道。

千百眉无奈，拿来一件披风给她裹上，再将她一把抱起："你去他府上做什么？"

"咱们偷偷地去，"姜桃花狡黠地道，"最好能躲到房梁上或踩个屋檐什么的。"

千百眉哭笑不得，却还是应了，护着她潜入奉常府。

冷奉常没一会儿就带着随从回来了，在书房坐下便问："大魏的兵力，打探清楚了吗？"

"清楚了。"随从点头，"魏帝和那沈丞相的喜好，也都打听清楚了。"

"很好。"冷奉常挥手让他出去，然后继续看手里的信件。

姜桃花没吭声，窝在千百眉怀里听着，等他有事暂且离开的时候，他们也飞快离开了。

"这冷奉常倒像是真心要守城，"千百眉道，"功夫下得不少。"

姜桃花垂着眸子走着，低声道："他若当真在守城上下功夫就好了。"

千百眉一愣，继而皱眉："为师最不擅长的就是与朝中的人斗心思，你若是想到了什么，便与长珙商议吧。"

"嗯。"姜桃花乖巧地应着，却没打算告诉长珙，只招呼青苔过来，让她再去奉常府守上几日。

大军压城，文武百官有再多的意见也只能搁置，先全力支持姜长珙守城。

姜长珙坐在主位上，看着面前的文武百官，道："既然各位都有护国之心，那就请治粟内史拨下粮饷，免得粮草供应不足。另外，布阵和石料采集都缺人手，各位若是有什么好人选，也可举荐。"

冷奉常等人恭声应着，呈了折子给姜长珙，道："这名单上的人都可用，但如今城门紧闭，有殿下的重兵看守，国都之中的储粮恐怕不够，还请殿下给个手令，也好让治粟内史调度粮草。"

姜长珏看了看他，微微皱眉："我记得国都储粮至少能坚持半个月。"

"半个月哪里够？"冷奉常摇头，"臣以为还是准备充足些好。"

姜长珏犹豫片刻，还是应了。他给了手令，又让治粟内史将粮仓的钥匙交出来一把，好放心些。等百官散了，他捏着钥匙想了一会儿，决定去找皇姐。

姜桃花正躺在软榻上捂着肚子，脸色有些不好看。

"皇姐？"姜长珏一愣，连忙过去将她扶起来，"怎么了？"

"没事。"姜桃花皱眉道，"这几日肚子疼得厉害，兴许是吃错东西了。"

"御医来过了吗？"

"来过了，就让我好生养着。"姜桃花勉强笑了笑，转移了话头，"你看起来像是有什么事。"

姜长珏点头："冷奉常问我要了出城的手令，说让治粟内史去调粮草。"

姜桃花眼神微动，看着他问："这有什么不对吗？"

"听起来是没什么不对，"姜长珏皱眉，"但我感觉冷奉常未必是真心投诚。"

姜桃花笑了："那他此番若是拿你的手令出去，与大魏的人私下交易，危害赵国，你当如何？"

姜长珏微微一顿，道："斩草除根。"

"好，"姜桃花拍了拍手，道，"那便按你想的去做。"

"可是，"姜长珏皱眉，"万一是我误会了呢？"

"那也该提前做好准备。"姜桃花拉着他的手，认真地道，"害人之心不可有，防人之心不可无。你既然已经对冷奉常起疑，那便要先捏住他的把柄，一旦他想做伤害赵国之事，你便可以在第一时间阻止。"

姜长珏点头。冷奉常一党打的是护国的旗号，所以在朝中多受拥护，若他当真做出卖国之事，那就是一个把柄。

冷奉常也知道这一点，所以一切都是在私下进行。他拿到出城的手令便跟着治粟内史的人出去，却派心腹趁着夜色一路往大魏军营而去。

沈在野正在看书，湛卢突然掀帘进来道："主子，有国都里的人求见。"

不出所料，沈在野勾唇，放下书道："请他进来。"

少顷，一个戴着斗篷的人进来，取了帽子便行礼："在下冷奉常门客张天，拜见沈丞相。"

沈在野微微一笑，颔首道："深夜来访，想必是有要事。"

"时间不多，在下便开门见山了。"张天道，"奉常大人手里握有赵国的粮草和军需，也正受三皇子信任，丞相若是想攻下赵国国都，与奉常大人合作是最快最好的做法。"

"哦？"沈在野一脸沉思地看着他，"奉常大人想要什么？"

"很简单，如今姜氏没落，只剩两个背负残害手足之名的皇嗣，奉常大人以为，赵国一旦成为大魏属国，这国姓也该换一换了。"

他想当国主？沈在野咂舌："胃口倒是不小。"

"这买卖，丞相大人不吃亏。"张天道，"只要大人同意，双方取得信任，奉常大人便愿意将之后调来囤积的粮草全部送进大魏的军营。"

连粮草这么重要的东西都给敌军，这冷奉常当真是半点爱国之心也没有啊。沈在野看着面前的人道："这条件对我方来说的确不吃亏。但奉常大人想要我方如何做，才能取得信任？"

张天一笑，拱手道："世人皆知，赵国二公主是丞相的正妻。虽然丞相举兵攻赵，已有夫妻破镜之意，但感情这事儿谁也说不准，所以奉常大人的意思是，想看看您对二公主到底是什么态度。"

"这个好说。"沈在野一脸冷漠，"贵国二公主未经我允许私逃回赵，我与她夫妻情分已尽，如今已是陌路人。若她挡着了大魏的路，在下也不会顾忌，必定除之而后快！"

张天看了看他，道："二公主肚子里可还有您的子嗣，您也不在意？"

旁边的徐燕归轻哼一声，道："她那肚子是假的，谁会在意？"

沈在野一愣，回头看了他一眼，点头道："正是如此。"

还有这么一出？张天顿了顿，仔细瞧了瞧沈在野脸上的表情。提起二公主，这人满眼都是不悦和记恨，当真没有半点情意。如此真实的表情，应该是装不出来的。心下信了些，张天拱手就交出个信物："既然如此，奉常大人就静候丞相佳音，希望能有好的结果。"

"放心，"沈在野看着他道，"选我合作，是你们大人明智，就等着看吧。"

"好，那小的便先告辞了。"张天拱手，松了口气，立马回去报信。

沈在野脸上带着诡异的笑，捏着手里的信物翻来覆去看了好几遍。

"真的要合作？"徐燕归问。

"有何不可？"沈在野笑道，"你看人家多有诚意，都愿意把赵国的粮草全给我，如此一来，这仗还有打的必要吗？国都里的人也该投降了。"

徐燕归叹道："虽然她那肚子是假的，但你们的情意好歹是真的，真打起来，可就再也回不去了。"

"嗯。"沈在野漫不经心地应了一声，眼里满是算计。他心思百转，以至于好一会儿才反应过来徐燕归的前半句话。

"你刚刚说什么？"他皱了皱眉，"肚子是假的？"

"早就该告诉你的，但那时候你身子不太好，看你到了这儿好了不少，不如就直接说了。"徐燕归低声道，"姜氏没怀孕，只是为了让你不忍心追她，好顺利离开大魏才谎称有孕罢了。"

沈在野愣怔了好一会儿，气不打一处来："她竟然骗我？"

这人口口声声说不在意，心里却紧张得要死，岂不是把上好的软肋送给别人捏？徐燕归道："你也别太难过了，她有她的苦衷，孩子这东西——"

"没孩子也就罢了。"沈在野揉了揉眉心，恼怒地道，"但已经离开大魏这么久了，她就不能早些告诉我？"他不是强求子嗣的人，但一想起自己这么长时间的担忧和噩梦都是因为场骗局，简直气不打一处来。他竟然也有被女人骗得团团转的一天！姜桃花真是好本事！

徐燕归哭笑不得，道："在野，你可真是奇怪，孩子没了，不失落吗？"

"有什么好失落的？"他抿抿唇，垂眸道，"如今这样的状况，没有孩子也是好事，我就不用再顾忌那么多了，做起事来畏首畏尾，生怕她一命呜呼。"

徐燕归挑眉："怀着身子怎么就容易一命呜呼了？"

沈在野没吭声，他偷偷翻过许多讲述女人怀孕事宜的书。书上说女子怀孕万分凶险，所以一连好几日他都梦见姜桃花倒在血泊里，总是半夜被惊醒。现在一想到她没怀孕，他倒觉得心里踏实多了。只是，他讨厌被人欺骗，这笔账怕是要跟她好生算算！

沈在野起身就往主营帐走。

穆无瑕正在看书，抬头就见沈在野一脸严肃地道："陛下，明日攻城吧。"

昨日还说好再多等等的，怎么今日又变卦了？穆无瑕放下书，皱眉道："赵国国都的守卫还没到位，若是这时候大举进攻，倒是可以直接拿下这都城。只是，把姜姐姐逼急了，丞相考虑过后果吗？"

"微臣说过，做大事不能顾及私情。"沈在野一本正经地道，"微臣不会考虑她要如何，聪明的将领就该在正确的时候下令进攻。"

穆无瑕袖子一挥，低头道："你若要攻你便去，朕累了，要休息。"

沈在野眯了眯眼，气笑了："姜桃花对陛下不曾有什么大的恩惠，陛下何以这样看重她？"

"朕不想再多说。"穆无瑕轻笑道，"你改变不了朕的看法，朕也改变不了你的决定，就各做各的吧。"

沈在野无奈地摇头，朝他行了一礼，便出去安排各项事宜了。

击鼓攻城。

姜桃花听见消息的时候，姜长玦那边尚在马不停蹄地补充物资，一条运输线刚好从沈在野他们必经的路上跨过，若是双方撞上，这一大批物资也算是喂了狗了。

"这该如何是好？"朝中大臣们都慌了，围着姜桃花团团转。

姜桃花没吭声，看了冷奉常一眼，心平气和地喝茶。

"咱们只要拖住他们半个时辰，让运输队快些进城就可以了。"冷奉常焦急地看着她道，"二公主毕竟是沈丞相的夫人，可有什么法子拦住他？"

"没有。"姜桃花耸肩，"沈丞相做起事来，谁都拦不住。"

"不会吧。"冷奉常皱眉，"微臣倒是听闻，那沈丞相对公主甚为宠爱。"

"所以你的意思是让我带兵去阻拦他？"姜桃花挑眉，指了指自己，"我，一个妇道人家，你们这一群大男人就这样躲在我身后？"

众人都被这话一噎，冷奉常尴尬地笑道："话不是这么说的，如今是危难当头，也顾不得其他的了。公主若是能为赵国尽力……臣等必定感激不尽。但若公主不愿意与自己的夫君为敌，那就当微臣没有说过。"

这话说得，她不去就是因为沈在野是她夫君？好大一顶帽子，盖得姜桃花冷笑连连："冷大人既然这么希望我前去，我去便是了，若是阻拦不住，你可别怪我。"

"微臣不敢。"冷奉常连忙拱手。

姜桃花起身，带着青苔点了些精兵，便去与姜长玦会合。

姜长玦就在城郊，一看她来就皱紧了眉："皇姐，你来做什么？"

"冷大人要我来的，我便来了。"姜桃花轻笑，深深地看了他一眼，"我去挡一挡沈在野，你去接应那运输队吧。"

姜长玦一愣，对上自家皇姐别有深意的眼神，勉强点了点头。

"我随你一起去。"姜桃花背后响起一个声音。

姜桃花回头一看，竟然是一身素衣的李缙。她挑眉，自从姜素蘅死后，她好久没看见这个人了，现在他倒是冒了出来。

"不必，"姜桃花道，"我自己去即可。"

"我不放心。"李缙皱眉，"你别管我，我只跟在你后头便是。"

姜桃花不悦，也没空与他多拉扯，直接上了马，看着姜长玦道："师父正在城里守着，一旦发生任何情况，你放信号烟，他会将里头的人都控制起来。"

"好。"姜长玦点头，看着她策马而去，后头的李缙也一声不吭地跟了上去。

离赵国国都还有十里的时候，沈在野就停止行军，像是在等着他们一样，优哉游哉地看着四周的风景。

他的先锋营有三千人，姜桃花只带了三百人。不是她自信过头，而是反正拦不住，也不必多添无谓的伤亡，人少，撤退还比较快呢。

她已经许久没见过沈在野了，也没想过两人再见的时候会是这样的情形。远处兵马森立，姜桃花勒马，朝着对面最前头的人喊了一声："沈丞相！"

沈在野眉梢一挑，脸色难看得很，冷笑着道："你还敢出现在我面前。"

怎么就不敢了？姜桃花嘿嘿笑道："您最近身体好吗？"

"好得很！"沈在野冷声道，"你既然已经背叛了我，如今就不必再虚情假意了。我要过去，你若不想死，那便让开。"

李缙愣怔了片刻，皱眉小声道："他怎么变成这样了？"

姜桃花倒是很适应，笑眯眯地道："这路，我让不得，丞相要过，不如踩着妾身的尸体过去吧。"

"你以为我不敢杀你吗？"沈在野嗤笑。

姜桃花心口一窒，点头道："您自然是敢的，先前不也杀过吗？"

沈在野顿了顿，别开了头："之前如果杀了你，便没现在这么多事了。"

"爷后悔了？"姜桃花轻笑，"不是说是想救妾身吗？"

"骗你的。"沈在野伸手将背后的大弓拿到前头，取了支羽箭出来，"再不让开，我当真会杀了你！"

他这话说得伤人，但不知为什么，姜桃花总觉得哪里不对劲。女人的直觉告诉她，沈在野不是真心想杀她。可惜，两人现在是对立的，久别重逢，她也不能扑到他怀里去抱抱他。

姜桃花深吸一口气，捂着肚子便冲他吼道："有本事就放箭让我一尸两命！"

沈在野一顿，手里拉着的弦松了松。就算知道她肚子里没孩子，不会因为受惊而流产，他还是认真地想了一会儿，才冷静地道："好的，一路走好。"

弓满月，箭飞出，在那支羽箭朝着姜桃花射过来之前，李缙从未想过他真的会这样做。然而事实摆在眼前，沈在野当真想杀了姜桃花！

冰冷的羽箭从姜桃花耳畔飞过去，激起她半个身子的鸡皮疙瘩。她捂了捂耳朵，有些愣怔地看着对面那人。她的直觉错了吗？这人来真的？

"让不让开？"沈在野冷声问。

再不让开，她就是傻子！虽然只拖了两炷香的时间，但她尽力了。

"是妾身太把自己当回事了。"姜桃花扯了缰绳，撇嘴道，"还以为能跟相爷多聊一会儿，没想到您心里是半点都没有妾身了，还想要了妾身的命。"

她这话说得娇娇柔柔，眼里却显出她真伤心了。

沈在野一顿，捏紧了手道："你的命本就是我的，我随时能拿走。"

姜桃花点头："您高兴就好，要不要现在拿去？"

沈在野轻哼，正打算说什么，目光落在她身后，却猛地一凛，什么也没想，立马抽了第二支羽箭，飞射出去！

姜桃花吓了一跳，扯着马缰绳就想跑！长箭破空，从她身边经过，带着凌厉的杀气将一人射到了马下。哐当一声，有匕首落地，摔出去老远。

姜桃花茫然地回头看了看地上的李缙，皱眉道："这是做什么？"

李缙的胸口中了箭，他喘了几口气，看了沈在野一眼，嗤笑道："分明是舍不得的，做这场戏又是给谁看？"

姜桃花一愣，回头看向沈在野。后者手一挥，身后的大军冲过来，将她这三百多人团团围住，一点退路都没留。

怎么回事？姜桃花眯眼，看了看地上的匕首，又看了看李缙，突然明白过来："你方才想杀我？"

李缙苦笑："你们杀了素蘅，我不该杀你吗？！"

"那你可以早点动手，"姜桃花道，"这一路上我对你都不曾防备。"

李缙捂了捂胸口，轻笑道："桃花，我是当真舍不得杀你，所以犹豫了这么久。我爱你，也恨你，我这一辈子最多的感情全用在你身上了，一时半会儿如何下得去手？"

"得了吧。"姜桃花淡淡地道,"你分明是想试探沈在野是真的舍得杀我还是做戏给人看,方才不就得到你想要的结果了,又来跟我装什么情圣?"

李缙微微一顿,急喘了两声:"你为何就是不肯相信我对你的感情?"

"因为你从头到尾都在感动你自己,并不是真心想对我好。"姜桃花笑了笑,"李公子风流倜傥,天下的女子都倾心于你,你却独爱我一人,求之不得,还痴心不悔,这样一想,还真是可歌可泣。如今姜素蘅死了,你为自己的妻子来杀自己喜欢的人,天地间就你一人情义双全,感天动地,后世不为你写两段传说歌颂都对不起你!"

"你……"李缙一急,气得吐了口血,"亏我还心心念念想替你找解药,你的嘴怎么就这么毒?"

"比不上李丞相心毒。"姜桃花看着他,眼里像结了一层冰,"方才若不是那一箭,你的匕首是不是就该插在我的背心了?"他一直离她很近,刚开始她还以为他是想保护她,没想到还是她太天真。姜素蘅与他毕竟是有感情的,只是这人从未看清自己的心。

李缙笑了,嘴里的血也越流越多,咬牙看着她道:"这世上最爱你的人都想杀你,你活得也未必比我好……"

沈在野策马到姜桃花身边,又抽出一支箭:"我方才是不是没射准,还给他这么多说话的机会?"说着,就要补上一箭。

李缙咬牙瞪他,心口的疼痛却令他彻底陷入无边的黑暗。

姜桃花沉默地看着李缙的尸体,沈在野睨了她一眼:"你还愣着做什么,我要杀了你。"

姜桃花侧头看他一眼,问:"爷打算做什么?"

"你问了我就要答,"沈在野轻笑,"那岂不是太随便了?"说罢,他一挥手,身后的士兵行动起来,要将她身边的三百多个士兵逐一砍杀!

"沈在野!"姜桃花捏紧了缰绳,"你方才还说让我走的!"

"方才是方才,"沈在野面无表情地道,"现在我改主意了。"

李缙突然冲出来,打乱了他的计划,三百多人都看在眼里,他哪里还能留他们活口?湛卢带的人都明白他的心思,只伤她身边的人,绝不伤她,做出一副要全部砍杀的样子,却给青苔留出了一条护主的路。

"主子快走!"青苔大喝,护着姜桃花从人群的缝隙之中奔逃而出。

沈在野看向她。她骑着马,还回头看了他一眼,眼里满是茫然和惊讶。他轻笑,将赵国的三百士兵一个不留地全部剿灭,然后看了一眼李缙的尸体。

"这是个痴心人啊。"沈在野道,"湛卢,去将他埋了吧。"

"埋在何处?"

"他不是为他妻子报仇来的吗?"沈在野勾唇,"我这个人心地善良,喜欢成人之美,他既然那么喜欢姜素蘅,你便带人去将姜素蘅的坟刨开,把他一并葬了。"合墓而葬,来世还为夫妻。

湛卢表情复杂地点头,心想,自家主子真是太善良了。

姜桃花面无表情地策马回了国都。

冷奉常等人都在城楼上等着,一见两匹马回来,还以为自己看错了。

"二公主?"冷奉常迎上去,皱眉看了看她,又看了看她身后的青苔,"其余的人呢?"

"死了。"姜桃花眼神幽深地看着他,"有负大人厚望,我们拦不住沈在野。李丞相为了保护我,死于沈在野的箭下。"

"什么?!"冷奉常倒吸一口凉气,惊呆了,"李丞相死了?"

"是。"姜桃花点头,"沈在野那一箭本是要取我性命的,不想李丞相却替我挡了,他的大恩大德,我必定铭记于心。"

说好去试探,怎么会替人去死?冷奉常心里直骂,那人果然不靠谱,轻易为女色所迷,死了也是活该!不过,沈在野当真舍得对姜桃花下手啊。看着她衣裳上的血迹,以及后头青苔狼狈的模样,冷奉常微微点头,一脸悲伤地道:"二公主也别太伤心了,既然阻挡不住,守城就是。"

"嗯。"姜桃花颔首,"我有些累了,先回去稍作休息,等敌军兵临城下之时,大人再派人知会我一声。"

"微臣遵命。"冷奉常拱手低头。送姜桃花离开之后,他才叫人来问:"到底是什么情况?"

手下的人道:"李丞相的确殉国了,三百人马全军覆没,有人说,若不是李丞相护着,二公主也跑不掉。"

冷奉常摸着胡须想了许久,点头道:"那便让张天传话过去吧,之后的事情,老夫听凭沈丞相安排。"

"是。"

姜桃花就近在一家客栈休息,千百眉没一会儿就来了。

"冷奉常家可真是有钱。"千百眉捏着一锭金子道,"他家地底下有一个好大的金库,走进去,那一片金光,差点闪瞎了为师的眼。"

姜桃花挑眉:"金库?"

"是啊,瞧着够三军将士吃穿一年无忧的。"千百眉笑了笑,"徒儿有什么想法吗?"

姜桃花搓了搓手,也笑了:"正在愁粮草军需的问题,这送上门的东西,不要白不要。最近青苔正勤练轻功,师父若是不嫌弃,就把她带过去活动活动。"

千百眉点头,看了看旁边的青苔,语重心长地道:"你可要努力才行。"

青苔一愣,瞧着面前一起打坏主意的师徒,有些哭笑不得。

沈在野举兵而来,却没急着攻城,而是在城郊扎了营,看样子是在等后头的援军。姜长玦顺利地将运输物资接进了国都，然后就被姜桃花拎到了宫里。

"粮饷和军需都是治粟内史和冷奉常管吧？"姜桃花问。

姜长玦点头："国都正门被堵了，我已经将出入侧门的令牌给了他们，好让他们继续从别处调粮。"

"很好。"姜桃花笑了，"那咱们就来看看冷奉常大人到底是忠心于赵国，还是忠心于他自己吧。"

两国交战，赵国胜算不大，不少官员已经有了私逃的心思。姜桃花没拦着，只是让青苔在"练轻功"的同时，去他们府上走走。这种偷鸡摸狗的事情，千百眉是很不屑的，可去帮忙的时候，他扛得比青苔多多了。

青苔哭笑不得："千大人真厉害。"

千百眉淡定地将一千两银锭放在库房里，抬头看了看四周堆积如山的银两，啧啧道："怪不得赵国每况愈下，民脂民膏都在这些人口袋里，朝廷穷，百姓穷，这国家怎么兴旺？"

"是啊。"青苔点头，"该整治整治了。"

姜桃花一边看着账本，一边乐呵呵地数着横财。

冷奉常等人来说银子不够的时候，她很大方地划了一笔钱出去："这些银子可以买十万担粮食，先运回国都再说。"

冷奉常惊讶了："您哪里来这么多钱？"

"冷大人连这也要管？"姜桃花嗤笑，"我在大魏存的私房钱，行不行？"

私房钱存了这么多，怪不得沈丞相这么恨她。

眼看着粮饷这边不会再出什么问题了，冷奉常连忙让人去请示沈在野什么时候攻城，赵国国都的侧门可是在他手里。

夜黑风高，冷奉常的人一路出城去了大魏的军营。

沈在野已经在等着了，见着人来便道："大战在即，不知冷大人可考虑好了？"

张天拱手道："丞相之诚意，大人已经收到，大人答应的粮饷不日即会送来，运送的路线在此，还请丞相配合，派人去劫。"

沈在野挑眉，伸手将地图接过来："这路线可有别人知道？"

张天笑道："没有，这是机密，大人肯给丞相，是对丞相绝对信任。"

"这么多的粮饷被劫，你家大人不会被牵扯？"

张天拱手道："这便是在下今日来的目的。大人如此做，难免会被怪罪，所以想先将全家老小的性命托付给丞相，之后再无退路之时便会带人投奔丞相。在此之前，大人都会尽力帮丞相做事。"

"好。"沈在野领首，"只管将人送来，我会好生护着冷大人全家性命。"

"等人送来之后，国都的侧门也会为丞相而开，"张天道，"丞相想要的东西，唾手可得。"

沈在野一笑，挥手让人送他出去，然后坐在营帐里捻着手指。

徐燕归从暗处出来，皱眉看着帐门口道："这冷奉常也真是放心，竟然把全家的性命都交给你。"

"他没别的选择。"沈在野勾唇，"此举也是在向我表明，他是真心诚意地向我投诚。搭上他这条线，要攻下赵国的确容易得多。"

徐燕归皱眉："姜桃花不是那般聪明吗，怎么就没留意到这个人？"

"她应该留意到了。"沈在野微笑，"只是现在赵国国都里乱成一锅粥，冷奉常又是九卿之首，没有铁证，她奈何不了他。"

徐燕归睨他一眼："如今我们和姜氏算是敌对，这立场也是你自己选的。你们既然已经是敌人了，提到她的时候，你能不能别用这么宠溺的语气？"

沈在野不悦地板起脸，道："是你耳朵出了问题，我的语气很寻常。不过，她的身子当真没问题吗？今日一见，她脸色也没什么好转，甚为憔悴。"虽说她没怀身孕让他少操心了些，但那箭射出去的时候，她的脸色看起来还是让人有些担心。

徐燕归哼笑了一声，道："你当真那么关心她，就速战速决，结束这一场战争，早点把人带回去养着。"

沈在野叹息，赵国幺蛾子那么多，一时半会儿怕是解决不了。

千百眉和青苔掏空了不少贪官的金库，由于这两人功夫都了得，官府压根儿抓不到人。官员们将被盗之事告到姜长玦面前，姜长玦无奈地道："最近城中正乱，兵力紧缺，哪里来的精力去追盗贼？各位都是清正廉洁的官员，丢的钱财想必也不会很多，之后再行补偿吧。"

几个官员听得脸都绿了，只能吃下这闷亏。

姜桃花和千百眉关在房间里算账，笑得嘴都合不拢了："师父和青苔真是辛苦了！"

千百眉伸手弹了弹她的额头："早知道这些东西能让你这么开心，为师就把整个国都的银子都给你偷来。"

姜桃花一愣，呆呆地看了自家师父一眼。

后者也是一顿，连忙别开头道："免得你总是愁眉苦脸，使得我们这些在你身边的人也不开心。"

姜桃花又笑了："你们该开心就开心啊，不用管我的。"

你不开心，谁开心得起来？千百眉叹息，轻轻摇了摇头，然后道："对了，冷奉常家有动静了。"

"哦？"姜桃花放下银票，连忙问，"什么动静？"

"他似乎有意送家里人离开，已经在收拾细软，但他家金库是被搬得最干净的，估计不久他便会来找你。"

姜桃花笑了两声，道："找我有什么用，我可不会承认银子在我这儿。"

话音刚落，外头就响起了青苔的声音："主子，冷奉常大人求见。"

姜桃花挑眉，一把将自家师父推出窗外，然后上前打开门。

冷奉常脸色难看得很，一进来眼神就不太友善，看着她道："二公主，赵国国库空虚，没有多余的银两可以花在粮饷上头，您却大手一挥给了那么多银子，微臣想问一问，您那些银子到底是从哪里来的？"

姜桃花镇定地笑道："都说了是私房钱，大人不信？"

"微臣的确不信谁家的私房钱能有那么多！"冷奉常道，"最近国都多个官员家中被窃，二公主手里的钱财，该不会跟此事有关吧？"

"大人多虑了。"姜桃花从容地道，"本官在大魏存的私房钱一向不少，若是不信，大人大可以去贯通钱庄查一查。先前本官就寄过一万多两黄金给长玦用作军需，是送到他所在的军营的官户里的，记录应该仍在。一万两黄金，大人觉得是小数目吗？"

冷奉常微微一顿，皱了皱眉，心想，大魏难道当真这么有钱？

"况且，"姜桃花笑了笑，"大人也说本官给的银两很多。咱们朝中的官员难道都是贪官不成，只几处府上遭贼，就能有这么多银子？"

冷奉常抿了抿唇，拱手道："是微臣唐突了，此事微臣会另外派人去查。"

"好。"姜桃花道，"大人要怎么查，本官都管不着，但有一点，大人可要始终记得，您是赵国人，千万别做对不起赵国的事。"

冷奉常心里一凛，下意识地看了姜桃花一眼。她看出什么了？事到如今，他根本没别的退路，若当真被看出来了，大不了就逃吧，也比在这里一直屈居人下来得好！

"微臣明白。"冷奉常拱手行了礼，转身就退了出去。

姜桃花撑着下巴看着他的背影，叫来青苔，让她传话给长玦，让他小心准备。

最后一拨粮饷眼看着就要到国都了，等这批粮饷一进仓，姜桃花觉得自己就可以睡个安稳觉了。可十分隐秘的运输路线竟然被沈在野发现了，运输队全军覆没，粮饷被劫走，姜长玦一听便大怒。

"有内奸！"

运输的路线改了很多次，就是怕大魏的人知道，所以姜长玦特地选在半夜运粮，没想到还是被劫走了。大魏的人不可能半夜全在外头一直埋伏，所以只能是提前知道了消息。

冷奉常和治粟内史跪在外头，齐齐喊冤："臣等不知，请三皇子明察！"

姜长玦咬牙，愤怒地道："路线只有你们知道，你们若是不知，那还有谁知？冷大人口口声声说为赵国而战，却在背后捅赵国一刀？"

群臣议论纷纷。冷奉常坚持道："微臣无罪！"

说冷奉常是内奸也只是姜长玦的猜测，毕竟他手里没有明确的证据。姜长玦气了一会儿，只能暂时将冷奉常关押起来。

"皇姐，"姜长玦回到宫里，皱眉道，"我该拿冷奉常怎么办？"

姜桃花不慌不忙地道："他叛心已显，只是还没确凿的证据，眼下他家里人正打算出城，被你的人堵在门口了，是吗？你放他们出去就是。"

"放了他们？"姜长玦摇头，"那怎么能行？明知他有反心，还放他的家人离开国都，那他岂不是更加无所忌惮？"

"要的就是他无所忌惮。"姜桃花道，"你只缺一个能定他罪的名头，他要送给你，你焉有不要的道理？"

姜长玦脑子一转便想明白了，立马吩咐人去将冷家的人放出城，这放还不能直接放，要装作不小心让他们逃脱的样子。

冷家人一走，冷奉常松了口气，朝中却议论纷纷。

"大难当头，冷大人还想独善其身？"赖史清不悦地道，"二公主尚在城中，你将家眷都送走是什么意思？"

"是啊，"御史大夫也道，"莫非当真如他们所说，冷大人要做叛徒？"

"怎么会呢？"冷奉常笑道，"家里人只是胆子小，所以出去避避难罢了。二位大人难道愿意拉着全家老小陪着三皇子一起死？"虽然这话说得有些道理，但这行径始终令人不齿。

"三皇子如今不信任大人，大人便将侧门的通行令交出来吧。"赖史清道，"粮饷的事，暂且交给其他人做。"

冷奉常笑了，低头不语。

两位老臣见状，心里都是一沉："你这是什么意思？不愿意交出来？"

"不是不愿意。"冷奉常叹息，"下官只是身不由己。"那令牌早就不在他这里了，现在估计守侧门的士兵已经把大魏的人当成运粮兵给放进来了吧。

姜桃花和千百眉蹲在侧门的城楼上。

姜桃花惆怅地叹了口气，道："这朝廷里贪官奸臣一大堆，瞧瞧这冷奉常，嘴上护国，背后却做这种勾当。"

城楼下头正有运粮兵进门，千百眉随手拎了一个上来，放在姜桃花面前给她拷问。

姜桃花跟个小痞子似的捋了捋袖口，笑着问他："哪儿的人啊？"

运粮兵蒙了，看了她半晌才答："赵国人。"

姜桃花一巴掌拍在他天灵盖上，又凶巴巴地问了一遍："哪儿的人啊？"

这女子看起来不可怕，但是她背后站了个阎王一般的人物，运粮兵犹豫再三，只能答："大魏的。"

"很好！"姜桃花一挥手，旁边的守兵便上前将他以及方才进城的那十几个人全部抓住，押在地上。

"来做什么？"姜桃花问最前头那人。

这群人都是死士，被抓了自然是要自尽的，然而在他们有所动作之前，千百眉已经一个个把他们下巴卸了，然后捏着一把柳叶刀在旁边把玩。

自尽是最轻松的死法，所以死士被抓后都选择自尽，但是一旦没自尽成，他们心里的恐惧会比一般人强烈。姜桃花明白这一点，所以把他们的眼睛都蒙起来，分开拷问。没一会儿就有人招了。

"今晚大魏夜袭都城，我们是来开城门的。"

姜桃花冷笑："什么时辰开门？"

"子时等信号烟升空，便开城门。"

很好。姜桃花点头。沈在野还是一如既往地不要脸，分明做出了攻打正门的架势，却想着从侧门偷袭。幸好她察觉到了，不然这闷亏还真得硬生生咽下去！

姜桃花命人将这群死士关进大牢，接着在侧门口蹲着。没一会儿，青苔就回来禀告："主子，援军过来了。"

"好。"她点头，"你与师父一人去守一个城门，从现在起，绝对不能放人出门，要是冷奉常的人敢出去，逮到一个杀一个！"

"是。"青苔应声而去。

千百眉倒是哼了哼："为师乃江湖人，为什么要掺和这些事情？"

"因为没了国，师父也没地方逍遥了。"姜桃花撇嘴，"更重要的是，您的两个徒儿都身兼重任，您作为师父，还不得帮着分担些？"

千百眉想了一会儿，还是听她的话去守城门了。

外头大魏的人根本不知情况有变。沈在野正按照原先的计划，吩咐徐燕归："冲破侧门之后，你让后头的人不必赶上来增援，我接了冷奉常便出城。"

徐燕归用看神经病的眼神看着他："你为的是攻城，把城攻下来你又不进去是什么意思？"

"跟女人和孩子过招，我若是还要玩阴招取胜，那岂不是要为天下人所耻笑？"沈在野一本正经地道。

"得了吧。"徐燕归哼笑，"你一直是为天下人所不齿的，什么时候在意过？我看你就是想拱手山河讨她欢……"

他话没说完，就被沈在野一巴掌捂住了。

"我肩上还担着天下苍生。"沈在野目光幽深地看着他，道，"什么话能说，什么话不能说，你还要我来教吗？"

徐燕归一愣，想起军中将领今日商议的结果，当下便沉默了。的确，沈在野就算手握大权，也不是可以任意妄为的人。他也许当真心疼姜桃花，想护着她，但是他背后那群跟着他拼命的人不会允许。高处不胜寒，他的日子未必有看起来那么好过。

"既然如此，那你进城又退兵，该怎么向他们交代？"徐燕归问。

沈在野笑了笑："咱们的陛下不是已经长大了嘛，也是个有主见的帝王，他的话，咱们还是要听的。"

让穆无瑕来背锅？徐燕归气极反笑："你这样，可问过陛下的感受？"

"只要是为了他姜姐姐好，陛下是没什么意见的。"沈在野起身，满脸狡诈的笑意在迎上外头的阳光之时瞬间变得温和无害。他整兵准备出发。

姜桃花正在城里准备，用麻绳将冷奉常绑在城楼最高处的房顶上。

"公主这是做什么？！"冷奉常脸都吓白了，"微臣怕高！"

"本官觉得大人兴许有保佑我赵国的能力，"姜桃花严肃地道，"把你捆在这里，大魏的人说不定就不进攻了呢！"

冷奉常看了看脚下的环境，顿时慌了："这不是侧门吗？今日大魏要攻的是正门，公主搞错了吧？"

"没搞错。"姜桃花笑了笑，食指一挑，将一块通行令拎到他面前，"这牌子难道不是大人的？"

寒意从脚底升起，冷奉常别开头："这不是微臣的，微臣的牌子在——"

"在哪儿？"姜桃花皮笑肉不笑，"三皇子就给了一块牌子，这不是你的，那是哪儿来的？"

冷奉常不说话了，身子有些颤抖，他手脚都被捆住，一动就会从城楼上摔下去，所以他连动都不敢动。

看这样子是默认了。姜桃花撇嘴，轻轻松松下了屋顶，留他一人在上头待着。

"公主，"旁边有大臣道，"冷奉常好歹是有过无数功劳的老臣，您如此对他恐怕会令朝中众人寒心。"

"为了不让你们寒心，本官已经忍他很久了。"姜桃花笑了笑，"若他当真是被冤枉的，今晚就不会有人来攻这侧门，也不会有人来救他，之后本官愿意三跪九叩进他的奉常府谢罪，如此可好？"

大臣们不说话了，决定先看一看事态的发展。

第四十八章 归途

傍晚时分，魏军开始攻城。侧门没什么动静，姜桃花耐心地等着，听着远处震天的吼声和厮杀声，她微微皱眉。

这一战是实打实地正面交锋。姜长玦带人出城，将魏军死死挡在一里之外。双方酣战三个时辰，死伤无数，赵国国都之中气氛低迷而紧张。姜桃花看着天色，掐指等着，就见临近子时之时，远处马蹄声响，有大批的军队当真往侧门来了。

众人都是一阵惊呼，纷纷感叹幸好提前做了准备，连忙准备守城。

沈在野一马当先，本来捏着信号烟要放，一看那城楼之上绑着的人，当即笑了。姜桃花真是聪明啊，可省了穆无瑕背锅的事。

"沈丞相放着大门不走，怎么走侧门了？"姜桃花站在城楼上，笑着喊话，"是男子汉，便该堂堂正正。"

"公主别误会。"沈在野轻笑，"在下只是来接冷奉常大人，让他们一家团聚罢了。"

屋顶上只剩半条命的冷奉常连忙嘶吼："丞相救我！"

这冷大人当真叛国了！面对这样的结果，先前为他说好话的几个老臣都不好意思地看了姜桃花一眼，连忙抢着道："冷奉常如此辜负圣恩，叛国实在罪无可恕！"

"是啊，怪咱们识人不清，本以为十几年的同僚，结果……唉！"

姜桃花听后笑了，回头道："现在发现还不晚，不至于等到侧门被人攻破才能听到各位这几句后悔的话。"

几个大臣都赔笑。姜桃花似笑非笑地转头，看了一眼下头沈在野带的兵力，道："沈丞相执意要攻侧门的话，这些人怕是不够，只能做偷鸡摸狗之事，却上不得大台面。"

这话讽刺之意十足，众人都以为沈丞相一定会生气，谁知这男人却笑了，黑夜里一双眼睛闪闪发光，看着城楼上那人道："你既然已经做了这么多的准备，那我只能放弃。但跑这一趟实在不容易，二公主可否让在下把奉常大人接回去啊，他全家上下都在我们的军营里等着呢。"

"你想要人，可以，"姜桃花甜甜一笑，指了指屋顶，"自己来救。"

沈在野点头，当真拍马而起，朝城楼屋顶飞去。

姜桃花吓了一跳，没想到他来真的，城墙上的弓箭手可不是摆着玩的啊！

就在沈在野腾空靠近的一瞬间，城楼上万箭齐发，都朝他飞射过去！

"沈在野！"姜桃花吓傻了，大喊了一声，"住手！"

沈在野身子飞旋，抽出软剑挡开箭雨，直接踩上了屋顶，然后低头看了下头的姜桃花一眼："公主的语气太紧张了些。"

谁给他的胆量让他这么嚣张的？！姜桃花气不打一处来，捡起一块石头就朝他砸过去，却被他轻易地躲开了。

"奉常大人以开城门迎我这样的诚意与我联盟，沈某哪里是忘恩负义抛弃盟友的人？"沈在野站在冷奉常身边，笑道，"各位大人，若是还有谁有投靠沈某之心，沈某欢迎之至，并且一定会像今日这般，保住各位的性命。"说罢，他拎起冷奉常就飞身下楼。

姜桃花气得发抖，扒着城墙大声骂道："沈在野，你个畜生！"

沈在野轻笑出声，回头看了她一眼，带着冷奉常下令撤兵。

城楼上的大臣们心情很复杂，有人羡慕冷奉常可以从此高枕无忧，也有人觉得冷奉常有违道义，不断声讨他。

折腾了这么久，姜桃花觉得肚子疼，蹲下来缓了好一会儿才下令："多余的兵力前去正门支援，其余的人将这里守好，一有动静便来禀告。"

"是。"众人应了。

姜桃花拖着身子回了宫里。没一会儿，青苔和千百眉都回来了。千百眉看了看她的脸色，眉头直皱，让御医来替她把了把脉。

"公主凤体有恙，还得好生休养。"御医皱眉，"奇毒不解，身子恐怕会一日比一日差。"

姜桃花点头，这才想起蛊毒的事，忙问千百眉："吕后可有说解药在哪儿吗？"

千百眉一愣，别开了头："没有。"

"没有？那怎么办？"姜桃花有点发愁，"她现在又不见了，万一死了，我岂不是得陪着她死？"

千百眉眼神一黯，道："你别乱想，为师会替你想办法的。吕后若是没了，这世间还有别的神医，总有办法的。"

这话安慰得了她，却安慰不了他自己。千百眉转头就往外走，边走边道："你先好好休息，为师去看看长玦。"

"好。"姜桃花点头，虽觉有些奇怪，但还是乖乖地躺下休息了。

沈在野回营后将冷家上下全部秘密处决，之后便去了关押吕后的地方。

"冷奉常是你的人？"沈在野问。

吕后皱眉："是又如何？"

"不如何，"沈在野拿着帕子优雅地擦着手，"方才杀了，告诉你一声。"

吕后愣住了："你杀了冷奉常？"

"嗯，并着他一家二十口人。"沈在野朝她一笑。

吕后有些慌了。她刚开始还有自信，觉得那姐弟俩应该翻不出什么花样，谁知道冷奉常竟然没了，朝中政权岂不早晚会落在他们手里？

"你快放了本宫！"吕后道，"本宫要回去！"

沈在野淡淡地道："回答我一个问题，我便考虑考虑。"

这么好？吕后连忙问："什么问题？"

"中了蛊毒的人，是不是无法怀孕？"

吕后微微一愣，垂了眼眸："中了蛊毒的人几乎是不能生育的。"

"几乎？"沈在野看了看她，"有例外吗？"

吕后犹豫了许久，才道："命好的话也许是有的。"

"命好？"沈在野挑眉，"是能解蛊毒的意思？"

"不是！"吕后答得飞快，"意思是，在死前能留个孩子。"

这样啊。沈在野点头，转身就要走。

"哎！"吕后连忙道，"你说话不算话！不是说我答了便放我走吗？"

沈在野步子一顿，回头道："我方才说的是考虑考虑，现在考虑完了，还是决定不放你，皇后娘娘好生休息吧。"

吕后咬牙，世上竟有如此不要脸的人！

沈在野回到自己的营帐，几个副将来找他，皱着眉便道："丞相，攻城之战已歇，双方伤亡都甚为惨重，姜长玦骁勇善战，我们没能讨到便宜。"

沈在野领首，一脸凝重地道："侧门突袭也被察觉，这赵国的国都倒是没有我们想象之中那么好进去。各位将军觉得什么时候再攻为好？"

几个将领相互看了看，其中一个拱手道："此番伤亡如此惨重，末将认为要休养半个月，补给粮草。"

"那就听你们的。"沈在野温和地道，"劫来的粮草够吃上半个月，但是我们的疲态可不能让赵国人察觉。沈某以为，还是要偶尔派少部分的兵力去城墙四处探路，各位以为呢？"

都休战了，还探什么路？几个将领很是不理解，但想了想，反正耗损的兵力不会太多，又是沈在野做主的事，那还是顺着应两声吧。大家道："丞相说得有理，就这么办吧。"

沈在野满意地点头，挥手让他们下去，然后坐回营帐里，双手交叠在胸前，眼里暗光微闪。

徐燕归一看他这样子，就知道这厮又在想什么鬼主意。他正想躲远点，结果还没出营帐，就听得沈在野喊了一声："燕归。"

这么喊他准没好事！徐燕归道："我最近耳力不佳，听不见人说话。"

"你替我守在军中一段时日吧，我有事要离开几日。"沈在野才不管他听不听得见，直接道，"有什么重要的事情，你进城知会我一声再做。"

徐燕归一愣，回头看他一眼："你这个时候进城，不怕被人挟持？"

"挟持我有何用？"沈在野轻笑，"就算没了我，他们也不会轻易退兵，姜桃花会明白的。我……进城看看赵国国都是什么样子。"

徐燕归冷哼，还看国都呢，这厮进城要是不直冲皇宫，他脑袋摘下来给他当球踢！徐燕归不情不愿地应了，见沈在野立马要收拾东西的样子，他赶忙多嘱咐了一句："你有人性懂感情是好事，但也莫因此误了大事。"

沈在野笑了笑："你放心，我来这里是做什么事的，我自己最清楚。"

那就好。徐燕归点头，瞧着时候不早了，便想着，需要交代的细节，明日一早在他出发之前再说也不迟。然而，他前脚出了营帐，后脚营帐里的人就消失得无影无踪。

赵国皇宫。

姜桃花躺在床上翻来覆去睡不着，肚子一直隐隐作痛。她起身想喊青苔，但大战之后，众人都累了，她再把人吵醒也是不妥，只能自己摸出当初路上大夫给的药吃了。她缓了一会儿，疼痛倒是轻了些。

"不应该啊。"姜桃花捂着肚子小声嘀咕，"我不能怀孕，可这肚子怎么摸着有点硬邦邦的？月信也好久没来，还一直坠疼……"

这些征兆怎么看怎么像怀孕，可御医把脉的时候都没提过喜脉的事。她难不成得什么怪病了？突然有些恶心，姜桃花翻身就趴在床边干呕，呕了个昏天黑地。她嘴里正苦呢，旁边便有人递了茶水和帕子过来。

"青苔？"

屋子没点灯，姜桃花叹道："我还是把你吵醒了？没事，你继续去睡吧。"

旁边的人没吭声，姜桃花身子一僵，察觉到了不对劲，连忙抬头一看。黑暗里这人的影子可比青苔高大多了，明显是个男人。

"你……"姜桃花心里微动，皱眉问，"是谁？"

黑影没吭声，将茶杯送到她嘴边，让她漱口，然后又塞了颗梅子给她。

姜桃花眯眼，伸手抱住这人的腰，一抱就知道了："爷怎么来了？"

沈在野挑眉，颇为好奇："你是怎么认出我的？"他故意没吭声，想吓唬吓唬她，结果竟然没能成功。

姜桃花哼笑，松开手道："妾身好歹跟了爷一年，哪能认不出来？只是在这个关头，您竟然进了国都。"

"大战初歇，不是进城的最好时候吗？"沈在野伸手将她要收回去的手拉了回来，像缠腰带似的缠在自己腰上，然后在她床边坐下，让她舒服地靠着，"大军要休战几日，我来看看你死了没有。"

姜桃花冷哼一声，闷声道："爷的箭法好，妾身就死不了。"

这人可真是奇怪，她一时竟猜不透他的心思了，看起来他没想要她的性命，但又在做要她性命的事，看起来他是想放过赵国的，可这一次次地又分明是在全力攻打赵国。她自认是那后院之中最了解他的女人，然而出了后院，遇上这些家国大事，她也有看不懂他的时候。

"被吓着了？"沈在野放柔了声音，"那日看你脸色不太好。"

"废话，"姜桃花翻了个白眼，"那么凌厉的箭从您耳边经过，您不被吓着啊？爷现在到底是什么意思，因为吓着了妾身，所以来给个安慰？"

沈在野没回答，点了灯，将她面对面抱在自己怀里，修长的手指一寸寸地摸着她的脸，眼神里带着她看不懂的情绪。屋子里的气氛瞬间古怪起来，姜桃花的眼珠子滴溜溜乱转，被他抱在怀里，她连大气都不敢出，只感觉他指腹上的茧子蹭得她有些痒。

"你一个妇道人家，操心背后的事也就罢了，"沈在野终于开口，不悦地道，"身子本就不好，还去前头掺和什么？"

这是在心疼她？姜桃花撇嘴："还不都是爷逼的？"

"关我什么事？"沈在野轻哼，"是你赵国人幺蛾子多，心不齐。"

"这个，我知道。"姜桃花皱眉，"可我已经有一年多没回来了，长玦也一直是被放逐在外的，朝中的形势，我俩都不是很清楚，一时间难分敌友。"除了几个明显有党派的人，其余的人是好是坏，她从何得知，还不是摔了跟头之后才摸得清路？

"我要在这儿住几天。"沈在野道，"你同样哪里都不许去。"

姜桃花震惊了，想松开手，却被他压得死死的，不禁有些哭笑不得："爷以为当下是什么情况，还容得您在我这儿住几日？"

她现在是一个人，所以没有挣扎反抗的余地，故而能跟他好好说话，但要是等明日天一亮他还在的话，他是定然会被抓起来的，他哪儿来的自信自己会答应他啊？

"又不是白住，"沈在野睨她一眼，道，"我会给你你想要的东西。"

"什么东西？"姜桃花狐疑地看着他，"爷该不会又是在诓妾身吧？"

沈在野轻声一哼，道："那会儿在侧城门我说了什么，你不记得了？"

姜桃花回忆了一下，眯了眯眼："您有意收拢冷奉常之辈，为你所用。"

沈在野那飞身一跃上城墙救走冷奉常的场景可是很震撼人心的，这毒蛇话又说得漂亮，定然会有不少人动心。她还没跟他算这笔账呢，他倒是主动提起来了。

"等有人与我联系的时候，我会把他们的名单交给你。"沈在野道，"这东西，你可想要？"

姜桃花眼睛亮了，立马扑上去抱住他的大腿："爷当真肯给？"

"当真。"沈在野道，"只要你让我在这儿住上几日，并且陪着我，那名单我自会双手奉上。"

就这么简单？姜桃花有些意外，愣怔地看了沈在野好一会儿，问："爷为什么这么帮妾身？"

"不是帮你。"沈在野别开头，道，"攻打你这小小国都若是都用这些阴谋诡计，那我岂不是太无能？此举算是让你三目棋，最终结果就看你有没有本事回天。"

姜桃花眼泪都出来了，扑到他怀里便道："原来穆无垠当初说的话也不全是错的，爷当真是个好人。"

沈在野眯眼，捏着姜桃花的肩膀看了看她："你还记着呢？"

"啥？"姜桃花一脸茫然。

沈在野不悦地道："穆无垠已经是个死人了。"

姜桃花干笑，心虚地垂了眼眸："就随口一提，爷不用放在心上。"

沈在野轻哼一声，将她按回床上，自己也宽衣躺了上去："太晚了，睡吧。"

姜桃花咽了口唾沫，又看了看四周，不太安心地闭上眼，心想，这可是赵国的皇宫啊，明早有人看见他在这里，那还不翻了天？可是，她睡觉时终于又有东西能抱着了，虽然抱的是条毒蛇，却能让她觉得无比踏实，心里的担忧没一会儿就不见了，安稳地进入了梦乡。

姜桃花本以为第二天会被青苔的惊叫声吵醒，然而等她醒来的时候，宫殿里平静得很。她睁开眼看了看，沈在野已经不见了。难不成昨晚是她做的一场梦？姜桃花有点恍惚。

"主子，"青苔神色复杂地端着洗脸水进来，看了看她，"您醒了？奴婢伺候您起身。"

姜桃花看了她，试探性地问："出事了？"

青苔点头，无奈地道："千大人和相爷一早就在院子里打了一架，现在两个人在侧堂密谈，谈了半个时辰也没动静。"

被师父发现了？姜桃花咋舌，不过想想也是，千百眉那么高的内功，任凭沈在野躲在哪儿都没用。不过，这两个人有什么好谈的？姜桃花简单收拾好自己，连忙提着裙子去了侧堂。她推开门一看，里头两个人好端端地坐着。

沈在野嘴角泛青，神色却还算自在。她师父表情很凝重，但见她进来，倒是柔和了不少："你醒了？"

姜桃花干笑两声，跑到他旁边坐下，看看这两个人，问："这是怎么了？"

"没怎么。"千百眉道，"为师跟他聊了会儿天。"

沈在野点头："似乎也能聊到一起去。"

这两个人有什么能聊到一起去？姜桃花伸手指了指自己："跟我有关？"

"这是自然。"千百眉叹息，眼里情绪翻涌，最后却统统压下去，只笑着对她道，"我们都觉得你该在这宫里好好休息一阵子，所以长玦那边，为师会帮你。而他，负责留在宫里照顾你。"

姜桃花莫名其妙地看了沈在野一眼："我有什么好照顾的，不是挺好的吗？"

689

"挺好？"沈在野笑意收敛，有些不悦地拿起旁边的镜子给她，"你自己看看自己的气色。"从离开相府开始，她的气色就没好看过，人也越发单薄，跟张纸似的，风一吹就走了。

"这……"姜桃花摸了摸自己的脸，"吃点补品就好了。"

"为师请了个江湖上的朋友过来为你看诊。"千百眉道，"这宫里的御医多是庸才，他倒是对奇毒颇有研究，应该过两日就到了。"

沈在野点头："我带了些药材，你应该都用得上。"

姜桃花有点受宠若惊，嘿嘿笑着，乖乖点头："都听你们的，只要外头不打仗，我就好好养着。"

她要是真听话，那才是见鬼了。沈在野没理她，看了千百眉一眼。千百眉回视他，两人都有些不情不愿，然而出于某些原因，还是达成了一致。

沈在野就这么在姜桃花的宫里住下了。姜桃花瞧着，恍惚间以为两人又回到了相府的那段日子。不同的是，这次是她坐在桌边，他端东西过来给她。

"试试看，"沈在野淡淡地道，"若是不喜欢吃，就让她们再去做。"

晶莹剔透的燕窝，闻着很香。姜桃花接过来尝了两口，长长的睫毛忽闪忽闪的："爷亲自做的？"

"你想多了，"沈在野道，"青苔做的，我顺手给你端过来罢了。"

就知道是这样！姜桃花撇嘴，却还是高高兴兴地把燕窝吃完了。春天要到了，天气有些回暖，吃下去一罐子热腾腾的东西，她出了些汗，于是让青苔备水，她想洗个澡。

沈在野在侧堂等着，本以为她洗澡用不了多久，结果等了半个时辰都没见主殿的门打开。他皱了皱眉，一脚踢开那殿门，径直走了进去。

青苔正对着浴桶发愁，见他进来，慌忙想挡住："相爷，奴婢正要把主子弄出来，请您先回避一二。"

沈在野眯眼，低头看着她问："我与你家主子是什么关系？"

"……夫妻。"

"那你与你家主子是什么关系？"

"……主仆。"

"夫妻和主仆哪个更亲近？"

"……夫妻。"

"很好。"沈在野点头，"那你就回避一二吧。"

"是。"青苔应了，十分愧疚地退出去关上门。等关上门之后她才发觉，为什么是自己回避呢？自己好歹伺候了主子这么多年，这种事情也不是头一回，而相爷如今与自家主子关系有些不清不楚，他该回避才对啊！青苔想是想通了，却没胆子进去把沈在野赶出来，只能怪自己太笨，怎么每次都被人绕进去。

沈在野看着那个趴在浴桶边睡着的人，轻笑了一声，摸摸她的头发，拿起袍子将她整个人裹好抱出来，细细擦干之后，一件件地替她穿上衣裳。

姜桃花这会儿要是醒着，肯定会被沈在野的神情惊到。外头的阳光穿过窗户的雕花缝隙照进来，把他的五官蒙上一层柔光，瑞凤眼里的神色温柔又缠绵，像在包裹什么绝世的宝贝，小心翼翼又有些欢喜。

没有防备的姜桃花一向最让他喜欢，不过她这身子真是瘦了不少。沈在野扫了一眼她的肚子，皱眉摸了摸，总觉得里头有东西。可是一想到吕后的话，他还是打消了这念头，她要怀孕，怕是真的很难吧。

"我可以不吃吗？"用晚膳的时候，姜桃花看着面前这一大桌子菜，脸都青了，"您这是要撑死我？"

沈在野抽了一双筷子出来，先给她夹了个鸭腿，后又拿碗给她盛了汤："又没让你全部吃完，能吃多少是多少。"

"可是，"姜桃花皱眉，"我不想吃这些。"

"那你想吃什么？"

"酸辣鸡。"姜桃花吧唧了一下嘴，道，"原先宫里有官人会做，我跟长玦都爱吃，只是那人现在好像不在宫里了。"

"不在宫里你还有什么好说的？"沈在野没好气地捏开她的嘴，塞了块肉进去，冷声道，"老实吃饭。"

姜桃花委屈地撇撇嘴，吃了小半碗米饭就吃不下了，可怜巴巴地看着旁边这人。

沈在野睨着她："你以为这样我就会心软？"

姜桃花不吭声，眼里泪光盈盈的，继续看着他。

"罢了。"沈在野别开头，道，"你去院子里活动活动，明日你师父请的大夫就来了。"

"好嘞！"姜桃花立马变脸，欢天喜地地去院子里蹦跶了。

沈在野扫了一眼桌上的菜，抿了抿唇。

姜桃花最近总觉得身子疲乏，所以她努力加大活动力度，没事就跑个步压个腿，一天下来倒是觉得轻松不少，只是肚子偶尔还是会痛，吃上一颗药就好些。

第二天，千百眉请的薛神医到了，姜桃花乖乖地让他把脉。看着他那白色的眉毛拧成一团，姜桃花不由得跟着皱眉："严重吗？"

"你这脉象倒是难得一见。"薛神医收回手，道，"老夫要查查医书才能断定到底是什么病。"

沈在野听着也有些担忧，送薛神医去侧堂仔细查看医书。然后，他出来看了看姜桃花，低声道："先用午膳吧。"

一想到这几日吃饭的盛况，姜桃花的脸就皱成了一团，苦兮兮地跟着他进去，却没想到今日桌上没有大鱼大肉，只有一大盆酸辣鸡。

"你怎么找到人的？！"姜桃花闻着这熟悉的味道，胃口大开，连忙坐下来，拿起筷子就要开吃。

沈在野淡淡地道："青苔让人去找的，我也不清楚。"

姜桃花高兴地回头看了一眼青苔，大声道："这个月给你加月钱！"

青苔尴尬地笑了笑，看了沈在野一眼，没吭声。她最近做的好事太多了啊，菜是她做的，药是她熬的，连酸辣鸡都是她找人做的。她这么神通广大，她自己怎么不知道啊？

姜桃花吃撑了，又活蹦乱跳地去院子里走动了。

冬末春初，院子里的大树上有了鸟啼声，想必是鸟在筑巢。姜桃花围着那树转了三圈，伸出双手呸了两下，搓了搓，然后攀着树干就往上爬。

"主子！"青苔吓得魂都没了，"您做什么？！"

"别吵！"姜桃花看了侧堂的方向一眼，道，"我就看看那窝里有几只鸟，你别把人喊出来了！"

青苔闭了嘴，死死地盯着她，不敢移开目光。

沈在野正在侧堂等着薛神医翻书，这白眉毛老头儿翻了半天，终于道："千百眉那徒儿，多半是怀了身子。"

沈在野端着茶水刚喝了一口，一听这话，差点呛着，皱眉转头看向他："你确定没诊错？"

"她似乎中了什么稀奇的毒，所以脉象不太对劲，没有正常滑脉的'脉来流利，如盘走珠'，但仔细一把又能把出滑脉，只是所中的毒让她的脉象虚弱了，所以很难定论。"薛神医笑道，"可是老夫行走江湖这么多年了，直觉还是很准的，她的确是怀了身子。你若不信，再等几月，看她肚子大起来，就知道了。"

沈在野倒吸一口凉气，傻在椅子上。

徐燕归不是说她的身孕是假的，怎么一转眼又成真的了？

"身子有几个月了？"沈在野想起先前他那一箭，浑身发凉地问。

薛神医道："方才还不确定是喜脉，自然也没算月份，你若是想知道，把她带进来再让老夫看看。"

"好。"沈在野起身，脸色有些发白。

她真的怀着身子，气色又一直那么差，会不会真的像书上写的那样血崩而死？而且，书上好像还说，怀着身子的人不宜劳累，不宜太费心神，那她最近这样忙里忙外的岂不是更加危险？这女人有没有脑子，怀没怀孕自己都不知道？！沈在野有些恼怒，出门跨进院子，正想喊姜桃花进去，抬头一看，瞳孔就是一缩。

姜桃花正趴在树枝上，企图去看那枝头的鸟窝。

"姜桃花！"

一声暴喝传过来，吓得姜桃花一个激灵，差点掉下去！她心有余悸地抱着树枝，看了远处的沈在野一眼，撇嘴道："爷，有话好好说，您别吓人，成吗？"

沈在野气得快说不出话了，飞身上去将她拎下来，捏着她的衣襟便吼："谁给你的胆子爬那么高的？！"

姜桃花被吼得一哆嗦，不解地看着他，讷讷道："以前我经常爬啊……"

"那是以前。"沈在野咬牙，伸手就想拎着她进侧堂，但转念想到她的身子，他还是压下火气，直接将她抱了进去。

姜桃花觉得莫名其妙，被放在薛神医面前时，还一脸茫然地问："怎么了？"

薛神医笑了笑，放了手枕给她，示意她伸手诊脉。

姜桃花照做，一边让他把脉一边看他的表情，发现这回薛神医的脸上没了先前的苦恼，甚至带着点笑意。

难不成自己这病有救了？姜桃花耐心地等着，直到薛神医收起手枕，才问："怎么样？"

"福大命大，"薛神医笑道，"快三个月了。"

姜桃花傻了，眨眨眼问："什么三个月了？"

"你的身孕有三个月了。"薛神医道，"看样子你也没好好照顾这肚子，所以气色极差，全靠保胎药吊着才没滑胎。今后可得小心些了。"

姜桃花呆愣地看着他，又回头看了看表情跟自己差不多的沈在野，干笑了两声："开玩笑的吧？"

薛神医挑眉："什么叫开玩笑的？老夫说你怀了，你便是怀了。不信就等肚子大起来好了，那时候，你总不能说它是胀气。"

"可是……"姜桃花皱眉，"我不可能怀孕的。"

"怎么？"薛神医有些好奇，抬头看了后头的沈在野一眼，不知想到了什么，眼神立马变得意味深长起来，"有些事情也是看缘分的，有的人说是不能生育，但其实是有机会的，不要灰心。你们看，上天的眷顾这不就来了吗？"

沈在野刚想点头，对上薛神医的眼神，瞬间黑了脸："不是我不能生育。"

"行了行了，甭管是谁，老夫要去给百眉报信了。"薛神医起身，留了两瓶子药给姜桃花，"你师父这么大老远地让我过来，想必也是疼极了你这徒儿，这两瓶东西千金难求，必要的时候能保你的性命，省着点吃。"

"多谢。"姜桃花还没反应过来，脑子里一片空白，呆呆地跟着沈在野一起将薛神医送出去，然后两个人都站在门口发呆。

"既然有了身孕，就好生养着。"沈在野先回过神来，低声道，"外头风大，先进去吧。"

姜桃花点头，下意识地朝他伸手。沈在野一顿，直接将她整个人抱起来，转身就往里头走。

大概是这消息来得太突然了，姜桃花和沈在野一直保持着沉默。直到用晚膳的时候，姜桃花才回过神来，兴奋地道："我真的有孩子了？！"

沈在野看她一眼，道："有孩子了，所以以后你就算不为自己着想，也得多为他想想。"

她这么激动，结果他这么冷漠？姜桃花有点不高兴，不过转念一想，这就算是她一个人的孩子也挺好的！完完全全属于她自己！就算以后她真的因为什么没命了，那也有她的血脉在这世上继续活下去。这么一想，她的心口暖暖的。

她有身子的消息很快便传到千百眉和姜长玦那儿，姜长玦当即过来了，不放心地跟她聊了许久，要她在宫里好生养着，其余的事情交给他。姜桃花应着，心里却没当回事，大不了她不去前头，在后头出出主意也是好的。

千百眉坐在最高的宫殿的屋檐上喝酒。

杨万青爬上来，坐在他身边，看了他一眼："听闻你在喝酒，所以我来了。有什么事，你不妨说出来，也比自己闷在心里强。"

"我是高兴。"他直接将酒坛子抱起来，畅饮了一口，眼里满是星光，"桃花怀孕了。"

杨万青愣了愣，"那不是假的吗？"

"方才薛神医说的，快三个月了。"千百眉笑得好看极了，"她要是生个孩子出来，定然跟她一样好看。"

杨万青皱眉看他一眼："她身上有蛊毒，又加上操劳过度，就算保得住一时，也一定挺不到临盆。她怀的是别人的孩子，你还想替她保下来不成？"

千百眉冷笑："在她肚子里的，就是她的孩子。是她的孩子，我这做师父的就该替她保住。你若是有法子就直说，没法子就早些离开吧。"

"除非你能解她身上的蛊毒，否则的确是没法子的。"杨万青深深地看了他一眼，"我没见过比你更傻的人了。"

千百眉不想理会，飞身便往下跳，头也不回地往前走。

姜桃花睡得正香的时候，沈在野将一份名单交到姜长玦手里。

姜长玦皱眉："丞相这是为何？"

"你或许该叫我一声'姐夫'。"沈在野看着他道，"这东西是你皇姐替你换来的，好生利用，早日肃清朝野，再与城外大军畅快一战，也能让你皇姐省点心。"

这副长辈说教的语气是什么意思？姜长玦皱眉，面前这人分明是大魏最难对付的人，现在送他这个，会不会是另一个陷阱？他不擅长跟人斗心法，想问问皇姐，皇姐却睡了，他正有些犹豫，就见门被推开了，千百眉皱眉走了进来。

"沈在野，"他问，"吕后是不是在你那里？"

沈在野一顿，看了姜长玦一眼，微微颔首。

千百眉二话不说便将他扯了出去，沉声道："桃花身上的毒得解开，孩子才能没事，你想法子逼问吕后一二，看看她到底还有没有解毒的方子。"

"有，"沈在野从袖子里抽出药方，"只是一直没机会给她。"

千百眉有些怀疑地接过方子看了看，道："我去问问薛神医，你好生守着她吧。"

沈在野挑眉，叫住他，问了一句："你知道她真的怀孕的消息了？"

"知道。"千百眉道，"所以要快点解开她身上的毒，不然她们母子二人性命都难保。"

沈在野有点意外，走近他两步，看着他道："你喜欢她。"

这是个陈述句，不是问句。千百眉没打算否认，毕竟男人之间是能很清楚对方想法的："是又如何？"

"那你是打算保她母子，还是只保她一人？"沈在野问。男人都是有独占欲的，看着自己喜欢的女人跟别人成亲也就罢了，怎么还能容忍她为别人生孩子？

千百眉抬眼扫他一眼，笑了笑："你一定没有真正爱过一个人。"

沈在野一愣，继而皱眉，刚想争辩，千百眉却已经转身。

"若方子有用，我定然是保他们母子平安，你不必多费心。"他道，"若这方子无用，那么拼上我的命，我也会为她找一条生路。"

然后，在沈在野愣神的瞬间，这人银发一甩便走远了。

回过神来的沈在野脸色有些难看，他捏着拳头在门口站了好一会儿才回到主殿里。

姜桃花醒来的时候，姜长玦便将名单的事跟她说了。姜桃花刚说一句"可以相信此事"，姜长玦便被沈在野扔到了门口。

"你知道可以相信就行了，"他道，"不要什么事都让你皇姐来想，这毕竟会是你的国家。"

姜长玦愣了愣，有些意外："我的国家？"他这是不攻赵的意思？可是，最近城墙四周依旧有大魏的士兵不停地企图翻进城，闹得朝廷之中人心惶惶，不少人觉得国都最后一定会守不住，城里的宅院都空了三分之一。他这话又是从何说起？不等姜长玦弄明白，面前的大门就已经合上了，他皱眉站了一会儿，捏着那名单便离开了。

姜桃花气鼓鼓地在主殿里坐着，见沈在野回来，便恼怒地道："这是相爷的新战术吗，不许我跟他说要怎么做？"

"那是男人该操心的事。"沈在野道，"你得把你皇弟当个男人来看，毕竟你不可能帮他一辈子。"

可是姜桃花还是很担心，长玦那直来直去的性子，哪里做得来这些事？

事实证明，这一年中姜长玦成长了不少。他按照名单将朝中不忠的人逐一清理，竟然一点也没留情，有些难除的人，他甚至直接请千百眉动手，一劳永逸。

赵国腐朽的朝廷灌入了新鲜的血液，姜长玦任人唯贤，不计较出身，让许多寒门高才一跃登上朝堂，虽然士大夫们颇有微词，民间却赞美之声不断。短短十天，赵国像是大病初愈，君臣配合得极好，相处也融洽，齐心协力要将大魏的人送回大魏。

其间,薛神医一直在研究沈在野给的药方,最后得出的结论却不怎么好。

"假的。"薛神医道,"这药若吃下去,怕是会让她死得更快。"

千百眉和沈在野都沉默了,沈在野只是有些生气,千百眉的眼神却彻底黯淡下去。

"这世上果然没有媚蛊的解药。"他道,"沈在野,你还要把时间浪费在打仗上头吗?"

"什么意思?"沈在野皱眉,"吕后没说实话,那就再去问便是,反正她人还关在大魏的军营里。"

"媚蛊没有解药。"千百眉垂眸,声音极轻地道,"这是吕后亲口说的,在我即将杀了她的时候说出来的话,想必不会有假。桃花的寿命只剩下三年不到,你还要同她在战场上浪费时间吗?"

沈在野身子一僵,难以置信地看向他,眼里掀起了惊涛骇浪:"不可能!"这天下有毒药就该有解药,什么叫媚蛊无解,姜桃花的寿命只剩三年!这人在骗他,一定是在骗他!

千百眉苦笑了一声:"这事情只有我知道,现在说出来我倒是轻松了不少。"终于不是他一个人陷在这无边无际的绝望之中了。

沈在野的脸色慢慢变得苍白,眼神却格外坚定,看着他道:"你是在骗我,为了让我退兵。"

"你信也好,不信也罢。"千百眉道,"她留在这里,还能多与我待些时日,我何乐而不为?"

沈在野皱眉看了千百眉一眼,冷笑出声,挥袖转身便往外走:"大魏的兵,没那么轻易退,更不可能因为一个女人退。你今日的话,我就当没有听见过,告辞!"

这人……千百眉嗤笑,他嘴上说不相信,脸色却出卖了他,若是当真不信,他的眼又何必红成那样?自家徒儿阴差阳错地撞上这个男人,好像并没有他想象中的那么惨,只是……这辈子的缘分,可能只剩这三年了。

姜桃花正躺在软榻上摸着自己的肚子,她觉得很神奇,这里头当真有了个孩子。不是说几乎没有可能怀上吗?这万分之一的机会让她捡着了,上天对她还真是眷顾。

沈在野推门进来,神色如常地走到她身边。

姜桃花一看他便问:"怎么样了?"

沈在野一脸轻松地道:"药方是假的,我已安排人回去继续审问吕后。"

姜桃花看着窗外,沉默了一会儿,道:"爷,我觉得吕后永远不会说实话。"

"为什么?"

"长公主惨死在师父手里,父皇瘫痪在床,不能言语,朝中属于她的势力荡然无存,她什么都没了。"姜桃花低声道,"以吕后的性子,怕是要与我玉石俱焚。"

沈在野身子一僵，瞳孔微缩，转身就往外冲。怎么能玉石俱焚？！三年的时间已经很短了，吕后若是死了，谁来制剩下的能续命的解药？！

"爷？"姜桃花没想到他会跑这么快，刚追到门口，就见他使了轻功，一路踩着宫檐出去了。其实她倒不是很意外，从踏进赵国那一天起，她就做好了吕后断她生路的准备。可是，她无论如何也得来，不然，苟活一辈子有什么意思？只是，不知道剩下的那些解药能不能撑到她将肚子里这孩子生下来。

沈在野策马狂奔，径直闯了赵国国都的大门，引得赵国的人一路追了他老远。然而，这些人从未见过跑得这么快的马，任凭他们骑马去追，也渐渐地看不见影子了。

徐燕归正坐在关押吕后的营帐门口发呆，冷不防见远处一阵烟尘滚滚而来，接着就听到骏马的嘶鸣之声。

"你还知道回来？"一看见沈在野，徐燕归就皱眉，"去得也太久了！"

沈在野没理他，直接冲进营帐，却见关着吕后的那只笼子已经空了。

"人呢？！"他转头怒喝。

徐燕归吓了一跳，后退半步道："前几日有不少赵国官员被撤职的消息传过来，吕后听到后就跟发了疯一样撞牢笼，最后撞死了……等我发现的时候，尸体都凉了。我想着，反正药方已经到手，便让人把她埋了。"

沈在野双眼赤红，心口剧痛，扶着旁边的东西站稳，喘了好一会儿的气才道："她给的药方是假的。"

徐燕归一时愣怔，好半天才反应过来："那姜氏怎么办？"

沈在野一拳砸在笼子上，硕大的木头笼子被砸得垮了一角。突然，他像脱了力，疲惫不堪地往后倒。

"主子！"湛卢冲过来扶住了他，皱眉道，"您保重身子，还有很多事等着您去做。"

很多事？沈在野嘶哑大笑，侧头就吐出一口血来。

艳红的颜色，把旁边两个人吓得够呛，一时都忘了该怎么反应。

沈在野半跪在地上，越笑越凄凉："是啊，我还有很多事要做，还要看陛下统一这三国，拿下整个天下。"

可是，为什么心里这么绝望呢？像被人丢进了很深的枯井，上头唯一的光源也被厚厚的木板盖了个严实，整个世界一片漆黑，没有出路。姜桃花手中的解药能坚持多久？他不敢去想，不敢去算，宁愿这一切都是一场梦。等梦醒来，姜桃花还是好好的。

"沈在野……"徐燕归很是担忧地看着他，张口想劝却不知从何劝起。

他总说姜桃花对他来说不算什么，可看看他现在这模样，分明跟挖了他的心没什么两样，怎么还能叫不算什么？分明是将人家放在心里最深的地方，不动不知，一动便痛彻心扉。上天对他真是残忍，这么多年没对女人动心，好不容易遇见个让他付出真心的女人，却红颜薄命。果然，能算尽天下的人，这一辈子都不会很圆满。

穆无瑕收到沈在野回来的消息就赶去了他的营帐，结果见他躺在床上，脸色苍白得像生了一场大病。
"怎么回事？"穆无瑕不解地看着他，"姜姐姐报复你了？"
沈在野轻笑一声，哑声道："她的确算是报复我了。"报复他当初下毒之仇，报复得他连还手之力都没有。
穆无瑕听着他这声音，心里也跟着难受起来。
"陛下，臣有一事，想请陛下答应。"沈在野看着旁边的人道："其余人都出去。"
湛卢和徐燕归一顿，都掀帘守到外头。穆无瑕挑眉，这两个人算是他最心腹之人，连他们也要回避，那会是什么事？
"你说。"
"请陛下让先锋营攻城，"沈在野道，"将所有精兵都放进先锋营，从赵国的正门攻城。"
穆无瑕微微一顿，皱眉道："朕说过，朕不会攻赵。"
"这是为她好。"沈在野道，"陛下若是相信微臣，不妨照做。"
穆无瑕是很怀疑的，然而看了看沈在野的样子，他还是犹豫地问了一句："你可否先告诉朕你的盘算是什么？"
沈在野抿唇，撑起身来，示意他站过来些。

姜桃花正在好奇沈在野去哪里了，一整天都没有回来，结果就听青苔进来道："丞相出城了。"
出去了？姜桃花有些愣怔，算了算时候，似乎差不多了，只能叹一口气，道："出去了就罢了。"能有这几天的平静，已经是多赚的了，她不能当真奢求沈在野就此放弃攻赵。这一场仗迟早要打。
锣鼓声从城外传来，姜长玦一脸凝重地抱着头盔站在姜桃花面前道："大魏全力进攻了，生死在此一战，若长玦败了，还请皇姐好生保重。"
姜桃花心口发紧，捏了捏他的手，认真地看着他道："不论胜负，你一定要记得保住自己的性命。"
姜长玦笑着应了。可战场上刀剑无眼，谁知道能不能活着回来呢？

天边一片昏黄，姜桃花在宫楼上看着远处，只听见震天的喊杀声，还有马蹄铁甲的嘶鸣。
沈在野终于动真格了。大军压城，全力进攻，没几日就将赵国国都的城门打开了。城门一开，国都基本算是失守，换作别人，定然撤兵西逃。可姜长玦十分固执，带着人打巷战，等着后头的援军来，生生将大魏的兵力拖了两日，与援军会合后合力将国都的城门再度关拢。

这一战惊心动魄，双方都损失惨重。打开城门不容易，关上更不容易，但一旦再度关上，大魏的士气就难免低落。

整个国都内血气冲天，无数人的啼哭声回荡在四周，姜桃花忧心地看着，忍不住摇头："这天下，要是能不打仗就好了。"

青苔站在她身后，道："不打仗，怎么守卫国家？"

"国家吗？"姜桃花叹息，"说到底守卫的还不是自己的皇权？"

三国之人都是同族，祖上分家，才成鼎立之势，所谓的国家荣辱，在这三国之中，不过就是三方君主的争斗而已。她先前还有要守住赵国的执念，但现在一看这天地无光的厮杀景象，不禁开始反思，自己是不是太自私了？可是想到要白白做别国的附属国，她怎么也咽不下这口气。难道没有什么两全其美的办法吗？

这场仗打了半个月，双方终于休战了。

姜长玦浑身是伤，精神却极好，躺在床上看着姜桃花道："皇姐，大魏要派使臣来谈条件了。"

他没有让人觉得赵国软弱可欺，哪怕兵力不足，他也把魏军挡在了国都外头，现在他们肯来谈条件，也是有所忌惮的意思。

姜桃花心疼地看着他身上的伤，点头道："你很了不起。"

"皇姐觉得他们会开出什么条件呢？"姜长玦开心了一会儿，又皱了眉，"多半是割地或者给银子吧。"

他抵挡住的只是这一时，再继续打下去，双方都没有好果子吃，赵国一定会被打败，而大魏必定元气大伤。但双方谈不拢的话，吃亏更多的只会是赵国，所以条款方面定然要严苛些。

"能休战就是好事。"姜桃花笑了笑，"至于钱财，能赚回来的。而土地……他们刚吞了吴国的地界，想必不会又求扩疆。但若他们实在有这意愿，你不如把盟约里吴国的地界让给他们。"

"好。"姜长玦颔首，躺在床上闭了闭眼，心里还是不免忐忑。

结果，大魏的使臣来，态度极好地与赵国使臣商谈，大概的意思是，只要赵国将魏赵联盟约定割给赵国的吴国土地给大魏，再赠送十万两白银，即可休战，大魏保证五年之内不再犯赵。

这条件优厚极了，简直算是赵国白捡了便宜。姜长玦听后难以置信，盯着使臣问："没别的要求了？"

"有。"使臣看了旁边的姜桃花一眼，低声道，"大魏丞相有要求，两国既然重修旧好，那便该将和亲的公主送还给他，以示诚意。"

姜桃花一愣，心里莫名其妙地一动，好像突然明白了什么，盯着那使臣看了一会儿，便起身走到宫殿门口看了看。

外头一片安静，禁卫各司其职，朝中的文武百官还在侧殿候着。整个赵国完全属于长玦了。吕氏一派的势力消失殆尽，战火初停，百废待兴，瞧着总有些盛世将至的样子。

这就是沈在野想要的结果吗？扶了她弟弟上位，清理了朝中的余孽，外力压之，使得赵国举朝上下空前团结，也为长玦争得了威信和声望。他竟然是这么想的……她竟一直没发现，以为他当真是要帮穆无瑕统一天下，夺了她的家国。

"皇姐，"姜长玦担忧地走过来看着她，"你若是不想回去，那我——"

"给我备辆马车吧。"姜桃花笑了笑，侧头看着他道，"我也该去找你姐夫了。"

姜长玦一愣，傻傻地摸了摸脑袋。他想不明白自家皇姐和那个沈在野之间到底是怎么回事，上一刻是敌人，下一刻又可以毫无芥蒂地在一起，再下一刻说不定就又相互敌对了。

"你是真心的吗？"他有些不放心地道，"若只是为了赵国，大可不必。"

姜桃花认真地看着他道："这次是为我自己，那个人嘴太硬，心又太软，你皇姐欠了他许多东西，得去还。"

这些话，姜长玦也是听不明白的，不过看着姐姐真挚的眼神，他还是命人准备了马车，送她去沈在野身边。

城门半开，沈在野骑着马在外头等着，看见马车出来，脸上没什么反应，只是无声下马，走上前去将人抱出来。

"爷，"姜桃花笑眯眯地勾着他的脖子，"您这是有多喜欢妾身啊，竟然拿这大好山河来换。"

沈在野轻哼一声，板着脸道："三军面前，你严肃点，现在你只是两国之间友好的纽带而已。"

姜桃花闭嘴了，直挺挺地躺在他臂弯里，呈纽带状。

沈在野眼里闪过一丝笑意，将她放下，带到穆无瑕面前。

"陛下，"大魏使臣拱手呈上盟约，"赵国已经同意所求。"

"很好。"穆无瑕骑在马上，很是正经地转头问身后的人："各位爱卿可还有什么看法？"

盟约都签下了，还能有什么看法？一众将领都选择了沉默。他们本以为攻下赵国是很容易的，但是经过这半个月的激战才发现，要攻下这地方，大魏也得花大量的人力物力，得不偿失。眼下吴国算是全部并入大魏，他们也算是得到了回报，那放这小小赵国休养几年又何妨呢？

他们不知道的是，赵国之所以这么难攻下来，是因为先锋营里有沈在野的心腹，他们的战略和部署，赵国的人一清二楚。当然，这是沈在野与姜长玦之间的秘密，旁人是不会知道的。

大魏的将领颇为自负,觉得拿下赵国这样的小国不在话下,所以坚持要战,强行阻止反而会引发争议,沈在野索性让他们攻城。攻完之后,他们自己心里就有杆秤了。

大魏的皇帝和丞相对视了一眼,都微微颔首。沈在野拉着姜桃花上马,慢悠悠地准备回去拔营。

他们不是偏私,是当真都觉得留下赵国不是坏事,毕竟在形势不稳之时,若无外忧,就必有内患……好吧,这些都是借口,真正的原因是,时间不多了,再打下去没什么意思,沈在野当真不想让怀星这人恨他。他心里最重的是家国天下,但当身边唯一的人都快没了的时候,江山万里,又有什么意义?

"咱们要回大魏?"姜桃花问他。

沈在野抱了抱她,声音陡然温柔起来:"你想去哪里都可以。"

啊?姜桃花莫名其妙地看他一眼,道:"我想去月宫。"

他深情款款地说着情话,她就不能配合一下?去月宫要怎么去?把她扔上去?沈在野轻哼一声,从背后搂住她,大手放在她微微凸起的肚子上,眼里有些沉痛,却转瞬即逝。

"拔营要花上些时间,"他道,"你可以跟你师父和长玦好好话别。"

"爷不是说去哪儿都可以吗,"姜桃花眨眼,"那为什么不能留在赵国?"

沈在野微微皱眉,问她:"你想继续留在这里帮你皇弟治理国家,然后让他什么都学不会?"

姜桃花干笑两声,道:"妾身没那么大的本事……"

"你放过你自己吧。"沈在野深深地看她一眼,柔声道,"好生过过自己的日子,游山玩水也好,吃喝玩乐也罢,让你自己开心些。"

这话听着,她的命可能真的不长了吧?姜桃花垂眸,轻笑着应他:"好。"

临行这天,姜长玦亲自出城来送,姜桃花坐在车辕上看了看四周,问他:"师父呢?"

"师父说,他才不需要跟你道别。"姜长玦道,"他若是想见你,随时就去了,所以你不用管他。"

这话她听着很耳熟啊。姜桃花笑了笑:"他总这样,上次送我出嫁也没来。罢了,总会再见的吧。"

姜长玦点头,看着她进了马车,又看了看旁边的沈在野:"一路走好。"

沈在野颔首,正要跟着上车,却听见他轻轻喊了一声:"姐夫。"

沈在野微微一顿,嘴角不自觉地上扬,回头朝他拱手,便进了车里。

姜桃花掀开车窗帘看了看外头。大魏的队伍很长,从赵国城郊一路延伸到城门口,远处有很多大树,某棵树上站着个一身红衣满头银发的人。说是不送,不还是来了吗?姜桃花笑了笑,朝那抹身影挥了挥手,然后缩回车厢里,老实地等着上路。

千百眉安静地看着那一长串的队伍启程，银发飞扬，挡住了他的脸。那银发之下是什么表情，没人看得清楚。每个人都有自己该去的地方，她选择回到沈在野身边，他也该继续上长白山找药。今生有机会的话，说不定还能再遇见。

他其实是个很自私的人，要是可以的话，这最后一段路，他很想将她留在自己身边，陪着她走完。可那小家伙分明是对沈在野动了心，他再强留，也没什么意思。

以前教她摄魂术的时候，他常说，一层摄魂术令人铭记，二层摄魂术令人倾心，至于那最高的一层境界，可以让人一生一世为你所使。小家伙当时惊讶极了，一直问他该怎么达到最高层。他没有教她，因为最高那一层不是摄魂术能办到的，得让那人爱上自己，就可以让他一生一世为她所使了。她做到了，她比他这个师父厉害，而他，这一辈子恐怕也到不了那境界。小家伙心里从来就没有他的位置。

千百眉甩了甩袖子，潇洒地腾空而起，往赵国国都里隐去。

马车上，姜桃花沉默了一阵子就重新活泼起来，看着沈在野问："大魏真的不攻赵了？"

"嗯，"沈在野点头，"五年之内都不会了。"

姜桃花笑眯眯地道："那咱们可以回去，像从前那样过日子了？"

"你想回相府？"沈在野问。

"不然还能去哪里？"姜桃花道，"那儿不是您的家吗？"

"那儿只是我的府邸。"沈在野看她一眼，道，"况且相府内闲杂人等甚多，我想让徐燕归回去处理。"

姜桃花微微挑眉，终于问出口："一直以来，徐燕归都在给你戴绿帽子？"

沈在野冷冷地看了看她，道："你不能换个委婉的说法吗？"

姜桃花很认真地想了想，道："一直以来，徐燕归都在睡你的姬妾吗？"

"我与他是各取所需。"沈在野别开头，"拿下了吴国，丞相府里的人便都没用了，回去之后，我会都交给徐燕归处置。"

姜桃花不说话，撑着下巴看着他。

沈在野表情镇定，心里却难免有些发虚："你是不是觉得我很无情？"

"嗯？"姜桃花挑眉，"为什么无情？"

"那些人好歹都是我名义上的姬妾，我却这样对她们。"沈在野忍不住侧头看姜桃花一眼，道，"你会不会觉得我是个坏人？"

姜桃花莫名其妙地看他一眼，道："爷什么时候是个好人了？"

"姜桃花！"沈在野不悦地道，"我在跟你说正经的。"

"妾身也是在说正经的，"姜桃花笑了笑，"不管是从爷害人的手段还是对人的态度上来看，都不算好人。"

沈在野抿了抿唇，冷哼一声，道："我不是一个好人，那你还心甘情愿跟我走？"

"妾身跟爷走，不为别的，只因为爷最终还是为着妾身好，将妾身放在了心上。"姜桃花笑得甜甜的，"人都有自私心理，妾身也是个很自私的人，爷对别人不好与妾身有什么相干，对妾身好就行了。"

沈在野深吸一口气，失笑，伸手将她揽进怀里，低低地道："我以为……"以为她会幽怨地怪他太过冷血，进而联想他以后会不会对她也同样冷血，最后再与他生了嫌隙，没想到……

"别以为了。"姜桃花撇嘴，伸手抱着沈在野的腰道，"妾身与爷一样，都不是什么好人，就不必搞那些大义凛然的东西了。爷要妾身好好过日子，那您自个儿也得过好了才行，不然妾身身边总是睡着个愁眉苦脸的人，那多影响妾身的心情啊！"

沈在野伸手捏了捏她的鼻尖，轻声应她："好。"

姜桃花闭眼，觉得沈在野应她这一声多半是敷衍的，但没想到，在他应了这声后，他们坐着的马车竟然转了方向，脱离了长长的车队。

"怎么回事？"姜桃花吓了一跳，连忙掀开车帘看了看。

外头驾车的是湛卢和青苔，前头是郁郁葱葱的森林，后头的车队若无其事地继续前行，就跟早就安排好了一样。

姜桃花回头看了沈在野一眼，问："您打算去哪儿？"

"喜欢桃花吗？"沈在野不答反问。

姜桃花一愣，想了想，点了点头。

这人笑了，将她抱在怀里减轻颠簸，然后道："我也喜欢。"

"……"

脸上一红，姜桃花喃喃了两声，竟然觉得心口怦怦直跳。傻子，他说的分明是春天开的桃花啊，她心动个什么劲！

离开了车队，马车行进得就慢上许多。一行四个人，遇见风景秀美的地方就停下来歇脚。

站在一块大石头上，靠着身后的人，姜桃花看了看自己这一身平民装扮，又看了看沈在野身上的黑色袍子，忍不住道："怎么有一种咱们要归隐山林的感觉？"

"你不乐意？"沈在野挑眉。

姜桃花摇头："倒不是不乐意，妾身这不是为爷着想吗，那么多大事，爷当真能撒手不管？"

"与我有什么相干？"沈在野垂眸，一脸平静地道，"陛下已经能独当一面了，就算我不在，朝中众人也能帮他。"

"那……"看他一眼，姜桃花问，"吴国的事情呢？"

沈在野叹了口气，捏了捏她的脸："现在没什么好顾忌的了，你想知道什么就随意问，我都会回答你。"

这问题是她很早就想问的，奈何他一直没让她问出口。姜桃花笑了笑，伸手就往他胸前的衣裳里摸。

沈在野身子一僵，眼神微动："你这是做什么？"

姜桃花没理他，专心地掏东西，终于扯了一条手帕出来。

百春花。

"按吴国的习俗，男子都会在春日的时候将百春花带在身上，祈求一年平安。"姜桃花睨着他道，"爷果然是吴国人。"

"你一早就知道了？"沈在野挑眉。

"蛛丝马迹太多，妾身若发现不了，就是个傻子。"姜桃花转头望着前头的山水美景，叹道，"可怜大魏的文武百官了，至今都被您和陛下蒙在鼓里。"

"这天下，有很多种法子拿。"沈在野淡淡地跟着她远眺，"皇权的斗争，从来不讲道理和正义，能给百姓一个盛世的就是明君，这是我的看法。"

"所以爷没法儿流芳百世，"姜桃花道，"那妾身就跟着您遗臭万年好了。"

沈在野轻笑一声，下巴抵着她的头顶，轻轻摩挲。

春风吹过来，天气好像开始变暖了。

再次上路的时候，姜桃花差点毒发，还好青苔发现了不对劲，连忙给她喂了解药，又灌了保胎药。

躺在沈在野怀里，姜桃花眉头直皱："这个月怎么倒是来得更早了？"

青苔红着眼道："您太累了。"

沈在野心头闷痛，咬牙抱着她，没吭声。

姜桃花伸手回手抱着他的脖颈，低笑道："还没死呢，你们这一个个的是做什么？"

"呸呸呸！"青苔连连摇头，"主子别说不吉利的话。"

"好，不说了。"松开沈在野，姜桃花问，"还有多远才到地方啊？"

"还有三日就到大魏边境了。"青苔道，"再赶两日的路，您就可以好生休息了。"

姜桃花点头，正想说继续上路，沈在野却道："在前头找个宅子休息吧，她身子吃不消。"

"是。"青苔应了，与湛卢一起继续驾车。

因着姜桃花脸色苍白，车厢里安静了许久都没人说话。姜桃花不甘寂寞地爬起来，捏了捏沈在野的脸："爷，笑一个？"

沈在野勉强勾了勾唇角，拿下她的手，慢慢地握在自己手里。

感觉到他心情不好，姜桃花吧唧一口亲在他的侧脸上，又吧唧一口吻了他的额头一下："不是才说了要好生过日子嘛，这日子有了您这能夹死蚊子的眉间褶皱，能过得好？"

沈在野轻叹一声，笑了笑，将她抱在怀里："你睡会儿吧，到了地方我叫你。"

"好。"姜桃花点头，乖乖地靠在他怀里睡去。

方圆十里只有一个小镇，镇上没什么宅院，就边上有个看起来很不错的大宅子。青苔上前去敲门。

开门的是个柔弱的妇人，一听有孕妇需要借地休息，连忙让开了路。

但姜桃花和沈在野下车的时候一看那妇人的脸就傻眼了。

"太子妃？"

厉氏愣了愣。这称呼已经许久不曾听见了，她一见姜桃花那张脸，整个人一震，下意识地后退了两步。

"怎么了？"门里有人问了一声，见没人答他，便自己走了出来。

一身简单的白袍，眉目温和了不少，此人正是当初的太子穆无垠。

姜桃花头皮发麻地看了沈在野一眼，身上冷汗都吓出来了。怎么就这么巧，刚好到了这里！沈在野恐怕还不知道她救了太子和太子妃，现在这账要是算起来……

"久违了。"沈在野扶着姜桃花看着那人，笑了笑道，"别来无恙。"

穆无垠吓了一跳，下意识地就将厉氏护在身后。厉氏一愣，看了他一眼，眼神也柔和下来。

"你们是怎么找到这里的？"穆无垠抿唇问。

姜桃花伸手就捂住了沈在野的眼睛，然后道："我们这是不小心撞到梦境了，这就走！"

沈在野哭笑不得地拿下她的手，道："你要挡也该早点，现在我都看见了，还有什么好遮掩的？"

穆无垠皱眉，分外莫名其妙。面前这两个人，一个是要杀他的，另一个是救了他与厉氏性命的，现在竟然一起出现在他面前，是什么意思？

"你有什么想跟我说的吗？"沈在野看着姜桃花问。

姜桃花干笑两声，道："就是爷看见的这样，太子没死，只是安安稳稳过普通百姓的日子了，这没什么吧？"

轻哼一声，沈在野转头看向穆无垠，眼神幽深地道："能过寻常百姓的日子的确是好事。"

穆无垠脸色发青。他最开始其实是不甘心的。然而到了这里，厉氏一直劝他安心过日子，能帮他的人也都断了联系，无奈之下，他只能忘记前尘往事，当个平民百姓。

现在看见沈在野，他还是有恨意的。然而，他看了看姜桃花的肚子，皱眉："你怀孕了？"

有这么明显吗？姜桃花低头看了看自己，然后应道："是啊，正在赶路，想找地方休息，不知怎的就到了这里。"

"……进来吧。"穆无垠道，"别站在外头了。"

厉氏一顿，垂下眼眸就去准备茶水。

姜桃花拉了拉沈在野的衣袖，后者犹豫了片刻，还是跟着进去了。

这院子是穆无垠当初给姜桃花买的，看起来很大，却一个仆人都没有，什么事都是厉氏做。厉氏也变了不少，没了以前的刻薄，看起来温柔又贤惠。

第四十九章 喜欢

姜桃花一度担心厉氏还记恨她，毕竟她都恨得想杀了自个儿。但是目光跟她对上的时候，姜桃花发现厉氏的眼里没有恨意，竟然有沧桑和无奈。她也不过比自己大几岁而已，看起来却像大了一轮，眉目间有种说不出来的愁苦。是日子过得太苦了？姜桃花下意识地转头看了看四周，却发现屋子里的摆件都是精品，并不清苦。

厉氏放下茶杯就朝众人微微屈膝，然后便退了出去。

穆无垠看了她两眼，转过头来看着他们道："听闻大魏攻赵了，你们两人倒还能这样平平静静地在一起，着实让我佩服。"

沈在野看着他道："殿下如今能这么镇定地面对我夫妻二人，也着实让沈某佩服。"

沈在野本以为穆无垠会不甘心，对他是恨，对姜桃花或许是爱恨兼有，但半年多不见，穆无垠好像已经变了，变得温和又沉稳，眸子里再也没了那股子傲气和不羁。是将往事都放下了？

扫了姜桃花的肚子一眼，穆无垠抿唇："事到如今，我再挣扎也是无用，何不看开些？她心里从来就只有你，对我，也算是仁至义尽。"

要不是她，他和厉氏捡不回性命，他也不会有今日这般的平静日子过。虽然有时候会怀念高高在上的感觉，但现在，一个宅子两个人，倒也清净、自在，开个铺子给人打理，有银两来源，也饿不死。比起在宫里尔虞我诈，这不失为一种逍遥。

姜桃花轻轻松了口气，道："殿下能这样想，余生自会安稳无忧。"

"这次我会听你的话。"穆无垠轻笑，"以前不听，吃的亏太大。"

姜桃花跟着他一笑，看他的眼神就知道，他已经对自己释怀了，他们可以安心在这里住两日。

"这宅子里什么都不多，房间倒是多的，"穆无垠道，"你们要休息，我便让厉氏收拾几间屋子出来。"

说着，他还是有些不放心地看了沈在野一眼："如今我已经是平民，丞相不会还想算计我吧？"

"殿下多虑。"沈在野道，"沈某先前不过是帮殿下离开不适合殿下的位子罢了，如今殿下过得安稳，沈某如何还会为难？"

瞧瞧这不要脸的，夺人家太子之位也能说得这么有道理。姜桃花腹诽两句，朝穆无垠颔首之后便带着青苔等人出去找厉氏安排房间。

"妾身还有个问题想问。"走在路上，姜桃花突然看着旁边的人道，"爷是当真不知道妾身给太子安排退路之事吗？"

当时觉得天衣无缝，可现在回想，他看见穆无垠竟然一点也不激动，那他十有八九一早便知晓。可是，奇怪的是，按照他这种斩草除根的性子，竟然没有派人来暗杀？

沈在野勾唇，不答反问："你为什么要给他安排后路？因为他对你有恩？"

姜桃花一顿，眼睛眨啊眨的，犹豫了许久才道："有恩是一部分，还有点私心。"

"哦？"步子停了下来，沈在野眼神幽深地看着她，伸手就抵在旁边的墙上，将她圈在臂弯里，"什么私心，说来听听。"

轻咳两声，姜桃花有些不自在地道："说出来爷别觉得蠢就行，妾身当时觉得爷身上罪孽太深，能替爷积点福报也是好的。"

沈在野心口微动，目光瞬间变得很柔和，带着点点星光的雀跃，看着她道："这不是蠢，你做得很好。"

"那爷又是为什么放过了他？"不用问第一个问题了，直接问这个原因才是。

收回自己的手，沈在野拉着她继续往前走，淡淡地道："因为你欠了他的恩，不报，心里不安，而我当时欠了你，所以为了让你心安，便放过他了。"

这话说得冠冕堂皇，但其实就是沈在野不想让她欠别的男人的恩情，然后惦记一辈子。

姜桃花感动地点头："爷原来还是有良心的！"

沈在野还正感动呢，被她这一句话说得又恼了："你能不能说好听点？"

什么叫原来还是有良心的？敢情他在她心里一直没良心？

缩了缩脖子，姜桃花冥思苦想了许久，却想不出个好听的说法。沈在野看得又气又笑，一把就将她抱起来，惹得她一声惊呼。

两人正打闹呢，往前走两步就碰见了厉氏。

看着他们这模样，厉氏吓了一跳。在她的印象里，沈在野是个高深莫测的人，跟他说话都有些害怕，却没想到……他能有这样的一面。

"房间准备好了。"垂了眸子，厉氏道，"请跟我来。"

姜桃花拍拍沈在野示意他放自己下去，然后她几步追上厉氏，好奇地问她："这宅子这么大，怎么不请点下人，什么都是你亲自做？"

看她一眼，厉氏道："我觉得挺好的，有事做，日子才不会无聊。"

其实，是因为有下人把事情都做完的话，穆无垠就更不会搭理她了，没下人挺好的，他吃饭、穿衣、做什么都是自己来伺候，每天有很多时候见面，说不定什么时候他就当真爱上她了呢。她不怕同他一起死，也想同他一起好好过日子。既然活下来了，她是希望他能认真看看自己、喜欢自己的。

谁知道，命运弄人，竟然在这里又遇见了姜桃花。这人，是穆无垠命里的劫数。她本以为他可以躲掉的，没想到终究还是难逃。她是该讨厌眼前这个人的，然而命是她救的，她连讨厌都不能够。她现在只有一种无力感，不管做什么都赢不了这个女人的无力感。

"这样啊。"姜桃花点头，"那这两日就让青苔帮帮忙吧，你也不用太在意我们，继续跟殿下过往常一样的日子就好。"

厉氏眼神复杂地看了看她，点点头，将他们引到房间便转身离开了。

"爷，您有没有发现一个问题，"在椅子上坐下后，姜桃花一脸八卦样地拉着沈在野的袖子道，"厉氏和太子之间好像有点奇怪。"

不悦地看她一眼，沈在野先把药拿了出来，接过青苔递来的水，给她灌了下去，然后才道："人家有事，与你何干？我们不过是在这里歇脚的。"

眯着眼睛摸了摸下巴，姜桃花道："您别这样冷漠啊，路途无趣，好不容易遇见个有意思的事，爷不如跟妾身打个赌？"

"赌什么？"沈在野无奈地从了。

"就赌太子对厉氏是何种感情如何？"姜桃花嘿嘿笑道，"输了的人，给十两银子。"

沈在野没好气地哼了一声，然后道："你管人家的闲事也就罢了，能不能赌点有意思的东西，十两银子有什么用？"

"这不是小赌怡情吗？"撇了撇嘴，姜桃花道，"那赌一个要求？答应了就必须做到的那种。"

"好。"沈在野点头，"你觉得太子对厉氏是什么感情？"

姜桃花眯眼道："喜欢。"

"那我就赌'不喜欢'吧。"沈在野道，"太子与厉氏在一起这么多年了，谈不上喜欢不喜欢，应该已经是一种习惯。离不开她，但也未必当真将她放在心上。"

毕竟男人更了解男人，沈在野看穆无垠以前对桃花用情那么深就知道，他心里是空的，塞了个桃花进去就满满当当，哪里还有厉氏的位置？

姜桃花眼珠子滴溜溜地转，跟只小老鼠似的，她奸诈地笑道："那就这么定了，这两日没事做，咱们可以观察观察。"

"你还真是没把自己当回事。"沈在野拎着她就放到床上去，盖好被子，"等你歇好了，肚子不痛了再说！"

姜桃花眨眨眼，老实了，乖乖地躺好休息。

她瓶子里的药只剩十颗了，也不知道这孩子的命运究竟会如何，不如趁着还活着的时候让他多看看人间百态。

沈在野猜的情况其实是没错的。厉氏跟在穆无垠身边多年，一直与他不怎么亲近，就连新婚之夜，也因着她太紧张，惹了他不快，之后他就再也没宠幸过她。

对穆无垠来说，厉氏是一个管理后院的人，并不是他的妻子。她背后的势力能帮到他，但她这个人，他是不喜欢的。比起这种刻板又严苛的女人，是个男人都喜欢姜桃花那样风情万种、柔弱可爱的，所以当时的穆无垠其实是想过要是有机会就让姜桃花取代厉氏的。但是没想到，一场繁华过后，最后留在他身边陪着他的只有厉氏一人。

穆无垠觉得有些奇怪，他尚且这样不甘心，厉氏为什么一点都不抱怨呢？竟然心甘情愿地跟着他隐居于此，过粗茶淡饭的日子，还忙里忙外地照顾他。

弄不清楚原因，又对女人失去了信任，完全没有安全感的穆无垠在"作妖"的道路上一去不复还。他冷着厉氏，甚至从外头带女人回来，就看她什么时候会忍不住离开这里。

这种想法和行为是幼稚、无理、作死的，可偏巧像穆无垠这样的男人容易遇见一个无怨无悔为他付出的女人，厉氏就是这样一个人。所以，在一个愿打、一个愿挨的半年时间里，厉氏苍老了，成了姜桃花等人现在看见的这种模样。

穆无垠也不是个铁石心肠的人，见她如此，心里还是动容的。他遣散了收进院子里的姬妾，打算跟她一个人好好过。厉氏也是这时候看见了曙光，觉得自己终于守得云开见月明。

可是，就在这个时候，姜桃花又出现了。

厉氏坐在镜子面前看着自己的脸，不禁苦笑，她不过双十年华，容颜已经憔悴至此，凭什么觉得自己还能留住丈夫的心呢？本以为还能拖些时候，可是……

她起身出门看了看。穆无垠的房间里没人。厉氏抿唇，往外走几步，果然在姜桃花的院子里瞧见了他。

"你好些了？"穆无垠看着姜桃花问。

姜桃花点头："多谢太子。"

"我已经不是什么太子了。"穆无垠轻笑，"你还是叫我'穆公子'吧。"

姜桃花点点头，眼角的余光一扫，看见了后头的厉氏，正想招手让她过来说话，却见她直接转身走了。

"哎？"手僵在半空，姜桃花眨眨眼，看向穆无垠。

穆无垠也看见厉氏了，他只皱了皱眉，心想，她一贯不太喜欢桃花，看见了回避也正常，也就没放在心上。

"穆公子，今日坐在这儿，我其实是有话想问的。"看了看厉氏远去的背影，姜桃花八卦地开口，"您喜欢令夫人吗？"

嗯？穆无垠微微一愣，他没想到她会问这个，皱眉想了好一会儿，才道："这么多年的夫妻了，说什么喜欢不喜欢？"

"换个问的方式。"姜桃花坐直了身子，"您会在意她的心情吗？"

在意她的心情？穆无垠问："在意的话，就是喜欢吗？"

姜桃花点头。

穆无垠皱了眉，别开头道："那便是喜欢吧。你问这个做什么？"

姜桃花雀跃地欢呼一声，立马回头朝屋子里道："爷，你输了！"

沈在野应声出来，有些意外地看了穆无垠一眼，然后走到姜桃花身边道："你这算是耍赖，哪有这样判断的？你也在意青苔的心情，难不成就是喜欢她？"

眨眨眼，姜桃花回头看向穆无垠："喜不喜欢一个人，自己当真不知道吗？"

穆无垠愣了好一会儿，才发现这两人在拿自己打赌，当即有些哭笑不得，摇头道："我是真的不知道，因为她在我身边太久了。"

在一起久了，感情是很容易模糊的。再说，知不知道又有什么关系？日子还不是一样过？

想想好像也是。姜桃花扭身过去就当真开始耍赖："打赌又没说必须是男女之情的喜欢，这怎么也得算爷输！"

"好好好。"沈在野叹道，"我让你一步，可好？"

大魏丞相沈在野也有让人一步的时候。穆无垠看得感慨，感情是真的可以改变一个人吧？那么现在的厉氏变了这么多，是不是也是因为当真爱他？

这样想着，穆无垠便起身，看着面前这两人道："我先离开片刻。"

"好。"猜也知道他要去找厉氏，姜桃花点头，看着他出了院子，然后就抱着沈在野的腰继续撒娇："爷最好了！"

沈在野失笑，捏了捏她的脸颊，搂着她进屋。

穆无垠一路走到自己的房间里，瞧了瞧，没人，便又往厉氏的房间走。他本来心里还有些奇怪的喜悦，但一看见屋子里的场景就傻眼了。

厉氏正在收拾包袱，长长的头发披散着，看起来灰蒙蒙的。她正转身要拿旁边的衣裳，却看见门口站着个人，当即吓了一跳。

"……您在这里做什么？"

穆无垠没回答她，走进来，看了看她手里的东西，沉声道："你想去哪里？"

厉氏抿了抿唇，苦笑着捏着自己的头发递到他面前："爷，您看，妾身有白头发了。"

穆无垠心里微微一震，不禁低头去看。那一束黑发里夹杂着的灰蒙蒙的东西竟然当真是白发！

"怎么会这样？"皱眉看了看她，穆无垠想了想，道，"最近觉得你有些不对劲，原来是衰老了。"

可是，她才多少岁，怎么就早生华发？也没什么事让她忧心吧，难不成是她没吃好没睡好？

听了他的话，厉氏眼神更暗淡，低头道："的确是衰老了，模样也丑了许多。爷向来喜欢美艳动人的女子，妾身继续留在您身边也是硌硬，想着不如走了。"

"走？"穆无垠愣了，"你能往哪里走？"

厉氏一家被牵连，早就流放了，除了这里，她在别处再也没有家了。

"爷不用担心，"厉氏道，"妾身还有远房亲戚，去他们那边过完下半辈子也不是不可以。"

穆无垠心里有些恼，不高兴地道："你这是宁愿寄人篱下，也不愿陪我过下去？"

怎么过？用这般模样陪他过？厉氏眼眶红了，他早晚会厌弃她的，哪怕因为一时同情，留她在这里，早晚也会迎更多年轻漂亮的女子进门，她就得继续当他的管家，跟以前一样，孤独地守着一个院子，等着一个永远不会爱她的人。还不如趁着现在他心里尚念着自己两分好的时候赶紧离开。

"爷会有很多人来陪。"垂了眸子，厉氏道，"反正您最喜欢的那位已经不可能回到您身边了，其余的人，谁陪都是一样的。"

"你还是在意姜桃花？"穆无垠抿唇，"她现在已经有了归宿，而且过得很好。你也说过她再也不可能回到我身边，你还计较她做什么？"

"不是计较，"厉氏摇头，"妾身只是累了。"

挣扎这么多年也走不进这人心里，努力这么久好不容易让他对自己有了些好感，但还比不上人家挺着肚子路过一次。他心里分明是还有姜桃花的，只要有，她就怎么都进不去。若自己还是以前的容貌也就罢了，现在……变丑的女人都是不自信的。厉氏勉强笑了笑，从他手里拿过东西，继续收拾。

穆无垠与她认识这么久，从来都是他高高在上，她卑微进尘埃里，所以他从未尝试过跟她说软话。他眼睁睁地看着她收拾东西离开，自己在后头跟着，也不知道说什么好。

要留吗？可是刚刚他的话就是挽留的意思，她不听啊。要让她走吗？她这样去亲戚家，真的不会被欺负吗？

一路走到门口，厉氏回头看了穆无垠一眼，安静地等了等。

穆无垠皱着眉，犹豫了许久才问："你身上的银子带够了吗？"

"带够了。"厉氏轻笑一声，朝他行了个大礼，再起身就头也不回地走了。

姜桃花和沈在野吃晚饭的时候没看见另外两个人，让青苔去找，才发现穆无垠在门口蹲着。

"穆公子这是怎么了？"好奇地看了看他，姜桃花觉得意外。

穆无垠蹲在门口，看起来像没了家的孩子，可又有些气鼓鼓的，像在跟谁赌气。这是什么情况啊？

沈在野也有些诧异："您这是怎么了？"

"她走了，"穆无垠闷声道，"说去亲戚家住了。"

"厉氏？"姜桃花挑眉，看了他一眼，"您既然舍不得，做什么不去追？"

"我……"穆无垠有些无奈，"我追上她能说什么呢？她去意已决。"

姜桃花连连摇头，道："这就是您不了解女人了。她说要走的时候，哪怕在您面前多停顿一瞬，您也该毫不犹豫地拉住她，强硬地不让她走！"

怔愣地回头看她一眼，穆无垠问："你怎么知道她停顿了？"

"很难猜吗？"姜桃花道，"一个喜欢您的女人，怎么会离开得那么洒脱？心里定然是想着您留住她的。可您……看样子是没挽留。"

颇为懊恼地扔了手里的石头，穆无垠抿唇道："我就是想留她，她还看不出来？"

"有些话要直接说出来才行，总让人猜，人家也是很容易多想的。"姜桃花一本正经地道，"身为男儿，就该有话直说，喜欢哪个姑娘就明明白白告诉人家，然后把人家留住。您说您，不态度诚恳地去留，现在在这儿懊恼又有什么用？"

穆无垠有些恍然，起身就往屋子里冲，没一会儿就提了个包袱出来，对他们道："她走了许久，我追她回来可能会很晚，要在外头过夜，你们两个在这宅子里自便吧。"说罢，他卷起一阵风就跑得没了影。

沈在野深深地看着他的背影，许久之后才侧头，盯着旁边的人。

感受到他炙热的目光，姜桃花莫名其妙地看他一眼："怎么？"

"从在和风舞第一眼见你开始，我好像就看上你了。"沈在野很是认真地道，"所以以后，你都留在我身边，莫要离开了吧？"

姜桃花："……"

心里微动，有些甜还有些酸，她别开头，讷讷地道："爷怎么突然想起说这个了？"

"不是你方才说的吗，"沈在野道，"身为男儿，就该有话直说。"

他倒是把这句话听进去了。姜桃花失笑，摸了摸自己的脸，盯着他道："原来爷也是个好色之人。"

"什么意思？"

"您不是说在和风舞第一眼就看上妾身了吗？"姜桃花道，"这第一眼难不成不是看长得好不好看？"

沈在野顿了顿，很认真地道："我只是觉得你装晕的样子傻得有些好笑罢了，至于容貌，倒是没看清楚。"

姜桃花："……"

怎么就傻了？她当时多么机灵！

"你呢？"沈在野问，"你什么时候对我动的心？"

他以前闷不吭声的，从来不表露心迹，现在一旦说开了，倒是够直接的。姜桃花眼神飘忽了好一会儿，才道："妾身不记得了。"

沈在野眯了眯眼，不高兴了："什么叫不记得？"

"是当真不记得了。"姜桃花道，"先前一直觉得您是个可以依靠的人，跟着您有肉吃，后来……就习惯了跟着您。"

这答案可真不能让人满意。沈在野抬头望了望天，感叹道："原来在这感情上头，我还是输了你一局。"

先动心的竟然是他。

"有什么要紧，"姜桃花撇嘴，"妾身输您那么多次，您还一次都不想让妾身赢了？"

沈在野低笑一声，伸手拥住她，抵着她的额头道："你这一次赢了，我这一辈子便都是你的了。"

姜桃花开心地笑了笑，也伸手抱住他，微微红了眼。

这一辈子要是能更长些就好了。

不知道穆无垠最后有没有追上厉氏，这两人又会是什么样的结局。第二天姜桃花他们继续上路的时候，这宅院的主人还没回来。

"看样子没办法道别了。"姜桃花感慨道，"好不容易这么有缘遇上。"

"道别有什么意思，"坐上车，沈在野拿来一条柔软的毯子给她垫好，低声道，"各自都有各自的日子，山长水远，江湖不见最好。"

这一次不见，以后就当真不能再见了吧？姜桃花笑了笑，双手合十，真诚地祝愿这夫妻二人能和和美美过完下半生。

四人继续赶路，姜桃花的身子状况好了不少，一路上又是能说能笑的了，而且看见什么都觉得稀奇。他们一路上停停走走，倒是多花了几日才到他们想到的地方。

"这是哪里啊？"站在一个山头上，姜桃花看了看满山的桃树，花还没开呢。

"你跟我来。"沈在野伸手拉住她就往山里带。

姜桃花好奇地跟着，穿过几条小径，满心欢喜地以为会看见一座幽静别致的农家小院。结果，她看见了一座大宅子。没错，就是那种红墙黄瓦，看起来像官邸的大宅子，巍峨地耸立在一片桃林中。

姜桃花："……"

"不喜欢吗？"沈在野挑眉，打量了那宅子两眼，"修得还不错啊。"

"爷，"姜桃花有点崩溃，"您不觉得在这种地方修这种宅子格格不入吗？"

"还好，大魏国都的行宫外头就有这么一片桃树，桃花映着红墙黄瓦，看起来倒是好看。"沈在野很认真地道，"而且这种宅子住起来很舒服，不信你进去试试。"

姜桃花哭笑不得，很抗拒："妾身想要个篱笆小院！"

"那太简陋了，山里湿气也重。"沈在野皱眉，"你这身子，还是好生养着吧。"说罢，他直接将她抱起来，强行带进了宅院。

姜桃花选择了沉默。她怎么忘记了，沈在野不是个好官啊！要是把他的金库偷了，里头的银两怕是比赵国那几个官员加起来的还要多！这样的人，哪里肯清贫度日？

她气鼓鼓地在窗户边蹲着，跟只孬了毛的猫咪一样，看着窗外的桃树，闷声不吭。

沈在野捏起一支发簪插在她头上，然后道："先吃饭。"

"这里跟相府有什么区别啊？"姜桃花沮丧极了，"一院子的下人，高墙大院，就是外头的环境变了变罢了！"

"不好吗？"沈在野道，"该有的区别都有了，这里不会有人来找我做事，也没有一院子不消停的女人，你想做什么就能做什么。"

"也不是不好。"闷闷地看他一眼，姜桃花伸手比画，"但在妾身的想象里，这里应该有一个寻常的院落，没有别人，只有你我二人，然后早上看个日出、晚上看个日落什么的，不是很好吗？"

"主子，"青苔垮了脸，"只能有你们两个人，那奴婢怎么办？"

看她一眼，姜桃花眯了眯眼："你也老大不小的了，自然是该嫁人去。"

嫁人？青苔打了个哆嗦，连连摇头："奴婢还是喜欢跟着主子。"

"你喜欢跟着就跟着吧，反正这宅子也大。"叹了口气，姜桃花认命了，想了想，正正经经地问了沈在野一句："有产婆吗？"

沈在野一顿，神色微紧，点了点头，道："大魏最好的几个产婆一早就让人送过来了，这院子里大夫、医女、接生婆，什么都有。"

"好，"姜桃花笑了笑，"那我就放心了。"

看了看她微微凸起的肚子，沈在野闭了闭眼，情绪瞬间有些低沉。姜桃花却像个没事人一样，恢复了活泼的样子，开始拉着他在这宅子里四处看。

这宅子是沈在野很早之前为自己准备的，他想着总有一天能用上。只是这宅子外头原本用假山石布满阵法，以阻止外人进来，现在却变成了漫山遍野的桃花。等春天到了，一定会很好看吧。

"爷，"摸了摸刚刚被戴在自己头上的簪子，姜桃花好奇地拔下来看了看，"您送这个给妾身做什么？"

一支白玉簪子，瞧着有些眼熟，却格外秀气，像羊脂白玉，价值不菲。

"这是珍宝轩前不久上的货，"沈在野一本正经地道，"最贵的一支。"

啥？姜桃花有点没明白他是什么意思，结果一抬头就看见了他头上簪着的她曾经买来送他的那支白玉簪。一瞬间，聪慧的姜桃花就明白了这是什么意思。她了然地点头，抱着沈在野的胳膊就是一堆好话："爷真是太有心了，妾身很喜欢！"

沈大爷听得很满意，看向她的目光也温柔了不少，低声道："这一对白玉簪，算是天下独有。"

姜桃花心虚地点点头，没好意思告诉他她以前还送过徐燕归一支白玉簪，估计这位大爷知道后得翻了天。不过，他竟然会有这种小心思，倒是……挺让人意外。

意外又愉悦。

几人都在这宅子里安顿下来，姜桃花终于过上了她梦寐以求的混吃等死的好日子。只是她的脸色一天比一天差，不管沈在野寻什么方子找什么药材，她的肚子越来越大，身子却是越来越瘦。

沈在野很着急，整个人就像一头暴躁的狮子，只有守在姜桃花身边的时候能暂时压住脾气，温和地让她吃饭、睡觉。

一天，喝完药，姜桃花拉了拉沈在野的袖子，笑着问他："这都三月份了，桃花怎么还不开？"

沈在野脸色有些不好看，将她搂在怀里，看着外头道："大概是这山里太冷了，所以还有两个月才开吧。"

姜桃花点头："那我等着。"

装解药的瓶子在青苔那里，沈在野一直没敢去看里面到底还剩多少，直到有一天醒来的时候觉得心里疼得发紧，他才起身去问青苔。

青苔眼睛通红，没敢去姜桃花跟前伺候，看着沈在野，只能道："爷再好生陪陪主子吧。"

沈在野瞳孔微缩，他伸手拿起旁边放着的瓶子看了看。

空空如也。

五月份了，这山里却像春天刚到一样，一阵风从窗口吹进来，带来不少桃花的花瓣。

姜桃花靠在床边看着，手轻轻捂着自己硕大的肚子，低声道："爷，可以看桃花了。"

"你这样子不能出去，"沈在野抿唇，"若是想看，我替你摘进来。"

"摘进来的有什么意思？"姜桃花撇嘴，"好不容易住进了桃花山，您就不能让妾身亲眼看看漫山遍野的桃红色是什么样子的？"

沈在野看了看她的脸色，很是犹豫，姜桃花却一贯有办法让他答应——抱住他撒娇！

"好。"喉咙莫名发紧，沈在野将她抱了起来，手掌触碰到她身上的骨头，眼里忍不住红了一片。

"父皇给我们取名字的时候可偏心了。"姜桃花抱着他的脖颈笑道,"皇姐出生的时候,他翻了许久的书,取了'素蘅'二字;长玦出生的时候,因为是唯一的皇子,他也花了点心思。只有我,是他觉得宫里的桃花开得好,顺口取的。"

沈在野抱紧她,低声道:"我很喜欢这个名字。"

"我也很喜欢,不为别的,就因为桃花跟我一样好看。"姜桃花嬉笑着说了一句。

两人刚好跨出大门,姜桃花一转头就看见了满山盛开的桃花。

"开得真是时候。"笑了笑,姜桃花伸手接住风吹来的花瓣,低声道,"不过,爷以后还是换个地方住吧。"

心口猛地一揪,沈在野抱着她半跪在地上,好半天才声音沙哑地道:"不住这里,我又能去哪里?"

"随便去哪里都好。"姜桃花眯着眼睛笑,"爷在这里,太孤单了。"

别的地方还好,这漫山遍野的桃花,他日夜看着,她心疼。

沈在野固执地摇了摇头,道:"离开这里,我才是这天下最孤单的人。"

他想在这里一直陪着她,哪怕她没了呼吸,长眠于此,他也想继续陪着她。经过那么多事情两个人才在一起,他说什么都不会再跟她分开。

姜桃花失笑,叹了口气,正想说话,脸色却一白。疼痛如约而至,没有解药的时候,疼起来就如万蚁噬心,这种感觉让她觉得熟悉又恐惧,她只能死死地抓着沈在野的手,咬着牙,不敢喊出声来。

这老天爷是不是也姓吕,为什么就连死也要让她这么痛苦呢?

刚开始姜桃花还能挺住,但很快她就浑身痉挛,连着肚子一起痛的时候,她哭了,趁着还有力气说话,她连忙把沈在野推开:"去找大夫跟医女,说不定会早产……"

沈在野立刻回头让远处的湛卢去叫人。

姜桃花咬牙道:"你也别在这里留着!走!"

"不要。"沈在野抿唇,将她抱在怀里,伸出胳膊让她咬着,手也任由她掐着,红着双眼道,"你总不能在这个时候推开我。"

这么狼狈的样子,他也要看?姜桃花埋头在他怀里,疼得忍不住低吼,甚至声嘶力竭。

无所不能的沈在野这会儿什么也做不了,只能抱着她,手足无措地想减轻她的痛苦,但一切都是徒劳。

姜桃花大口大口地喘着气,感觉天上好像下雨了,雨水一颗颗地砸在她的脸上,有些温热,瞬间又冰凉。

"怎么办……"姜桃花努力保持清醒,按了按自己的肚子,"我这是要流产还是要早产啊?疼得太过,它会不会也受不了?"

大夫和医女已经来了,围着这两个人,不敢贸然上前。

姜桃花疼得头晕目眩，眼角余光看见他们，连忙道："快想办法，救救我的孩子！"

医女上前把了把脉，又看了看她的身下，忐忑地对沈在野道："主子，把夫人抱进去吧，可能是要生了。"

沈在野一顿，抱起姜桃花，大步回到院子里。但他看起来一点也不着急，把她放在床边，双目很是温和地看着她。

"爷不想要这个孩子？"看着他这表情，姜桃花勉强问了一句。

"我只想要你。"

没了她，他也不会活太久，该做的事情做完了就去寻她，若留个孩子下来，谁来照顾？

姜桃花笑得泪水涟涟："爷还记得在穆无垠夫妇那里打的赌吗？是妾身赢了。"

沈在野没吭声。

"当时……我们说好的，输了的人要答应赢了的人一个要求……必须做到。"深吸一口气，姜桃花突然精神了不少，抓着他的手道，"妾身最后一个要求，若这孩子能活，爷伴他一世平安喜乐；若他不能活，爷自己也要好好活着。再遇见装晕、很傻、让您动心的姑娘，就跟她好好过完一辈子。"

沈在野心头大痛，咬牙道："做不到！"

姜桃花皱眉，想说"不带这样耍赖的"，结果那一席话已经用掉了她所有的力气，她不禁整个人瞬间陷入一片黑暗。

"夫人！"医女和接生婆连忙将沈在野推开，掐人中的掐人中，塞参片的塞参片，屋子里一片兵荒马乱。

有丫鬟来劝沈在野："爷先出去吧。"

沈在野没动，就站在离床边不远的位置，沉默地看着床上的人。

众人都拿他没什么办法，只能随他去。

青苔蹲在门口哭够了才进来，看着床上自家主子紧皱的眉头，却忍不住又要掉眼泪。蛊毒发作有多痛苦，她是知道的，一般到后来，主子都会直接昏迷，人事不省。然而这一次，主子在挣扎，拼了命地都想醒过来，把孩子生出来。

前些日子主子就预料到了今日的情况，所以悄悄地把她叫到跟前，低声道："要是毒发的时候孩子能保住，你们就尽全力保住孩子，我反正是要死的。"

"主子……"青苔咬牙，"奴婢肯定是要想法子先保您的。"

"傻不傻？"姜桃花摇头，"你保我一人，说不定就是三条性命一起没了，但保了这孩子，死的就只是我一人。"

什么三人、一人的，青苔那时候听不明白，但是刚刚看见相爷的模样，她突然就知道了。主子是想用这孩子撑着相爷好好过下去，为此，她哪怕疼得像在油锅里煎熬，也要把这孩子生下来。

她见过自家主子很多次拼命的时候，为了生存，或是为了得到想要的东西，她都会拼尽全力，那模样看着让人觉得这世上真是有很多事可以努力做到的。

然而她没见过主子像现在这样拼命的时候，像在努力拖着黑白无常的脚步，想留个孩子给自己的丈夫。以往无论做什么事，主子都会记得给自己留退路，然而这一次，主子是直接奔着死去的，她心中有种说不出来的悲伤。

"啊！"姜桃花痛醒了，终于睁开了眼，大口喘着气，蛊毒的疼痛好像消退了些，也不知道下一波是什么时候，她连忙抓着身边的接生婆道："快，告诉我怎么生。"

接生婆被这架势吓着了，手都有些抖。饶是接生过很多次，她也没遇见过这种要跟阎王抢孩子的女人，而且……她的脸色难看得像个死人。

"你别紧张！"姜桃花安抚她，"深呼吸。来，吸气，呼气……然后告诉我，怎么生。"

旁边的几个接生婆都哭笑不得，看着她道："夫人这不是懂吗？就是您方才说的那样，羊水已经破了，您深呼吸，顺着小的们手的力道用力。"

姜桃花乖乖地照做，她脸色发青，本来想咬着东西不吭声，然而生产的阵痛简直比蛊毒还可怕，她按捺不住，还是叫唤起来。

第五十章 桃花

沈在野听得站不住,想走过去,见床边又全是人,忍不住暴怒:"都给我让开!"

青苔皱眉挡在他面前:"您过来也帮不上忙,就在旁边等着吧。"

这还是她头一次敢这么跟沈在野说话,也是一时情急没有办法,主子唯一的愿望就是把孩子生下来,他要是胡来,岂不是让主子走得不安心?

沈在野瞪她,青苔也壮着胆子顶着,一步不让。

两人正在对峙,突然听得背后众人齐声惊呼:"出来了!"

姜桃花已经不再喊了,但也没听见婴儿的啼哭声。

青苔心里一凉,慢慢地回头。

沈在野也是一僵,抬头朝床上看过去。

几个接生婆围着一个孩子,正在剪脐带,可那孩子浑身青紫,像个死胎,不哭也不叫。

"这……"经验老到的接生婆也慌了,要不是眉目还是个婴儿的模样,她们当真得以为这妇人生了个妖怪!而且,初生的婴儿不哭,那就……多半是死的。

"节哀,"接生婆小心翼翼地对床边的沈在野道,"这孩子。"

"拿来。"沈在野伸手。

新生儿还没洗澡,身上脏兮兮的,接生婆还是拿个东西包着,递给了他。

沈在野低头看了看这小家伙,她闭着眼,一声不吭,跟她床上躺着的母亲一模一样。

是个女儿。

沈在野心里一软,伸手拍了拍她,算是……送她一路好走吧。

结果,他怀里的小家伙突然哇的一声哭了出来,接着撕心裂肺的啼哭声就响彻整个宅院,惊得沈在野差点就把她丢出去。

青苔大喜,接着又哭又笑,她连忙把孩子接过来看了看,高兴得直跺脚:"活了活了!"

沈在野一怔,眼睛一亮,连忙低头去看床上的姜桃花。

连孩子都能活,那么她呢?

床上的人安静地躺着，像燃尽的蜡烛，面色枯槁，没有一点生气。

沈在野瞳孔微缩，连忙上前拉起她的手，却发现触手冰凉，如同握着冬日里的干柴火一样，僵硬又干燥。

屋子里的人都愣了，旁边的医女犹豫了许久，想上前给她诊脉，却被沈在野拦住了。

"你们都出去吧。"沈在野道，"我陪着她。"

"爷？"青苔有些慌，抱着婴儿站在他旁边道，"您不先给小姐取个名字吗？"

"等她母亲醒来取吧。"沈在野温柔地将她的鬓发别在耳后，连头也没转，声音很轻地道，"若是她母亲醒不过来，你们便抱着她去找陛下，让陛下一定要好好翻翻书，给她取个好听的名字。"

青苔有种不好的预感，不禁皱紧了眉，她以为沈在野这样的人是不会痴心到要随主子去的，所以只要孩子生下来，让他有个念想，他应该会如主子所愿好好活着，将孩子养大。结果，他连看都不多看这孩子一眼。这该怎么办？

见屋子里的人都一动不动，沈在野有些不耐烦，干脆将姜桃花抱起来往外走。

怀里的人没有热度，也没有呼吸和心跳，沈在野装作没有感觉到，将她抱到花瓣落得最多的地方，再将她放下来，然后自己靠在树干上，让她靠在自己怀里。

"这里风一吹，就跟下桃花雨一样，我猜，你也会喜欢。"低笑出声，沈在野喃喃道，"只是山里比外头冷，花开得终究晚了，不然你还可以在这林子里跑来跑去。想爬树的话，只要我在，你就可以爬。你该再等等的。"

风吹过来，卷得他们满脸满身的花瓣，眯人眼睛。

沈在野笑了笑，拥紧怀里的人："现在，你也得等我，走慢一点。"

等看完这一场花雨，他得亲手将她葬在这里，不然她没个亲人送葬，孤独上路，来世也会孤身一人。之后，他再去追她，也是来得及的。

沈在野的心里有家国天下，有万里江山，要是在一年半前，有人对他说"你会为一个女人殉情"，他定然觉得那人有病。他能做的事情有很多，该做的事情也有很多，怎么可能轻易放弃自己的生命？然而，真正到了这个时候，感受着怀里的人一点点冰冷下去，他发现这世上所有的事情都没什么意义了，做来有什么用？她再也不会回来，他身边再也不会有这样一个傻子，总是跟他顶嘴，也总喜欢一开门就抱住他，会做桃花饼，笑起来盈盈动人，充满算计，睡着的时候毫无戒备，可爱极了。他要去哪里才能找到她？如果是黄泉，那就去吧。

湛卢站在远处，七尺男儿本是不应该轻易落泪的，但瞧着这场景，他忍不住跟着抹了抹眼睛。上天真的不能眷顾这两个人一次吗？他们经历了那么多的事，换不来一个花好月圆？

天黑了又亮，满山的桃花在一夕间全部被风吹落，铺满天地。

沈在野动了动僵硬的身子，垂眸，将怀里的人抱了起来。就算他再抗拒，心里也明白姜桃花已经去了，所以在抱她的时候，他知道她的身子会很僵硬。然而，他伸手一搂，她身子竟然是软的。

怔了怔，沈在野低头看向她。

不知道是不是桃花瓣吹得太多，她的脸上竟然有了血色。

沈在野盯着她看了一会儿，不禁深吸一口气，再屏住，将头低下去听了听。

微弱的呼吸声，伴随着心跳，清晰地传进他耳朵里。

心跳剧烈得像要跳出喉咙，沈在野咬牙，立马抱着姜桃花往宅子的方向跑。被压了一宿的腿有些麻，来不及适应主人的动作，导致沈在野重心不稳，直向前摔！他一惊，在空中飞快地换了方向，把人护在怀里，然后重重地摔到一堆花瓣上。

"主子！"湛卢和青苔都连忙赶了过来。

湛卢扶起沈在野，青苔想接自家主子，却见相爷死死将人护着，不肯给她。

"爷？"不知道发生什么事的两个人好奇地看着沈在野小心翼翼地听着怀里人的动静，然后继续跟疯了一样往前跑。

他们都以为相爷受了什么刺激，然而跟上去后见他很是清醒地将一位大夫拎了过去，眼里亮晶晶的，像点亮了无数的灯。

"给她看看。"

大夫一愣，忐忑地搭上姜桃花的脉，先是一愣，继而叹息："夫人有些顽强，怕是要弥留一会儿，这应该是回光返照，因为她的心脉已经衰竭，想保住这命，很难。"

"不可能。"沈在野摇头，"她已经活过来了，有了呼吸，那就能救！"

"这……"大夫脸色有些发白，害怕地看他一眼，然后道，"有什么灵丹妙药的话，爷可以试试，至于这结果……老夫真的不敢担保。"

灵丹妙药？旁边的青苔像突然想起了什么，立马跑到旁边，拿出一瓶子药："上次那个神医说，这东西也许可以救主子一命！"

沈在野一顿，立马把药接过来，和了水就想给姜桃花喂下去。

大夫在旁边看了看，闻着清香的药味儿，诧异地道："这倒的确是个好药！"

"能起死回生吗？"青苔连忙问。

"不能，"大夫摇头，"但若一息尚存，那就还能试试。"

沈在野完全听不见他们说话，一双眼变得赤红，他捏着药丸，却怎么也塞不进姜桃花嘴里。

这时候青苔才想起来，自家主子在昏迷的时候是怎么也不肯松口的。

"怎么办？"青苔慌了。

沈在野却没犹豫，直接把药丸塞进自己嘴里，拿舌尖抵着，强行吻上姜桃花的唇，推进她嘴里。

"别吐出来。"他在姜桃花耳边低声道，"我不会害你，别吐出来。"

床上的人皱了皱眉，像当真听见了一样，吞下了药丸，之后就再也没动静了。

青苔松了口气,沈在野的脸色却依旧难看,一双眼死死地盯着姜桃花,想看这药丸有没有用。然而,床上的人半晌也没什么反应,只是气色又好了些。

沈在野有些急躁,拎着大夫就问:"现在怎么样了?"

大夫吓了一跳,连忙道:"爷别心急,药见效也是要等的,不过看夫人这面色……兴许是有救的。"

渐渐地,姜桃花脸上的青紫色全部褪去了,小脸蛋恢复了先前的红润,呼吸也开始明显而有力。

沈在野心头猛地一松,差点没站稳。

湛卢连忙扶着他,又高兴又着急:"夫人有救了!爷,您也得保重,先去吃点东西吧。这么久没进食,您身子再好也扛不住的。"

"你把膳食端进来就是,"沈在野道,"我就在这里吃。"

这屋子里满是血腥气不说,还有药气,要是往常,自家主子是绝对会嫌弃的,可现在他竟也能在这样的环境里用膳了。湛卢觉得喉咙发紧,看了他一眼,还是应了,转身出去。

他觉得自家主子是这天下最绝情也最深情的人,他们不知道,他却最清楚。

很久之前主子就做好了准备,让他给夫人和他都备好棺木,他会送夫人上路,再由自己来送他。谁都知道一贯有"孤身上路来世会举目无亲"的说法,但是主子舍不得夫人孤独,却完全没考虑过他自己也是无亲友送葬的。

睿智毒辣的沈在野,算尽了天下人,一身的功名,最后只想薄葬在这桃花山,连宗庙祭祀都不享。湛卢觉得心酸。好在事情有了转机,只要夫人活过来,他一定会好好跟她说,自家主子真的是这天下对她最好的人。

姜桃花像做了一场很长很长的梦,陷在黑暗里,像是怎么也走不出来,她一时急了,便喊:"沈在野!"

声音在四周回荡,前头不远处突然出现了点光。姜桃花一喜,提起裙子就往那边跑,跑着跑着发觉哪里不对劲,她伸手一摸肚子,瘪了!

"我孩子呢!"心里一凉,姜桃花跌坐在地上抱着肚子不停地找,"我孩子哪儿去了?"

前头的光朝她照了过来,姜桃花也没在意,只想着找孩子,身子却冷不防地一沉,整个人从梦里惊醒。

她第一眼看见的是头顶的床帐,再一眼,就看见了有些憔悴的沈在野。

他依旧板着脸,像早晨叫她起床似的,睨着她道:"醒了?"

心里不知为何涌出一种久别重逢的喜悦,姜桃花伸手就朝他撒娇:"要抱抱!"

沈在野喉头微紧,什么也没说,伸手就将她抱了起来。

姜桃花轻得不像话的身子,跟枯柴一样,没想到她竟然真的活下来了。

"爷？"姜桃花只打算抱他一下，结果这人抱她起来就死扣着不撒手了，刚刚他不还是张木板脸吗？

她正想说他两句，却觉得肩窝一暖，有什么东西顺着她的肩膀往下流，刚开始有些温热，转瞬又变得凉凉的，像极了那天桃林里下的雨。姜桃花怔了怔，心口暖得一塌糊涂，马上用力回抱他，装作什么也没发现的样子，等他缓过来。

以前她总是感觉不到沈在野对自己的在乎，这人心里装的东西太多了，她觉得自己大概只占一个小角落。现在，她当真明白了，这人视她如生命，很喜欢很喜欢她。

真好。

沈在野松开她的时候，脸上已经什么都看不出来了，只问她："饿吗？"

当然饿啊！姜桃花正想要肉吃，结果一摸肚子……

"我孩子呢？"心又凉了，姜桃花讷讷道，"难不成那梦是真的，我孩子真的没了？"

沈在野一愣，这才想起还有个孩子，连忙道："有的，你生下来了，是个女儿。"

"真的？"姜桃花眼里已经泛泪光了，"你没骗我？"

沈在野点头，连忙让青苔去把孩子抱过来。

听见婴儿的啼哭声，姜桃花才算是彻底松了口气，接过襁褓，仔细看了看。

"她……"有些意外，姜桃花眨眨眼，"她为什么是紫色的？"

青苔没敢吭声，沈在野一直没过问，自然也不知道这是怎么回事，只能又将那大夫请过来。

"夫人身上的蛊毒已经没了，"大夫硬着头皮道，"那药也将您的命救了回来，已经是不幸中的万幸。"

"然后呢？"姜桃花心中有种不好的预感，沉了脸色，看着他，"我的孩子怎么了？"

大夫退后两步，连连拱手："这位小姐一出生就带着毒，算是她救了夫人一命，但她能活多久……老夫不知。"

刚以为终于逃出困境，原来却是进了另一个坑。姜桃花脸色白了，她怔愣地抱着怀里的婴儿，不知道说什么好。

沈在野皱眉，将她们母女二人都拥在怀里，道："会好的，既然她还活着，就会好的，你先别急。"

怎么可能不急？！

姜桃花有些不知所措，她知道身中蛊毒有多难受，不可能眼睁睁看着这么小的孩子受那种苦！

"我活了，她就要死吗？"她低声问。

沈在野闭眼："孩子总会再有的。"

他实在不会安慰人，说完这一句就不知道说什么好了，只能拥着她，任由她哭。

襁褓里的小家伙像感觉到自己母亲伤心了，也哇哇哭起来。她一哭，姜桃花就慌忙停了下来，温柔地哄着她："别哭别哭。"

她没做过母亲，看着孩子哭，又急又心疼，却不知道该怎么办，只好笨拙地哄着哄着。怀里的小家伙却慢慢地不哭了，安安静静地又睡了过去。姜桃花红着眼不敢哭了，看起来可怜巴巴的。

沈在野无奈，只能一下一下地摸着她的头发。

因为是母胎里受毒，小家伙浑身发紫，但不知道为什么，除了这一点，她其余表现都十分正常，能吃能睡，就是因为是早产儿，看起来小了些。

心惊胆战地照顾了她几天，姜桃花发现她并没有蛊毒要发作的迹象，但还是很不放心，打算等月子过了便去找薛神医给她看看。

结果，她师父就跟有千里眼顺风耳似的，上门了。

"你还好吗？"千百眉笑着问她。

"捡回了一条命。"姜桃花一看见他就想哭，红着眼睛将襁褓里的小家伙递过去，"师父帮我救救她吧。"

千百眉接过襁褓，眼神幽深地看着那小家伙，道："吕氏死的时候多半还是恨着你的，所以她只说中了蛊毒不易怀孕，却没告诉你，一旦怀孕，蛊毒便有解。为师在苗疆游历了三个月，终于知道了这一点，所以便赶着回来看你。"

"有解吗？"姜桃花突然兴奋起来，要不是沈在野拉着她，她肯定要跳下床了，"师父的意思是，她还有救？"

"蛊毒是从你那儿转移到她身上的。"千百眉道，"转移的蛊毒有三年的蛰伏期，这三年的时间就让她随为师去苗疆，长泡万灵草水，兴许能捡回一条命。"

三年？姜桃花皱眉，有些不舍："必须要这么长的时间吗？"

"你该庆幸的是，她还有三年的时间可以尝试。"千百眉垂眸，"别人，是根本连机会都没有。"

别人？姜桃花怔愣，下意识地问："还有谁也中了蛊毒不成？"

千百眉笑了笑，一手抱着小家伙，一手温柔地摸了摸她的头发："没有别的谁了，为师只是说说而已。这三年时间，你就在这山里等着为师回来，可好？"

姜桃花有些犹豫："要一直留在这里吗？可爷他……"

"我没有别的事要做，"沈在野道，"在这里留多久都可以。"

姜桃花一顿，笑了笑，朝千百眉点头："那好，徒儿就在这里等着。"

"说话要算话，"千百眉笑道，"不然，这孩子，我可就不还给你了。正好瞧着她根骨不错，培养起来再当个徒儿，也未尝不可。"

姜桃花哭笑不得，道："徒儿知道了。"

千百眉在这里住了两日，看着漫山遍野的桃花树，对沈在野道："你真是费心了。"

沈在野对他的态度好了不少，颔首道："哪怕没有你，我也能让她过上安稳的日子，但你能告诉我为什么要将她留在这里三年吗？"

千百眉垂眸："她要是出去，重新回到纷乱之中，不是好事。"

"你是怕大魏终究有一天会再度攻赵吗？"沈在野问。

"不用攻。"千百眉摇头，"用不了一年，赵国自然会落在大魏手里。"

什么意思？沈在野不解。

千百眉却看着他笑道："那小家伙前半辈子吃了太多的苦，操了太多的心，你以后就与她在这里好生过日子，莫要再问世间之事。若有朝一日你收到什么消息，也多为她想想，瞒着她最好。"

心里隐隐有些不好的猜想，沈在野没说出来，只点了点头。

在对姜桃花好的事情上，他们两人总能合作。

孩子被千百眉抱走了。

姜桃花愁眉苦脸地抱着几本书，道："临走都没能给她决定个好名字。"

"名字随缘吧。"沈在野道，"你有这份心就可以了，也不必非引经据典取个万分好的出来。"

姜桃花叹气，沈在野伸手搂住她，低笑着道："等你身子好了，咱们再生一个吧。"

"嗯。"姜桃花点头，突然想起了什么，道，"这世上怕是有不少人觉得我已经死了，包括长玦，那孩子肯定会很难过，咱们寄封书信去知会他一声如何？"

"好。"沈在野垂眸，"我去帮你写，你好生歇着吧。"

姜桃花点点头，擦了手和脸，又继续倒回去睡觉。

送信出去的时候，沈在野吩咐湛卢："回信先不要给夫人看，私下先给我。"

湛卢应了。

但是没想到，这一封信送出去，回信来的时候已经是第二年年初。这一年的时间里，姜桃花能吃能睡，快速地被沈在野养回白白嫩嫩的状态。

山里的桃子结了果子，山下村子里的孩子爱来摘。他们本以为会被骂，没想到主人是个长得跟仙女一样的大姐姐，温柔地跟他们说，随便摘，还可以拿去卖，但是他们得帮忙打理桃林。于是小孩子们都跟她亲近起来，时常来陪她玩，清冷的山里热闹起来。

姜桃花很多时间都是跟沈在野腻在一起，吵架、斗嘴、再撒娇、和好。她学会了做很多菜，也给沈在野做了很多衣裳。沈在野终于变得温柔、体贴，虽然脸上的笑容偶尔看起来还是不怀好意，但是她知道，他心里疼她疼得一塌糊涂。

沈在野觉得，这样的日子，他愿意一直过下去，与世无争，安乐自在。

然而，姜长玦的回信像一把刀子，将这平静的日子划了道深长的伤口。

"你收到这封信的时候，朕应该已经不在这人世了，赵国无人可托，普天之下，除了穆无瑕，再无明君，所以赵国愿意举国归顺，还请姐夫同大魏陛下善待赵国子民。"

沈在野心里一沉，瞬间明白一年前千百眉的话是什么意思。他一早就知道姜长玦会死，让他务必瞒着桃花。

姜长玦是个了不起的孩子，虽然年纪不大，却在这一年之内让赵国逐渐恢复了繁荣景象，如今赵国虽然依旧不能与大魏抗衡，但已经不容小觑。

举国归顺，听起来有些鲁莽，却是最正确的决定，这天下穆无瑕是迟早要统一的，若他不在了，赵国无人可托，注定被战火包围。而赵国若是归顺，穆无瑕就绝对不会挑起战火，甚至会善待赵国官员和百姓。当真是心怀天下。

"爷在看什么？"推门进来，姜桃花笑眯眯地问了一句。

沈在野垂眸，不动声色地将那封信放进书里夹着，然后笑道："徐燕归来信了，说已经与顾氏成亲。"

"啥？"姜桃花瞪圆了眼，"这都不请咱们去喝喜酒？"

"我送了贺礼，喝喜酒就不必了。"沈在野道，"这里的日子很平静，何必再出去呢？"

"说得也是。"姜桃花点头，走到他旁边问，"长玦还没有信回来吗？"

"还没。"沈在野道，"估计是日理万机，实在匆忙，就不曾回信。"

"他过得好就好。"姜桃花点头，感叹道，"我如今也没什么心愿了，就想让女儿平安回来，再看长玦子孙满堂。"

沈在野点头："会实现的。"

姜桃花笑了笑，把手里的桃花饼给他，然后又兴冲冲地跑出去跟孩子们玩了。

"大姐姐，"小虎抓着树枝跑过来，对姜桃花道，"你为什么不去山下看看？最近可热闹了！"

"热闹什么？"姜桃花温柔地问他，"有喜事吗？"

"不知道是什么事，只说陛下大赦天下，与民同庆，官府都在发钱粮呢！"

穆无瑕是个好皇帝，大魏开拓疆土的过程中，完全不曾有人起义，百姓的日子也是过得比以前更好了，怪不得沈在野选择辅佐他，他的确是个明君。

"大赦天下肯定是好事。"姜桃花笑道，"那你们也记得去领钱粮，换身新衣裳。"

"好。"小孩子们齐刷刷地应了，然后咯咯笑着跑远。

姜桃花起身，看了看天边的夕阳，决定今晚给沈在野做排骨汤。可是，不知道为什么，分明什么异常也没发生，她心里却莫名其妙地难受得紧。在院子门口站了一会儿，姜桃花还是蹑手蹑脚地去了书房。

沈在野和湛卢正在里头说话。

"陛下要立后了。"湛卢道，"也是时候了，只是群臣选的几家小姐，他都不是很喜欢。御史大夫的意思是让他迎娶赵国的郡主，如此一来，赵国人也能更好安抚。"

"已经在交接了吗？"沈在野问。

"是，大魏派的人一个月前就到了赵国国都，暂时接管一切事务。"

"那便让人再去劝劝陛下吧。"沈在野道，"坐在他那个位置，没办法事事都如意。"

姜桃花怔愣地听着。

接管赵国？为什么？长玦怎么可能允许这样的事情发生？

姜桃花嘴唇发白，悄无声息地离开，带上两匹缎子，去了山下的小虎家里。

"沈夫人？"小虎一家人都受了姜桃花不少恩惠，看见她来自然也是高兴，连忙搬凳子出来让她坐。

姜桃花将缎子放下，道："瞧着春天又到了，我这儿多了两匹东西，就想着给你们拿过来。"

小虎的娘亲是个贤惠的妇人，闻言又是高兴又是感激，朝姜桃花作揖许久，将缎子抱进去了。

小虎的爹是小商贩，每日都要进城去卖东西，消息自然也知道得多。姜桃花转头就问他："最近发生什么大事了吗？"

小虎爹点头："是发生大事了，赵国皇帝驾崩，临走前没有禅位，直接归降大魏，咱们大魏陛下一个高兴，大赦天下！这不，咱们屋子里都堆着两袋官府送的米呢……沈夫人，您怎么了？"

摆摆手，姜桃花勉强想笑，却只扯动了一下嘴角："赵国的皇帝，是怎么驾崩的？"

"听说是得了什么病，又听说是中了什么毒，众说纷纭，也不知道谁真谁假。"

姜桃花点点头，站起来就想回去，结果脚下一个趔趄，狠狠地摔在地上。

"夫人！"小虎一家都吓了一跳，七手八脚地去扶。

姜桃花笑着说没事，揉揉膝盖就继续往山上走。

长玦死了。

她觉得这消息有些荒谬，那孩子正年轻，活得好好的，怎么可能死了呢？一定有别的原因，或许他只是不想做皇帝了，所以找了个借口……

"皇姐放心，长玦以后一定会成为一个很好的皇帝，为天下百姓谋福祉！"

这是他的愿望，拼命换来的皇位，他怎么可能放弃呢？

姜桃花走不动了，蹲在路上放声大哭。

"你该庆幸的是，她还有三年的时间可以尝试。"千百眉垂眸，"别人，是根本连机会都没有。"

师父说的，难不成是长玦？他什么时候也中了蛊毒，而她根本不知道？她还离开了赵国，在这山里过起了神仙日子！就连他死，她都没能赶回去看一眼！

心口痛得难受，姜桃花跌坐在地，哭得声嘶力竭，声音响彻整个树林。

老天爷是不是在玩她啊？她差点没命，好不容易活过来，女儿又差点没命，好不容易有转机，送去治病了，长玦却离开了人世。她上辈子到底做了什么穷凶极恶的事，这辈子要得这样的报应？！

沈在野皱着眉下山，走到半路就听见了哭声，连忙飞身过去，只见姜桃花哭得眼睛都肿了，坐在地上可怜兮兮的。

他又气又心疼，赶忙走过去，一把拉起她："你怎么了？"

姜桃花抱着他抽抽搭搭好一会儿，垂下眼眸闷声道："下山给小虎家送缎子，结果路上把膝盖摔着了。"

沈在野皱了皱眉，半跪着让她坐在自己腿上，然后掀起她的裙子和裤腿。

膝盖上血淋淋的，他看得倒吸一口凉气。

"你没事乱跑什么！"

被他这一吼，姜桃花的眼泪又下来了，啪嗒啪嗒地掉个没完，她还咬着嘴唇不敢出声。

沈在野一顿，无奈地叹了口气，伸手将她抱起来就往山上走："我不是故意要凶你，但你一声不吭地不见了，很让人担心。下次送什么东西，让青苔来送好了。"

"嗯。"含着泪点头，姜桃花靠在他胸口上，闭了闭眼。

"爷，赵国那边，什么消息都没有吗？"她装作不经意地问了一声。

沈在野嗯了一声，没再说别的。

眼泪又往下掉，姜桃花突然明白师父为什么要她留在这里三年，也明白沈在野为什么看书信从来都是躲着她的，这两个人就想瞒着她，让她什么也不知道地愉快地过完这一辈子。怎么可能做得到呢？……

回到宅子里，沈在野取来药酒给姜桃花擦伤处。

姜桃花疼得瑟缩，皱眉问："爷，咱们能去看看陛下吗？"

沈在野一愣，抬头看她一眼："好端端的，去看陛下做什么？"

"毕竟是一步步看着他从南王变成皇帝，如今天下太平，也该去看看他，叙叙旧也好。"

沈在野道："你忘记你答应你师父什么了？"

"偷溜出去一次，反正师父也不会知道。"姜桃花笑了笑，"去嘛去嘛，去玩几天就回来。"

沈在野刚想说"不行",结果这小丫头像预料到他要说什么似的,眼泪立马就涌出来了,只要他说个"不"字,泪水立马决堤。

长叹一口气,沈在野问:"你是不是知道了什么?"

"什么?"姜桃花歪了歪脑袋,"爷有事瞒着妾身吗?"

"嗯。"犹豫片刻,沈在野道,"长玦其实回了一封信,怕你伤心,我还没给你。"

姜桃花朝他伸出手,定定地看着他。

沈在野抿唇,起身去将那封信找了出来,放在她手里。

"皇姐,别来无恙?当初我一时少年心性,想夺这皇位来坐。如今坐上,却是感觉举目无亲,当真乃孤家寡人。长玦能力不足,不能如以前所想那般为天下百姓谋福,所以有负皇姐厚望,想退位隐居,过寻常日子。为了堵众人之口,长玦唯有假死以逃,还望皇姐莫要责骂。皇姐日子平顺,长玦便不来打扰了。天高海阔,长玦想游历山河,等累了的时候,再回来寻皇姐……"

姜桃花看得又哭又笑,心口堵得难受。这三个人,竟然这样有默契地来骗她!长玦这孩子,当真以为她不知道他是什么样的人,这样的话,她怎么可能相信!

"别太难过了。"沈在野道,"他的愿望,大概就是想让你这个姐姐安乐、幸福。"

怎么安乐?怎么幸福?姜桃花泣不成声,趴在沈在野肩头哭了许久才道,"如此说来,天下是尽归陛下之手了,是吗?"

"嗯。"沈在野点头,"陛下不久就会与赵国的郡主完婚。"

第五十一章 远游

"那好。"姜桃花道,"这场大婚,咱们总得去看看吧?"

沈在野沉默,想了许久才点了点头:"好。"

他们还是离开了桃花山,轻车简从,一路往大魏国都而去。

一路上,沈在野瞧着姜桃花的神色,好像也没什么不对劲的地方,她只那一日哭得伤心了些,后头就跟什么也没发生过一样,只偶尔念叨长玦真是胡闹。她当真信了那封信吗?沈在野弄不太明白,不过,她只要别再哭得那么厉害,随便怎样都好。她一哭,他才是当真什么办法都没有。

两人到达国都皇宫的时候,本已经准备换礼服去拜见陛下,却见太监总管林公公跑过来,无奈地道:"丞相、夫人,陛下出宫去了。"

出宫?!姜桃花吓了一跳:"出去做什么?"

穆无瑕这身份今非昔比,哪里还能随意出宫?

林公公叹道:"陛下经常如此,劝也劝不动。此番丞相和夫人回来,倒是可以帮忙想想办法。"

沈在野虽然不在国都很久,但穆无瑕一直给他挂着丞相的官衔,该做的事都让人分担,却无论如何都不让人动他的位子。得陛下这样的器重和厚爱,他的话,陛下应该会听些。

"但现在该去何处找他?"沈在野皱眉。

林公公自然也是不知道的,他正摇头,却听得旁边的姜桃花低呼了一声:"我也许知道他在哪里。"

沈在野一愣,还没反应过来,就被她拉着往外走了。

一年多没回来,国都看起来比以前繁华了不少,街道宽了,房屋也修得更加精致。姜桃花与沈在野同乘,在他怀里指路:"往那边。"

"再往前就是贫民窟。"沈在野道。

"就得去那种地方找。"姜桃花笃定地道,"他肯定经常去那儿看看。"

沈在野不解,却还是听她的,策马进了贫民窟。

以前这地方算是国都的一块伤疤，房屋破旧，恶臭盈鼻，遍地都是饿得走不动路的人。短短一年多的时间，这四周却修起了青瓦房，来往的人好像都是做工的，虽然穿的衣服依旧带补丁，但起码看起来不像一直挨饿的人了。

沈在野勒马，将姜桃花抱了下去。

姜桃花跑了两步，拦住一个挎着菜篮子的妇人，问："有没有看见一个十七八岁的少年郎，长得挺俊俏的，穿的应该也不差。"

妇人一愣，恍然道："夫人问的是那位小公子吧？他在后头的坟山上呢。"

坟山？沈在野听得皱眉："去坟山做什么？"

姜桃花了然，和他重新上马，把以前他们出来撞死个小孩子的事给沈在野说了。

沈在野嗤之以鼻："就他会想这么多，这天下每天被撞死的贫民不知道有多少。"

姜桃花撇了撇嘴，道："所以，你是奸臣，他是明君，区别就在这儿。"

她曾经一度想，沈在野会不会想自己坐皇位？毕竟他也有这个能力。但是现在她发现，这人要是当皇帝，可能百姓该苦的还是苦。好在沈在野有自知之明，虽然不是个善良的人，但没打算祸害苍生。万幸啊！

沈在野不高兴地哼了一声，边策马边道："人家都是夫唱妇随，为什么搁你这儿，我说什么你都要顶撞一句？"

"爷不是一早就习惯了吗？"眨眨眼，姜桃花道，"妾身只是爱说实话。"

也就是仗着他宠她，换作以前在相府里，早在她第一次顶撞他的时候，她就该被狠狠地罚一顿了。说到底，还是自己惯出来的！那就自己受着吧。

穆无瑕站在山顶，看着面前这个小小的坟墓，放了香果，点了香，站了许久。

他想做的，如今都在一步步地做，天下终究会变成他想要的样子，这人在九泉若是有知，不知道会不会舒心一些——他的母亲和妹妹都过上好日子了。

只可惜，他再也活不过来。

穆无瑕正有些惆怅，背后却传来个万分熟悉的声音。

"看看，就说陛下多半会在这里吧。"

穆无瑕微微一愣，回头就看见了姜桃花。她还是跟以前一样明艳动人，拉着沈在野的手蹦蹦跳跳地朝他这边走来。

真是许久不见啊。

穆无瑕笑了，转身迎上去，看了看她，又抬头看看沈在野："你们回来了。"

"想来给陛下一个惊喜，却没想到被陛下给了个惊喜。"沈在野扫了一眼后头的墓碑，"您如今已经是九五之尊，还来这种地方做什么？"

穆无瑕道："虽为九五之尊，也不该忘记朕为什么要坐上这位子。皇位之上需要权衡的东西很多，有时候甚至会迷失本心。每到这种时候，朕就来这里看看。"

他当初说过，想救天下的百姓，不是只救哪一个人，而是让所有百姓都能过上好日子。这个坟墓就是对他的提醒，他生活得安乐无忧，天下却仍旧有许多人等着他救。所以，即便不愿意，他也得娶赵国的郡主。

瞧着他这表情，沈在野皱了皱眉，正想问他遇见什么事了，姜桃花却推了推他：" 爷先去山下等着吧，妾身跟陛下说会儿话。"

沈在野看了她一眼，点点头，顺从地走开了。

穆无瑕有些惊讶，愣愣地看着他的背影，直到他完全消失了，才感叹道："姜姐姐真是厉害。"

不远处有个凉亭，姜桃花邀他过去，笑眯眯地道："相爷是知道您与他说不好话，所以相信妾身罢了。他也看得出来，陛下有心事。"

穆无瑕苦笑一声，垂眸道："朕只是突然想不明白，朕到底在为谁而活。"

为这天下，还是为自己？

姜桃花了然："您不想娶自己不喜欢的人？"

"连面都未曾见过，谈何喜欢？"穆无瑕叹道，"一旦娶了，便不能辜负，可要是我们根本不是一条路上的人，朕到底该怎么做？"

姜桃花耸肩："妾身嫁过来的时候也不认识相爷。这世上太多盲婚哑嫁，全靠缘分，陛下又何必太当真？赵国郡主之所以嫁给您，求的是赵国上下安稳，您之所以娶她，求的也不过是能更好地吞并赵国，你们是各取所需，感情的事难道不是被放在最后才考虑的？"

穆无瑕一愣，有些忐忑地看她一眼："姜姐姐知道赵国的事了？"

"嗯。"姜桃花笑了笑，"已经成这样了，也好，天下迟早要统一，如此一来还免了战乱。"

穆无瑕抿唇，他是知道姜长玦的事情的，还为此惋惜了很久。沈在野来信说，要他别说漏嘴，就说姜长玦只是远游去了，并不是死了。但他现在看着姜姐姐的神情，总觉得她什么都知道。

穆无瑕轻叹一声，转了话头："这世上像姐姐和丞相这般的缘分，也是再难遇见。"

"妾身与相爷的缘分？"姜桃花失笑，"本就没多少缘分，全是算计在硬撑，不过是撑到最后，竟然花好月圆了。陛下，您说，这世上的感情是不是最高深莫测的？"

"朕不懂。"穆无瑕摇头，"不是单纯的感情，在相互算计和利用之后，两个人当真还能跟什么也没发生过一样，好好地在一起吗？"

"怎么说呢？"姜桃花想了想，道，"不是当作什么也没发生过，而是经历了这么多，我们才发现彼此当真是相爱的，这才是能好好在一起的原因。就比如，他知道长玦死了，却骗我说他没死，怕我伤心。而我知道他骗了我，但为了让他好过，我就装作被骗到的样子。说是欺骗和算计，但都是想着为对方好。"

说着，她抬头看了穆无瑕一眼："其实长玦就是死了，死于吕后的蛊毒之下，没有解药，没有转机，不是吗？"

穆无瑕一愣。这孩子老实啊，姜桃花这么说，他就以为她当真是知道这些的，也忘记自己在转移话头，便顺着她的话颔首："姜姐姐节哀，长玦也算是死得其所。那蛊毒实在太过阴狠，长玦也是一早就知道自己命不久矣，还替赵国安排好了退路。"

姜桃花脸色白了白，闭了眼。

长玦当真是这样死的。她这个当姐姐的，竟然什么都不知道。定然是吕后活着的时候给他下蛊毒的，也就是说，他们还在赵国的时候，长玦就已经中毒了。那傻孩子，一句话也没跟她说，还在打仗抗敌，与大魏人周旋。

"姜姐姐？"看着面前的人流了泪，穆无瑕有些傻眼，连忙递帕子给她。

姜桃花接过来抹了抹脸，哑声道："请陛下替妾身瞒一瞒相爷，就当妾身什么都不知道吧。"

她来国都这一趟，也就是想问问长玦的死因。人已经没了，连个仇人都没给她留下，她也做不了什么，就不必再给沈在野添堵。

穆无瑕眼神复杂地看了看她，点点头，然后道："既然如此，那姐姐就缓一缓，随朕回宫吧。婚事在即，国都也会热闹起来。姐姐心里要是实在想不通，就当长玦远游了，也好过些。"

姜桃花觉得，躲在桃花山里，一定可以一辈子安乐无忧地过下去，然而不幸的是，这地方不久就被人找到了。

还不止一个人。

大清早起来打开宅院的门，她就见外头站了一群一脸严肃、衣着华贵的人。为首的是个老头子，长得有点眼熟，他后头男男女女站成一堆，有的妇人手里还牵着孩子。

姜桃花皱眉掐指算了算，心里有点紧张，这该不会是沈在野什么时候欠下的风流债，现在人家举家上下来找他吧？

她正想让青苔去知会沈在野一声，门外的老者就开口了，声音极其凶狠："你是谁？"

姜桃花一愣，也不知道哪根筋不对，笑眯眯地道："我是天上的小仙女呀。"

众人："……"

姜桃花拧了自己一把，恢复了正经，微微屈膝道："这宅院是我夫妇二人的私宅，不知各位前来有何事？"

老者哼了一声，拂袖道："私宅！再私的宅子，他也得挂上我沈家的姓！只要还是沈家的人，他的地方，我都能去！"

沈家？脑子里有什么东西一闪而过，姜桃花瞬间反应过来。面前这群人，恐怕全是沈在野的亲戚！这该怎么应付？她有些不知所措，虽然已经知道沈在野是吴国人，但是他的过往具体是怎么回事，她还一无所知，一点准备没有地就见了公婆，会不会出乱子啊？

"青苔！"姜桃花着急地朝里头喊了一声，瞧着她一个人跑了出来："主子，爷说拿点东西，马上就出来。"

这个时候了还拿什么东西啊？！姜桃花干瞪眼，却没什么办法，只能看着门外那群人咧嘴笑。

沈父皱了皱眉："你这小姑娘，长得倒是俊俏，怎么傻兮兮的？"

姜桃花："……"你才傻兮兮的呢，你全家除了沈在野都傻兮兮的！

沈父不耐烦地看了她一眼，道："怎么，还要我们这么一大群人在门口等着，不让我们进去坐？"

按理说，是该请他们进去坐的，但是姜桃花莫名觉得不舒坦，要是她没记错，沈在野从未跟她提起过自己的家人，既然他没提起过，那么他多半不想见他们。他不想见，她怎么可能放这些人进去？于是她立在门口，一动不动地笑。

沈父有些急了："你这小姑娘，怎么这么不懂事，我沈家可不会有你这样的媳妇！"

"她本来也不是你们沈家的媳妇。"沈在野的声音在后头响起。

姜桃花终于松了口气，回头一看，他竟然拎着一大块牌匾！

"爷？"

姜桃花有点意外，正想问他这是做什么，就见沈在野直接飞身而起，将那牌匾挂在宅院的大门上头。

"姜府"二字在阳光下闪闪发亮，看傻了外头的一群人。

沈在野拍拍手，拉起姜桃花就往府里走，还吩咐青苔和湛卢："关门。"

"你这孽畜！"愣了半晌才反应过来的沈父大怒，推开门就冲了进来，站在他们身后喊道，"名字不要了，连姓也要改？！"

"沈老爷，您这是私闯民宅。"沈在野回头，面无表情地看他一眼，"姜是在下内子的姓氏，这里是她的府邸，您闯进来，可经过她的允许？吴国的律法不是很森严吗？很多事情一做就成了坏人，您也不怕您晚节不保？"

沈父气得胡子都抖了："你就非得跟为父这么说话？"

"沈老爷，"沈在野皮笑肉不笑，"您记性有些差吧？早在很多年以前，您就指着大门让我滚出沈家，从此族谱里不再有我的名字，您更不再认我这个儿子。您忘记了？"

姜桃花一怔，抬头看了看他。她还没见过这样浑身的刺都立起来的沈在野，他的眼角眉梢都是嘲讽之意，隐隐地，还有小孩子似的委屈。

沈父有些尴尬，站在原地不知所措。

沈在野嗤笑一声就要走，姜桃花却松开了他的手。

"怎么？"沈在野一顿。

姜桃花冲他笑："您就算不顾念老的，外头还有小的呢，山里冷，妾身最舍不得小孩子冻着了，反正这宅子也大，妾身就将他们安置在西宅——您看不见的地方，如何？"

沈在野抿唇，别开头道："这是你的宅子，你爱怎么安排就怎么安排。"说罢，他穿过回廊就走得没了影子。

沈父眉头直皱："都这么多年了，脾气怎么还是这么差？"

姜桃花看了他一眼，笑了笑："伯父对爷的成见似乎颇深，爷的脾气向来很好，只是嘴上不饶人罢了。"

"你懂什么？"沈父道，"我是看着他长大的，你能比我更了解他？"

说到了解，姜桃花不服气了，她捋了捋袖子，巧笑嫣然地问："伯父知道沈在野喜欢吃什么吗？"

沈父不悦地道："这些小事，我怎么会知道？"

"那往大了说，伯父知道沈在野这一辈子的心愿是什么吗？"

"哼！"沈父道，"无非是建功立业，来打我这张老脸！"

姜桃花摇头："他最大的心愿是平平静静地过完后半辈子。而且与他在一起这么久，我从未听他提过您一字半句。"

换句话来说，您太看得起自己了，沈在野根本不是在为报复谁而努力，他是个心怀天下的人。

沈父沉默了，脸面上有些过不去，干咳了好几声。

姜桃花看了一眼后头站着的一群人，还是先让青苔引着他们去了西宅。

"您要是有空，能跟我说说当初为什么将沈在野赶出沈家吗？"姜桃花问。

沈父没吭声，旁边一个抱着孩子的妇人将她拉到一边，低声道："父亲他做错了事，但也倔强，你这么问，他肯定不会说的。我瞧你也是个懂事的，不如告诉你。

"沈在野在沈家的时候叫沈怀瑾，父亲希望他能为吴国皇室效力，光宗耀祖。但……那孩子天生有反骨，觉得吴国皇室当权的几位皇子都不堪为帝，不愿意侍奉。父亲效忠的五皇子当时杀了人，父亲想帮他瞒过去，沈在野却直接将这消息捅给了二皇子，引得皇子们互相残杀，五皇子最后死于刑台。

"父亲大怒，责问他为什么要这么做。沈在野说，吴国有他们这些昏君愚臣，不会有好下场。这话把父亲气了个半死，直接将他赶出了沈府，不认他了……本也是一时气急，但沈在野竟然当真改了名字，在外头另起炉灶，才逼得父亲将他逐出了族谱。"

姜桃花听得挑眉："我相公这不是做得挺好的？错的是你父亲吧？"

那妇人苦笑："看当时的情况，谁能认为他是对的呢？一国皇室，哪有那么容易说废就废？整个朝廷的官员，也不可能说换就换，所以都当他是痴人说梦、胡搅蛮缠。"

"所以，他现在当真做到了，你们才找过来，打算原谅他？"

"是这样没错。"妇人叹道，"他在外头一个人，无亲无故的，也是可怜"

父亲知道错了，所以带着全家老小来迎他回去，谁知道……"

姜桃花笑了，摇摇头，看着她："你们还觉得这是对他的恩赐吗？当初他一个人在外头，你们怎么就不觉得他无亲无故的，很可怜？现在他有家有室，生活美满，你们倒是赶着来同情他了？早知道是这样，我方才就不请你们进来了！"

姜桃花有些生气，回头看向沈父："您既然是来认错的，那还摆什么架子？就算是长辈，错了就是错了，要脸面的话，又何必千里迢迢地赶过来？"

"我有错，他就没有吗？"沈父皱眉，"他手段阴毒，机关算尽，哪里像我堂堂正正的沈家男儿？"

"那您就别来认他了。"姜桃花轻笑，"他就是手段阴毒，机关算尽，害了很多无辜的人才换来如今这太平天下！他没打算流芳百世，你堂堂正正的沈家也不必跟着他遗臭万年，趁着天还亮着，不如早些上路？"

沈父有些诧异地看了她一眼，皱眉道："你也知道沈在野不是个好人，那还留在这里干什么？"

"我是他的妻子。"姜桃花挺直了腰板，"你们会抛弃他，我不会。况且，你们所谓的阴毒小人，在我看来是个盖世英雄！"

一屋子的人都被震了震，门外头靠着墙抄着手的沈在野倒是笑了。

他的小妻子，怎么这么可爱？

"……路太远了。"回过神来，沈父垂眸道，"我们在这里休息几日再走。"

姜桃花看了看他，问："你们的沈府，该不会是没了吧？"

吴国被大魏攻破，如今已经完全被吞并了，吴国的大臣有许多都变成了平民，这一家子人看起来也是这个状况。

沈父不说话了，垂着头捏着手。

姜桃花挑眉，心想，自己猜中了？

沈家以前在吴国是什么样的地位，她不知道，但就穆无瑕那样护着沈在野的态度来看，这一家人的确不会有太好的日子过。奇怪的是，她怎么觉得这么痛快呢？

"桃花。"门外的沈在野喊了她一声，"过来用午膳了。"回头应了一声，姜桃花蹦蹦跳跳地朝他扑过去，眨巴着眼问："今天有什么吃的？"

自从某天发现沈在野做的菜很好吃，他们两人的膳食就变成了两人轮流来做，今天刚好轮到沈在野做。

"应付你还需要想吗？"睨她一眼，沈在野道，"都是肉。"

姜桃花高兴地踮起脚在他脸上吧唧亲一口，跟着他往外走。

宅院里多了不少人，并且看起来都是沈在野不太喜欢的人。听了具体的缘由，姜桃花也不打算强拉着沈在野原谅他们，吩咐青苔给他们送些膳食，然后就把他们放在西宅不管了。

饭桌上，沈在野脸上看不出什么情绪，姜桃花一边吃肉一边问他："要把他们送去别的地方吗？"

"随便，"沈在野道，"反正对我来说，都是陌生人。"

他这个人冷血惯了，有血缘关系又如何？抛他弃他的是他们，骂他阻他的也是他们，现在尘埃落定，他们倒是过来说血浓于水，他是不想认的。

看了看他紧抿的唇，姜桃花笑了笑，伸手抓着他的手捏了捏。

"山下的小镇里有个不错的宅子。小虎娘亲说，最近那主人正在低价卖呢。要不咱们买下来给他们住吧。山上山下，说远也远，说近也近，您要是不想看见他们，可以一辈子都遇不上，要是想见，也就是半个时辰的事儿。"

沈在野一顿，看了看她，点头应了："好。"

年轻的时候谁都可能会觉得亲人不重要。他心里有放不下的东西，姜桃花也不打算强求他放下。她怕他后悔，怕他老了的时候会想念自己的家人，所以这个安排是最妥当的。

用了午膳，姜桃花就带着青苔包了一包银子去了西宅，跟沈父等人把话说了。

沈父听后轻哼一声，道："你看我们的衣着，像吃不起饭才来找他的不成？"

姜桃花当真仔细看了看，他们穿得很华贵，看起来也不狼狈，但这些衣裳都是半旧的，想必穿了很久。沈家曾经大概也是名门望族，就算没了官职，也不会吃不起饭。不过，他们肯定不会再风光多久。

"不是同情才做这样的决定，"姜桃花道，"而是这儿山好水好，各位住着应该也挺舒服。我们夫妻二人在山上喜欢清静，又耐得住寒气，但您与这些小孩子可不行，得去热闹暖和些的镇子里。镇子里东西多，你们有闲暇的，还可以开个小铺子，尝尝这民间过活的趣味。"

"说来说去，就是他不肯认祖归宗。"沈父皱眉，"你身为他的媳妇，也不知道劝劝他？"

姜桃花礼貌地笑了笑："您也说了，我是他的媳妇，不是别人的媳妇，自然是要帮着他的。爷不想做的事，我从来不会强求，更不会拿大道理约束他。要不是感念各位给了他生命，让我有机会遇见他，现在我也不会这么客气地跟您说话。"

看起来柔柔弱弱好拿捏的小媳妇，怎么这么难缠？老爷子不高兴了："他不进族谱，你也进不了我沈家的族谱，不会被沈家的先祖认可，这也没关系吗？"

"没关系。"姜桃花道，"我死之后能同他葬在一起就是，族谱什么的不是很重要，他不想进，我便不想进。"

"你……"老爷子气得直拍扶手，"他去哪儿找来的跟他这么像的女子！"

"有缘遇见的。"姜桃花咧嘴笑，"老爷子，别气坏了，下山冷静冷静，好好想想你们为什么来，再想想该怎么做吧。爷是个嘴硬心软的人，但别人的诚意不够，他的心也是软不下来的。"

沈父怔了怔，神色复杂地看了她一眼，想了想，就跟着下山了。

沈家这一趟一共来了二十多口人，山下那宅子勉强住得下。姜桃花一边说着不想管他们，一边忙里忙外将所有事都打点好。好在沈家几个少爷也不是好吃懒做的，给他们两间铺子，他们也是能认认真真经营的。

姜桃花观察了一段时间，觉得这一家子人也不是很差劲，起码算是正正经经的书香门第，做事有条有理，就是喜欢讲大道理、大仁义，一说起来就没完没了。姜桃花心想，怪不得沈在野受不住，她都有些受不住啊。

不过，沈父的确是诚心来求沈在野认祖归宗的，他们一安顿好，就时常往山上送东西，有时候是腊肉，有时候是野味，熬好了汤让他几个弟弟给他端上来。

沈在野一直沉默。

姜桃花瞧着，他每次都是不肯吃这些，然而她一出去，躲在门外往里瞧，那人却又别扭又嫌弃地尝了几口。

家里人做的东西，味道还是不一样的吧？

一天，姜桃花正习惯性地要往山下跑，就被沈在野一把拎住了。

"我后悔了，"他皱眉道，"还是让那群人有多远走多远吧。"

"怎么？"姜桃花一时怔愣。

"你总往外头跑，"沈在野不高兴地道，"就不能安安静静陪我看会儿书？"

眼珠子滴溜溜地转了一圈，姜桃花了然地一笑，立马跳到他身上挂着，笑眯眯地道："那爷不如跟妾身一起下山？最近山路好难走，昨儿还崴了脚呢！"

"崴哪儿了？"沈在野一愣，伸手就要捏她的脚腕。

姜桃花连忙躲开，抱着他撒娇："不管不管嘛，今儿妾身就想让您陪着一起下山去！"

沈在野哭笑不得，搂着她道："你能不能不要每次都用这招，这么长时间了，都要用烂了！"

"招数不怕老，管用就成！"姜桃花眨眨眼，"走吧？"

这世上没人比她更了解沈在野，这人有一颗无比温柔的心，要温暖他，也真的是很简单的事情。

夕阳西下的时候，两人一起站在沈家的宅院门口。

大门打开，沈父怔了怔，抿唇沉默了许久才沙哑着声音开口："回来了？你嫂子已经做好了热菜，进来洗手吃饭吧。"

沈在野眸子微动，低低地应了一声，搂着姜桃花的腰，抬脚跨了进去。

顾怀柔一直很喜欢沈在野的一个原因是，虽然这人白天很淡漠，笑盈盈的，像对任何人都不上心，但一到晚上就温柔得不像话。

她还记得自己刚嫁过来的时候，头一次侍寝紧张得不成样子。虽然她看起来也是媚骨天成，但说实话，她很害羞，不知道该怎么应付沈在野。

　　然而，到了晚上，那人悄无声息地过来，拉上厚厚的窗帘，轻轻拥着她问："害怕吗？"

　　就这三个字，她听着便觉得心里踏实了不少，笑嘻嘻地跟他说："不怕，能伺候相爷，是妾身的福气。"

　　本以为那么高高在上的人哪怕是在床笫之间也可能是霸道、粗暴的，然而出乎她的意料，这人竟然温柔极了，体贴着她是初夜，动作柔和又撩拨人心，引得她将娘亲教的东西忘得一干二净，可耻地沉沦了。只是事后她总觉身子很冷——从骨子里透出来的那种冷。

　　他整理好衣裳准备走，但可能是见她冷得太厉害了，便停了停，抱了她一会儿。

　　"你身子好像不太好？"他问。

　　怕他嫌弃自己，顾怀柔连忙摇头："没有，挺好的。"

　　身边人轻笑了一声，将她塞进被子里便走了。

　　顾怀柔心脏扑通扑通直跳，她觉得自己可能是嫁对人了，抛开各种利益不说，她很喜欢这样温柔体贴的人。

　　然而，一到白天，沈在野就又恢复了疏离的模样，她战战兢兢地想讨好他，却发现那双好看的瑞凤眼里似乎没有女人，他对谁都温和地笑，但谁也别想走进他心里。难不成晚上的那个人是她的幻觉吗？

　　顾怀柔觉得，沈在野是她见过的男人之中最让女人喜欢的，风流倜傥又五官俊朗，举手投足之间好像掌控着整个天下，是个女人都会想依靠他！但是不知道为什么，在面对这个人的时候，是个女人都会感到无能为力。

　　嫁进相府的女人，没有不是为了家族荣耀来的，但当真进了相府才发现，不管是多美丽的女人，都不可能左右沈在野。在相府勉强讨好他，回头还得应付娘家，为了不让娘家担心，每个人都是报喜不报忧。于是，莫名其妙地，她们变成了和他一起坑自己娘家的帮凶，而且每个人都不曾察觉，依旧陷在沈在野温柔的陷阱里。

　　这样的人，还值得她喜欢吗？顾怀柔很是难过，她觉得沈在野没有心，任何人也不可能得到他的心，所以她只能成为他后院里众多娘子中普通的一个。

　　要是一直这样下去，她也就看淡了，毕竟她得不到的，别人也得不到。

　　直到姜桃花进了后院。

　　姜桃花是个很明媚活泼的女人，容貌出众，一身媚骨，分外招男人喜欢，也就分外惹女人妒忌。她是错嫁来的，众人都以为就凭南王和相爷的关系，这女人夹在中间绝对不会有什么好下场。

　　所以，在夫人的挑唆之下，她先去挑衅姜桃花。

　　没想到，这女人极其聪明，一来就告诉她，相爷是绝对不会真心喜欢她的。

别的解释,她其实都没听进去,就这一句,她所有的戒备便都放下了,选择离她远远的,只要她也得不到相爷的心,那就一切好说。

结果,姜桃花是个骗子,有了她,相爷明显跟以前不一样了,会生气,会笑进眼底,会做以前完全不会做的事,甚至打破了这后院的规矩,独宠她一人。

顾怀柔看不见这二人之间到底是怎么回事,但远远地看去,相爷就是喜欢上她了。

她很难过,等啊等,终于等到自己侍寝的时候,有些哽咽地问他:"爷,您当真喜欢上姜娘子了吗?"

来人一愣,一时没回答。她扑过去抱着他,眼泪啪嗒啪嗒地掉:"妾身没有她好看,妾身知道,可是爷能不能也喜欢妾身一点?妾身会很听话,什么都听您的……"

手一抬就碰到她满脸的泪水,黑暗里的人怔了怔,竟然有些哭笑不得:"你……这么喜欢我?"

"嗯!"

"喜欢我什么?"他问,"我又冷血又无情,还是个玩弄女人的畜生,你没发现吗?"

顾怀柔傻了,不知道沈在野为什么要自己骂自己,但想了一会儿,她还是道:"平时妾身觉得您的确冷血无情,但每次侍寝……妾身都觉得您当真是个值得托付终身的人。"

这人沉默了许久,久到她以为他睡着了,结果半响之后,他失笑出声,声音有些奇怪,叫她差点以为他不是沈在野。

他说:"你还是头一个说这种话的人。"

不知道为什么,他看起来好像很高兴,顾怀柔跟着笑了笑,带着他往床边走。

后院的争斗永远不会停歇,顾怀柔几乎被赶出相府。沈在野冷漠的眼神当真是让她心如刀割,几近心死。他没有要救她的意思,到头来还是姜桃花朝她伸出了援手。

这样的人,怎么可能将自己放在心上过?又怎么可能会在夜晚跟她说那么温柔的话?她第一次对晚上那个人到底是谁产生了怀疑,虽然他的声音与沈在野一模一样,但他们当真是同一个人吗?

可是接下来的事情让她无暇去想这个问题。她的脸毁了,毁得一塌糊涂。她想一死了之却被拦下,一个人坐在空荡荡的屋子里,当真不知道未来该怎么办。

屋子里黑了,他又来了。

"绝望吗?"他问。

顾怀柔没吭声,咬着嘴唇不敢说话。

他在她面前蹲了下来,叹道:"没关系的,就算脸毁了,以后我也一样会养着你一辈子。"

谁想要他养啊？她不会没饭吃！可是脸成了这样，他肯定再也不会多看她一眼了！

顾怀柔呜咽着出声，推开他，哑声道："妾身不需要爷的同情，既然已经成这样了，爷还是干脆将妾身休回去吧，反正爷一早也是想休的……"

越说越伤心，她蹲在地上哭得凄惨。面前的人轻轻叹了口气，一把将她拉起来，搂着她的腰，压着她的后脑勺，隔着面上的黑纱便吻住了她。

顾怀柔傻了，都忘记了呼吸，呆愣愣地看着他。

"女人的容貌对我来说，真的没什么区别，好看也好，不好看也好，我更喜欢善良可爱的女人，而不是长着美丽脸蛋的恶毒之人。"他道，"我以后会好好照顾你，不会冷落你的。"

顾怀柔心口一软，眨眨眼，头一次伸手想去摸他的脸。

然而，手还没伸过去，就被他捏住了。他低笑："别乱动，让我瞧瞧，脸上还疼吗？"

这黑灯瞎火的，哪里瞧得见？顾怀柔正要笑，却感觉他的嘴唇温柔地落在自己脸上。她的心尖都跟着颤抖起来，然后抱紧了他，号啕大哭。

在冰天雪地里冻僵的人，哪里禁得住火堆的诱惑啊？他为什么要这么好呢？

从毁容的阴影里出来后，顾怀柔给他绣了个竹锦鸳鸯的荷包，是直接送到沈在野手里的。然而，之后她再也没见他戴过，腰上挂着的一直是别的东西。

但奇怪的是，他晚上来她这里的时候，她总能摸到他腰上的荷包。

顾怀柔心神微动，躺在他身边的时候，忍不住问："你，到底是谁呢？"

旁边的人身子一僵，侧过头来问她："你在胡思乱想什么？"

是沈在野的声音没错，然而她几乎可以确定，这人压根儿不是沈在野。

顾怀柔伸手就摸上他的脸，根本没给他反应的机会。她不禁怔了怔，感觉手下的五官根本不是沈在野的模样，竟然大大地松了口气。

杀气还没溢出来，却得到她这样的反应，徐燕归有些怔愣："你松口气是什么意思？有些秘密被你发现了，你可是活不了的。"

"我的感觉没有错，你不是沈在野。"完全没管他的威胁，顾怀柔伸手就抱着他，开心地道，"你不是沈在野，那便没有深爱姜桃花。"

她心里的纠结和难过，终于可以少一点了！

徐燕归沉默了许久，最后用自己的声音道："你这样的女人，真是太奇怪了，发现自己被骗了，难道不愤怒吗？"

"为什么要愤怒？"顾怀柔笑着道，"我很开心！"

她喜欢的一直是这个人，不是沈在野。

然后，她起身，将窗户上厚厚的帘子拉开，月光透进来，她终于看清了这人的脸。

"竟然当真是你。"顾怀柔笑了，"徐先生，先前看见你，就觉得有些熟悉。"

徐燕归有点无奈，伸手将帘子合上，低声道："你这是在拿自己的性命开玩笑。"

"我不怕。"顾怀柔道，"你说过后半辈子会好好照顾我的，既然要照顾我，定然就不会杀我。"

她也不知道自己是哪里来的自信，但是她能感觉到这人是喜欢她的——当成宝贝那样的喜欢。

从沈在野的那场噩梦里挣扎出来，她发现自己其实是活在美梦里的，有徐燕归这样的人在她身边，她觉得很满足。

然而没想到，这一切都只是她以为而已。

第五十二章 余生

徐燕归是个守信用的人，在沈在野久久不归相府的时候，将顾怀柔接到了燕归门。

顾怀柔从小在闺阁之中长大，完全不知道江湖是什么模样，看见燕归门的牌匾的时候很是兴奋。

"以后我可以住在这里吗？"她问徐燕归。

徐燕归点头，微笑着看着她道："嗯，你在这里做什么都可以，没有规矩的。"

要不是头上还罩着黑纱，顾怀柔真的很想亲他一口，她觉得自己自由了，从此以后，大概就可以跟他过上神仙眷侣的日子了吧？

然而，她进了门，就被徐燕归带去了一个叫红颜院的地方。

"你挑一间房间住吧。"徐燕归大方地道，"这儿的女人都很好相处，你不用害怕。"

顾怀柔怔愣地看着这满院子的女人，有些抵触地扯了扯他的衣袖："必须住在这里吗？"

"自然，别的地方会有人冲撞你们的。"徐燕归道，"这里住的都是自愿跟我回来的女人，我也会照顾她们下半辈子。"

心口一沉，顾怀柔呆呆地转头看着他："你说的照顾别人下半辈子……原来是对谁都可以？"

"不对吗？"莫名其妙地看她一眼，徐燕归道，"我只是想对你们负责而已。"

顾怀柔怔愣了许久，哑然失笑。

她就说嘛，这世上怎么可能有不看女人脸的男人，她还以为他是真心喜欢自己，结果人家对谁都一样，并不是对她特殊。女人在他眼里大概就是多供一碗饭的存在吧。可笑的是，她还当真以为他们是相爱的。这种感觉太糟糕了，就像你兴高采烈地跟旁边的人讲故事，讲到快结束的时候，才发现对方一直没有听，你就跟个傻子一样，还不知道怎么收场。

"怎么了？"徐燕归侧头看她，微微一顿，"你在不高兴？"

他见过的女人实在太多了，也足够了解女人的心思，顾怀柔是喜欢他的，他能感觉到，但……他还不至于这么快被人收服吧？

"是有些不高兴。"顾怀柔低声道，"我可以做你身边的贴身丫鬟吗，不住在这里？"

有这样想法的女人很多，徐燕归都没有同意，但顾怀柔情况有些特殊，她的脸毁了，跟别的女人在一起，难免会被嘲笑、排挤。

想了想，徐燕归还是同意了，带她去了自己的院子，让她住在厢房里，每日替他更衣即可。

这样一来，燕归门上下很快就知道门主收了个丑八怪当丫鬟。

"您这是有多想不开啊？"一个心腹坐在主屋里打趣，"红颜院里随便挑一位都比她好，她这样罩着黑纱在您院子里飘来飘去的，您不觉得跟见鬼了似的？"

徐燕归一愣，他最近心情很好，完全没注意到这一点："一个丫鬟而已，你们那么在意做什么？"

到底是他的女人，他不可能不护着。

不过，来说的人多了，他就有些动摇了，坐在屋子里看着四处打扫的顾怀柔，也不知道该怎么开口让她不在主院。想来想去，他就想了个最笨的法子。

第二天清晨，顾怀柔打好水往主屋走，还没走到，就看见个身段婀娜的美丽女子穿着跟自己一样的丫鬟衣裳端着水进了主屋。她有些没反应过来，怔了怔，跟过去看了看。

"大人，奴婢凤舞伺候您更衣。"

"嗯。"徐燕归将醒未醒，起床后像往常一样张开手臂。

凤舞便温柔地替他更衣，其间不免挑逗，徐燕归都温和地笑着，还捏了捏她的脸。

顾怀柔下意识地摸了摸自己的脸，垂眸，无声地退了出去。

他这是身边不需要她的意思吧？蹲在偏僻的地方，顾怀柔想了许久，振作了一下精神，往厨房去。

她不是那么轻易放弃的人，脸不好看，她还可以做其他的。

于是，接下来一段时间，徐燕归突然觉得饭菜好吃了不少，本想夸奖两句，却听得下头的人来说："爷，那个丑八怪去厨房帮工，惹得几个厨娘纷纷要离开。"

丑八怪？徐燕归一愣，想了想才反应过来他们说的是顾怀柔，当即有些不悦："最近的饭菜很好，哪个厨娘要走就随她，我燕归门不缺人。"

下人愣了愣，将这话原封不动地传达下去。

顾怀柔听见了，眼睛亮得如同黑夜里的星辰，做起菜更加有精神。她帮徐燕归做的同时，偶尔也替别人改善一下伙食。于是渐渐地，燕归门的人也没那么讨厌她了。

到底是闺阁女子，顾怀柔会的东西很多，她给徐燕归做饭、缝衣裳、做新袍子、绣香囊荷包、纳新鞋。徐燕归刚开始还有些不适应，后来渐渐地也就习惯了，对她的态度也始终温而包容。

顾怀柔想，这样继续下去，会不会有一天这人离不开她，进而喜欢上她？

然而，燕归门里有个人很爱嘲讽她，他叫落山。从她进燕归门，他就爱叫她"丑八怪"，每天没事做了就会来挑衅她，说徐燕归心里永远不会有她。刚开始顾怀柔还会生气，到后来也就淡然了，随他怎么说，她都当没听见。

一天，落山说："姜桃花的死期好像要到了吧？"

顾怀柔一震，莫名其妙地看着他："什么死期？"

"姜桃花中毒，快到毒发身亡的时候了。"落山道，"她可是门主唯一真心爱过的女人，门主现在一定很难过。"

徐燕归也喜欢姜桃花？顾怀柔有些傻眼，黑纱下的表情看起来又蠢又可怜。

落山皱了皱眉："你这丑八怪，还不相信不成？门主那儿有姜桃花送的白玉簪，他一直跟宝贝似的藏着呢，你要是不信，可以去看看啊！"

白玉簪？顾怀柔下意识地问："在哪里？"

落山眼神微动，突然就笑嘻嘻地道："在门主房间的抽屉里。我再告诉你个秘密吧，那簪子是中空的，里头有门主写给姜桃花的信，一直没送还给她。你只要把那簪子从中间敲断，就可以找到信。"

顾怀柔听了，没吭声。

落山睨了她两眼，转身就走了。这样的女人看起来多可悲啊，脸毁了，只能在暗地里为人家做事，做的事人家还未必领情，她还傻乎乎地觉得有希望。这希望不留也罢，为自己而活不好吗？

顾怀柔蹲在原地思考了很久，现在没有姜桃花跟她商量，一切都要她自己来做决定。那封信可能是徐燕归内心真实的想法吧，那么她是看还是不看？她脑子里还在想着，脚下已经动了步子。

徐燕归出门了，他的主屋正好是空着的。她跟以前一样进去，也没人拦着。

落山没有骗她，那个抽屉里当真有一支白玉簪，看起来是女人戴的款式，她瞧着也觉得眼熟，多半是姜桃花的东西。

顾怀柔曾经很高兴他不是沈在野，这样他的心里就还有位置留给她来争取。然而现在看见这支簪子，她有些绝望。

姜桃花是一个很好的女子，得人喜欢是理所应当的，但……要是徐燕归也喜欢她，那自己就真的没机会了吧？毕竟不论从哪个方面来看，她都不如姜桃花。

顾怀柔捏着洁白的玉簪犹豫了一会儿，还是按照落山说的，去门口的石阶上，寻了石头将这玉簪猛地从中间砸断。

"啊！"有人尖叫了一声。

顾怀柔吓了一跳，抬头看过去，就见凤舞正捂着嘴瞪大眼看着她。

"你竟然毁了门主最喜欢的宝贝？！"

毁了？顾怀柔摇头，她想解释她只是想取个东西出来，结果低头一看，这玉簪分明是实心的，哪里有什么书信，断了就是断了。

顾怀柔怔了怔，下意识地回头看了远处墙上，落山在那儿站着幸灾乐祸，转身就跑了个没影。

她被骗了。

顾怀柔嘴唇发白，呆愣地被凤舞抓了起来，簪子被拿走，她整个人被推进了厢房，锁了起来。

好像闯大祸了。顾怀柔蹲在房间里想，徐燕归真的很喜欢姜桃花的话，那这簪子就是很重要的东西，毁在她手里，他会让她好过吗？

顾怀柔有些紧张，想跑，左右看了看，收拾了点盘缠，就打算从窗口爬出去。

"怎么？"落山在窗外守着呢，看她打开窗户，立马就笑了，"想走？"

一看见他，顾怀柔就没好心情，一声不吭地越过他，去爬墙。但她这样不会武功又总是规规矩矩的女人，哪里会飞檐走壁？爬了半晌也没能爬过去，落山蹲在旁边看得直笑，笑够了才过去帮了她一把，带她离开了燕归门。

一落地，顾怀柔便径直往外走。

落山不高兴了，追上她道："我好歹帮了你的忙，你一句谢谢也不说？"

"要不是你，我也不必离开这里。"顾怀柔低头道，"两清了吧？山长水远，后会无期。"

落山低声笑，跟着她一路下山。

顾怀柔有些不耐烦地回头看他："你总跟着我干什么？"

"我想跟着你，你有意见？"落山怀里抱着剑，一张还算俊俏的脸上带着痞子一样的笑意，看得顾怀柔不舒服极了，又拿他没办法，只能硬着头皮继续走。

这里离国都不算很远，她可以回娘家去继续过日子，虽然肯定会难过许久，比被沈在野休了还难过，但……一想到徐燕归会因为那簪子重罚她，她宁愿自己一个人难过。

徐燕归最近心情一直很不错，总觉得日子过得很舒坦，他没有细想过这是谁的功劳。在路过一家药铺的时候，他进去找大夫。

"有能让人受损的容貌恢复的药吗？"

大夫神色古怪地看他一眼，道："没有这种药，脸若是毁了，便只能毁了。"

徐燕归轻叹一声，出门上马，想着院子里那个总是戴着黑纱不敢抬头的女子，还是觉得有些心疼。

虽然只是当他的丫鬟，但……到底是他的女人，要是真的治不好，他也该给她想想别的办法。

然而，他刚回到燕归门，凤舞就气愤地冲到他面前道："门主，怀柔砸断了您的白玉簪，跟落山一起私逃了！"

徐燕归心里一沉，皱了眉："跟落山一起私逃？"

她和落山怎么会认识？落山也算他手下的得力干将，武功不错，就是性子古怪，向来不得人待见，顾怀柔怎么可能跟他一起走？

"门主！"凤舞跺脚，伸手将断成两截的白玉簪递上前，"难道不该是这个更重要吗？您一直很宝贝的，被她给——"

"这东西，是个朋友送的，"徐燕归道，"值点钱，不过也值不了太多的钱，砸了就砸了吧。你能不能告诉我他们往哪里逃了？"

凤舞傻眼了，瞧着徐燕归这神情，心思几转，垂眸道："往哪里逃了奴婢不知，但落山与怀柔一早就勾搭在一起，这个奴婢倒是知道的。"

脸色沉了沉，徐燕归看着她道："你可知骗我的下场是什么？"

"奴婢不敢！"凤舞连忙道，"奴婢所言句句属实，很多人都知道的，就您被蒙在鼓里罢了！落山天天都去厨房找怀柔，两人看起来倒是亲近得很。虽说这男未婚女未嫁的，但……那怀柔不早就是您的人了吗？"

心里像是被什么东西拧了一下，不舒服极了，徐燕归转身就下山，朝着国都的方向一路追过去。

顾怀柔坐的马车走得很慢，更何况车顶还一直有个不安分的人。走到半路，车夫忍不住了，直接将他们两人一起赶下了车。

于是，今晚两人只能露宿。

好在已经是春天了，尚算暖和，落山笑嘻嘻地寻了柴火和稻草，让顾怀柔有个地方休息。

顾怀柔很是戒备地看着他："你到底想做什么？"

"没想做什么，觉得你很好玩而已。"落山道，"跟个傻子一样离家，随人来山上，最后却这样狼狈地跑回去。"

微微一顿，顾怀柔苦笑："怪我误会了他的意思，我以为想照顾我后半生的人一定是喜欢我的，然而对他来说，似乎就只是个责任而已。"

能负责任的男人是可以托付终身的，但他对所有人都负责任，她拿他一点办法都没有。怪他吧？不能，人家没有做错。不怪他？她还是觉得有些委屈。

在丞相府的时候，两人感情多好啊，好到她以为他一定是将自己放在心尖上。然而现在她发现，他的确是放她在心尖上，只是他那心尖有河坝那么宽，上头挤满了人。这也就算了，大家都平等的话，那便跟原来在相府一样，她也能接受。但是在这一群人上头又站了个姜桃花。

现在徐燕归大概已经发现簪子断了吧？不知道他会多生气，会不会一路追杀过来。应该不会吧？就算不念以前的情谊，也该念念她给他做了多少衣裳、手帕和午膳、晚膳啊……

顾怀柔正这样想着呢，冷不防就听见了身后的马蹄声。她吓了一跳，落山倒是反应快，抱起她就藏到旁边的树上。

顾怀柔皱眉想挣扎，然而落山拧着她的头去看下头。

徐燕归正策马往这边来。

于是，她立马就安静了。

树林里点着火堆，还铺了稻草，一看就是有人过夜用的，然而人不见了。徐燕归冷笑一声，抬眼往四周扫了扫："还躲？"

顾怀柔很是紧张，落山却笑了，拉着她的手让她抱着树枝，然后便飞身下去。

"门主。"

徐燕归看着他，脸色不太好："你知道自己在做什么？"

"知道啊。"落山道，"救人。"

救人？徐燕归冷笑："带着我的人私奔，你这是救她还是害她？"

落山笑得痞气十足："在门主看来，睡过了就算是您的女人了？那青楼那么多姑娘，岂不是扯不清是谁的人了？"

"落山，"徐燕归冷了声音，"你说话注意点。"

"有什么注意不注意的？属下是什么脾性，门主又不是不知道，只要属下说得不对，门主大可纠正、教训。可属下说的要是对的，您总不能也拿身份来压吧？"

徐燕归翻身下马，走到他面前，垂着眼睛看他："你想说什么？"

"属下想说，门主是个好人，对谁都很负责，哪怕只是用来练功的工具，也因着她们的贞操观念，愿意带回门里养着。"落山道，"您是心怀慈悲了，但考虑过那些女人的感受吗？分明是被您骗了，却还痴心一片，傻兮兮地对您好。您瞧着，不觉得愧疚吗？"

徐燕归盯着他看了好一会儿，突然了然："你看上她了？"

落山一怔，失笑道："门主此话从何而来？"

"若不是看上她了，你怎么会说这些话？"徐燕归抿唇，"你不是一向不管闲事吗？"

顾怀柔听得直摇头，落山的表现像跟她有几世的仇，怎么可能喜欢她？

然而落山没否认，只别开头道："就算我管一回闲事吧，人家都打算走了，门主还追出来做什么呢？"

"我……"徐燕归抿唇，"她砸断了我的玉簪，总没有说走就走的道理。"

还真是为着玉簪追出来的。顾怀柔屏住呼吸不敢吭声。

落山却笑了："门主那么在意那簪子，就去找簪子的主人好了，又何必逮着无辜的人不放？"

徐燕归沉默，一双眼不悦地扫了落山好一会儿，才道："你给她把过脉吗？"

"什么？"落山不解，"把脉做什么？"

749

"我若是一直用她练功,她就该跟红颜院的其他人一样,身子虚弱,体内极寒。"徐燕归道,"但她没有。"

落山身子一僵,下意识地看了树上一眼。

顾怀柔一脸茫然,根本听不懂他们在说什么。

徐燕归表情恢复柔和,飞身而起,上树就将她抱了下来。

顾怀柔一声都不敢吭,闭着眼睛捂着脸装死。

"跟我回去吧。"徐燕归道,"你没了我,该怎么过这日子?"

谁说不能过啊?去哪里过都是过!这话顾怀柔只是想了想,没说出来,因为她不敢。一靠近徐燕归,她的心就连着根疼,本来走得挺潇洒的,现在才发现,她还是舍不得。是不是没救了?

见她不反抗,徐燕归就径直将她扛上马带走了。

落山皱眉看着,骂了一句:"真没出息。"

这话是骂她的,她知道,但是她还不了嘴,闷头埋在徐燕归怀里。

"那玉簪断就断了,我不怪你,你别害怕了。"徐燕归开口道,"我说过,你在这里,想做什么都可以,没有规矩的。"

没有规矩,那他为什么还要在身边留别的丫鬟,将她挤得待不住?说到底,他还是有些嫌弃她的吧?顾怀柔没说出来,老老实实地跟着回去,继续过离开之前的日子。

落山挨了罚,扛着一身的伤蹲在她的墙头上骂:"窝囊死你算了,还连累我!"

顾怀柔硬着头皮听着,没还嘴,每天继续做饭、洗衣裳、绣荷包,偶尔晚上侍寝,白天再听落山嘴贱几句,日子开始过得平顺又平淡。

但是有一天,徐燕归突然问她:"你想同我成亲吗?"

顾怀柔下意识地摇了摇头。

她也不知道自己为什么会摇头,等反应过来的时候,面前的人脸已经黑了,拉开门就离开了房间。好端端的,为什么会说到成亲?两人现在这样子不算成亲吗?

徐燕归去找了沈在野一趟。

姜桃花正是养身子的时候,沈在野自然不会让他进去见,两人就蹲在门口聊了会儿天。

他问:"你觉得顾怀柔是个什么样的人?"

沈在野莫名其妙地看他一眼:"这个你不是该比我更了解吗?"

"我突然不了解了。"徐燕归耸肩,"跟她求亲,她拒绝了。"

沈在野轻笑一声,道:"你活该。"

"我想不明白。"徐燕归道,"我对她很温柔,也没嫌弃她毁了容,她为什么不肯嫁给我？"

"大概是不喜欢你吧。"沈在野幸灾乐祸地笑了笑，"就当你是个给饭吃的人，没有感情，所以不愿意嫁给你。"

徐燕归听得郁闷了。什么叫没感情？怎么可能没感情！她要是不喜欢他，怎么可能心甘情愿为他做那么多事？

可是，有感情的话，她先前为什么还会跟别人走呢？

很懂感情的徐燕归难得糊涂了一次，想了许久想不明白，干脆一阵风似的回了燕归门。

"您回来了？"

推开门就是满屋的菜香，徐燕归顿了顿，心里又温热起来。

她来了这里，他总觉得日子的味道不一样了，这地方好像不再是个简单的房间，而像一个家，有人会等他夜归，为他做饭，给他添衣。这些小事，寻常人家的媳妇都会做，但对他来说格外珍贵，就像一杯温水，可能不如茶香，不如酒烈，但却能让人心里觉得踏实。

他其实不知道自己是不是喜欢顾怀柔，说喜欢总觉得有些别扭，但从她在黑暗里说更喜欢晚上的他开始，他待她就不一样了。可能是当影子当久了，第一次被人当成光，心里难免会动容，总之，他没再拿她练功，也如约将她接出来，要养她一辈子。

这样不是顺理成章吗？接下来两个人成亲，燕归门的人再敢拿她的容貌说事，他便可以名正言顺地教训他们，不用再有所顾忌。她不用当丫鬟，也可以堂堂正正住在他的院子里。等事情忙完，两人便出去游山玩水，忙起来的时候，她就在这里等他回来。

他觉得这样的日子简直是梦寐以求的，可是，她竟然会不同意。

坐下来看了一眼菜色，徐燕归叹了口气。

顾怀柔吓了一跳："您不喜欢吃这些？"

"不是。"

那叹什么气啊？

抬眼看她，徐燕归眼里满是惆怅："我是有些遗憾，做菜这么好吃的人竟然不肯嫁给我。"

"嫁不嫁都一样，奴婢会一直做菜给您吃。"顾怀柔下意识地摸了摸自己的脸，"嫁了倒是给您添麻烦。"

这样的脸，放在他身边做个丫鬟他都嫌弃，更别说当正室夫人了。他一时兴起娶了她，到时候又休弃她，伤的还不是她的心？

徐燕归一愣，皱眉看着她："你还是在意这张脸？"

顾怀柔点点头，又摇摇头，欲言又止，却不知道说什么好，最终转身走了出去。

这到底是什么意思？徐燕归很不能理解，闷闷地吃完了饭，正打算去找她说个清楚，半路却碰见了落山。

　　落山笑嘻嘻地道："听闻门主跟她求亲被拒？"

　　"用不着你来操心。"一看见他，徐燕归就没什么好脸色，"要不是你嘴巴这么毒，让她自卑，她现在也不会拒绝我。"

　　挑了挑眉，落山问："门主觉得是她自卑的缘故，所以不肯嫁给您？"

　　"不然呢？"徐燕归睨着他道，"她很在意她的脸。"

　　"她要是当真很在意，就不会顶着这张脸倔强地留在这里了。"落山摇头，"她在意的只是您的看法。您受不了被人在背后指指点点，所以不愿将她留在身边，这是您一开始就摆明的态度，现在转头要娶她，叫她如何想？"

　　怔了怔，徐燕归呆呆地问："你的意思是说，她是因为我的态度，才拒绝的？"

　　落山点头，贱兮兮地补了一句："您自个儿嫌弃人家在先，又巴巴地上赶着娶人家，是个女人就不会同意，您是不是傻得慌啊？"

　　说罢，像是知道徐燕归会揍他，他立马飞身就走了。

　　徐燕归站在原地沉默了很久，想了想，转身往账房的方向走。

　　日子继续过着，顾怀柔觉得徐燕归好像变了些，将院子里的凤舞遣走了，只留她一个人，门里有什么会议或者活动，他都将她带在身边。

　　刚开始她还有些抵触，可他坚持，一旦有人说什么不好的话，他事后一定会将人处得很惨。慢慢地，她发现，徐燕归是在用行动告诉她，他不嫌弃她了。

　　怎么会有男人完全不看女人的脸呢？顾怀柔觉得很奇怪，蹲在水池边想了好久也想不明白。她正想起来，背后却来了一股力道，冷不防就将她推进了水里。

　　"啊！"

　　她吓了一大跳，回头一看，又是笑得很讨人厌的落山。

　　"你好生冷静一下吧，门里要出大事了。"

　　出什么大事需要她掉水里冷静？顾怀柔很生气，手一扬就泼他满身："你这人怎么完全不考虑别人的感受的？掉水里很好玩吗？"

　　落山笑嘻嘻地躲开，深深地看她一眼，道："以后没机会惹你这么生气了。"

　　什么玩意儿？顾怀柔眉头皱得死紧，看着他跟只猴子似的一蹦一跳消失在墙外，只能自己爬上岸，回去换衣裳。

　　她刚回屋打了热水准备洗澡，屋子里就像有什么动静。顾怀柔疑惑地看了两眼，没人，于是将门窗关好，继续沐浴。

　　可是，等洗完她才发现自己准备好的干衣裳不见了，屏风上搭着的竟然是一套喜服。

　　什么情况？

　　顾怀柔有些不明白，但外头好像突然热闹起来，许多脚步声正在往这边来。

顾怀柔吓着了，连忙将喜服给勉强套上，怎么也不能赤身裸体啊。

她刚穿好，外头的人像是算准了一样，推门便进来，给她盖上红盖头，架起她就往外走。

"你们……做什么？"

顾怀柔挣扎了两下，旁边的人连忙安抚她："夫人别紧张，咱们带您去跟门主拜个堂而已。"

拜个堂……而已？顾怀柔傻眼了，撩起盖头看了看四周。不知道什么时候燕归门已经张灯结彩，四周全是人，有她见过的，也有她没见过的。徐燕归一身喜服，正站在灯火通明的大堂里等着她。

"我觉得是时候了。"他看着她，将同心结递到她手里，"反正我怎么做，你这傻子都没感觉，不如就强娶了吧，以后的日子里，该做的，再慢慢做。"

喉咙有些发紧，顾怀柔哭笑不得："您有很多更好的姑娘可以选择。"

"我知道。"徐燕归道，"但很可惜，就跟你过日子，我觉得舒心。"

两人没经历过什么轰轰烈烈的事情，可时间也是最好的考验感情的东西，既然觉得合适，不如就一起过试试，她这辈子还没当过正室，他不管怎么说，也得先让她圆满了，就当报答她对他这么久的照顾之情。

至于余生，有了这样的开头，那还担心什么结局呢？

不是每个人的爱情都会跟主角一样轰轰烈烈，感觉对了，就在一起试试。连在一起都不敢，哪儿来的资格感叹自己与人无缘？不曾努力过，就更没立场遗憾了。

最后的最后，还是祝天下有情人终成眷属。

出版番外

姜野是个很漂亮的孩子。

她刚出生的时候全身发紫，喝不进奶水，反复高热，村里的人都说很难养得活。可师祖不愿放弃她，找来万灵药水给她泡，又重金聘了能吃药之后来喂她的乳娘，每日悉心照顾。于是姜野挣扎着活了下来，浑身发紫的皮肤也慢慢褪色，只剩额角的一片紫色花叶。

师祖告诉她，三岁之后就可以带她回去见她的亲生父母。

但姜野年纪太小，对亲生不亲生没有什么特别的感触。她就喜欢在师祖的花袍子上滑滑梯，抑或是趴在师祖的肩头上跟他一起对着檐下的雨水发呆。

师祖是个很安静的人，除了给她调配药物，多数时候只坐在檐下出神，漂亮的脸上一点表情也无，眼眸里也水波不兴，像一口放了很多年的古井。

当然了，幼时的姜野是不懂这些的，她只觉得师祖很好看，自己要是长大也这么好看就好了。

不知是身中剧毒还是别的什么原因，姜野比同村的孩子更加早慧，别人一岁学说话，她九个月就开了口，别人两岁还在玩泥巴，她已经跟着师祖开始认药材。

所以当三岁这年毒发的时候，姜野还在一本正经地给自己抓药。

千百眉快步走进门，抱起她，心疼坏了："难受，是不是？你怎么也不喊一声？"

"喊有用吗？"姜野虚弱地趴在他的肩上，"喊了也会疼的呀。"

千百眉无言以对，眉头皱得死紧。他以为姜野熬过三岁生辰就没事了，正打算带她出发，谁料还没两日，毒气就攻了心。

姜野又瘦又轻，趴在他肩上几乎没什么重量。

"师祖，"她小声道，"不回去，娘亲看着心疼。"

千百眉指节掐得泛白。

三年了，姜桃花虽然每个月都写信来问姜野的情况，但对于这个孩子，他觉得她和沈在野都不是那么在意，毕竟他们又有了一个新的健康的女儿。姜野对他们而言，是至亲的骨肉，还是带走毒性的庆幸？

其实一开始，千百眉也是觉得庆幸的，这个孩子保了姜桃花一命。

姜野可真懂事啊，不哭不闹，偶尔他醉酒抵在墙角落泪，她还会爬过来轻轻拍他的背。分明她自己才是被毒折磨得最痛苦的那一个。

"不回去了。"千百眉哑声道，"我带你去看山川河海，带你去吃好吃的东西。"

"好。"姜野小声地应着，还不忘给自己塞一颗丹药。

别的孩子都怕苦，不愿意吃药，她却觉得药是好东西，能治病止疼，有的吃就赶紧吃，眉头都不皱一下。并且她好喜欢被药材包围着，有种十分亲切的感觉。

于是接下来的几年里，姜野跟着师祖一边游山玩水一边采药认药，遇见那种特别穷困，没有钱看病的人，她还会试着帮一帮人家。

如此长到十岁，姜野在江湖上就有了"小神医"的称号，想找她看病的人络绎不绝。不过她和师祖行踪不定，尽管有高门捧着一大盘银子，也未必能请得到她。

"师祖，前面是座什么城？"姜野踮脚张望，"比我这些年见过的所有城池都繁华。"

千百眉站在山上拢着袖子道："魏国都城，已经繁华了二十年有余。"

"魏国吗？"姜野歪了歪脑袋，"我在路上听人说，魏国的皇帝是个爱民如子的好皇帝。"

"当皇帝的人，哪有什么好不好的，不过是看给不给下头的人留口饭吃。"千百眉微微眯眼，"那小子说是仁君，但这巍峨连绵的宫殿不也是说修就修？"

姜野似懂非懂："修宫殿不是好事，那朝中的官员怎么不劝谏？"

"大魏朝堂里没几个比皇帝聪明的。"千百眉动身往下走，"唯一能劝得动他的人，又早已不在朝野。"

"谁呀？"

"你管那么多做什么，去城里买了你需要的药材就走。"

"哦。"

姜野很少去大的城池里，更别说天下第一繁华的魏国都城了，进城前说得好好的，不乱走，可到了街上，她那水灵灵的眼睛就乱晃得没停过。

千百眉一个转背，身后的人就没了影子。

"姜野？"

人潮拥挤，他皱眉四顾。

姜野难得有放肆的机会，猫着腰蹿离师祖身边，就兴冲冲地跟着街上的小贩走，一会儿看皮影戏，一会儿买蒸糕。她原想买了就回去，但街道的另一头又热闹起来，似乎有表演看。她立马就嚼着东西跟了过去。

人群围得里三层外三层，姜野还以为是什么杂耍，可费劲钻进去之后才发现是有人在卖身葬父。

　　一个十一二岁的小姑娘跪在草席边哭得梨花带雨，但她旁边的牌子写的价格可不便宜，足五十两。

　　五十两够办好几场丧事了。

　　旁边有人质疑，也有人还价，跪着的小姑娘却只哭着，一句话也不说。

　　姜野看了看她旁边的草席，有些冲动地想上前。

　　谁料后头突然响起个声音："湛卢，给钱。"

　　众人惊叹地看过去，姜野也跟着看了看。

　　人群散开，中间站着的那人眉如剑直，鼻如山挺，一双瑞凤眼生而含情，若不是身姿挺拔，倒挺像个文弱书生。他脸上带着浅笑，眼神却冰冰凉凉的，像某种动物。像什么动物呢？……

　　姜野还没想明白，就见那个带着剑的随从上前，直接将地上的小姑娘拉了起来。

　　"哎哎！"旁边突然蹿出个人，按住湛卢的手道，"钱呢？先给银子。"

　　"你是谁？"湛卢垂眼睨他。

　　"我是她舅舅。"那人横眉怒目，"嘴上说得大方，怎么不先给钱就想动我这如花似玉的侄女？"

　　"你说你是舅舅，"湛卢冷声问，"那这孩子叫什么名字，生辰是什么时候？"

　　那人一愣，眼神有些慌张，嘴上却是更加大声："你管那么多做什么，想要人就先拿银子！"

　　后头的男子笑吟吟地掏出一锭五十两的白银。

　　那人见状，想伸手，男子却将手抬高："这银子不该给卖身的人吗？"

　　"她年纪这么小，能懂什么。"那人急赤白脸地想夺银子，"我是她舅舅，银子自然先给我。"

　　说时迟那时快，在场所有人都没来得及反应，男子便将银子狠狠地砸在说话人的头上。

　　嘭的一声，那人当即倒地抱头："哎哟——"

　　"没事吧？"他优雅地收回手，仍旧笑吟吟地道，"我刚没拿稳。"

　　"你！你这是想杀人！"

　　"原来你看得出来。"他不笑了，眉目渐渐冷硬，下颌也收紧，"那你猜猜，官兵还有多久会到？"

　　阴冷的风顺着他的话刮开人群，露出远处正朝这边赶来的官兵的身影。

　　霎时间，那个自称是卖身小姑娘舅舅的人，包括地上草席里躺着的"尸体"，同时跃起，拽着那小姑娘就想跑。

　　湛卢飞身过去，一脚踹开那两个人。与此同时，官兵到场，二话不说就将两人捆起来押往衙门。

"大人。"捕头颤抖地朝那男子拱手。

男子不以为然："身无半点功名，这一声'大人'，我可不敢当。"

"小的明白。"捕头连忙改话，"原是连这孩子也要一起带回衙门问话的，但您既然在，就先带她回'人之幼'，我们之后再过去。"

"有劳。"

那些捕快穿的都是官服，威风凛凛的，那男子穿的只是一件寻常的云色素衣。可姜野看着，却觉得那男子的气势实在压人，无论谁跟他说话，气势似乎都要弱上几分。

好厉害啊。

鬼使神差的，姜野跟了上去。

男子和湛卢将小姑娘带进了郊外的一处宅院，宅院门口挂着个牌子，写着"人之幼"。

"这里能读书习字，也能有饭吃，有床睡。"湛卢一边走一边解释，"在找到家人之前，你都可以住在这里。"

小姑娘受宠若惊，声音都颤抖了："我……我没钱。"

"不用钱。"湛卢摆手，"这里的孩子，都不用花钱。"

"啊？"小姑娘更震惊了，"那怎么……怎么……"

她是想问那这个地方还怎么开下去。

湛卢听懂了，笑着解释："我们家主人也是有孩子的人，幼吾幼以及人之幼，所以他们愿意帮助你们，不求什么回报。"说着，他余光看向门外："那位小姑娘也是，若是走投无路了就大方进门来，不用害怕。"

被点名的姜野一愣。她打小跟着师祖，也学了一些功夫，等闲人应该发现不了她。不过，既然被看见了，她就只能现身，手足无措地站着。

沈在野看着面前这个小孩儿，眼神都温柔了些。他问："你的父母呢？"

姜野摇头："我打小就没见过父母。"

这里的孩子大多都是这个情况，但听她这么坦荡地说出来，沈在野莫名有些难受。他让湛卢去准备两个小孩儿的房间，又给她们拿了些刚做好的绿豆糕。

"好好吃啊。"姜野眼睛都亮了，"这世上还有这么好吃的东西？"

她终于转头夸人："伯伯，你人真好。"

沈在野失笑："鲜少有人说我好。"

"那他们也太不公允了，你看着就是挺好的。"姜野一边吃一边摇晃双腿，"我去过很多地方，有很多富贵人家别说帮助别人了，还都在想方设法地从穷人口袋里掏钱。你很大方，也很善良，做你的孩子肯定很幸福。"

面前的小孩儿留着刘海儿，一双眼灵动得像极了某人。

沈在野看得有些出神："我们一开始有两个孩子，但其中一个生病了，为了不让我的夫人难受，我就假装不记得那个孩子了。"

几年前千百眉还会回信说一说那孩子的近况，但过去的七年里，他们再没收到任何回信。沈在野做了最坏的打算，却不敢直接跟姜桃花说，只能假装自己收到了信，然后仿着千百眉的笔迹来哄她。

有一天，姜桃花突然说："我们开个院子吧。"

开个院子，救济跟那个孩子差不多年岁的小孩儿，就当是为她积福。剩下的话姜桃花没说，沈在野也能明白。

于是这个院子里养了上百个他们在路边捡到抑或是从人贩子手里救出来的孩子。

如果那个孩子还活着，希望她能得老天垂怜，一直健康，如果没有……如果没有，就希望这些福报能让她再转世到一个好人家。

意识到自己有些失态，沈在野收回了目光。他起身拍了拍姜野的肩："安心在这里待着吧，我们会替你寻找其他亲人。"

姜野迎着他的目光很乖巧地点头，却突然问："伯伯，你姓姜吗？"

"我夫人姓姜。"他勾唇，"很好听的姓，是不是？"

"是的。"姜野认同地点头，"若生的是女儿，长大肯定是倾国倾城的美人儿。"

"要什么倾国倾城，"沈在野转身往外，声音里带着叹息，"我和她的女儿，只要平安快乐就好。"

姜野认真地吃着糕点，像不太在意这句话。但等人走远了，她捏着手里的绿豆糕，突然轻轻笑了出来。

"师祖，"她小声嘟囔，"我好像找到我的亲生父母了。"

在这个充满病痛和孤寂的世界里，好像不止一个人在爱她。

图书在版编目（CIP）数据

桃花映江山：全三册 / 白鹭成双著. -- 南京：江苏凤凰文艺出版社，2025. 5. -- ISBN 978-7-5594-9316-3

I. I247.5

中国国家版本馆 CIP 数据核字第 2025PA4988 号

桃花映江山：全三册
白鹭成双 著

产品经理	穆　晨　殷　希　朱静云
责任编辑	白　涵
特约编辑	丛龙艳
内文排版	芳华思源
封面设计	@Recns
出版发行	江苏凤凰文艺出版社
	南京市中央路 165 号，邮编：210009
网　　址	http://www.jswenyi.com
印　　刷	天津中印联印务有限公司
开　　本	710 毫米 ×1000 毫米　1/16
印　　张	48.25
字　　数	971 千字
版　　次	2025 年 5 月第 1 版
印　　次	2025 年 5 月第 1 次印刷
书　　号	ISBN 978-7-5594-9316-3
定　　价	128.00 元（全三册）

江苏凤凰文艺版图书凡印刷、装订错误，可向出版社调换，联系电话 025-83280257